9,20

Jule Blum & Elke Heinicke, Dreivariantencouch

Jule Blum & Elke Heinicke

Dreivariantencouch

Roman

konkursbuch
Verlag Claudia Gehrke

Alle handelnden Personen sind frei erfunden. Die beschriebenen Orte sind dagegen real, alles hätte genauso geschehen können.

Liebste K, konnte mich gestern nicht mehr melden. Sorry. Hab großartige Frau getroffen. Du wärst auch hingerissen. Heiße Nacht. Verstehst schon. Kuss A

Kerstin starrte fassungslos auf das Display ihres Handys. Aber auch beim dritten Lesen wurde die Botschaft nicht verständlicher. Servierte Astrid sie da gerade ab? So nebenbei und per SMS? Das machten doch angeblich nur Teenager und Astrid wurde demnächst vierzig. Degradierte diese Nachricht sie hier beiläufig zur besten Freundin, die zur Komplizin amouröser Abenteuer gemacht wird? Als hätten die vergangenen Monate nicht anderes versprochen. Monate, in denen Kerstin sich auf diese Frau eingelassen hatte wie auf keine andere zuvor.

Vielleicht war das bloß wieder einer von Astrids Scherzen, der leider so ganz und gar nicht Kerstins Humor traf. Das konnte unmöglich ernst gemeint sein. Warum sonst der virtuelle Kuss am Ende?

Oder etwa doch? Astrid hatte sie abserviert, wurde Kerstin langsam klar. Sie atmete flach, vor ihren Augen flimmerte es. Kalte Wut stieg aus ihrem Bauch auf, brannte in der Kehle. Ihr war schlecht. Sie fröstelte.

Astrid würde sich vermutlich totlachen, könnte sie sie hier so sehen. Fand offensichtlich gar nichts dabei. Fühlten sich so etwa die offenen Beziehungen an, die Astrid immer gepriesen hatte? Das setzte womöglich voraus, dass Kerstin diesen Brocken kommentarlos schlucken und alles wie bisher weitergehen würde. Sie war sich nicht sicher. Kerstin war sich in nichts mehr sicher. Außer in einem – sie wollte Astrid nicht verlieren. Hatte sie das etwa bereits? Oder würde sie sich am Ende selbst verlieren, wenn sie zu Astrids Bedingungen an der Beziehung festhielte?

Kerstins Stimmung war düsterer als der kalte graue Tag vor ihrem Fenster. Von einer Woche, die so miserabel begann, war nichts Gutes zu erwarten.

Astrid, wie konnte sie nur!

1

Noch sechs Stunden, 27 Minuten und drei Mal umsteigen. Kerstin seufzte. Natürlich hätte es bessere Verbindungen gegeben, sogar einen durchgehenden Zug. Aber der wäre schon knapp zwei Stunden vor Büroschluss gegangen und so oft, wie sie seit Monaten zu Astrid nach Oldenburg fuhr, konnte sie sich das einfach nicht mehr leisten.

Noch sechs Stunden, 25 Minuten und immer noch drei Mal umsteigen. Kerstins Rucksack war in der Ablage verstaut und sie ließ sich erleichtert in den Sitz fallen. Im Lauf der Monate hatte sie die langen Zugfahrten schätzen gelernt. Geschenkte Zeit, in der sie all das lesen konnte, wozu sie sonst nie kam. Oder aber sie döste vor sich hin, schaute aus dem Fenster, schrieb Tagebuch, beantwortete Briefe und erledigte die eine oder andere dringende Arbeit.

Jetzt würde sie noch einmal die Konzeption durchsehen, die sie am Montag im Team vorstellen sollte. Also holte sie das Laptop aus seiner Tasche, suchte die Steckdose, rief das Programm auf und vertiefte sich in ihre Arbeit.

Noch vier Stunden und 37 Minuten und immer noch drei Mal umsteigen. Die Landschaft flog vor dem Fenster dahin. Grau-braun, Reste von schmutzigem Schnee auf den Feldern.

Schon neun Monate fuhr sie diese Strecke. Selten hatte eine ihrer Beziehungen so lange gehalten. Meist war der Reiz des Neuen nach ein paar Wochen verflogen. Dann fühlte sie sich eingesperrt und lief einfach weg. Aber dieses Mal war sie geblieben. Einige liebe Freundinnen spotteten zwar, dass diese ungewöhnliche Beständigkeit nur eine Folge der Entfernung sein könne. Es mochte schon sein, dass die große Distanz bisher geholfen hatte, ihre alten Ängste auszutricksen. Sechshundert Kilometer Luftlinie schienen genug.

Mittlerweile fuhr sie jedoch alle zwei, drei Wochen nach Oldenburg. Und wann immer es ging, kam Astrid für ein paar

Tage, arbeitete von Leipzig aus. War das denn überhaupt noch eine Fernbeziehung, mal abgesehen von der Kilometerzahl? Sie hatten viel Zeit miteinander verbracht, Alltag geteilt und trotzdem war der Fluchtimpuls ausgeblieben. Ganz im Gegenteil: Langsam hatte sie Bahnhofsabschiede satt, begann sich allmählich nach noch mehr Gemeinsamkeit mit Astrid zu sehnen.

Kerstin bewegte die Maus, öffnete ihr Fotoalbum und schaute sich die schönsten Aufnahmen aus dem Irland-Urlaub im letzten Frühjahr an. Damals hatte sie sich gerade von Cordula getrennt. Für Kerstin ein wenig dramatisches Ereignis, lediglich das Ende einer Affäre. Zum Schluss hatten sie sich kaum noch etwas zu sagen. Und je mehr Cordula sich bemüht hatte, alles richtig zu machen, desto häufiger hatte Kerstin sich entzogen.

Cordula hatte sich dermaßen schwer getan mit dem Beziehungsende, dass Kerstin vor ihrer klebrigen Anhänglichkeit nach Irland geflohen war.

Schon lange hatte sie auf die grüne Insel fahren wollen. Seit Jahren verschlang sie alles, was sie an Reiseführern finden konnte. Bände zur Matriarchatsforschung, zu Megalithkulturen und Archäologie füllten ganze Reihen ihrer Regale. In den Lieblingsbüchern lösten sich schon einige Seiten, so häufig waren sie aufgeschlagen worden.

Nach dem x-ten unbefriedigenden Klärungsgespräch mit Cordula hatte sie dann einfach kurz entschlossen einen Flug gebucht. Drei Wochen allein. Ungestört.

Sie war gegen Abend in Dublin gelandet, mit dem Bus noch zwei Stunden bis zu dem winzigen Ort gefahren, in dem sie übers Internet für die erste Woche ein Zimmer reserviert hatte. Als sie ausstieg, war es stockfinster. Sie schleppte sich müde zu der angegebenen Adresse und stolperte nur noch ins Bett. Am nächsten Morgen schien die Sonne auf eine unglaubliche Röschentapete. Kerstin lag unter einem mächtigen Federbett mit roten Röschen auf dem Bezug. Eine verschnörkelte Porzellanvase mit zartem Röschendekor, in der drei blassrote Seidenröschen vor sich hin staubten, stand auf dem Nachttisch. Und vor dem Fenster bauschte sich ein mit Rüschen überladener Vorhang voller rosa Röschen. Um dem rosigen Grauen zu entfliehen, schwang sie sich aus dem Bett und ihre Füße landeten auf einem flauschigen Teppich – selbstverständlich mit Röschenmuster!

Aber sie war wild entschlossen, sich ihre Urlaubslaune durch nichts verderben zu lassen. Bald saß sie im Frühstückszimmer, ignorierte sowohl die Röschenborte an der Wand als auch die röschengemusterte Wachstuchdecke auf dem Tisch und freute sich auf Eier mit Speck und eine große Kanne Tee. Ihr gegenüber war noch ein zweiter Platz eingedeckt. Wer würde wohl noch außerhalb der Saison ganz allein hier Urlaub machen? Egal. Kerstin war wenig neugierig und entschlossen, die Kontakte auf ein Mindestmaß zu beschränken.

In diesem Moment riss Astrid energisch die Tür auf, stapfte auf ihren Platz zu, ließ mit Schwung einen Stapel Bücher neben sich auf den Tisch plauzen und setzte sich. Kerstin zuckte zusammen, denn so früh am Morgen reagierte sie empfindlich auf Lärm. Schon zum Frühstück der Gesellschaft eines anderen Menschen ausgesetzt zu sein, war sie nicht gewöhnt. Auf Astrids munteren Gruß reagierte sie deshalb eher verhalten. Bloß kein Interesse zeigen, denn die andere kam, der Reiselektüre und dem gut gelaunten Morgengruß nach zu urteilen, ebenfalls aus Deutschland. Und in der Tat, Astrid war aus Norddeutschland, freiberufliche Journalistin und recherchierte gerade für eine Reisezeitschrift, wie sie Kerstin umgehend und ungefragt mitteilte. Das erklärte auch die überdimensionale Fototasche und die beeindruckende Menge Reiseführer, die Kerstin zunächst ein wenig lächerlich gefunden hatte.

Aber darüber hinaus war Astrid umwerfend schön und scharfsinnig und witzig, eine interessante Frau, wie Kerstin schon am selben Abend feststellte, als beide sich im Kaminzimmer wieder über den Weg liefen. Sie erlag auf der Stelle Astrids Charme. Nach einem ersten Geplänkel vor dem elektrischen Kaminfeuer – mit schmiedeeiserner Röschenverzierung – ging alles rasend schnell. Kerstin wollte eigentlich den geordneten Rückzug antreten, hatte sich gefragt, warum sie überhaupt ins Kaminzimmer gekommen war. Eigentlich wollte sie doch einen Brief an Sabine schreiben. Ihre beste Freundin wartete auf den ersten Bericht. In ihrem eigenen Zimmer hätte sie Ruhe gehabt. Eigentlich wollte sie doch auf gar keinen Fall mit jemandem reden. Oder machte sie sich da etwas vor? Und in Wirklichkeit wollte sie nichts lieber als diese Frau kennenlernen? Wenn sie über solchen Gedanken brütete, wurde das mit dem Brief natürlich nichts. Längst hatte sie dieses Unterfangen aufgegeben und kritzelte auf dem vor ihr liegenden Briefbogen herum. Während eine Spirale wuchs, die aus der Endloswiederholung des Wortes Rose bestand, wurde sie plötzlich von hinten angesprochen:

„A rose is a rose is …“

Sie war so damit beschäftigt gewesen, beschäftigt und völlig uninteressiert zu wirken, dass sie heftig erschrak und den Kopf herumriss. Und da stand Astrid direkt hinter ihr. Viel zu nah. Ihr war heiß geworden. Viel zu heiß. Sie wollte fliehen, doch vor ihr stand der Tisch und hinter ihr eine herausfordernd grinsende Astrid. Geredet wurde nicht mehr viel, nachdem sich ihre Lippen mit einer gewissen Unvermeidlichkeit gefunden hatten. Jener Abend fand seine Fortsetzung unter Röschenbettwäsche und von den nächsten Tagen erinnerte Kerstin sich hauptsächlich an nächtelanges Quasseln, tiefe Blicke, heiße Küsse. Tagsüber machte Astrid ihren Job. Abends holten sie von einer Tankstelle in der Nähe etwas zu essen, andere gastronomische Highlights hatte der Ort nämlich nicht zu bieten. Das nächste Pub zehn Kilometer weit. So gab es statt Guinness Büchsenbier samt Chips mit

Chickenwings zum Mitnehmen und davor, dazwischen und danach Sex.

Noch vor Ablauf der ersten Woche verlängerte Astrid kurzerhand ihren Aufenthalt, beide bezogen ein gemeinsames Zimmer und von dem dadurch eingesparten Geld mieteten sie sich ein Auto. Kerstin hatte sich Hals über Kopf verliebt.

Lächelnd schaute sie sich jetzt die Bilder auf ihrem Laptop an: Astrid vor einem Menhir, mitten auf einer Kuhweide. Es hatte sie viel Überwindung gekostet, zu den eindrucksvollen Tieren über das Gatter zu steigen. Gleich nachdem das Foto entstanden war, hatte sie auch schon wieder die Flucht ergriffen, als ein streitlustiger Jungbulle in bedenkliche Nähe kam. Auf dem nächsten Bild hielt Kerstin eines der typischen Guinnessgläser in der Hand und prostete Astrid damit zu. Guinness mit Johannisbeersirup, eine sensationelle Entdeckung, nachdem sie sich dank ihres Mietwagens in kulinarischer Hinsicht von der Tankstelle hatten emanzipieren können.

Kerstin klickte durch die nächsten fünfzig Bilder und verlor sich in Urlaubserinnerungen. Nach diesen turbulenten Ferien war sie davon ausgegangen, dass es wohl bei einem Urlaubsflirt bleiben würde. Endeten solche Geschichten nicht spätestens mit dem Auspacken der Koffer? Aber kaum zwei Tage in Leipzig, hielt sie es nicht mehr aus und schickte Astrid eine Postkarte, bemüht cool und unverbindlich. Die E-Mail-Adressen hatten sie nicht getauscht, eine SMS wäre zu direkt gewesen, ein Brief zu persönlich, zum Telefonieren war sie allemal zu feige. Von Astrid steckte allerdings schon am darauffolgenden Tag ein langer Brief in ihrem Kasten.

Und so begannen sie zu reisen, von der Hunte an die Pleiße und von der Pleiße an die Hunte. Die Jahreszeiten wechselten, die Monate vergingen, aber der Wunsch, beieinander zu sein, sooft wie möglich, blieb.

Ständig war Kerstin unterwegs, ständig kaufte sie Fahrkarten, kannte Verbindungen und Fahrpläne schon längst auswendig. Und weil sie Orakel in allen Lebenslagen liebte, hatte sie ein Spiel daraus gemacht, ob es wohl gelingen würde, Rabatte für die Tickets zu ergattern. Schaffte sie es, war es ein gutes Vorzeichen für die Beziehung mit Astrid. Waren die Sparpreise vergriffen, geriet sie prompt in Zweifel, ob Astrid es wirklich ernst meinte, ob es ihr selbst nicht doch bald ungemütlich eng in dieser Beziehung werden würde, ob Astrids Art, Beziehungen zu führen, sie nicht doch überfordern würde. Wie furchtbar hatte sie sich im Herbst gefühlt, nach der schrecklichen SMS. Ach, wenn das Orakel ihr ein unerbittliches „Nicht verfügbar" entgegenschleuderte, tauchte jedes Mal eine ganze Armada an Zweifeln aus ihren Seelentiefen auf. Dann blieb ihr nur, ihr eigenes Orakel zu manipulieren.

Für heute hatte es auf Anhieb geklappt, satte fünfzig Prozent Ermäßigung waren drin gewesen. Fabelhaft, denn ein gutes Omen brauchte sie. Schließlich war es kein gewöhnliches Wochenende. Astrid feierte ihren vierzigsten Geburtstag und unter den Gästen würde auch Dorothea aus Heidelberg sein. Astrid hatte sie vor gut drei Monaten kennengelernt, als sie für ein Kulturblatt beim Heidelberger Herbst war. Da ihr die Frau auf Anhieb gefiel, so hatte sie später stolz erzählt, hatte sie das ungeheuere Gedränge geschickt ausgenutzt, um ihr näher zu kommen. Sie hatte nie einen Hehl daraus gemacht, dass sie sich noch an jenem Wochenende in Dorothea verliebt hatte. Warum auch hätte sie lange drum herum reden sollen? Sie hatte von Anfang an erklärt, sich nur auf offene Beziehungen einlassen zu wollen. Keine Besitzansprüche. Keine Ausschließlichkeit. Keine Dramen. Keine Eifersucht.

Als dann aus den Theorien mit Dorothea Realität wurde, war Kerstin am Boden zerstört. Doch nach anfänglicher Panik hatte sie beschlossen, Astrids Modell auszuprobieren. Es klang besser als die Klammerbeziehungen, vor denen sie früher immer geflüchtet war.

Aber jetzt war ihr trotz allem ordentlich flau im Magen.

Schließlich war dieses Modell bisher weit weg gewesen. Wie sich die Praxis zu dritt gestalten würde, davon hatte sie noch nicht die leiseste Ahnung. Würde sie sich mit Dorothea verstehen? Würde sie Astrid teilen können? Würde sie vielleicht doch eifersüchtig werden? Würde so viel geballter Konjunktiv überhaupt gut gehen können?

Endlich Zeit, das erste Mal umzusteigen. Kerstin verstaute ihre Wasserflasche und das Laptop im Rucksack, zog die Jacke über und ging zur Tür. Sie hoffte, im nächsten Zug einen ähnlich gemütlichen Platz mit ebenso friedlich-stillen Nachbarn zu finden. Diese Hoffnung wurde schnell enttäuscht. Sie fand sich in einem völlig überfüllten Zug beengt neben einem übergewichtigen Jüngling mit Stöpseln in den Ohren wieder. Die Bässe wummerten monoton, wurden kontrapunktiert von einem kreischenden Kleinkind und den resignierten Ermahnungen der Mutter auf der anderen Seite des schmalen Ganges. Kerstin war erleichtert, dass sie ausgerechnet dieses Mal darauf verzichtet hatte, ihr Orakelspiel zu spielen, dessen einfache Gleichung gelautet hätte: Nette oder wenigstens erträgliche Mitreisende verheißen ein wunderschönes, harmonisches Wochenende. Diese Reisegesellschaft allerdings hätte ein fürchterliches Fiasko prophezeit: Kerstin hätte sich wahrscheinlich auf ein katastrophales Wochenende mit Streit, Tränen und überstürzter Abreise mindestens einer der Beteiligten einstellen dürfen.

Als dann das quengelige Kind auch noch anfing, seine Umgebung mit gezielten Legosteinwürfen zu terrorisieren, floh Kerstin in den Speisewagen. Sie gönnte sich einen süßen heißen Kakao mit Sahne und ein dickes Stück Apfelkuchen. Sie hatte nicht die geringste Lust, an ihren Platz, zu dem störenden Lärm und in die Enge zurückzukehren. Also dehnte sie die Zeit an einem der weiß gedeckten Tische aus und studierte dabei die Leute um sich herum. Die zwei Männer am Nebentisch waren offensichtlich zu einer Besprechung bei hochwichtigen Kunden gewesen. Die Mittdreißigerin am letzten führte nun schon das fünfte Telefonat. Die Servicemitarbeiterin lehnte müde am Tresen und begutachtete ihre Fingernägel.

Fuhr niemand sonst zur Liebsten? Führte niemand außer ihr eine Wochenendbeziehung? Oder taten das vielleicht mehr oder weniger alle? Aber traf noch jemand heute zum ersten Mal die Geliebte der Liebsten? Kerstin begann von Neuem zu grübeln.

Sollte sie dieser Dorothea ganz klar signalisieren, dass sie die älteren Rechte auf Astrid hatte? Aber was für Rechte denn eigentlich? Würde sie ganz offen mit Astrid schmusen können? Sollte sie wie immer völlig selbstverständlich ihren Platz in Astrids Bett belegen, ihren Rucksack gleich nach der Ankunft wie üblich im Schlafzimmer abstellen? Oder besser Astrid alles überlassen, denn Astrid hatte ja auf dem Treffen bestanden. Sollte sie doch jetzt sehen, wie sie mit der Situation zurechtkam. Doch wenn sie alles in Astrids Hände geben würde, bestünde die Gefahr, dass die Lösung des Problems nicht in ihrem, Kerstins, Sinn ausfiele. Was, wenn Astrid wollte, dass alle drei zusammen in dem großen Bett schliefen? Kerstin kannte diese Dorothea ja nicht einmal. Wie sollte das bloß gehen? Bei diesen Gedanken wäre sie am liebsten auf der Stelle ausgestiegen. Besser ein gemütliches Wochenende allein zu Hause, als diese Spannungen und Ungewissheiten aushalten.

Als Kerstin nach einer halben Stunde an ihren Platz zurückkehrte, war der Heavy-Metal-Fan ausgestiegen, der nervende kleine Junge eingeschlafen. So süß schlummernd war er schon fast wieder niedlich. Die Mutter nutzte die Gelegenheit und war in eine Zeitschrift vertieft. Die nunmehr eingezogene Ruhe ließ zusammen mit der warmen Schokolade im Bauch Kerstins Stimmung enorm steigen. Sie lehnte sich zurück, nahm ihr Buch zur Hand und freute sich auf eine Stunde ungestörter Lektüre. Als sie das Buch öffnete, fiel ihr Blick auf die Postkarte von Astrid, die ihr als Lesezeichen diente. Ein Lebkuchenherz auf rosafarbenem Grund mit der Aufschrift *Für dich!*. Nach Astrids letzter Abreise aus Leipzig hatte sie die Karte auf ihrem Kopfkissen gefunden.

Astrid hatte ein besonderes Faible für den geschmacklosesten Firlefanz, ein Händchen für Kitsch. Sie wählte die Sachen mit Hingabe aus und kombinierte alles absolut unmöglich miteinander. Was am Ende dabei herauskam, war erstaunlich amüsant und originell. Kerstin hatte sich an die fantasievoll in Astrids Wohnung arrangierten Blümchen, Engel, die röhrenden Hirsche und Quietschentchen nicht nur gewöhnt, sondern liebte sie geradezu. Und über die Herzpostkarte hatte sie sich riesig gefreut. Wenn das keine Liebeserklärung war! Mittlerweile sprachen sie beide davon, eine Beziehung miteinander zu haben, und manchmal träumten sie sogar ein ganz klein wenig in die Zukunft. Vielleicht würden sie im Sommer wieder zusammen Urlaub machen?

Aber jetzt war da plötzlich Dorothea auf der Bildfläche erschienen. Wo würde die ihren Platz in den Plänen finden? Oder würde Astrids Leidenschaft für sie ganz schnell wieder abflauen? Würde Dorothea nur eine kurze Episode bleiben? Vielleicht wäre es das Beste, großzügig zu sein und abzuwarten. Kerstin hatte keinerlei Erfahrung damit, die Dritte zu sein. Aber war nicht Dorothea die Dritte? War sie doch diejenige, die neu dazugekommen war, diejenige, die sich jetzt Gedanken machen sollte, wie sie mit Kerstin und Astrid und der ganzen Situation zurechtkam. Schließlich wollte Astrid die Beziehung mit Kerstin genauso sehr wie umgekehrt. Das hatte sie jedenfalls auf die rosa Postkarte geschrieben.

Alles vernünftige Nachdenken nutzte nichts, Kerstin hatte Angst. Angst, die sich nicht in Worte fassen ließ, die kalt und schwer im Magen lag. Das Gefühl war alt und vertraut. Mit den Jahren hatte sie gelernt, es zu verdrängen, nur selten schwappte es an die Oberfläche. Fast immer konnte sie die

Angst verstecken, selbst engste Freundinnen wussten nicht davon. Hoffentlich würde ihre Fassade auch heute keine Risse zeigen.

Es war Zeit für das nächste Umsteigen geworden. Sie hatte nicht mehr als nur ein paar Zeilen gelesen. Erst im nächsten Zug widmete sich Kerstin endlich ihrem Buch, immer noch halbherzig, denn es schien der ungefähr fünfhundertste Coming-out-Roman zu sein, den sie in den letzten Jahren gelesen hatte. Immer wieder von Neuem dieses Gerangel um *Soll ich's sagen oder lieber nicht?* Allerdings war selbst diese Lektüre tausend Mal besser als das nutzlose Kopfzerbrechen darüber, wie sich das Treffen mit Dorothea wohl gestalten würde. Kaum hatte Kerstin ein paar Seiten gelesen, wurde sie von einer sehr diensteifrigen Zugbegleiterin unterbrochen. Kerstin musste zusätzlich zur Fahrkarte ihre Bahncard aus dem Rucksack kramen. Dabei strich sie mit den Fingerspitzen kurz über das raue handgeschöpfte Papier, in das sie Astrids Geburtstaggeschenk liebevoll eingewickelt hatte, und somit kam die Zugbegleiterin unversehens in den Genuss bezaubernden Lächelns.

Das letzte Stück fuhr Kerstin wie immer mit der Regionalbahn. Vielleicht wäre ihre heutige Glückssträhne noch nicht zu Ende. Dann wäre der Berufsverkehr schon durch und der Zug nicht so voll wie beim vorigen Mal, als sie die letzte Etappe eingequetscht zwischen vielen fremden Menschen hinter sich bringen musste. Völlig durchgeschwitzt und zerzaust hatte sie am Ende nur noch zu Astrid nach Hause und unter die Dusche gewollt.

Heute, so spät wie es war, müsste sie eigentlich einen Platz oben im Doppelstockwagen ergattern können. Sie liebte es, unter sich die Landschaft oder wie heute Abend die Lichter der kleinen Ortschaften und verstreuten Höfe vorbeiziehen zu sehen. Wenn sie einen Fensterplatz oben finden würde, dann würde es ein schönes Wochenende werden, sagte das Orakel.

Noch 48 Minuten und einmal umsteigen. Bald, ganz bald …

Zeitreise

An die zwölf Wohnblöcke, fünfziger oder sechziger Jahre, noch ganz neu, vier Eingänge mit je vier Etagen, drei Wohnungen auf jedem Treppenabsatz, Fernheizung. Zwischen zwei Blöcken eine Rasenfläche, so groß wie ein halbes Fußballfeld. Zwei weitläufige Spielplätze. Ein riesiger Sandkasten, zehn mal zehn Meter. Eine Kaufhalle. Eine Wäscherei. Ein Sportplatz. Ein Kindergarten und eine Krippe für die ganz Kleinen. Ein Hochhaus mit sage und schreibe zehn Stockwerken, das höchste Gebäude der Stadt. Und eine Hauptstraße, eine mit weißen Strichen in der Mitte. Da muss man stehen bleiben und abwarten, dass auch die andere Richtung frei wird. Aber vor dieser Straße ist Kerstins kleine Welt ohnehin zu Ende, denn allein, ohne Erwachsene, ist das Überqueren streng verboten. Das andere Ende ihrer Welt bildet die ehemalige Müllkippe. Betreten verboten, Eltern haften für ihre Kinder. Aber der Müllberg ist toll zum Rodeln und für rasante Skiabfahrten. Bisher sind es bei Kerstin eher wackelige Versuche. Und wenn kein Schnee liegt, ist immer noch der eine oder andere Schatz zu finden. Zum Glück ist nicht jede Grenze absolut.

Langsam wird ein pummeliger Arm unter der Decke hervorgestreckt. Ein zweiter folgt. Kerstin schlägt die Augen auf und blinzelt ins Morgenlicht. Das Gitterbett wird nun auch langsam zu eng. Bald soll sie ein Klappbett bekommen, aber dazu muss das elterliche Schlafzimmer umgeräumt werden.

Kerstin klettert aus ihrem Bett, das Gitter am Fußende wurde vor einer ganzen Weile entfernt. Mutti ist schon zur Arbeit gegangen. Oma hantiert in der Küche. Zum Frühstück gibt es Marmeladenbrot und Kinderkaffee, wie immer. Danach gehen Oma und Enkelin einkaufen, wie jeden Morgen.

Quelle aller guten Dinge steht in Neonschrift über der Fassade der Kaufhalle. Wenn von der Kaufhalle die Rede ist, heißt es in der Siedlung nur: *Wir gehen in die Quelle. In der Quelle gibt es Bananen! Die arbeitet in der Quelle.* Kerstin hat lange kein anderes Wort für eine Einkaufsmöglichkeit gekannt.

Milch gibt es am Milchschalter direkt in die mitgebrachte Kanne. Seit Kurzem ist die nicht mehr aus Aluminium, sondern aus Plaste, nur Kerstins Puppenkanne ist nach wie vor aus goldglänzendem Blech. Am Wochentag ist es leer, voll wird es nur am Sonnabend, wenn die Quelle bereits um 12.00 Uhr schließt und alle Familien der Siedlung unbedingt noch ihren großen Wochenendeinkauf machen müssen. Da muss man sich erst einmal nach einem Korb anstellen, dann an der Flaschenrückgabe, beim Backstand und am Fleischstand und zum Schluss an der Kasse. Kerstin kennt sich inzwischen aus und ist ein prima Platzhalter in einer der Schlangen, wenn sie mit ihrem Vater einkaufen geht.

Heute gibt es keine Schlangen. Es ist gemütlich und es wird geschwatzt. Und Oma ist so gut gelaunt, dass sie Kerstin eine große Tüte Puffreis kaufen will.

„Aber nur für dich! Nicht wieder an alle verteilen!“

Kerstin will aber eine Schachtel Salmiakpastillen oder eine Lakritzstange. Die mag sie viel lieber. Oma sagt, die sind aus Pferdeblut, das findet Kerstin gruselig, doch schmecken tun sie trotzdem.

Nach dem Einkauf kocht die Oma das Mittagessen. Kerstin bleibt unten, schaut sehnsüchtig der täglich hier entlangspazierenden Kindergartengruppe hinterher. Die Kinder gehen ganz gesittet Hand in Hand in ordentlichen Zweierreihen und scheinen Kerstin wahre Glückskinder zu sein. Nie allein, nie von Langeweile geplagt. Kerstins Mutti ist froh, dass ihr Kind nicht in einen Kindergarten muss, aber Kerstin würde so gern bei all den anderen sein. Sie schlendert zum Spielplatz, der um diese Zeit wie so oft fast leer ist, denn leider gibt es in diesem Teil der Siedlung nicht viele Kinder. In einer Zweiraumwohnung wohnt man mit Kind schließlich ziemlich beengt. In den anderen Blöcken sind die Wohnungen größer, da haben die Kinder sogar ihre eigenen Zimmer.

Aber wenigstens Uwe, Martina, Gabi, Evelin, Thomas und Peter wohnen in ihrem Block. Doch Thomas ist zum Spielen zu klein, Martina, Evelin und Gabi sind zu groß, gehen längst zur Schule. Bleiben Uwe und Peter. Wie soll das erst werden, wenn ihr bester Freund Peter im Herbst in die Schule kommt?

Heute sitzt er zum Glück schon auf dem Klettergerüst, als Kerstin den Kiesweg entlanggehüpft kommt. Schnell wird ein Spiel ausgemacht: Kosmonauten. Und das Klettergerüst ist das Raumschiff. Ein Kosmonaut steigt aus in den freien Raum. Das ist Kerstin, die kann nämlich in Windeseile die Stange neben der Schaukel raufklettern. Und runterrutschen ist fast wie schwerelos sein. Peter findet bei der Wippe ein Bonbon. Sicher ist das jemandem aus der Tasche gefallen. Aber Kerstin reißt es dem Freund aus der Hand:

„Das könnte vergiftet sein, von Amerikanern abgeworfen. Genauso machen die das mit den Kindern in Vietnam."

Peter hätte das Bonbon gern gelutscht, jetzt steckt er es vorsichtshalber erst mal in die Hosentasche. Eine neue Spielidee ist geboren: Mutige vietnamesische Kinder schleichen durch den Dschungel, um in einer versteckten Erdhöhle schreiben und lesen zu lernen.

Unterbrochen wird das Spiel erst von der Oma, die vom Küchenfenster aus energisch zum Mittagessen ruft. Gehorsam flitzt Kerstin Nudelsuppe und Schokoladenpudding entgegen.

2

Die Kühlschranktür schloss sich. Dorothea begann zu lächeln, öffnete die Tür gleich noch einmal und ließ sie erneut zufallen. Dieses satte kleine Geräusch passte perfekt zu ihrer Stimmung. Ein langes spannendes Wochenende lag vor und heißer Sex mit Astrid hinter ihr. Das Grinsen wurde breiter – schon allein dafür hatten sich das nächtliche Aufstehen und die lange Fahrt wohl gelohnt.

Dorothea machte es kaum mehr etwas aus, bereits um drei Uhr in der Früh in ihrem kleinen Honda über nahezu ausgestorbene Autobahnen in Richtung Oldenburg zu rasen. Vor Verlangen mit glühendem Bauch und einer Überdosis Adrenalin im Blut kribbelig bis in die Zehen konnte sie sowieso nicht schlafen, wenn sie Astrid drei ewig lange Wochen nicht gesehen hatte.

Wie beim letzten Besuch hatte sie nach der Ankunft die Wohnungstür leise mit ihrem Schlüssel geöffnet und Astrid mit einer Tüte ofenfrischer Brötchen aus den Federn locken wollen, aber Astrid hatte sie – ebenfalls wie beim letzten Mal – ins Bett gezogen, die Brötchen waren vergessen und Dorothea stürzte sich auf anderes als auf ein üppiges Frühstück.

Das holten sie dann später nach, schon ziemlich in Eile. Astrid musste dringend in die Redaktion der Regionalzeitung, um den Beitrag, an dem sie bis spät in die Nacht gearbeitet hatte, mit Zähnen und Klauen gegen einen streichwütigen Chef vom Dienst zu verteidigen. Außerdem lag noch ein Rechercheauftrag auf ihrem Schreibtisch, der sie für geraume Zeit im Internet festhalten würde. Dafür wäre das ganze Wochenende frei. Von der Redaktion aus wollte sie gleich zum Bahnhof fahren, um Kerstin abzuholen. Und Dorothea hatte versprochen, für heute Abend ein Festmenü zu zaubern. Ein gutes gemeinsames Essen würde für eine entspannte, harmonische Stimmung sorgen, so hoffte sie jedenfalls.

Nachdem Astrid ebenso hektisch wie unwillig aufgebrochen war, holte Dorothea als Erstes die Kühltasche mit den Zutaten für Astrids Geburtstagskuchen aus ihrem Auto. Sie gedachte, um Mitternacht eine Himbeer-Ricotta-Torte mit einer Kerze darauf zu servieren. Auf das entzückte Gesicht freute sie sich schon. Astrid aß nahezu alles gern und mit offenkundigem Genuss, schätzte selbst gemachte Süßigkeiten aber am allermeisten. Sie würde heute Abend ganz besonders auf ihre Kosten kommen, denn als Dessert war die von ihr heiß geliebte Mause-Schokolade geplant.

Die Torte war im Handumdrehen fertig, sie machte trotz des imposanten Namens, des noch imposanteren Aussehens und des himmlischen Geschmacks erstaunlich wenig Arbeit und Dorothea konnte sie bald vor begehrlichen Blicken und gierigen Fingern bis zum Abend in ihrem Auto verstecken. Schnell spülte sie anschließend alles verräterische Geschirr und begann mit der Zubereitung der Mousse au Chocolat. Die würde wohl ein wenig länger brauchen als der Kuchen, doch Dorotheas Hände arbeiteten wie von selbst, bewegten sich in vertrauten Abläufen. Ihre Gedanken begannen zu tanzen, während sie die bittere dunkle Schokolade ins Wasserbad schnitt, Eier trennte und mit braunem Zucker schaumig schlug, rührte und kostete.

Die vergangenen dreieinhalb Monate waren ein einziges Feuerwerk gewesen, an ein solches Gefühl des Verliebtseins konnte sie sich beim besten Willen nicht erinnern.

Astrid. Immer wenn Dorothea auch nur flüchtig an sie dachte, bloß irgendwo den Namen las oder hörte, zuckte es durch sie. Verknallt wie ein Teenie, von Kopf bis Fuß durchtobt von Endorphinen, war sie schon regelrecht süchtig nach diesem Kick.

Pausenlos gut gelaunt ging sie inzwischen nicht nur sämtlichen Freundinnen und ihren Kolleginnen in der Beratungsstelle, sondern auch zunehmend vielen Rat suchenden Frauen gehörig auf die Nerven. Nicht jede konnte unter dem Druck ihrer eigenen Probleme Verständnis aufbringen für scheinbar grundlos strahlendes Lächeln, träumerische Blicke oder Gedankenverlorenheit. Marion, ihre Sandkastenfreundin und

Lieblings-Ex, hatte vorgestern bereits zum zweiten Mal mit der endgültigen Scheidung gedroht, sollte sich Dorotheas enervierender Zustand permanenter Glückseligkeit nicht in absehbarer Zeit auf ein zumutbares Maß reduzieren.

Nicht zum Aushalten sei es und nein, mit Eifersucht, Neid oder anderen missgünstigen Gefühlen habe ihr Unmut nicht das Geringste zu tun, hatte Marion geschäumt. Natürlich freue sie sich für Doro, höre sich geduldig zum zwanzigsten, fünfzigsten Mal an, wie umwerfend, sexy, klug, eloquent die sagenhafte Astrid sei, aber irgendwann, um genau zu sein, gerade jetzt, in diesem Augenblick, sei das absolute Ende ihrer Langmut erreicht. Doro führe sich auf wie eine Verrückte, scheine anzunehmen, sie – und nur sie – habe die Liebe erfunden und keine könne es ihr darin gleichtun oder sie wirklich verstehen. Das sei unerträglich und ein vernünftiges Gespräch über etwas anderes als die Vorzüge der großen Astrid sei schon lange nicht mehr möglich. Auch und vielleicht gerade in der Liebe sei ein Quäntchen Realitätssinn nicht zu verachten, das helfe möglicherweise, die Bodenhaftung nicht vollends zu verlieren. Wer zu hoch flöge, könne auch tief fallen – mit diesen Worten hatte Marion in für sie untypischer Weise die Tür hinter sich zugeknallt und seitdem weder auf SMS noch Mailbox-Sprüche reagiert.

In der Erinnerung daran runzelte Dorothea die Stirn, während sie im Kühlschrank Platz für die fertige Mousse zu schaffen versuchte. Eigentlich hatte sie keine Lust, über Marions Ausbruch nachzudenken. Nicht darüber und auch nicht über Höhenflüge und Bauchlandungen. „Deine Scarlett-O'Hara-Attitüde", so nannte Marion manchmal scherzhaft diese Angewohnheit, unangenehme Dinge einfach beiseite schieben zu können. „Bitter notwendige Überlebensstrategie für in der Beratungsarbeit Tätige", pflegte Dorothea dann immer zu kontern, was aber natürlich von einer Fachschullehrerin nicht nachvollzogen werden könne, logischerweise, denn die bräuchte so was ja auch nicht. Und schon steckten sie regelmäßig mitten in einer ihrer liebevollen kleinen Kabbeleien, in denen sie spielerisch darum stritten, welche denn nun den härteren Job und überhaupt das schwerere Leben hätte. Verflixt, jetzt drängelte Marion sich schon wieder in ihren Kopf.

Nein! Entschlossen räumte Dorothea die Zutaten für ihr Hauptgericht aus dem Eisschrank. Astrid hatte doch tatsächlich gewissenhaft alles eingekauft. Sie setzte sich an den kleinen Küchentisch und begann, das Gemüse zu putzen. Doch diese eintönige Arbeit war leider nicht dazu angetan, ihre widerspenstigen Gedanken im Zaum zu halten. Je näher Kerstins Ankunft rückte, desto mulmiger wurde Dorothea. Parallel zur verstreichenden Zeit schwand ihre leichtfertig versicherte Sorglosigkeit, wuchsen Zweifel und Unsicherheiten.

Was, wenn die plötzlich die Platzkuh rauskehrte und sie, Dorothea, mit einem Mal völlig abgemeldet wäre bei Astrid, ihrer wundervollen Astrid? Was, wenn diese Kerstin so ein eiskaltes Technikaas wäre, die über nichts anderes zu reden wüsste als ihre großartigen Computer mit ihren großartigen Programmen? Was, wenn Astrid unversehens beschlösse, zwei Liebesbeziehungen seien ihr eine zu viel? Was, wenn Astrid dabei viel sagend zwischen Dorothea, ihrer Tasche und der Wohnungstür hin und her blicken würde? Was, wenn diese Computerschnepfe dann breit grinsend daneben säße, während Dorothea schluchzend ihre Sachen packen und in die kalte Nacht hinausgejagt würde? Was, wenn … was, wenn … was, wenn?

Dorothea rammte ihr Küchenmesser tief in einen Kohlrabi. Dann holte sie zittrig Luft und versuchte sich zu beruhigen. Leicht verlegen schaute sie sich um: Zum Glück war die kleine Küche leer, keine Astrid, keine Kerstin, keine Gespenster. Dämliche Idiotin, schalt sie sich selber kopfschüttelnd und goss sich ein Glas von dem samtigen dunklen Rotwein ein, der nachher zu dem Gemüse und ein wenig Rauchfleisch in den

Schmortopf kommen würde. Schluck für Schluck kehrten Gelassenheit und Zuversicht wieder. Mit Sicherheit würde es ein schöner Abend werden. Und außerdem war es verständlich, dass sie ein bisschen nervös war. Schließlich kannte sie Kerstin noch gar nicht, wusste nur, was Astrid erzählt hatte. An der ganzen Aufregung war nur Marion mit ihrer Unkerei schuld. Ja, es würde sogar ganz gewiss ein toller Abend werden, sie würden sich bestimmt jede Menge zu erzählen haben und das Essen genießen. Ihrem Schmortopf hatte sowieso noch nie eine widerstehen können und spätestens beim Dessert wäre auch eine kühle Informatikerin zu wohlig-satten kleinen Seufzern zerschmolzen.

Gutes Essen war seit Langem Dorotheas Flammenschwert gegen jegliche Art von Ungeheuern, vermutlich auch nicht zuletzt deshalb, weil es früher so knapp zugegangen war daheim. Unerschütterlich war sie davon überzeugt, dass eine gute Mahlzeit nahezu jede Woge glätten, eine Leckerei jede aufgebrachte Freundin besänftigen könne. Sie verschenkte mit kulinarischen Genüssen eine Menge von sich selbst.

Alle Zutaten für den Eintopf waren geschält und klein geschnitten. Dorothea ging hinaus in den Flur und holte aus ihrer geräumigen Reisetasche einen massiven, gusseisernen Topf, ihr Geburtstagsgeschenk für Astrid. Das Ding war höllenschwer. Sie schleppte ihn in die Küche. Wirklich ein Prachtstück. Und es ließ sich herrlich darin kochen, dass hatte sie zu Hause bereits ausprobiert. Sie grinste, ein kleines bisschen niederträchtig war das Geschenk ja schon. Astrid war nämlich, so gern sie auch aß, eine gnadenlos schlechte Köchin. Fantasielos, nachlässig, nicht bei der Sache. Hab ich dies nicht, nehm ich jenes. Dorothea kam gar nicht so schnell auf die Palme, wie sie wütend wurde, wenn sie Astrid in der Küche zusah. Gemeinsames Kochen war nur dann möglich, wenn Astrid sich strikt auf genau definierte Handlangerinnendienste beschränkte – was ihr aufgrund mangelnden kulinarischen Ehrgeizes zum Glück nicht schwerfiel – und wenn sie Dorothea, die am Herd ganz erstaunlich humor- und kompromisslos war, nicht in die Quere kam.

Immer wieder, so dass sie die anderen schon langweilte, erzählte Astrid die Geschichte ihres russischen Schmortopfes. Vor einigen Jahren sei sie in Sankt Petersburg gewesen, um Interviews mit den Lesben des dortigen *Gendernyj Zentr* zu führen. Sie hatte privat bei Tanja gewohnt, die für sie dolmetschte, ihr Stadt und Lesbenszene zeigte. Sie hatten sich sehr gut verstanden und großartige Mahlzeiten zusammen gekocht. In einem gusseisernen Schmortopf – und genau so einen hatte Astrid zum Abschluss ihrer Reise gekauft und den langen Weg zurück nach Hause geschleppt. Beim Auspacken war er gesprungen. Seitdem diente er als Pflanzgefäß für üppig blühende Kapuzinerkresse im Garten einer Freundin und Astrid hatte sich in die Idee verstiegen, dass sie eine begnadete Köchin wäre, besäße sie nur wieder so einen Topf.

Dorothea wuchtete das schwere Kochgeschirr auf den Herd, gab etwas Schmalz hinein und ließ das Rauchfleisch zusammen mit viel Zwiebeln und Knoblauch anbraten. Dann kamen das Gemüse, Gewürze und eine ordentliche Menge von dem Rotwein dazu, einmal kräftig umgerührt, Deckel drauf und ab in den Ofen. Dort würde der Eintopf bis heute Abend sachte vor sich hin köcheln.

Rasch räumte Dorothea die Küche auf und warf einen Blick auf die Uhr. Es blieb genügend Zeit für die Pause, die sie sich vorhin versprochen hatte. Sie gönnte sich ein verschwenderisches Schaumbad. Ein Luxus, den sie sehr genoss, wenn sie bei Astrid war, denn sie hatte nur eine Dusche in ihrer kleinen Dachwohnung. Sauber und duftend kroch sie anschließend wohlig müde ins große Bett, überlegte kurz, ob sie vielleicht doch lieber den Wecker stellen sollte, und war auch schon eingeschlafen, bevor sie diesen Vorsatz in die Tat hätte umsetzen können.

Zeitreise

Ist die schwarze Köchin da? Nein, nein, nein!

Nein!

Der Löffel fällt mit einem Platschen zurück auf den Teller, einige Suppenspritzer landen auf dem Wachstuch, in Dorotheas trotzig unglücklichem Gesicht und auf der Hand ihrer Nachbarin.

„Iiiih! Tante Marianne, die Dorothea kleckert! Und essen will sie auch nicht!" Mit vor Eifer und gerechter Empörung hochroten Wangen nimmt Susi lautstarke Rache für vermeintliche Kränkungen heute Morgen in der Puppenecke: „Tante Marianne, Tante Mariaaanne, nun guck doch endlich mal!"

Doch Susi hätte sich gar nicht so anstrengen brauchen, die Erzieherin hat Dorothea sowieso schon die ganze Zeit im Auge und steht Sekunden später hinter der Fünfjährigen. Eine Hand legt sich grob um den schmalen Kindernacken.

„Was ist das denn hier für eine Schweinerei? Warum verschwendest du die gesunde Suppe und isst nicht anständig wie die anderen auch?" Die Stimme der Kindergärtnerin verkündet Unheil.

„Ich … ich mag doch … keine Graupen", kommt es leise und stockend von Dorothea.

Eine Eisenfaust zerrt das schmächtige Persönchen vom Stuhl hoch.

„Na warte, mein Fräulein, dir werd ich's zeigen! Erst mit dem Essen rummantschen und dann auch noch frech werden. Du gehst jetzt mal schön in die Kammer. Da kannst du in Ruhe drüber nachdenken, wie sehr sich die armen Negerkinder in Afrika über so ein gutes Essen freuen würden. Du solltest froh sein, dass du nicht weißt, was hungern heißt, du undankbares Ding!" Mit jedem Wort stößt die Frau das Mädchen unter den triumphierenden Blicken von Susi und dreiundzwanzig anderen Kindern weiter in Richtung Besenkabuff.

Dreimal muss ich rummarschier'n, das vierte Mal den Topf verlier'n, das fünfte Mal komm mit!

Die Tür hat sich hinter Dorothea geschlossen, der Schlüssel mit Nachdruck im Schloss gedreht. Unglücklich kauert sie sich auf die schmale Pritsche, die in einer Ecke des engen Raumes steht. Nur langsam nehmen die Gegenstände Konturen an, es ist fast dunkel, nur ein winziges, hoffnungslos verstaubtes Fenster ganz weit oben lässt ein wenig Licht hereinschimmern. Die Luft ist muffig, abgestanden und es riecht durchdringend nach den grünen Wachsspänen, mit denen die langen Flure des Kindergartens gekehrt werden. Ein schiefes Regal mit Putzmitteln, zwei Eimer, Schrubber, Besen und das kleine Eisenbett, mehr gibt es nicht zu sehen. Doch Dorothea sieht sowieso nichts, endlich laufen die Tränen. Heiß vor Scham, Zorn und Angst. Sicher wird die Mutter nachher beim Abholen wieder alles erfahren, wenn nicht von der Kindergärtnerin, dann wird schon Susi, die olle Petze, dafür sorgen. Das bedeutet auf jeden Fall keinen Nachtisch für Dorothea – und dabei gibt es doch heute den heiß geliebten Schokoladenpudding – oder vielleicht sogar ohne Abendbrot gleich ins Bett.

Von wegen „weißt nicht, was hungern heißt", Dorothea könnte schreien vor Wut. Reich ist der Tisch nie gedeckt im Hause Richter, zu knapp ist das Geld. Und von dem, was da ist, bekommt selbstverständlich zuerst der Vater, dann der große Bruder und die Mutter. Für Dorothea das, was übrig bleibt, und das ist viel zu oft wenig genug.

Der Magen knurrt, tut richtig weh, aber die schleimigen Graupen, die mag sie nun wirklich nicht. Schon Anblick und Geruch der zähflüssigen grauen Pampe lassen sie würgen, bei allem Hunger, die bringt sie nicht herunter. Aber mäkeln, das geht nicht an, nicht im Kindergarten und schon gar nicht zu Hause.

Ist die schwarze Köchin da? Ja, ja, ja!

Dass ihr nun auch noch dauernd dieser alberne Reim im Kopf herumgehen muss. Dorothea hasst das dumme Kreisspiel, die findet sie sowieso doof; Ringlein, Ringlein, du musst wandern, der Plumpsack geht um – aber die schwarze Köchin ist das schlimmste von allen. Überhaupt ist der ganze Kindergarten schrecklich, viel lieber würde sie daheim bleiben. Immer geht alles streng nach Kommando. Die Mädchen in die Puppenecke, die Buben in die Bauecke. Jeden Vormittag eine halbe Stunde Spaziergang, immer zwei und zwei an der Hand gefasst, jeden Tag eine Stunde Mittagsschlaf nach dem Essen. Und wehe, da hält eine nicht Ruhe, dann heißt es: Ab in die Kammer! Das ist eine der vielen Strafen für Verfehlungen, unheimlich schnell ist eine begangen, oft aus Versehen, die Gefahr dazu lauert überall. Normalerweise ist Dorothea sehr artig – bloß nie den Mund aufmachen, das hat sie zu Hause schon lange gelernt – und muss diese Demütigung nicht oft über sich ergehen lassen.

Irgendwann hat sie sich erschöpft in den Schlaf geweint, steht nun ganz verwirrt und benommen da, nachdem sich plötzlich die Kammertür geöffnet hat, sie unsanft von der Pritsche und in den großen Gruppenraum gezogen wird.

Da steht sie ja, da steht sie ja. Pfui, pfui, pfui!

Die anderen Kinder lachen sie aus, zeigen mit den Fingern auf sie, auf ihr zerzaustes Haar und die zerknitterte Bluse. Und an der Tür wartet schon die Mutter, die Augen voller Ärger und Müdigkeit, der Mund ein zusammengekniffener Strich. Dorothea wird vor Angst noch ein wenig kleiner: O weh, o weh, was wird das wohl heute noch geben?

3

Kerstin stieg hinter Astrid die Treppe hinauf, was sie wie immer zum Schnaufen brachte. Hundertsiebzehn Stufen ohne Fahrstuhl. Bei regelmäßigem Training mochte das vielleicht

Kondition bringen, aber so musste sie sich anstrengen, um Schritt zu halten, denn Astrid nahm immer gleich zwei Stufen auf einmal. Die musste es ja wirklich eilig haben, zu Dorothea zu kommen.

Dass Astrid nur wegen dieser Doro auf das gewohnte Ankunftsritual verzichtet hatte, nahm sie ihr schon etwas übel. Sonst waren sie immer gleich vom Bahnhof zu einem Asia-Imbiss gefahren, um Berge von Reis, Gemüse, frittierten Krabben, knuspriger Ente, Hähnchenfleisch mit Cashewnüssen und diversen scharfen Soßen einpacken zu lassen. Am Anfang war Kerstin irritiert, dass Astrid es nicht wie normale Menschen bei zwei Portionen belassen konnte, aber längst liebte sie diese Gelage zur Feier ihres Wiedersehens heiß und innig.

Fast jedes Mal fuhren sie zu einem anderen Fast-Food-Restaurant, denn die neu eröffneten machten das beste Essen und packten die größten Portionen ein. Solange, bis der Imbiss gut eingeführt war. Kerstin und Astrid hatten dieses System durchschaut.

Aber heute würden sie darauf verzichten, weil Dorothea gekocht hatte. Doro sei eine so tolle Köchin, hatte Astrid verzückt geschwärmt. Seit wann stand sie denn auf Hausfrauen? Köchin klang dermaßen spießig, so richtig hausbacken. Vielleicht würde Kerstin diese Dorothea gar nicht mögen. Astrid konnte sie ja mit ihrer Kocherei vielleicht beeindrucken, denn für gutes Essen würde sie so ziemlich alles tun. Kerstin war damit nicht so leicht zu ködern.

Endlich hatte auch Kerstin die Wohnungstür erreicht. Jetzt nur nicht zu laut schnaufen. Leider klappte das nie. Immer wenn sie außer Atem geriet und das zu verbergen suchte, hielt sie die Luft an, was, gepaart mit der Aufregung, unweigerlich zu noch auffälligerem Japsen oder gar Schluckauf führte. Dorothea, diese Superfrau, sollte doch nicht etwa denken, Kerstin wäre unsportlich und schlaff. Der machte Treppensteigen bestimmt nichts aus.

Aus der Wohnung zog ein appetitlicher Duft nach Geschmortem, gemischt mit einem Hauch Vanille. So wie früher in Omas Küche mit einer Spur Eisdiele dazu. Kerstin konnte nicht verhindern, dass sich ihr Magen umgehend lautstark bemerkbar machte, denn außer einem frühmorgendlichen Bagel im Stehcafé und dem Apfelkuchen im Zug hatte der heute noch nichts bekommen. Völlig egal, was es geben würde. Sie aß fast alles, Hauptsache, sie brauchte nicht selbst zu kochen.

Von Dorothea war nichts zu sehen, außer der in Kerstins Augen lächerlich überdimensionierten Reisetasche. Immerhin hatte sie die wenigstens im Flur stehen lassen und nicht etwa demonstrativ neben Astrids Bett gestellt. Diese scheinbare Nebensächlichkeit registrierte Kerstin nicht ohne Zufriedenheit. Vielleicht gab es ja doch eine Chance, dass sie sich verstehen würden.

Genau in diesem Moment öffnete sich die Schlafzimmertür und heraus stolperte eine total verschlafene Dorothea, ziemlich zerknittert, die Haare verstrubbelt, die Augen in der plötzlichen Helligkeit zu schmalen Schlitzen zusammengekniffen.

„Da muss ich wohl doch eine ganze Weile geschlafen haben, sorry."

Dorothea murmelte die überflüssige Erklärung nur undeutlich und grinste verlegen, ehe sie sich an den beiden vorbei ins Badezimmer schob. Astrid schmunzelte und Kerstin hatte dieser verunglückte Start fast ein wenig für Dorothee eingenommen. Es tat gut, dass die auch nicht perfekt war.

Astrid gab sich Mühe, die Winterjacken an der Garderobe aufzuhängen. Kein leichtes Unterfangen, da sie wie üblich völlig überfüllt war. Aufräumen gehörte ganz sicher nicht zu ihren Lieblingsbeschäftigungen. Deshalb waren ihre Bemühungen auch vergeblich, denn beide Jacken fielen ihr augenblicklich zurück in die Arme gefolgt von weiteren Kleidungsstücken.

Kerstin umarmte die mit den Armen rudernde Astrid von hinten und begann zärtlich ihren Hals zu küssen. Wie gut sie doch roch, wie sehr Kerstin sich nach ihr gesehnt hatte in den letzten Tagen.

Für einen Moment waren sie so versunken, dass sie erschraken, als Dorothea unvermittelt aus dem Bad kam. Astrid stand immer noch mit zwei Jacken im Arm da. Verknäulte Schals hatten sich in ihren Haaren verfangen. Ein paar Mützen und Handschuhe folgten im Zeitlupentempo der Schwerkraft. Welch ein Auftakt! Kerstin brach in albernes Gelächter aus. Gleich darauf aber auch die beiden anderen. Damit war zumindest das Eis gebrochen.

Nachdem sie sich wieder halbwegs beruhigt hatten, ergriff Astrid die Initiative: „Ladys, lasst uns in die Küche gehen. Ich koche Tee."

In der Küche war es mollig warm. Astrid goss Tee auf und Kerstin deckte den Tisch. An ihren eigenen Platz stellte sie ihre Tasse, die mit dem Leuchtturm. Wäre ja auch noch schöner, wenn Dorothea ihr die streitig machen würde. Kerstin war immer noch auf Krawall gebürstet. Dorothea konnte gar nicht wissen, dass Astrid Kerstin diese Tasse bei ihrem ersten Besuch hier im Norden geschenkt hatte.

Sie waren ans Meer gefahren, hatten sich in einen Strandkorb gekuschelt. Zuerst war das Wetter grau und kühl gewesen, als der Himmel später aufriss, hatte ihnen die Sonne Lust auf einen langen Strandspaziergang gemacht. Und weil sie einfach nicht länger warten konnten, hatten sie sich in den Dünen geliebt, obwohl es dafür überhaupt nicht warm genug gewesen war.

Vor der Heimfahrt hatten sie den kleinen Kramladen entdeckt und, um sich aufzuwärmen, lange darin herumgestöbert. Dabei hatte sich Kerstin in die Leuchtturmtasse verguckt. Und am nächsten Morgen stand sie dann plötzlich an ihrem Platz auf dem Frühstückstisch. Astrid hatte es geschafft, das Objekt der Begierde heimlich zu kaufen. Seitdem hing ihr geliebter Becher immer an seinem Haken an Astrids Tassenregal.

Dorothea machte sich am Backofen zu schaffen und wuchtete einen gigantischen Topf auf den Küchentisch. Sie hob den schweren Deckel ab und der köstliche Duft ließ allen dreien das Wasser im Mund zusammenlaufen. Ganz die Hausfrau schaufelte sie jeder eine große Portion auf den Teller. Gefräßige Stille breitete sich aus, lediglich unterbrochen vom Klappern des Bestecks. Mit erstaunlicher Geschwindigkeit leerten sich die Teller und keine zierte sich, als Doro Nachschlag anbot.

Das Gespräch kam jetzt langsam in Gang und kreiste, wie konnte es wohl anders sein, ums Essen: Um Lieblingsgerichte, um regionale Absonderlichkeiten wie Grünkohl mit Pinkel, Linsen und Spätzle oder Leipziger Allerlei mit Krebsschwänzen. Dann begannen die drei, kulinarische Kindheitserinnerungen auszutauschen.

Als Astrid die allen schon hinlänglich bekannte Schmortopf-Geschichte zum Besten gab, hielt es Dorothea nicht mehr aus. Auf der Stelle verriet sie dem Fast-Geburtstagskind, dass der neue Schmortopf mitnichten nur eine Leihgabe, sondern ihr Geschenk sei.

Sie kam nicht mehr dazu, sich über die Beweggründe für dieses Geschenk auszulassen, denn Astrid fiel ihr auf der Stelle um den Hals. Währenddessen überlegte Kerstin, ob es ihr gefallen würde, wenn Astrid von nun an zur Hobbyköchin und Hausfrau mutieren würde, aber da bestand wohl keine allzu große Gefahr. Für Kerstin musste Hausarbeit schnell und effizient zu erledigen sein, schließlich gab es doch eine Menge andere Dinge im Leben, die Spaß machten.

Längst waren die drei Frauen satt, der Topf jedoch noch nicht mal zur Hälfte geleert. Für das Mittagessen am Samstag dürfte also gesorgt sein. Mit einem Blick zur Uhr – die Zeiger bewegten sich auf zwölf zu – sprang Dorothea auf und war mit einem gemurmelten „Muss noch mal zum Auto“ auch schon fast aus der Tür. Nur noch fünf Minuten bis zu Astrids Geburtstag. Kerstin stellte den Leuchter vom Fensterbrett auf den Küchentisch. Der passte perfekt zu Astrid und ihrem Ambiente: Drei Frauen in barocken Formen lümmelten auf einem Sofa, alles aus bunt bemaltem Blech gearbeitet. Jede hielt eine blaue Kugelkerze auf dem Schoß, die Kerstin jetzt versuchte anzuzünden. Sie kämpfte wie immer mit dem Feuerzeug und hatte sich natürlich schon wieder die Daumenkuppe verbrannt. Sie lernte es einfach nicht. Beim nächsten Einkauf würde sie darauf bestehen, Streichhölzer anzuschaffen.

Rasch holte sie das Geschenk aus ihrem Rucksack, den sie vorhin im Flur stehen gelassen hatte. Wieso hatte sie sich im Zug eigentlich so viele Gedanken gemacht, welche Regel die Etikette eines ersten Treffens zu dritt für die Platzierung von Reisegepäck vorsah? Bisher ging doch alles ganz einfach.

Kerstin legte das Geschenk vor Astrid auf den Tisch und zog sie zu sich heran.

„Herzlichen Glückwunsch, meine Herzdame“, flüsterte sie ins Ohr der Liebsten, ließ ihre Zungenspitze dorthin folgen. Astrid wandte sich ihr zu und dann trafen sich auch schon ihre Lippen, spielten ihre Zungen miteinander. Ihr Kuss wurde erst von der Türklingel unterbrochen. Arm in Arm öffneten beide und vor ihnen stand Dorothea, das heißt, zuerst sahen sie eine unglaubliche Torte mit einer brennenden Kerze darauf, weiß wie Schnee die Creme und der Teller garniert mit vielen rosaroten Marzipanröschen. Kerstin musste sofort an das Röschenzimmer in Irland denken. Ob Astrid Dorothea davon erzählt hatte?

„Happy Birthday, mein Herz“, rief Dorothea, vom Treppensteigen etwas außer Atem. War wohl doch nicht so sportlich. Sichtlich stolz auf ihre Torte war sie allerdings und das nicht zu Unrecht. Dorothea versuchte, Astrid über die Torte hinweg einen Kuss zu geben, was sich aber als unmöglich erwies. Kerstin nahm ihr das Meisterwerk sicherheitshalber ab und trug es in die Küche.

Als sie zurückkam, um die Flurtür zu schließen, waren die beiden eng umschlungen. Die bemerkten sie wohl gar nicht? Im ersten Moment wollte sie sich beleidigt in die Küche zurückziehen. Dann aber stellte sie zu ihrer eigenen Überraschung fest, dass sie den Anblick der beiden schön fand, dass es ihr zumindest im Moment gar nichts ausmachte, ihnen zuzuschauen.

Doro war schon unerhört gescheit und schlagfertig, von Kerstin hoch geschätzte Eigenschaften. Und so anders als Astrid, ganz weich und rund, und sie hatte etwas, das Kerstin sich ganz wohl und entspannt fühlen ließ.

Jetzt fasste Astrid Kerstins Hand und alle drei gingen in die Küche zurück, um sich über die Torte herzumachen. Kaum lagen die Stücke auf den Tellern, schlug sich Dorothea die Hand vor die Stirn: „Ach je, die Mauseschokolade. Die habe ich doch glatt im Kühlschrank vergessen."

Nicht zu glauben, aber diese Frau hatte doch tatsächlich auch noch einen üppigen Nachtisch gemacht. Astrid liebte zwar alles Süße, aber wäre die Torte nicht genug gewesen? War etwa Dorothea auch aufgeregt gewesen vor ihrem ersten Treffen? Und hatte nur deshalb so viel Essen vorbereitet?

Was sollten sie jetzt mit der Riesenschüssel Nachtisch anstellen? Astrid sagte, dass Geburtstag schließlich nur einmal im Jahr sei, und schaufelte sich drei große Löffel Mauseschokolade neben ihre Torte. Sie strahlte dermaßen, dass Kerstin Lust bekam, es ihr gleichzutun.

Dann machte sich das Geburtstagskind daran, Kerstins Geschenk auszupacken. Eine Flasche irischer Whiskey und Irish-Coffee-Gläser samt den passenden Löffeln kamen zum Vorschein, eine Reminiszenz an den Irlandurlaub. Damals hatten sie in jedem Pub vergeblich nach diesem vermeintlichen

Nationalgetränk gefragt, aber offensichtlich war Irish Coffee eine ähnlich deutsche Kreation wie Russischer Kakao – kein Russe würde je ernsthaft in Erwägung ziehen, Alkoholika in seinen Kakao zu gießen. Aber Astrid war begeistert und setzte gleich Sahne auf die morgige Einkaufsliste, damit sie endlich zu ihrem Irish Coffee kommen würden.

Müde fielen sie ins Bett – alle drei in Astrids Bett. Schließlich war es groß genug. Astrid lag in der Mitte, Kerstin schmiegte sich ganz dicht an ihre rechte Seite, aber ehe ihre Augen zufielen, richtete sie sich kurz auf, lehnte sich über Astrid hinweg und gab Dorothea einen Gute-Nacht-Kuss. Etwas erschrocken über den eigenen Mut rollte sie sich dann schnell wieder zusammen und schloss die Augen.

Zeitreise

Kerstin weiß, dass ihr Großvater gestorben ist. Gestorben, viel kann sie sich darunter nicht vorstellen. Gestorben ist weg. Nicht mehr da. Der Großvater ist nicht mehr da. Da war er ja sowieso nicht, hat ziemlich weit weg gewohnt. Mit dem Zug muss man dorthin fahren. Einen ganzen Tag lang. Aber Zugfahren macht Kerstin Spaß. Es ist immer ganz, ganz aufregend. Und am liebsten geht sie in den Speisewagen. Das ist lustig, weil dort das Geschirr auf dem Tisch wackelt. Und es gibt so kleine Flaschen mit Apfelsaft. Darauf ist ein Apfel gemalt, der wie ein Männchen aussieht, mit Armen und Beinen und einem Lachmund. Aber das Allerbeste sind die Strohhalme. Die stecken in dünnem weißem Papier. Das muss man aufreißen und drinnen ist ein richtiger, echter Strohhalm. Wie die Grashalme auf dem Spielplatz, nur leuchtend gelb, wie Gold. Wenn man eine Weile daran nuckelt, wird der ganz weich. Das fühlt sich am Mund völlig anders an als die bunten Plastehalme zu Hause. Die kann man höchstens zusammenbeißen, bis nichts mehr durchkommt. Kerstin möchte schrecklich gern mal so einen richtig echten Strohhalm mit nach Hause nehmen, aber die sind schmutzig, wenn sie daraus getrunken hat, sagt Mutti. Schade.

Der Großvater ist also weg. Nicht mehr da. Gestorben. Zug fahren kann sie aber trotzdem noch, zur Großmutter, die ist ja noch da. Wenn der Großvater weg ist, findet Kerstin das gar nicht so schlimm. Der war ihr immer ein bisschen unheimlich. Obwohl Mutti gestern gesagt hat, der hatte Kerstin so lieb. Der war so gut zu ihr. Da hat sich Kerstin Mühe gegeben, ihn lieb zu haben. Der hat aber immer so grimmig geguckt und war so ernst, hat nie gelacht. Oder wenn, dann nur über Kerstin. Immer sollte sie mit ihm Quartett spielen. Sie kennt die Bilder auf fast allen Karten. Für jeden Monat gibt es vier Bilder und mitten im Sommer ist eine schrecklich gruselige Karte mit einem Gewitter drauf. Die böse Wolke hat ein Gesicht, das wie der Großvater aussieht. Vielleicht muss Kerstin jetzt nie wieder Quartett spielen. Oder die Gewitterkarte ist plötzlich verschwunden. Zusammen mit dem Großvater gestorben. Vielleicht hat er die mitgenommen.

Kerstin durfte sich heute Abend ins große Elternbett legen. Zum Einschlafen, weil die Eltern nicht da sind. Die sind zur Beerdigung gefahren. Mit dem Zug sind die gefahren. Ohne Kerstin. Kerstin fährt doch so gern Zug. Aber Beerdigungen sind nichts für Kinder. Ob die Eltern die Apfelmännchen gesehen haben? Oder sogar aus den echten Strohhalmen getrunken haben? Kerstin hat lange nachgedacht und ist noch gar nicht eingeschlafen, liegt immer noch wach.

Die Eltern sind schon den ganzen Tag weg. Aber die sind nicht gestorben. Die kommen wieder. Kerstin wird so lange wach bleiben, bis sie kommen. Und wenn der Großvater wiederkommt? Wenn er plötzlich hier an Kerstins Bett steht und ihr die Gewitterkarte vors Gesicht hält? Oder er steht das nächste Mal hinter Kerstins Stuhl, wenn sie nicht richtig betet. Immer muss sie bei den Großeltern beten, vor jedem Essen.

Der Großvater spricht ganz, ganz ernst ein Gedicht und alle müssen die Hände zusammenhalten und am Ende fassen sich alle an und sagen so ein Wort, das Kerstin jetzt vergessen hat. Vielleicht ein Zauberwort, bestimmt kann der Großvater zaubern und verhext Kerstin, wenn sie nicht brav ist. Kerstin mag das alles nicht. Zu Hause machen sie so etwas nie. Aber das darf Kerstin nicht sagen, wenn der Großvater dabei ist. Vielleicht wird der Großvater jetzt ja auch wie der Weihnachtsmann, der am Radio durch das grüne Leuchtauge schaut und alles beobachtet, was Kerstin tut. Mutti und Oma sagen immer, der sieht alles. Kerstin findet Petzen ziemlich gemein.

Endlich hört sie die Eltern im Flur. Sie reden kurz mit Oma und kommen dann ganz leise in Kerstins Zimmer. Sie schimpfen nicht mal, weil Kerstin noch nicht schläft. Stifte haben sie Kerstin mitgebracht, ganz besondere Stifte, Zauberstifte. Filzstifte heißen die. Das ist so was wie Buntstifte, die man nie spitzen muss. Die malen auch ganz anders, viel schöner. Und die sind aus dem Westen. Sechs Filzstifte. Kerstin hat sie gleich gezählt. Morgen früh wird sie mit denen malen. Gleich morgen früh. Jetzt liegt die orangefarbene Plastehülle neben Kerstin auf dem Nachttisch. Nach dem Aufstehen wird sie sich ganz schnell waschen, anziehen, frühstücken und dann geht es los. Am liebsten würde Kerstin alle ihre schon ausgemalten Malbücher neu übermalen. Aber Mutti hat gesagt, das darf sie nicht, da gehen die Filzstifte gleich kaputt, wenn man über Buntstift malt. Schade. Kerstin wird also ein paar neue Bilder malen. Gut, dass Oma ihr gerade einen neuen Zeichenblock gekauft hat. Mit den Filzstiften aus dem Westen darf man auch nichts ausmalen, nur so Striche machen, sonst gehen sie auch kaputt. Die Weststifte müssen sehr empfindlich sein. Kerstin wird lieber auf Mutti hören. Wenn sie nicht hört, passiert was ganz, ganz Schlimmes. Bestimmt stirbt Kerstin dann auch. Wo geht sie dann hin? Und kann sie die Filzstifte mitnehmen?

4

Nur noch ein bisschen Gel in die Haarspitzen. Kerstin drückte einen Klecks aus der Tube, verteilte die glibberige Masse auf ihren Handflächen und strubbelte sich durch die kurzen dunkelblonden Haare, bis ihr die Form gefiel. Schwarze enge Lederhose, weiße Bluse und eine schwarze Jeansjacke. Prüfend sah sie in den Spiegel und war recht zufrieden mit sich. Das von Kerstin befürchtete Gefühlschaos war bisher ausgeblieben. Dorothea schien etwas Ausgleichendes an sich zu haben, war beinahe ein Gegenpol zu Astrids überschäumendem Temperament, das Kerstin anbetete, das sie von Zeit zu Zeit aber auch atemlos machte.

Gleich nach dem Aufwachen zum Beispiel hatte Astrid sie heute Morgen mit dem Vorschlag überrascht, einen Ausflug ans Meer zu machen. Doch Dorothea und Kerstin waren sich auf Anhieb einig gewesen: Das würde viel zu knapp werden. Der Wecker hatte beim Wachwerden 10.03 Uhr gezeigt. Nur noch acht Stunden bis zum Fest. Das Meer würde noch ein bisschen auf sie warten müssen. Astrids anfänglicher Protest war auch ganz schnell verraucht, als Kerstin begonnen hatte, ihre Schulter zu küssen und Dorothea ihr Gesicht in der hellen Lockenmähne vergraben hatte. So waren sie am Morgen noch eine Weile im Bett geblieben, hatten ganz entspannt miteinander geredet und gelacht, als wäre es das Selbstverständlichste der Welt. Obwohl Kerstin sich ein paar Mal kurz gefragt hatte, was denn passieren würde, wenn sie jetzt plötzlich nicht nur Astrids Schulter, sondern auch Doros Arm streicheln würde. Aber diesen Gedanken hatte sie auf der Stelle wieder zur Seite geschoben. Schließlich sollte doch ab 18.00 Uhr die große Geburtstagsparty steigen.

Die Ausrichtung des Festes hatten Jutta und Carmen, zwei Frauen aus Astrids Freundinnenkreis, übernommen. Die beiden stellten das kleine Bistro, das sie seit zwei Jahren bewirtschafteten, zur Verfügung. Sie würden die Dekoration und das

Buffet vorbereiten. Astrid hatte heute lediglich die bestellte Eistorte in der Stadt abholen müssen.

Kerstin sprühte sich noch einen Hauch ihres Lieblingsparfüms in den Ausschnitt und war fertig. Kurz nach fünf. Langsam wurde es Zeit. Sie kam nicht gern zu spät, behielt die Uhr im Auge, obwohl es nicht einmal ihre Party war. Wo blieben eigentlich die beiden anderen? Sie ging ins Schlafzimmer.

Astrid stand händeringend vor ihrem Schrank, denn ihrer Lieblingsbluse fehlte ein Knopf und der Reißverschluss ihrer indischen Hose war halb ausgerissen. Dorothea kramte seufzend in Astrids kaum entwirrbarem Nähzeug, verdrehte theatralisch die Augen, als Kerstin ins Zimmer trat. Astrid ging zielstrebig zu einer riesigen Vase, die in der Ecke stand, und kippte sie um. Offensichtlich stopfte sie dorthinein alles, was ihr sonst gerade im Weg war. Alte Kinokarten lagen zwischen Reißzwecken und verbrauchten Batterien. Ein Wollknäuel war eine innige Verbindung mit einem abgebrochenem Bleistift und dem Unterteil eines Räuchermännchens eingegangen. Aber tatsächlich beförderte sie nach kurzer Zeit den an der Bluse fehlenden Knopf zutage.

Während Dorothea sich daran machte, ihn auf die Schnelle anzunähen, schlüpfte Astrid in ihre weite bunte Pluderhose und Kerstin flickte den Reißverschluss ganz passabel mit zwei Sicherheitsnadeln zusammen. Wenn Astrid die Bluse über der Hose tragen würde, dürfte es gar nicht weiter auffallen. Außerdem würde ihre mit Pailletten besetzte Weste ohnehin alle Aufmerksamkeit auf sich ziehen. Das war genau der Kleidungsstil, den Astrid liebte – bunt und schrill. Dorothea schnitt den Faden ab, warf Astrid die Bluse und Kerstin einen vielsagenden Blick zu.

Fünf Minuten später waren die drei Frauen dann schon im Treppenhaus, bepackt mit der Eistorte, die in einem unförmigen Thermosbehälter steckte, und zwei mittelgroßen, aber ziemlich schweren Tüten mit diversen Flaschen.

Zum Glück war es nicht weit, aber Kerstin, die an die Großstadt gewöhnt war, kamen in Oldenburg eigentlich alle Wege kurz vor. In zehn Minuten würden sie es zu Fuß bis zum Bistro schaffen und sogar noch leidlich pünktlich sein, falls die Kippbrücke ihnen keinen Strich durch die Rechnung machte. Von dieser Brücke war Kerstin schon seit ihrem allerersten Besuch bei Astrid fasziniert: Wann immer ein größeres Schiff passieren wollte, schaltete eine Ampel auf Rot, der gesamte Verkehr stoppte und der mittlere Teil der Brücke wurde nach oben gehievt. Das ganze Bauwerk hatte etwas Altertümliches und sie fühlte sich an Amsterdam und Leningrad – nein, Sankt Petersburg, verbesserte sie sich – erinnert, doch heute würde sie aus Zeitgründen gern auf dieses Schauspiel verzichten.

Glücklicherweise war die Brückenampel tatsächlich grün. Bald bogen sie in die kleine Straße auf der anderen Seite des Kanals ein und sahen das Bistro schon von Weitem: Jutta und Carmen hatten eine Traube bunter Luftballons über der Eingangstür aufgehängt.

Endlich angekommen, nahmen Kerstin und Dorothea dem Geburtstagskind sicherheitshalber die Torte aus der Hand und schoben Astrid als Erste in die kleine Bar. Es war gut, dass sie jetzt die Hände frei hatte, denn Carmen stürzte sich augenblicklich mit einem lauten Freudenschrei auf die Freundin, die sie seit dem Studium kannte, schloss sie fest in die Arme und gratulierte. Jutta, Carmens Liebste, kam auch gleich dazugestürmt.

Während der lautstarken Begrüßung hatte Kerstin Zeit, sich in dem kleinen Gastraum umzusehen. Sie war schon oft mit Astrid hier gewesen, wusste, dass die beiden hervorragendes Essen und wunderbaren Milchkaffee servierten. Wenn es passte, waren sie geblieben, bis Carmen und Jutta Zeit hatten, noch eine mitternächtliche Flasche Rotwein mit ihnen zu trinken. Kerstin mochte die beiden Frauen und ihr Bistro war schnell einer ihrer Lieblingsorte in Oldenburg geworden. Carmen und Jutta hatten vor der Eröffnung drei Monate schuften müssen, unterstützt von allen ihren Freundinnen. Astrid hatte damals sogar extra zwei Wochen frei genommen. Und es hatte sich auf alle Fälle gelohnt. Die Wände strahlten in einem warmen Goldton, überall hingen große bunte Acrylbilder, die Stefanie, die Künstlerin und Gärtnerin im Freundinnenkreis, gemalt hatte. Rote Tomaten. Eine Aubergine. Eine Banane. Grüne und gelbe Paprika. Blumenkohl auf blauem Grund. Das Prunkstück aber war das riesige altertümliche Sofa, das mit lila und rosa Flokati-Plüsch bezogen in einer Ecke thronte. Vier Frauen hatten lässig darauf Platz.

Gleich neben dem Sofa war das Buffet aufgebaut. Und überall hingen große Papiersonnenblumen von der Decke, mindestens hundert Stück. Sie waren absolut kitschig und grauenhaft, aber dem Anlass wunderbar angemessen, denn Astrid liebte Sonnenblumen über alles und bedauerte jedes Jahr von Neuem, dass es zu ihrem Geburtstag keine gab. Es war nicht zu übersehen, wie viel Mühe sich Jutta und Carmen mit der Vorbereitung des Fests gegeben hatten, und augenscheinlich mochten sie Astrid sehr.

Mit viel Schwung flog jetzt die Eingangstür auf. Stefanie hatte mit dem Ellenbogen die Messingklinke heruntergedrückt und dann die schwere Holztür mit der Hüfte aufgestoßen, weil sie keine Hand mehr frei hatte, denn sie balancierte einen großen Keilrahmen, der vorerst noch in ein Bettlaken gehüllt war. Sie gab Astrid einen Kuss und dann zog sie mit großer Geste die Hülle von ihrem Geschenk: Sie hatte aus Strandgut eine Collage gestaltet. Astrid war begeistert, dieses Kunstwerk passte perfekt zu ihrem Stil.

Kaum hatte sie das Bild zur Seite gestellt, trafen die nächsten Frauen ein. So schnell würde der Strom jetzt wohl nicht mehr abreißen, dachte Kerstin. Da Carmen und Jutta noch einige abschließende Handgriffe am Buffet zu tun hatten, übernahm sie es zusammen mit Dorothea, Sekt in die bereitgestellten Gläser zu gießen.

In der folgenden halben Stunde füllte sich der Raum zusehends. Kerstin kannte längst nicht alle Gesichter. Astrids Freundinnenkreis war groß und ziemlich bunt. Sie selbst wirkte sehr glücklich, strahlte und sprühte und von Zeit zu Zeit kam sie bei Kerstin oder Dorothea vorbeigesprungen, warf eine Kusshand oder sandte einen verliebten Blick quer durch den Raum.

Etliche von Astrids Freundinnen mochte Kerstin, bei anderen dagegen war es ihr ganz lieb, wenn sie sie nicht allzu oft treffen musste. Sie fürchtete, mit einigen auch in den kommenden zehn Jahren kaum warm werden zu können. Was für ein Gedanke! Als hätte sie auch nur die leiseste Ahnung, wie es allein in den nächsten zehn Monaten mit ihr und Astrid weitergehen würde.

Unter der Rubrik *Schwierig* hatte sie in der unangefochtenen Spitzenposition Uschi notiert. Das war eine, die zu jedem Thema etwas zu sagen hatte, alles immer am besten wusste und ununterbrochen belehrende Vorträge von sich gab. Schon bei ihrer ersten Begegnung hatte Kerstin eine Vorlesung über das Schulsystem in Ostdeutschland über sich ergehen lassen müssen. Wie Astrid das nur aushalten konnte? Oder benahm sich Uschi ihr gegenüber am Ende völlig anders? In diesem Moment kam sie zur Bar geschlendert, begrüßte Kerstin und Dorothea mit einem verschwörerischen Lächeln, griff sich ein Glas Sekt und konnte es nicht lassen, einen für sie typischen Kommentar abzugeben:

„Ihr seht ja etwas angeschlagen aus, aber warum tut ihr euch das auch an? Muss doch total anstrengend sein, hier die holde Eintracht zu mimen, obwohl ihr euch am liebsten die Augen auskratzen würdet, nicht wahr? Um nichts in der Welt würde ich meiner Liebsten von meiner Affäre erzählen, ein bisschen Verschwiegenheit macht das Leben erheblich leichter."

Kerstin warf Dorothea aus den Augenwinkeln einen schnellen Blick zu, sah ein kurzes Lächeln um deren Mundwinkel zucken und beschloss, Uschi gar nicht erst einer Antwort zu würdigen. Die wusste doch überhaupt nicht, wovon sie redete. Und außerdem könnte sie gar keiner Liebsten von einer Affäre erzählen, weil sie nämlich, soviel Kerstin wusste, im Moment weder das eine noch das andere hatte.

In diesem Moment schlug Astrid energisch mit einem Kaffeelöffel gegen ihr Sektglas. Als es still wurde, begrüßte sie noch einmal alle und eröffnete dann das Buffet. Für kurze Zeit wurde es etwas stiller. Doch nach und nach kamen an der langen Tafel die Gespräche wieder in Gang, ein fröhliches Durcheinander der Stimmen, über dem immer wieder Astrids unverwechselbares lautes Lachen zu hören war.

Als dann die leeren Teller in die Küche geräumt waren, wurde es Zeit für den nächsten Programmpunkt. Astrids ältere Schwester Hella war eine begeisterte Trommlerin, die seit vielen Jahren Kurse gab, sooft wie möglich nach Afrika reiste, um vor Ort zu lernen. Obwohl die beiden Schwestern sich auseinandergelebt hatten, war Hella Astrids Geburtstagseinladung gern gefolgt. Wahrscheinlich ließ sie sich nur ungern eine Möglichkeit zum Auftreten entgehen und Lesben waren ja bekanntermaßen ein besonders geduldiges Publikum.

Hella war anscheinend genau wie ihre kleine Schwester eine Meisterin, wenn es darum ging, ihre Auftritte in Szene zu setzen. Sie trug ein langes weites Kleid mit großen Mustern in erdigen Tönen und holte eine ganze Kollektion an afrikanischen Trommeln in verschiedenen Größen und diverse Rhythmusinstrumente aus zwei Waschkörben. Die großen Trommeln waren schnell verteilt, augenscheinlich hielten sich viele der Anwesenden für begnadete Musikerinnen. Auch Astrid wurde regelmäßig von diesem Bazillus befallen. Jeden Sommer fuhr sie zur afrikanischen Woche in ein Frauenferienhaus.

Auch wenn es in Lesbenkreisen schon fast zum guten Ton

gehörte, konnte Kerstin dem Trommeln rein gar nichts abgewinnen. Nach einigen halbherzigen Versuchen vor etlichen Jahren hatte sie entschieden, dass sie schließlich nicht alles können und schon gar nicht alles mögen musste.

Aber mit welcher Begeisterung sich Astrid jetzt die Trommel umhängte! Der Liebsten zuschauen – dass wollte Kerstin gern. Sie griff sich schnell ein winziges Schüttelei aus einem der Körbe. Dessen leises Rasseln würde mit Sicherheit im allgemeinen Lärm untergehen, keine würde merken, wenn sie aus dem Rhythmus käme, denn sie hielt sich im Gegensatz zur Mehrheit der hier Anwesenden für gnadenlos unmusikalisch.

Als Kerstin sich mit ihrem Miniaturinstrument auf der Kuschelcouch niederließ, setzte sich Dorothea neben sie, streifte die Schuhe ab, zog die Füße nach oben und machte es sich auf den Polstern gemütlich. Nicht einmal ein Alibiinstrument hatte sie sich genommen, stellte Kerstin überrascht fest. Noch eine Nicht-Trommlerin?

„Wenn es irgendetwas gibt, was mir noch mehr auf die Nerven geht als trommelnde Frauen, dann sind es dilettantisch trommelnde Frauen! Es kostet mich eine ganze Menge, nicht auf der Stelle …“, raunte Dorothea Kerstin ins Ohr. Doch was immer es auch sein mochte, es ging in dem kraftvollen Einsatz enthusiastisch bearbeiteter Schlag- und Rhythmusinstrumente unter. Kerstin hatte vergnügt zu prusten begonnen, wurde sich dann aber mit einem Mal dieses peinlichen Dings in ihrer Hand bewusst. Während sich Dorothea demonstrativ die Hände über die Ohren legte und das Gesicht verzog, beobachtete sie mit einem boshaften Glitzern in den Augen, wie Kerstin schnell das Schüttelei in der Sofaritze versenkte und dabei zart rosa wurde.

Umwerfend sieht sie aus, dachte Dorothea.

Um ein Haar wäre es Doro sogar gelungen, das ohrenbetäubende Getrommel auszublenden, so sehr hatte sie sich in die Betrachtung Kerstins vertieft. Und die starrte ungeniert zurück, bis plötzlich beiden gleichzeitig bewusst wurde, was sie da taten. Verlegen wandten sie den Blick ab und schauten auf die Menge ausgelassener Frauen. Und da war Astrid, leuchtend vor Glück. Dorotheas Herz wurde weit, dieser sprühenden Lebensfreude konnte sie sich trotz ihrer Abneigung gegen die Trommelei nicht entziehen. Astrids Aufmerksamkeit war ganz auf Hella gerichtet, die behutsam lenkend in die fröhliche Kakophonie eingriff. Unter ihren strukturierenden Schlägen formte sich, von Astrid und einigen anderen geübteren Trommlerinnen aufgenommen, langsam eine Schlagfolge heraus, steigerte sich noch einmal zu einem furiosen Crescendo und endete in einem letzten gemeinsamen Wirbel. Einen Moment lang herrschte vollkommene Stille, dann begannen die Frauen zu jubeln und sich selbst wild zu applaudieren.

Doro nutzte die Pause, legte Kerstin kurz die Hand auf den Unterarm und machte eine Kopfbewegung hin zum Ausgang. Kerstin zögerte nur einen winzigen Augenblick, dann nickte sie und stand auf. Dorothea schlängelte sich mit ihr durch die Menge der Frauen, schnappte sich eine der vielen Jacken von der Garderobe und schlüpfte hinter Kerstin durch die Tür. Aufatmend lehnte sie sich an die Hauswand, ihr Blick suchte Kerstins schemenhafte Gestalt, denn ihre Augen hatten sich noch ebenso wenig an die Dunkelheit gewöhnt wie ihre Ohren an die plötzliche Stille. Ein leichter Windstoß rieb die Luftballons aneinander und sie quietschten leise, bis drinnen Runde zwei der wilden Trommelsession begann.

„Ich habe beim Trommeln immer den Wunsch …“

„Was wolltest du vorhin …“

Sie begannen gleichzeitig zu reden, unterbrachen sich gleichzeitig, lachten und fuhren, wiederum gleichzeitig, fort:

„Ich wollte nur sagen, dass …“

„Ich wollte nur wissen, was du …“

Stille. Dann sagte Dorothea: „Bevor das hier ins Alberne entgleist: Sollen wir eine Redeliste aufstellen? Nummern oder

Lose ziehen?" Erleichtert registrierte sie Kerstins Grinsen und fuhr fort: „Was ich eben und auch vorhin bereits sagen wollte: Dieses Getrommel macht mich völlig irre. Ich bekomme sofort heftige Sehnsucht nach spitzen, scharfen Gegenständen und ganz irrwitzige Trommelmordgelüste. Ich hasse das Gefühl, keinen klaren Gedanken mehr fassen zu können und dabei bin ich doch auch so schon durcheinander genug. Ich meine, diese ganze Situation hier, mit Astrid, ihr Geburtstag und dann du … Ich hatte solche Angst vor dem Wochenende, dass ich bei Astrid vollkommen abgemeldet wäre, dass ich dich nicht würde ausstehen können … Und jetzt, jetzt ist es auch nicht gerade besser geworden … Also, weil ich dich doch so … ach, ich weiß auch nicht. Eben, da drin … habe ich mir das nur eingebildet? Ich rede ziemlichen Blödsinn, oder?"

Bei den letzten Worten war ihre Stimme immer leiser geworden, verlegen schaute sie zu Boden, kroch förmlich in sich zusammen. Ohne lange nachzudenken, machte Kerstin einen schnellen Schritt auf Dorothea zu und zog sie in ihre Arme. Überrascht stellte Doro fest, wie gut sich das anfühlte, und seufzte leise. Doch plötzlich war einige Meter von ihnen entfernt das Knirschen von Schuhen auf Kies zu hören und Rauch wehte herüber. Wie ertappt und dennoch widerstrebend lösten sie sich voneinander und spähten in die Richtung, aus der das Geräusch kam. Das anzügliche Gegacker verriet schnell, wer da stand und wahrscheinlich alles belauscht hatte.

„Ach Mist, ausgerechnet diese blöde Schnepfe Uschi!", murmelte Dorothea und stöhnte. „Jetzt müssen wir noch eine Weile hier draußen ausharren und so tun, als sei alles ganz normal und gar nichts gewesen, sonst denkt sie, wir hätten was zu verheimlichen, rennt sofort los und macht sonst was daraus." Forschend sah sie Kerstin an. „Du hast nicht mal deine Jeansjacke an. Frierst du sehr?"

Kerstin schüttelte den Kopf. „Nein, geht schon. Lass mal", wehrte sie Dorothea ab, die schon zur Hälfte aus der geborgten Jacke geschlüpft war. „Ich sage Bescheid, bevor's mir zu kalt wird."

„Na klar doch, immer die toughe Butch", kicherte Dorothea, was ihr einen kleinen Knuff gegen die Schulter einbrachte.

Im Bistro hatten die Trommlerinnen offenkundig zu einem furiosen Ende gefunden. Als schließlich auch Jubel und Beifall verklungen waren, hakte sich Doro bei Kerstin unter.

„Komm, das Konzert scheint vorbei, jetzt kann frau sich auch drinnen wieder normal unterhalten", sagte sie vernehmlich in Richtung der immer noch eifrig spionierenden Uschi und zog Kerstin mit sich, zurück in die Wärme, zu den ausgelassen feiernden Frauen. Ihre Plätze auf dem rosa-lila Sofa waren noch frei und so saßen sie, nach je einer Umarmung und einem zärtlichen Kuss von Astrid, mit frischen Getränken versorgt bald wieder nebeneinander, schwatzend, lachend.

Dorothea erzählte Kerstin von den anderthalb durchgearbeiteten Nächten der letzten Woche, bis das neue Datenprogramm in der Beratungsstelle endlich gelaufen war, und bekam gleich ein paar gute Tipps für die Lösung noch verbliebener Probleme. Dann berichtete Kerstin auf Dorotheas interessierte Nachfragen hin ein wenig von ihrer Arbeit und von Leipzig. Doro war sehr neugierig auf die Stadt. Ihr Großvater – hatte sie eigentlich schon erzählt, dass sie als Kind ganz oft bei ihren Großeltern in Rostock gewesen war? – war nämlich Buchhändler gewesen und war jedes Jahr … Dorothea unterbrach sich mitten im Satz und stieß Kerstin in die Seite: „Schau mal, da drüben!"

Astrid stand an der Theke und eine augenscheinlich sehr engagierte Uschi redete auf sie ein und warf dabei immer wieder verstohlene Seitenblicke in Richtung Sofa. Als Astrid bemerkte, dass Doro und Kerstin hersahen, mimte sie ungläubiges Erstaunen, langsames, entsetztes Begreifen und schließlich tiefe Verzweiflung. Uschi, die die Rolle der gutmeinenden Freundin spielte, fiel eine Weile darauf herein, bis sie plötzlich verstand, dass Astrid sich über sie lustig machte, und beleidigt davonstolzierte. Astrid tippte sich an die Schläfe und verdrehte die Augen, grinste dann breit und zwinkerte Dorothea und Kerstin, die sich vor Lachen kaum halten konnten, verschwörerisch zu.

Nachdem sich die beiden auf dem Sofa beruhigt hatten, erzählte Doro endlich von ihrem Großvater, der früher jedes Jahr zur Leipziger Messe ins Buchmessehaus am Markt gefahren war und Dorothea immer ein Messemännchen mitgebracht hatte. Mit denen hatte sie Kinderbuchladen gespielt und musste die Messemännchenkundschaft beraten, genauso wie der Großvater es tat.

Ja, sie würde Kerstin nur zu gern besuchen und all das in Wirklichkeit sehen, wovon sie sich seit Kindertagen bloß in der Fantasie ein Bild hatte machen können.

Je später es wurde, umso dichter rutschten die zwei zueinander. Ein halbe Stunde lang setzte Astrid sich zwischen sie, um ein wenig auszuruhen. Sich die ganze Zeit feiern zu lassen, das zehrte sogar an den Kräften der sonst so Unverwüstlichen. Doch allzu lange währte die Pause nicht, ein weiteres Highlight in der Programmfolge verlangte ihre Anwesenheit. Dorothea und Kerstin waren dem Programm mit nur wenig Interesse und eher beiläufig gefolgt. Weder ein mehr gut gemeintes denn tatsächlich gutes, aber dafür kaum enden wollendes Gedicht noch ein improvisiertes kleines Theaterstück, bei dem selbst die Akteurinnen mehrmals den Faden zu verlieren schienen, schafften es, die Aufmerksamkeit der beiden für längere Zeit voneinander abzulenken. Es gab so viel, was sie sich erzählen konnten, so viel zu lachen und zu lästern. Und immer wieder gab es kleine Berührungen zwischen ihnen.

Urplötzlich hatte sich das kleine Bistro nahezu völlig geleert. Erstaunt stellen Dorothea und Kerstin fest, dass mittlerweile fast alle Frauen gegangen und Carmen und Jutta dabei waren, die Tische wieder auf ihre gewohnten Positionen zu schieben. Nur Uschi hielt sich noch leicht schwankend an der Theke fest, während sich Astrid mit für sie geradezu untypischer Geduld bemühte, sie zur Tür und in das draußen wartende Taxi zu bugsieren.

Zeitreisen

Oh, wenn der bloß endlich aufhört zu brüllen! Dorothea schaut missmutig in das zornrote runde Gesicht mit den zusammengekniffenen Augen, der gerunzelten Stirn, dem weit aufgesperrten zahnlosen Mund. Ist der hässlich. Nach einem kurzen Blick hinter sich gibt sie dem weißen Korbkinderwagen einen kleinen Schubs, der aber leider ohne jede Wirkung bleibt. Sie ist sich immer noch nicht ganz sicher, ob dieser kahlköpfige Winzling das Leben für sie nun leichter oder vielleicht eher doch schwerer gemacht hat. Klar, sie braucht nicht länger in den schrecklichen Kindergarten zu gehen. Tante Marianne, Susi und all die anderen verblassen langsam zu schwachen Schemen, können ihr auch nicht mehr in die Nächte folgen.

Auf der anderen Seite ist die Müdigkeit in Mutters Augen ärger, sind die Sorgenfalten um den Mund tiefer geworden. Das Essen scheint noch knapper, stattdessen werden Ohrfeigen großzügiger verteilt. Zum Glück bekommt der große Bruder auch hiervon, wie bei Tisch, die reichlichere Portion, doch Dorothea muss nun viel mehr helfen. Auf den Schreihals aufpassen zum Beispiel, der seit etlichen Wochen bei ihnen wohnt und der der Grund dafür ist, dass die Mutter jetzt zu Hause bleibt und die Kindergartenzeit für Dorothea zu Ende ist.

So bleibt trotz allem viel mehr Zeit, mit ihrer besten Freundin Karin zu spielen, die nur wenige Schritte entfernt in dem grauen Haus an der Ecke wohnt. Da gibt es den großen

Garten mit der Schaukel an einem der beiden hohen Kirschbäume und viele Beete voll schnurgerader Reihen Gemüse. Süße Möhren, die sie so gern stibitzen, Zwiebeln, Kohlrabi, Rote Bete und was noch alles. Und die Fliederlaube, die so vieles sein kann: Ritterburg, Indianerzelt oder Räuberhöhle. Der Papa von Karin ist Kinderarzt mit einer Praxis in der Stadt, Doro mag ihn nicht besonders, hat sogar ein bisschen Angst vor ihm. Sie findet, er guckt sie immer so prüfend an. Manchmal soll sie auch ihre Zunge rausstrecken und wenn sie dann wegrennt, lacht er. Sie findet das gar nicht komisch und ist sehr froh, dass er immer so viel arbeiten muss und selten zu Hause ist. Karins Mama ist auch oft weg, sie hilft mit in der Praxis. Dafür hat Karin ihre Oma, die ist immer da und passt auf Karins kleine Schwestern auf, kocht und wäscht und macht sauber. Sie ist eine strenge, barsche Frau, der die Hand locker sitzt. Doro fürchtet sich vor ihr sogar noch mehr als vor Karins Vater.

Aber die Oma wird sie nun einige Zeit nicht mehr sehen, genauso wenig wie Karin, von der sie sich gestern Nachmittag verabschiedet hat. Weil es doch heute endlich wieder auf die Reise geht nach Rostock, zu den Großeltern. Total zappelig ist Dorothea vor lauter Aufregung und Freude, hat am Abend ganz lange nicht einschlafen können. Und in der Nacht ist sie immer wieder aufgewacht, aber es war jedes Mal noch dunkel, noch längst nicht Morgen.

Die Koffer sind bereits seit zwei Tagen fort, fahren voraus in die große Stadt an der Warnow. Ach, die haben's gut, wie gerne wäre Dorothea jetzt auch schon dort. In der großen hellen Wohnung mit den vielen Zimmern und dem Wintergarten, die Nachbarskinder zum Spielen nebenan oder nur eine Treppe hoch. Stets ist der Tisch reich gedeckt mit lauter guten Sachen und nie muss Dorothea aufessen, was ihr nicht schmeckt. Nur mal probieren, dafür sorgt schon die Omi und Großvati lacht, der Geschmack von Kindern müsse sich genauso bilden wie ihr Verstand und mit Gewalt sei da rein gar nichts zu machen. Bei diesen Worten bekommt die Mutter gewöhnlich ihren strengen Mund und sie guckt, als wollte sie sagen, was weißt du schon, wie es ist, wenn so viele satt werden müssen. Doch sie spricht es nie aus, Dorothea ist jedes Mal aufs Neue erstaunt, dass die Mutter dem Großvati immer noch gehorcht.

Der Schreihals brüllt und brüllt und brüllt, nur manchmal verschluckt er sich richtig, dann ist es einen Moment lang still. Aber gleich darauf geht es weiter, genauso so laut wie vorher, vielleicht sogar lauter. Wo die Mutter nur bleibt? Als der Schreihals vorhin angefangen hat mit seinem Gejammer, hat sie Dorothea mit dem Kinderwagen und den zwei Taschen für unterwegs im Hausflur stehen lassen. Sie springe eben geschwind nach oben, das Fläschchen holen, Dorothea soll so lange achtgeben, hat sie gesagt. Aber nun kommt sie gar nicht wieder, am Ende versäumen sie noch den Zug und das alles bloß wegen dem da. Wütend packt sie den Wagen und rüttelt ihn heftig, ruhig soll der endlich sein, tritt so fest sie kann gegen die hohen Speichenräder. So gefangen ist sie in ihrem Zorn, dass sie nicht hört, wie die Mutter die Treppe herunterkommt. Patsch, die Ohrfeige landet auf Dorotheas linker Wange, das schmerzt, aber für Schlimmeres fehlt zum Glück die Zeit.

Dann schleppt sie eine der Taschen, stolpert hinter der Mutter her, die läuft fast zu schnell für Doros kurze Beine. Noch drei Straßenecken weiter, bald kann man den Bahnhof sehen. Ja, da ist es, das rote Backsteingebäude. Doro gefällt es sehr, besonders die schweren Türen mit der großen runden Uhr darüber. In der weiten Halle ist der Boden gefliest, schwarz-weiße Karos, auf denen man prima Hüpfekästchen spielen kann. Doch heute ist die Zeit viel zu knapp. Wo sind die Fahrkarten, schnell, schnell hinein in den Waggon, der Schaffner hebt schon seine Kelle, die Pfeife im Mund. Trotzdem hilft er, den Kinderwagen die hohen Stufen hinaufzuhieven. So, geschafft. Die Mutter sucht Plätze für die erste Etappe der Reise, nach wenigen Stationen müssen sie umsteigen in den D-Zug nach Rostock.

In Fulda, der Bahnhof viel größer, so viele Gleise, so viele Bahnsteige. Mit blanken Augen bleibt Dorothea dicht bei der Mutter, die Hand ängstlich am Kinderwagengriff. Als die riesige Lokomotive an ihnen vorüberfaucht, weicht sie lieber noch zwei Schritte zurück. Das schwarze Ungetüm spuckt Dampf und Rauch, ohrenbetäubend kreischen die Bremsen. Wieder hilft ein freundlicher Schaffner beim Einsteigen und weist den Weg zum Mutter-Kind-Abteil. Das ist leer, so ein Glück. Schnell schlüpft Dorothea auf den Fensterplatz, da wird sie jetzt bis Rostock nicht mehr aufstehen, ganz gewiss nicht. Die Mutter verstaut das Unterwegsgepäck, packt die Wegzehrung, Dorotheas Malbuch und die Buntstifte aus. Sie zieht die Vorhänge vor der Abteiltür zu, der kleine Bruder schläft endlich.

Die Sonne scheint durchs Fenster, als der Zug schnaufend und stampfend die dunkle Bahnhofshalle verlässt, richtig friedlich ist es nun. Dorothea schaut aus dem Fenster, beißt abwechselnd in ihr Brot und ein Stück vom Apfel ab. Reiseproviant schmeckt so gut wie sonst nichts auf der Welt, findet sie. Doch komisch, wenn nach der Fahrt etwas übrig bleibt, ist es nicht mehr halb so lecker, nein, Hasenbrote mag sie nicht.

Draußen flitzt die Welt vorbei, Dorothea drückt die Nase an der Scheibe platt. Schaffner haben den herrlichsten Beruf der Welt, findet sie. Nichts Aufregenderes kann sie sich vorstellen, als immerfort mit der Eisenbahn zu fahren und Löcher in die kleinen braunen Pappfahrkarten zu knipsen. Das ist auch tausend Mal spannender als die Grenzkontrollen, die so laut ins Abteil poltern, dass der Schreihals anfängt zu quengeln. Dorothea funkelt die beiden Uniformierten böse an, wissen die denn nicht, dass man leise sein muss, wenn das Baby schläft?

Die Zeit saust schnell wie der Zug dahin, doch die letzte Viertelstunde, die mag schier nicht vergehen. Schon lange steht sie an der Waggontür, nur den roten Griff nicht berühren, sie weiß, das ist sehr gefährlich. Endlich, endlich, der Schaffner reißt die Tür auf und überglücklich springt Dorothea ihrem geliebten Großvati in die weit geöffneten Arme.

Kerstin balanciert drei ineinander gestapelte Gläser in der einen und die Kachel in der anderen Hand. Sie muss sich konzentrieren und ganz langsam gehen. Aber sie hat alles fest im Griff, wenn es nur Mutti nicht sieht. Die würde ihr wieder etwas erzählen, von wegen sie wäre doch nur zu faul, zweimal zu gehen. Aber schon stellt Kerstin alles sicher auf der Wachstuchdecke ab.

Jetzt noch zwei Flaschen Bier für Mutti und Vati und die Flasche Brause für sie selbst. Am liebsten trinkt sie grüne, aber die gibt es nicht mehr, weil Waldmeister Krebs macht, sagt Oma. Am zweitliebsten trinkt Kerstin rote Brause, himbeerrote, aber die gibt es auch nur selten. Meistens ist die Brause orange und schmeckt nach Apfelsinen. Aber man darf nie aus der Flasche trinken, denn da liegen manchmal Glassplitter drin und wenn man die verschluckt, stirbt man. Sagt Mutti. Oma kennt sogar eine Frau, der das passiert ist, aber die lebt trotzdem noch.

Jetzt noch den Flaschenöffner, denn Bügelverschlüsse gibt es kaum noch. Und drei Teller. Die für jeden Tag, weiß mit blauem Rand. Mit demselben Muster stehen auch Tassen, Kannen, eine Zuckerdose im Schrank. Nur von der Butterdose ist der Deckel kaputt gegangen. Aber Kerstin war nicht schuld. Jetzt gibt es eine neue schöne Plastebutterdose.

Die große Wurstbüchse braucht sie heute nicht auf den Tisch zu stellen, denn Mutti hat eine Platte mit Schnitten fertiggemacht, weil Vati so spät kommt. Kerstin darf *de-ko-*

rie-ren, alles schön machen, heißt das. Sie legt auf jede halbe Schnitte eine Salzbrezel, die waren noch vom Wochenende im Schrank, und dann piekst sie einen der bunten Happenspieße ins Brot. Fertig. Sieht das schön aus.

Gerade zur richtigen Zeit fertig geworden. Jetzt geht die Tür und Vati stellt seine Aktentasche im Flur ab. Tatsächlich, er hat Kerstin wieder ein Hasenbrot mitgebracht. Kerstin mag Hasenbrote. Zwar kann sie sich nicht vorstellen, wie die Hasen das mit der Übergabe organisieren, denn Vati fährt doch mit dem Zug und der ist ja viel zu schnell. Aber die Schnitten schmecken tatsächlich ganz anders als die, die sie sonst bekommt. Etwas nach Feld und sie sehen auch nicht so ordentlich aus wie von Oma.

Heute jedenfalls wird Kerstin Hasenbrot essen. Warum hat Mutti ihr denn Messer und Gabel neben den Teller gelegt?

„Du bist alt genug. Jetzt üben wir mal, Brot mit Messer und Gabel zu essen."

„Warum?"

„Weil sich das so gehört."

„Aber wir nehmen die Schnitte doch immer in die Hand."

„Wenn Besuch da ist, gehört es sich, das Brot mit Messer und Gabel zu essen."

Kerstin hat nicht ganz verstanden, es ist doch gar kein Besuch da. Sie traut sich aber nicht, weiter nachzufragen, denn sie weiß, dass Widerspruch zwecklos wäre. Die Lust auf das Hasenbrot ist ihr vergangen. Mutti stellt sich hinter sie und führt Kerstins Hände, für die das große Besteck noch viel zu schwer ist. Eigentlich hat Kerstin gar keinen Hunger mehr. Eigentlich möchte sie doch jetzt Brause trinken, aber Mutti hilft ihr, ein kleines Püffchen von der Schnitte zu schneiden. Vati nimmt sich eine Schnitte von der Platte und beißt hinein. Hat der es gut.

„Warum darf Vati mit den Händen essen?"

„Weil Vati schon mit Messer und Gabel essen kann und

du es erst lernen musst. Wir müssten uns ja mit dir schämen, wenn du es nicht bald lernst."

Kerstin will nicht, dass Mutti und Vati sich für sie schämen, also überlässt sie Mutti gehorsam ihre Hände. Diese hat die Führung übernommen und tatsächlich verschwindet die erste halbe Schnitte Stück für Stück in Kerstins Mund.

„So, jetzt probierst du mal allein."

Mutti setzt sich auf ihren Platz neben Vati. Beide sitzen Kerstin gegenüber und schauen ihr zu. Je mehr sie schauen, umso ungeschickter wird Kerstin. Je ungeschickter Kerstin wird, umso betrübter sehen ihre Eltern aus. Kerstin will sie doch nicht enttäuschen. Aber je mehr sie sich anstrengt, umso ungelenker werden ihre Hände. Vati und Mutti verfolgen mit Blicken Kerstins Messer, das auch prompt klirrend auf den Teller fällt. Sie starren auf ihren Mund, den das Brotbröckchen nur knapp verfehlt, ehe es auf den Teppich segelt.

5

Schon wieder saß Kerstin in einem ausfahrenden Zug. Der Bequemlichkeit halber die teure, durchgehende Verbindung. Kein Umsteigen, keine Orakelei. Sie war froh über die vor ihr liegenden Stunden, eine willkommene Auszeit. Die Fremden ringsum konnte sie gut ausblenden.

Eigentlich wollte sie bloß schlafen, schließlich ging morgen eine neue Arbeitswoche los und die letzten beiden Nächte waren kurz gewesen, sehr kurz. Ohrstöpsel, die Augen geschlossen, alle Außenreize so gut es ging ausgesperrt. Nur die Gedanken ließen sich nicht so leicht abstellen. Die kreiselten wie bunte Windräder in ihrem Kopf und machten sie ganz schwindlig. An Schlaf war nicht zu denken. Sie hatte das Gefühl, dass sie dringend nachdenken und so einiges ordnen musste. Es war doch alles völlig anders gekommen, als sie sich das vor diesem Wochenende ausgemalt hatte.

Aber wenn sie ehrlich zu sich selbst war, dann gefiel ihr die Entwicklung ausnehmend gut. Na bitte, da war es schon wieder, das breite Grinsen, das sich in unkontrollierten Momenten unvermittelt auf ihr Gesicht legte. Aber im Grunde war doch überhaupt nichts Nennenswertes geschehen. Warum fühlte es sich dann aber so nennenswert an? Bildete sie sich da etwas ein?

Sie rutschte tiefer in die ICE-Polster und beschloss, sich dem Kopfkino hinzugeben. Zwar würde es vermutlich keine klaren Antworten geben, aber sie konnte sich doch fürs Erste ganz genüsslich Häppchen für Häppchen an das Wochenende mit Dorothea und Astrid erinnern.

Es war gar nicht schwierig gewesen mit Doro. Alle Befürchtungen – viele zumindest – hatten sich schnell in Luft aufgelöst. Zärtlichkeiten waren wider Erwarten auch zu dritt möglich. Allerdings hatte es keinen Sex mit Astrid gegeben, was Kerstin schon vermisste. Einige Male hatte sie in den letzten beiden Nächten Dorothea weit weg gewünscht.

Und dann wieder konnte sie ihr nicht nah genug sein. Beide hatten sie endlos über die gleichen Dinge miteinander gelacht. Doro war so herrlich direkt. Und sogar über Computer konnte Kerstin mit ihr reden, was sie einer Sozialpädagogin gar nicht zugetraut hätte. Astrid hatte daran überhaupt kein Interesse, die wusste nicht einmal, wie das Programm hieß, mit dem sie täglich zu tun hatte. Alles sollte einfach nur funktionieren, möglichst so unkompliziert wie Bleistift und Radiergummi, sonst wurde sie sofort ungeduldig.

Zuerst hatte Kerstin gedacht, Dorothea würde nur ihr zuliebe darauf einsteigen, vielleicht aus Verlegenheit oder in Ermangelung eines anderen Themas. Worüber unterhielt eine sich denn korrekterweise mit der Affäre der Geliebten? Oder wie hieß das sonst? Mit der Neuen der Freundin? Mit der Konkurrentin? Hatte Dorothea mit Kerstin über Computer geredet, weil Computerfrauen ja sowieso als trockene Fachidiotinnen galten? Oder hatte das alles gar keine Rolle gespielt und sie hatten sich einfach nur unterhalten, weil sie beide Lust darauf gehabt hatten? Doro hatte viel von ihrer Arbeit in der Beratungsstelle des Frauenhauses erzählt. Kerstin hätte ihr stundenlang zuhören können.

Sie war ganz anders als Astrid, aber auf gar keinen Fall weniger attraktiv. Schön. Dunkle, nahezu schwarze Haare, bis zum Kinn, fast schon lang aus Lesbensicht. Und offensichtlich war diese Länge auch für sie selbst noch ungewohnt, denn sie strich ständig einzelne Strähnen hinter ihre Ohren zurück. Ein bisschen rund und kuschelig war sie und mit vollen Brüsten … seit wann achtete Kerstin denn auf die Brüste?

Heute Abend hatten sie sich geküsst, ehe Dorothea in ihr Auto gestiegen war. Auf den Mund, lange, ziemlich lange, fand Kerstin. Was mochte das nur bedeuten? Kerstin hatte es genossen, spürte immer noch den weichen Mund auf ihrem. Aber wie hatte Dorothea diesen Kuss gemeint? Für manche ist ein Kuss auf die Lippen schon das Versprechen auf mehr, andere küssen rein freundschaftlich. Wenn Dorothea sie nur geküsst hatte, weil sie beide jetzt quasi verwandt waren, weil sie mit derselben Frau ins Bett gingen? Wenn der Kuss gar keine tiefere Bedeutung hatte?

Egal, Kerstin wusste mit einem Mal, was sie wollte: Dorothea wiedersehen. Und zwar am liebsten nicht in trauter Dreisamkeit, sondern zu zweit. Kerstin wollte Doro in ihrem Bett. Was hatte das zu bedeuten? War Astrid plötzlich nicht mehr ihre Favoritin? War es etwa schon wieder Zeit für eine Trennung? Nein, ganz bestimmt nicht. Trotzdem wollte sie Dorothea näher kennenlernen, sehr nah, so nah es nur ging.

Was um Himmels willen war nur mit ihr los? Hatte Astrids Gerede von einer offenen Beziehung nun doch schon abgefärbt? Oder war das nur ein neuer Winkelzug ihres Unterbewusstseins, um Nähe zu vermeiden?

Kerstin war sich ganz sicher, dass ihre engsten Freundinnen, allen voran Sabine, nach dem ausführlichen Bericht von diesem Wochenende exakt letztere Diagnose stellen würden. Aber es war ihr egal. Sie wollte Doro treffen. Sie musste verrückt sein, denn bislang hatte sie immer peinlich genau darauf geachtet, in ihren Beziehungen monogam zu leben.

Was würde sie eigentlich tun, wenn sie sich plötzlich entscheiden musste, ob sie das nächste Wochenende lieber mit Astrid oder mit Doro verbringen wollte? Musste sie gar nicht.

Astrid würde morgen sowieso für zwei Wochen in die bayrische Provinz verschwinden, um eine Reportage über eine Nachwuchsband zu schreiben. Womöglich war das ein Wink des Schicksals. Zwei Wochen. Reichlich Zeit, um Dorothea zu treffen. Kerstin musste nur etwas einfallen, womit sich dieses Treffen begründen ließe. Schließlich konnte sie schlecht an Doro schreiben, dass sie mit ihr ins Bett wollte, obwohl das der Wahrheit ziemlich nah gekommen wäre. Aber …

Egal, wie viele Abers Kerstin einfallen mochten, sie würde diese Gelegenheit beim Schopf packen. Gleich morgen würde sie eine wunderschöne Leipzigpostkarte kaufen und Doro einladen. Sie war doch so neugierig auf Leipzig gewesen. Wurde ja auch Zeit, dass sie den Osten erkundete. Immer noch schien der Weg von West nach Ost doppelt so weit zu sein wie umgekehrt.

Kerstin fiel auf, dass die polyamouröse Lebensweise auch ihr selbst Freiheiten einräumen könnte, nach denen es sie bisher bloß noch nie verlangt hatte. In der Vergangenheit hatte sie sich selbst von einer Beziehung oft überfordert gefühlt. Dass sie sich je auf zwei Frauen gleichzeitig würde einlassen wollen, war ihr bis jetzt noch niemals in den Sinn gekommen.

Für Astrid schien es da überhaupt keine Probleme zu geben. Sie jonglierte gekonnt mit Geliebten und Terminen. Da konnte sie doch ziemlich froh sein, wenn die beiden sich nicht als Konkurrentinnen betrachteten.

Astrid war immer so abgeklärt, wenn es um Beziehungen ging.

Entspann dich und lass die Dinge einfach auf dich zukommen, war die Lieblingsermahnung ihrer Lieblingsfreundin Sabine. Wenn das doch nur so einfach wäre.

Kerstin seufzte laut und der junge Mann auf dem Sitz neben ihr war aus seinem Schlummer aufgeschreckt und sah sie ziemlich verdutzt an. Kerstin war das egal. Demonstrativ seufzte sie noch einmal und zog mit einem energisch-satten Ratschen den Reißverschluss der Laptoptasche auf, was bestimmt noch drei andere Mitreisende aus ihren Träumen riss. An Schlaf war bei Kerstin heute Abend nicht zu denken, also konnte sie sich auch einen seichten Film anschauen.

Noch neunzig Minuten bis Leipzig.

6

Es ist vier Uhr und einunddreißig Minuten. Liebe Autofahrer, zurzeit liegen uns keine Meldungen über Verkehrsstörungen vor. Allen unterwegs eine ruhige Fahrt und kommen Sie gut an, wohin auch immer Ihr Weg Sie führen mag.

Die heiter-ölige Stimme des Radiomoderators triefte aus den Lautsprechern und Dorothea rieb sich müde über die Stirn. Ausgerechnet heute musste Emma, ihr Auto, sie derart schmählich im Stich lassen. Bei der Abfahrt in Oldenburg gab es noch nicht das leiseste Anzeichen dafür, dass mit dem Wagen etwas nicht in Ordnung sein könnte. Auch die ersten gut hundert Kilometer waren ganz normal verlaufen, aber dann hatte Doro mit einem Mal das Gefühl bekommen, das Auto würde immer langsamer werden. Trotz Vollgas und gerader Strecke wollte die Tachonadel nicht mehr über hundertzehn Kilometer pro Stunde hinaus, dann nicht mehr über die hundert, die neunzig. Beunruhigt war sie auf den Seitenstreifen gefahren und hatte den ADAC gerufen. Die hatten wohl am

Sonntagabend eine Menge zu tun, jedenfalls hatte es fast zwei Stunden gedauert, bis das gelbe Auto endlich hinter ihr gehalten hatte. Sie hatte sehr an sich halten müssen, als der unglaublich blasierte Mechaniker eine Weile über dem Motorraum meditiert, da und dort ein wenig gewackelt und verschiedene Messinstrumente hineingehalten hatte, nur um letztendlich zu verkünden, die Maschine habe einen deutlichen Kompressionsverlust. Da könne er jetzt hier so an Ort und Stelle gar nichts machen.

Auf Dorotheas Nachfrage, was denn die möglichen Ursachen dieses ominösen Leistungsabfalls sein könnten, hatte er zuerst herablassend etwas von „viel zu kompliziert, um auf die Schnelle erklärt werden zu können" genuschelt. Nach einem kurzen Blick auf die blitzende Wut in Dorotheas Augen hatte er sich dann aber beeilt, einige Erklärungen zu versuchen. Von „kaputter Kopfdichtung" war die Rede, was sie aber sofort in Frage stellte. Da hätte es qualmen müssen. Zögernd schlug er dann einen elektrischen Defekt vor. Ein gebrochenes Zündkabel könnte der Grund dafür sein, dass der Motor nicht mehr auf allen Zylindern laufen würde, dies sei in seinen Augen der plausibelste Grund. Er bot an, sie zur nächsten Vertragswerkstatt zu schleppen, wo man sich morgen um ihr Problem kümmern würde.

Sie lehnte ab. „Ich muss nach Hause und kann nicht einfach in … wie zum Teufel heißt das noch mal, wo wir sind … bleiben und wer weiß wie lange auf die Reparatur meines Autos warten."

„Wir sind auf der A1 zwischen den Anschlussstellen Lengenich-Techlenburg und Ladbergen. Die übernächste Ausfahrt ist Münster." Der Mechaniker strahlte. Endlich etwas, wobei er sich ganz sicher war.

Doch Dorothea zeigte sich wenig beeindruckt: „Völlig egal! Auf gar keinen Fall warte ich hier zwischen Nirgendwo und Ganzwoanders, bis mein Wagen fertig ist. So wie ich die

Sache sehe, kann sich der Schaden eigentlich nicht verschlimmern, sodass ich zwar langsam, aber immerhin nach Hause fahren kann. Was ich jetzt auch umgehend tun werde."

So kam es denn, dass sie um halb fünf am Montagmorgen immer noch unterwegs war und bis Heidelberg sicher noch einige Stunden brauchen würde. An einer Tankstelle in der Nähe von Siegen hatte sie sich mit viel Kaffee für ihre Thermoskanne eingedeckt. Die nette Frau, die dort Nachtschicht schob, war von ihrem Pech so erschüttert gewesen, dass sie sie obendrein noch mit zwei Stücken selbst gebackenem Kuchen versorgt hatte. Bevor sie weitergefahren war, hatte sie noch schnell eine SMS an ihre Kollegin Christl aus der Beratungsstelle geschickt. Dass sie am Montag beim besten Willen nicht zur Arbeit kommen, auf jeden Fall aber irgendwann anrufen würde.

Emmas Scheinwerfer schnitten blasse Streifen aus der pechschwarzen Finsternis vor ihr, Dorotheas Augen brannten vor Müdigkeit. Sie war froh, dass ihr nur ganz selten ein Auto entgegenkam, dessen Licht sie blendete und schmerzte.

Nur nicht einschlafen, ermahnte sie sich und drehte mit einem Seufzer das Radio noch ein wenig lauter. Sie spielten Oldies, wenn nicht gerade der Moderator Plattitüden von sich gab. Kraftwerk: *Wir fahr'n, fahr'n, fahr'n auf der Autobahn.* Ach, wenn sie doch nur könnte …

„Erst in vierzehn Tagen? Wladik, das ist jetzt nicht dein Ernst, oder? Ich kann doch nicht zwei Wochen auf mein Auto verzichten! Bitte, versuch es schneller hinzukriegen."

\- - -

„Ja, ich habe dich schon verstanden, aber ich kann auch nichts dafür, dass dein Cousin krank geworden ist und dein Vater und dein Bruder nach Tula geflogen sind. Ich brauche den Wagen, dringend!"

\- - -

„Ist das dein letztes Wort? Anfang übernächster Woche?"

- - -

„Klar, was will ich sonst machen. Ruf mich an, wenn's fertig ist, okay? Bis dann, ciao."

Verdrossen warf Dorothea den Hörer auf den Schreibtisch. Mist, verdammter. Wenn die Woche so weiterging, wie sie angefangen hatte, dann gute Nacht. Der Montag war sowieso völlig im Eimer gewesen. Nachdem sie endlich zu Hause angekommen war, wollte sie nur noch unter die Dusche und dann schlafen. Gegen Abend war sie kurz aufgestanden, hatte etwas gegessen und dabei mit Christl telefoniert. Zum Glück hatte die die Arbeit allein bewältigen beziehungsweise Termine von Klientinnen verschieben können. Dorothea hatte zum Dank versprochen, sich bei Gelegenheit mit einer Einladung zum Lieblingsessen zu revanchieren.

Und obwohl sie fast den ganzen Tag verschlafen hatte, war sie immer noch vollkommen erledigt gewesen. Das verabredete Telefonat mit Astrid hatte sie mit einer SMS auf Dienstag verschieben wollen, woraufhin Astrid natürlich prompt anrief und wissen wollte, was denn los wäre. Also hatte sie ihr einen Kurzbericht der Heimfahrt gegeben, sich noch ein wenig bedauern lassen und war gleich wieder ins Bett gekrochen.

Doch dann hatte der Schlaf nicht mehr kommen wollen. Sie hatte sich hin und her gedreht, mehrmals das Kopfkissen gewendet und aufgeschüttelt, es mit Atemübungen und Muskelentspannung probiert. Nichts hatte helfen wollen und zu allem Überfluss schlich sich auch noch ständig Kerstin in ihre Gedanken. Der Abend auf dem Flokati-Sofa im Bistro, die vertraute Nähe und das aufregende Prickeln, wenn sie sich wie zufällig berührt hatten, und dann bei der Abreise: dieser Kuss!

Seufzend tastete sie nach der Nachttischlampe. Lieber noch ein wenig lesen. Das wurde alles viel zu kompliziert, sie wollte jetzt nicht mehr nachdenken.

Leider hatte ihr Buch, ein neuer Krimi, sie so gar nicht zu fesseln vermocht. Gute Güte, was dachten sich manche Autoren nur. Der hier war eindeutig zwar ungemein fleißig, aber leider nicht wirklich begabt. Eine hoffnungslos chaotische Story und die handelnden Personen würden mühelos das Telefonbuch einer mittleren Kleinstadt füllen. Unmöglich, sich die alle zu merken, das war ja wie in einem der russischen Romane, bei denen sie auch immer durcheinanderkam. Apropos russisch: Emma stand immer noch bei Wladik, ihrem Lieblingsautomechaniker, auf dem Hof. Drei, vier Tage höchstens, so hatte sie gehofft, dann würde alles ausgestanden sein.

Nun, das hatte sich ja jetzt als gründliche Fehleinschätzung herausgestellt. Zwei Wochen ohne Auto! Dorothea zog die oberste Akte von dem entmutigend hohen Stapel neben sich und schlug sie auf. Doch noch bevor sie sich richtig in die Arbeit vertiefen konnte, klingelte ihr Telefon. Ein Blick aufs Display verriet ihr die Anruferin: Marion.

O nein! Bei ihrer Pechsträhne würde die sie ordentlich anschnauzen und dann einen endlosen Vortrag halten über die Liebe, die Realität und die Loyalität zu alten Freundinnen.

Kurz war Dorothea in Versuchung, nicht dranzugehen, aber dann entschied sie sich gegen ihre Feigheit und für Angriff als beste Verteidigung.

„Hallo Marion. Nett, dass du dich auch mal wieder meldest und endlich auf meine vielen Nachrichten reagierst. Aber bevor du jetzt da weitermachst, wo du beim letzten Mal aufgehört hast: Bitte, meine vergangenen Tage waren die Hölle und ich kann mich nicht erinnern, wann ich jemals so schlechte Laune hatte. Und ehe du fragst: Nein, es hat nichts mit Astrid zu tun und auch nichts mit Kerstin, überhaupt war das Wochenende toll. Eigentlich geht es mir fantastisch, ich meine, es würde mir fantastisch gehen, wenn …“ Sie unterbrach sich und lauschte in den Hörer. Stille schlug ihr entgegen. Etwas kleinlauter fuhr sie fort: „Marion, bist du noch dran? Hör mal, es tut mir leid, dass ich so grantig bin, gerade geht alles schief."

„Wir müssen uns dringend sehen, Süße. Ich mag das gar nicht, wenn wir uns streiten und dann nicht mehr miteinander reden. Kommst du zu mir? Auch wenn es deine Köchinnenehre kränkt, könnten wir Pizza bestellen und endlich in Ruhe alles klären, ja?"

„Ist denn bei dir kinderfrei?" Dorothea zögerte ein wenig. „Und was ist mit Monika? Ich möchte eigentlich nicht, dass sie die ganze Zeit dabei sitzt und uns …"

„Monika ist mit den Kindern bei ihren Eltern", unterbrach Marion. „Du kannst völlig unbesorgt sein, wir werden nicht gestört, mein Herz."

Sie verabredeten sich am Donnerstagabend und Doro beendete das Gespräch. Ihre Stimmung hatte sich deutlich aufgehellt. Der Krach mit Marion war ihr doch sehr nahe gegangen. Viel näher, als es ihr bis jetzt bewusst gewesen war. Leise vor sich hinsummend wandte sie sich wieder ihrer Akte zu. Vielleicht würde die Woche ja doch nicht so schlimm werden.

Zeitreisen

Der rosa-weiß gestreifte Dederonbeutel baumelt heftig am Lenker ihres Holzrollers, als Doro sich kräftig abstößt, um die kleine Anhöhe der Gelsheimer Straße schnell hinter sich zu bringen. Oben an der großen Kreuzung muss sie gut aufpassen. Da kommen die Straßenbahnen aus jeder Richtung und überhaupt ist eine Menge Verkehr. Dorothea weiß das genau; und trotzdem hat es ihr die Omi, wie jeden Tag, noch einmal ganz eindringlich eingeschärft, während sie ihr das kleine Portemonnaie mit dem Brötchengeld in die Tasche ihres Latzröckchens gesteckt hat. Die morgendliche Brötchenfahrt gehört zu den Dingen, die Doro an den Aufenthalten bei den Großeltern in Rostock mit am allermeisten liebt. Richtig groß und erwachsen kommt sie sich vor, wenn sie so auf dem Gehweg dahinrollert und dann ganz alleine im Laden für das gemeinsame Frühstück einkauft. Den Bäckerladen kann sie schon von Weitem erschnuppern und wie immer lässt ihr der Geruch das Wasser im Mund zusammenlaufen. Schnell lehnt sie ihren Roller an die Hauswand und stellt sich am Ende der Schlange an. Hoffentlich geht es schnell heute! Die Brötchen von Bäcker Erdmann sind sehr begehrt, die Schlange ist wieder ganz schön lang. Doro findet, dass Erdmann kein guter Name für einen Bäcker ist. Sie hat ihn „Bäcker Erdbeer" getauft. Passt doch viel besser, meint auch Großvati, der darüber immer lachen muss.

Endlich ist sie an der Reihe. Doro reckt sich auf die Zehenspitzen, um der freundlichen Frau hinter der Theke den Einkaufsbeutel zu reichen.

„Na, kleines Fräulein, dasselbe wie immer?", fragt die Verkäuferin mit einem Lächeln und beginnt auf Doros Nicken hin, die köstlich duftenden, knusprigen Schrippen in die Tasche zu zählen. Nachdem Doro bezahlt hat und schon fast die Eingangsstufen hinuntergehüpft ist, ruft die Verkäuferin ihr noch einen Gruß an die Oma hinterher. Aber Dorothea hat es viel zu eilig für Höflichkeiten, denn für die Rückfahrt hat sie von Omi die Erlaubnis, schon ein Brötchen auf die Faust zu essen. Nach einem kräftigen ersten Bissen hängt sie den Beutel an den Lenker und rollt selig kauend nach Hause. Sie nimmt mächtig Schwung und balanciert waghalsig, immer wieder von der Schrippe abbeißend, auf dem schmalen Trittbrett. Das letzte Stück ist abschüssig, da wird sie aber ganz schön schnell! Vor der Gartenpforte springt sie ab, schiebt den Roller in den Vorgarten und lässt ihn auf den Weg fallen. Mit zwei großen Sprüngen ist sie die Treppe hinauf und hat schon den Finger auf der Klingel, als sie sich noch einmal nach dem Roller umsieht. Nein, den sollte sie lieber nicht so liegen lassen. Auch wenn sie es eigentlich schrecklich eilig hat. Aber das würde nur Ärger geben, ganz gewiss. Auch wenn die Mutter in Rostock lange nicht so schnell böse wird wie zu Hause – Unordnung kann sie auch hier nicht leiden! Also stellt Doro den Roller hübsch ordentlich neben der Kellertreppe ab und rennt erst dann mit ihren Einkäufen zur Oma hinauf. Die hat ihr die Tür schon geöffnet, hat wahrscheinlich wieder am Fenster gestanden und nach Doro Ausschau gehalten. Genau wie jeden Morgen. Und genau wie jeden Morgen kommt jetzt das Allerschönste: die Omi bestreicht zwei Brötchen dick mit Butter. Die kommen zusammen mit einer Tasse Kaffee und einem Becher Kakao auf das kleine grüne Tablett mit den dunkelroten Rosen. Das balanciert Doro nun vorsichtig ins Schlafzimmer der Großeltern. Dort schlüpft sie blitzschnell aus Sandalen und Söckchen, der blaue Rock mit dem bestickten Latz und den auf dem Rücken gekreuzten Trägern fliegt hinterher. Dann krabbelt sie zum Großvati ins Bett, baut das Tablett vorsichtig auf der Besucherritze auf und so beginnen die beiden wie immer ihren Tag. Sie futtern die köstlichen Brötchen, schwatzen und kuscheln.

Leider ist diese wundervolle Zeit, in der Doro ihren Großvater so ganz für sich alleine hat, immer viel zu kurz. Omi steckt den Kopf zur Tür herein, sagt, dass das Frühstück fertig sei und scheucht die beiden aus dem Bett. Die Aussicht auf ein leckeres Frühstück lässt Doro die Enttäuschung allerdings schnell vergessen. Ein paar Minuten später sitzen alle um den großen runden Esstisch. Die Mutter hat den Schreihals versorgt und der liegt nun zufrieden vor sich hin brabbelnd inmitten dicker Kissen in einem großen Weidenwäschekorb, den die Mutter neben sich auf einen Stuhl gestellt hat. Großvati schenkt sich noch einen Kaffee ein und greift nach der Zeitung. Und dann kommt auch die Omi aus der Küche, mit einem Körbchen frisch gekochter Eier in der Hand. Die darf Doro jetzt verteilen. Ordentlich heiß sind die noch! Vorsichtig lässt sie sie in die Eierbecher rutschen. Sie liebt die lustigen bunten Plastikhühnchen, ganz besonders das blaue, das sie gleich als Erstes neben ihren Teller stellt. Großvati neckt sie und sagt, das Blau auch seine Lieblingsfarbe sei und er eigentlich gehofft habe, heute einmal das blaue Hühnchen zu bekommen. Ohne zu zögern schiebt Doro den begehrten Eierbecher zu ihm rüber und greift nach seinem roten. Für ihren Großvati würde sie alles tun. Gar keine Frage. Doch der lacht nur vergnügt, macht den Tausch rückgängig und wuschelt ihr zärtlich durch die Haare.

„War nur Spaß, mein Prinzesschen. Ich weiß doch, dass dir dein Ei aus dem blauen Becher am besten schmeckt."

Da muss Doro schnell noch mal aufspringen, den Großvater fest umarmen und ihm einen dicken Kuss auf die Wange drücken. In der Zwischenzeit hat die Omi ein weiteres Brötchen für Dorothea gemacht. Mit ganz dick Butter drauf, einen anderen Belag will Doro gar nicht. Das schmeckt so lecker wie sonst nur weniges auf der Welt, strahlend beißt sie immer wieder große Stücke ab und löffelt vergnügt ihr Ei dazu. Als das Brötchen verputzt ist, schaut sie begehrlich auf den Brotkorb und schickt dann einen bittenden Blick zur Großmutter hinüber. Die greift sofort zur nächsten Schrippe und schneidet sie auf.

„Dorothea", die Stimme der Mutter ist mahnend, „dein wievieltes ist das denn heute schon?"

„Nun lass sie doch, Marga, wenn es ihr nun mal so gut schmeckt", schaltet sich die Großmutter begütigend ein. Ein weiteres dick geschmiertes Brötchen landet auf Doros Teller.

Und vertragen kann sie es auch. Ist ja nur Haut und Knochen, das Kind, dünner als ein Spatz.

Der Großvater schaut die Mutter über den Rand seiner Zeitung hinweg an. Die wagt leise Widerworte.

„Ist ja nicht so, dass ich es ihr nicht gönnen würde, Vater. Aber jedes Mal, wenn ihr Doro hier so verwöhnt, habe ich hinterher zu Hause die Schwierigkeiten mit ihr. Sie mäkelt dann ständig an allem herum und das geht nun wirklich nicht."

„Mein Mausekind", wendet sich der Großvater an Doro, „was hältst du davon, wenn du jetzt in meinem Arbeitszimmer die ganzen Mappen, die auf meinem Schreibtisch liegen, in meine Aktentasche packst? Dann nehme ich dich nachher mit in die Buchhandlung. Und sei bitte so lieb und mach die Tür hinter dir zu."

Blitzschnell schnappt sich Doro ihr Brötchen. Schon während sie leise die Esszimmertür hinter sich zuzieht, hört sie, wie die Erwachsenen anfangen zu streiten. Doch das ist ihr herzlich egal. Schnell schlüpft sie in Großvatis Arbeitszimmer und packt gewissenhaft seine Tasche. Die Buchhandlung ist einer ihrer absoluten Lieblingsorte auf der ganzen Welt. Was ist doch heute für ein wundervoller Tag!

Das mit dem Geburtstagsmann ist wohl Quatsch. Genauso wie der Osterhase. Eier im Korb auf dem Rücken! Die würden doch beim Hüpfen sofort kaputtgehen. Beim Einkaufen muss man mit der Eiertüte immer ganz doll aufpassen. Und der Weihnachtsmann hatte letztes Jahr Vatis Stiefel an und eine Brille auf. Aber der Weihnachtsmann bei der Kinderweihnachtsfeier auf Vatis Arbeit war gemein. Der hat allen erzählt, dass Kerstin abends noch mindestens zweimal aus dem Bett kommt, wenn sie schlafen soll. Alle haben Kerstin ausgelacht. Woher er das wusste? Ist der vielleicht doch echt? Den Geburtstagsmann gibt es aber ganz bestimmt nicht. Mutti und Vati und Oma stellen die ganzen Geschenke auf den Tisch.

Wenn doch Kerstin jetzt endlich ihren Geburtstagstisch sehen könnte. Sie kann es gar nicht mehr aushalten. Sie hat ein Ohr fest an die Schlafzimmertür gepresst, hört jetzt das Ratschen eines Streichholzes, das angezündet wird. Könnte sie wenigstens durch das Schlüsselloch spähen, aber das ist versperrt, die ganze Tür tapeziert, genau wie alle Wände, denn das macht das Zimmer größer, sagt Mutti.

Endlich öffnet sich die Tür zwischen Wohnzimmer und Schlafzimmer und Kerstin darf rauskommen. Auf dem Teewagen sind ihre Geschenke aufgebaut. Eins, zwei, drei, vier, fünf Kerzen brennen in dem hellblauen Holzreifen. Jede mit einem anderen Abziehbild. In der Mitte eine dickere, größere Kerze.

„Das ist dein Lebenslicht", sagt Mutti und es klingt ganz sehr wichtig.

Komisches Wort, denkt Kerstin. Ganz vorsichtig angelt sie hinter den Kerzen ihre Geschenke hervor. Zuerst ein Teddy, fast so einer, wie ihn ihr Freund Peter hat. Vielleicht ist er sogar noch schöner. Ganz weich, goldgelb mit einer blauen Schleife um den Hals. Wenn man ihn hochhebt, brummt er sehr tief, so tief, dass es richtig im Bauch krabbelt. Kerstin hat sofort einen Namen für ihn: Muschi, das klingt kuschelig, findet sie.

Dann sitzt da noch eine neue Puppe, mit blonden Locken und Schlafaugen. Daneben steht Kerstins Lieblingspuppe, die Negerpuppe Peggy, mit einem neuen Schlafanzug. Den hat die Oma auf ihrer Nähmaschine genäht – Oma war nämlich Stepperin in der Schuhfabrik, Meisterin sogar – und für Kerstin hat sie den gleichen hellblauen Schlafanzug mit weißer Spitze genäht. Der sieht ganz genauso aus wie Peggys, nur größer ist er natürlich.

Nun sind noch zwei große flache Kästen übrig. Der eine ist ganz schwer, Kerstin kann ihn allein gar nicht anheben. Als sie den Deckel aufklappt, riecht es nach Gummi. Viele kleine Räder, Schrauben, Muttern und viele verschiedene schwarze Teile aus Metall mit Löchern. Das ist ein Stabilbaukasten! Kerstin hat schon mit Peters Baukasten gespielt – eine Schubkarre hat sie gebaut. Das war gar nicht so einfach, aber wenn man alles richtig macht, drehen sich am Ende sogar die Räder. Und die Hände riechen noch ganz lange nach Gummi, selbst nach dem Waschen.

Jetzt ist nur noch eine flache Schachtel übrig. Die ist federleicht. Darin liegt ein Würfelspiel mit einer großen Wiese. Auf der Wiese wachsen viele bunte Blumen und lustige Käfer und Zwerge und Raupen und Schmetterlinge gehen da spazieren. Einen Würfel findet Kerstin und so schöne Spielfiguren: Jungen und Mädchen aus Plaste mit winzigen, kleinen Rucksäcken. Wer den Namen einer Blume richtig sagen kann, darf ein Pappplättchen mit der entsprechenden Blüte auf seine Sammelkarte legen. Das ist das allerschönste Geschenk, findet Kerstin. Einige Blumen kennt sie schon, denn die wachsen auf der großen Wiese vorm Haus, wo sie am liebsten spielt.

Sie will am liebsten sofort losspielen, aber das geht leider nicht. Nach dem Auspacken der Geschenke kommt der Geburtstagskuchen auf den Tisch. Jetzt wird erst mal Kaffee getrunken. Für Kerstin gibt es natürlich Kinderkaffee, Muckefuck, Malzkaffee mit Milch und ein großes Stück vom Kuchen. Ein runder Rührkuchen, wie zu jedem Geburtstag, mit brauner Kakaoglasur. Kerstin ist so aufgeregt, denn am Nachmittag kommen die Kinder aus dem Haus zum Feiern. Sie kann gar nicht richtig schlucken, es wird immer mehr in ihrem Mund. Aber das ist doch der gute Geburtstagskuchen. Den hat doch die Omi extra für sie gebacken!

7

Kerstin blinzelte. War da tatsächlich ein Sonnenstrahl? Sie hatte sich schon so an Nachtschwärze oder Regengrau vor dem Fenster gewöhnt. Aber die Chancen schienen so schlecht nicht zu stehen, dass es zumindest heute ein klein wenig freundlicher werden würde. Neben ihr auf dem Futon schlief Dorothea noch fest wie ein Murmeltier.

Kerstin hatte sie gestern Abend vom Bahnhof abgeholt. Es war kurz vor elf gewesen, als sie ihr Auto im Parkhaus abgestellt und am Bahnsteig gelesen hatte, dass der Zug nun auch noch fünfundsiebzig Minuten Verspätung haben würde. Vorsichtshalber hatte sie nämlich ohnehin die doppelte Fahrtzeit zum Bahnhof eingeplant, obwohl ein Stau zu dieser späten Stunde mehr als unwahrscheinlich war. Ihre Nervosität, gepaart mit der Zugverspätung, hatten ihr somit exakt siebenundneunzig Warteminuten beschert. Keine Kleinigkeit, denn Warten ging ihr gegen den Strich.

Jede zweite Minute hatte sie zur Uhr gespäht. Sie hatte Fahrpläne und Wagenstandsanzeiger studiert, Quersummen der Ankunftszeiten ausgerechnet. Wenn die Quersumme dreimal hintereinander mit ihrem Geburtstag übereinstimmen würde, dann … Kerstin hatte das Orakeln schnell wieder gelassen, denn in diesem ganz speziellen Fall hätte sie eine negative Antwort beim besten Willen nicht verkraften können. Es musste einfach ein großartiges Wochenende werden!

Stattdessen war sie an den Schaufenstern der längst geschlossenen Einkaufspassagen entlanggebummelt. Irgendwann war ihr dann die Idee gekommen, dass sie Blumen für Dorothea kaufen könnte und zum Glück hatte sie sogar einen so spät noch geöffneten Blumenstand gefunden. Nur war es dann gar nicht so leicht gewesen, die richtige Wahl zu treffen.

Ein ganzer Strauß schien ihr übertrieben, noch dazu waren die alle hässlich. Eine einzelne Blume wäre okay. Eine Rose? Aber auf gar keinen Fall eine rote, schließlich wusste Dorothea vermutlich auch so schon, was sie sich von diesem Treffen erhoffte. Schließlich hatte sie sich für eine einzelne gelbe Rose entschieden. Ohne das geschmacklose Grün drum herum, ohne Folie, ohne Bändchen.

Als Kerstin schließlich wieder am Gleis angekommen war, hatte ihr Bauch vor Aufregung angefangen zu rebellieren, ihre Knie hatten einiges von ihrer gewohnten Festigkeit eingebüßt und trotz der februarkalten Bahnhofszugluft war die Hand, mit der sie den Stiel der Rose umklammert hielt, schweißnass gewesen.

Endlich war der Zug dann doch eingefahren, Dorothea hatte natürlich im allerletzten Wagen gesessen, der ein ganzes Stück außerhalb der Bahnhofshalle gehalten hatte. Damit waren Kerstin auf dem riesigen Kopfbahnhof noch einmal ein paar zusätzliche bange Minuten beschert worden, bis Dorothea sich endlich aus der Menschenmenge gelöst hatte und mit wehendem Mantel, ihr Rollköfferchen energisch hinter sich herziehend, auf sie zugesteuert war.

Von der Rose war sie im ersten Moment wohl etwas überrascht gewesen, hatte dann jedoch richtig gestrahlt. Die Lösungsmenge von Kerstins Gleichungssystem schränkte das aber leider ganz und gar nicht ein: War Dorothea in Leipzig, weil sie Kerstin wollte? Oder war Kerstin lediglich eine gute Gelegenheit, um Leipzig zu sehen? Und welche Möglichkeiten gab es, dies herauszufinden, ohne sich bis auf die Knochen zu blamieren? Die Peinlichkeit einer Ablehnung wäre noch das Allergeringste, was Kerstin zu befürchten hatte. Wie um alles in der Welt würde Astrid reagieren, wenn Dorothea bei Gelegenheit erzählen würde, dass Kerstin ihr Avancen gemacht hätte? Würde Astrid sich aufregen, sich hintergangen fühlen? Oder würden Dorothea und Astrid sich köstlich auf Kerstins Kosten amüsieren? Da war sie wieder, Kerstins Angst, außen vor zu bleiben, nicht dazuzugehören.

Der Sonnenstrahl hatte inzwischen die linke obere Ecke des Fensters erreicht, wanderte die Wand entlang, um schließlich in einem spitzen Winkel direkt auf Dorotheas Kopfkissen zu landen. Kerstin war es ein Rätsel, wie diese trotzdem so ungerührt weiterschlafen konnte.

Sie selbst war nun endgültig wach und würde nicht im Bett bleiben, reglos verharren und eingeschlafene Glieder riskieren, nur um Doro nicht zu wecken. Sie entschied sich, ihren

Gast mit einem Ost-Revival-Programm zu beglücken, und den Anfang würde sie mit fast echten Ostbrötchen machen. Der Bäcker an der Ecke hatte vor ein paar Wochen wieder auf die alten Rezepturen umgestellt. Seitdem gab es Schlangen bis auf die Straße wie früher und manche Kunden nahmen am Wochenende längere Fußmärsche in Kauf, nur um in den Genuss seiner Brötchen zu kommen. Außen knusprig, innen weich, aber nicht so aufgeplustert wie ihre Westverwandten, mit einem leichten Grauschimmer, weil es eben noch richtiges Mehl war.

Es duftete schon bis auf die Straße. Kerstin lief jedes Mal das Wasser im Mund zusammen, genau wie früher, wenn sie sich an der Aufsicht vorbei vom Schulhof gestohlen hatten, um zum nächsten Bäcker zu laufen.

Als Kerstin mit der Brötchentüte zurückkam, stand Dorothea bereits unter der Dusche. Jedenfalls war der Futon leer und sie hörte aus dem Bad das Wasser rauschen. Nur zu gern hätte sie genauer nachgesehen. Aber natürlich verbot sie sich selbst kategorisch jeden Gedanken an eine unbekleidete Doro, an seifenglitschige Brüste, über Bauch und Schenkel spritzendes Wasser. Als dieses Verbot keinerlei Wirkung zeigte, lenkte sie sich mit praktischen Tätigkeiten ab. Wenn ihre Hände beschäftigt wären, kämen sie vielleicht nicht in Versuchung, die Klinke der Badezimmertür herunterzudrücken.

Kerstin brühte sich einen Kaffee, für Dorothea goss sie Tee auf. Brötchen, Teller, Messer, Tassen. Butter und Schinken. Käse hatte sie gestern eingekauft, auch an Honig und einen Becher Nudossi gedacht, denn Dorothea hatte bei Astrid nur Süßes gefrühstückt. Die Regenbogenkerze vom letzten CSD – wie gut, dass sie die seit fast einem Jahr im Schrank vergessen hatte. Perfekt. Kerstin war stolz auf ihr Werk.

Es war schon ziemlich lange her, seit sie das letzte Mal einen Frühstückstisch gedeckt hatte. Normalerweise aß sie entweder im Stehen oder frühstückte unterwegs. Bei Dorothea war sie sich allerdings sicher, dass sie ohne ein gemütliches Frühstück nicht in Wochenendstimmung kommen würde. Und dann war es auch viel privater. Sie könnten langsam wach werden, Pläne für den Tag schmieden und diese dann vielleicht doch nicht realisieren.

Dorothea setzte sich zu Kerstin an den Tisch.

„Guten Morgen, du Frühaufsteherin."

„Das Wetter sieht nicht ganz so trüb aus wie in den letzten Wochen. Da dachte ich, wir nutzen das für eine Besichtigungstour." Erschrocken hörte Kerstin sich selbst zu. Sie klang ja wie eine Stadtbilderklärerin, fehlte nur noch der Regenschirm. Sie würde zwar auch heute noch eine gute Reiseleiterin abgeben, denn mit der Betreuung von Touristen und Stadtführungen hatte sie ihr Stipendium einst ganz gut aufgebessert. Aber das war doch wohl kaum der richtige Ton Dorothea gegenüber.

„Auf alle Fälle und ganz egal, wie das Wetter ist. Ich will so viel wie möglich von Leipzig sehen. Deshalb bin ich ja schließlich hier."

Verdammter Mist, jetzt war es also raus. Jetzt hatte sie es gesagt, ihr lag tatsächlich nur daran, die Stadt zu sehen. Sie war überhaupt nicht wegen Kerstin hier. Allerdings hatte Kerstin sich ja auch selbst angeboten, Dorothea Leipzig zu zeigen. Mit keinem Wort hatte sie erwähnt, dass sie eigentlich hauptsächlich mit ihr allein sein wollte, ganz egal wo. Ein kleiner Hoffnungsschimmer blieb ja immer noch: Vielleicht versteckte auch Dorothea sich nur hinter dem geplanten Sightseeing-Programm und war in Wirklichkeit an Kerstin interessiert? Oder wenigstens an beidem? Na gut, wie auch immer, Kerstin würde dieser Westfrau ihre Stadt zeigen.

Während sie ihr Frühstück ausgiebig zelebrierten, zählte Kerstin einige der sich bietenden Möglichkeiten auf. Wenn es eine richtige Ost-Revival-Tour werden sollte, müssten sie zuallererst auf das Völkerschlachtdenkmal. Ein schweißtreibender Aufstieg. Verursachte obendrein üblen Muskelkater. Bestimmt gab es aber inzwischen einen Aufzug, Kerstin war diesem Koloss schon mindestens fünfzehn Jahre nicht näher als unbedingt nötig gekommen. Zugegeben, die Aussicht von ganz oben war großartig, aber ansonsten waren der düstere Bau und seine nationalistische Kriegsgeschichte einfach nur gruselig. Sie würde es ihnen beiden ersparen.

Bulgarische Reisegruppen hatte sie früher ausnahmslos ins Georgi-Dimitroff-Museum führen müssen, aber mittlerweile hielt das Bundesverwaltungsgericht diesen imposanten Bau besetzt.

Das einst so moderne Gebäude der Stadtinformation, wo Kerstin unzählige Male Theater- oder Discokarten gekauft hatte, war längst abgerissen. Auch ihr Unicampus im Zentrum hatte inzwischen Bekanntschaft mit der Abrissbirne gemacht. Es würde gar nicht so leicht werden mit der Revival-Tour. Aber Kerstin würde schon noch einige alte Plätze finden und ansonsten würde Dorothea sich mit Geschichten zufrieden geben müssen.

Dorothea hatte sich ihr Brötchen dick mit Nudossi bestrichen, kaute genüsslich und fuhr mit dem Finger über den vor ihr ausgebreiteten Stadtplan.

„Lass uns einfach ins Zentrum fahren und bummeln gehen“, schlug Kerstin vor.

„Habe ich mich eigentlich schon als Museumsjunkie geoutet“, fragte Dorothea. „Nur eins, ja? Aber mit ganz viel Zeit! Bitte, Kerstin!“

Kerstin war der enthusiastische Tonfall nicht entgangen. Doro sollte ihr Museum haben, daran hatte es ja in Leipzig nie einen Mangel gegeben. Das Bildermuseum fand sie selbst sterbenslangweilig. Aber gab es im Alten Rathaus nicht gerade eine Ausstellung zu Design und Verpackung in der DDR? Sie hatte die Plakate gestern im Bahnhof gesehen.

„Okay, ich habe sogar schon eine Idee.“

Dorothea griff sich noch ein Brötchen. „Die sind wirklich Spitze. So knusprig und innen flaumweich.“

Sie merkt es, triumphierte Kerstin, sie bemerkt den Unterschied! Das brachte Doro sofort noch ein paar neue Sympathiepunkte auf Kerstins persönlicher Skala ein. Aber die summierten sich sowieso schon im oberen Drittel und mit jeder Minute wurden neue ungeahnte Spitzenwerte erreicht. Doro war einfach umwerfend.

Schließlich war auch der letzte Schluck Kaffee getrunken, in der Teekanne nur noch ein kleiner Rest, der schon lange kalt geworden war. Auf dem Brötchenteller lagen ein paar einsame Krümel. Schnell waren die Reste von Schinken, Käse und Butter in den Kühlschrank geräumt. Kerstin stellte Tassen und Teller in das Spülbecken. Die konnten warten, wenn es nach ihr ging, bis zum Sankt Nimmerleinstag. Hausarbeit war in ihren Augen überflüssig wie ein Kropf.

Ob es wohl irgendwann wieder Frühling werden würde? Mütze und Handschuhe waren ihr verhasst, wohl immer noch, weil ihre Mutter früher gnadenlos kontrolliert hatte. Kerstin hatte in der Kleinstadt ständig auf der Hut sein müssen, weil sie die unliebsamen Kleidungsstücke höchstens bis zur nächsten Straßenecke getragen hatte. Kerstin verweigerte sich. Solange kein sibirischer Winter in Leipzig Einzug halten würde, würde sie keine Mütze tragen, von Handschuhen ganz zu schweigen. Wozu gab es denn Jackentaschen? Es hatte doch sicher einen Grund, dass die neuerdings mit Fleece gefüttert waren.

Dorotheas Gesicht war zur guten Hälfte unter einer flauschigen Mütze verschwunden. Doro sah immer noch umwerfend aus. Vielleicht hatte der Winter ja doch nicht nur düstere Seiten.

Die beiden fuhren mit der Straßenbahn ins Zentrum. Das ersparte ihnen die lästige Parkplatzsuche. Am Augustusplatz stiegen sie aus, damit Dorothea Oper und Gewandhaus bestaunen konnte. Viel wichtiger war es Kerstin allerdings, ihr ehemaliges Studentenwohnheim zu zeigen. Dorothea, der erklärten Feministin, würde gefallen, dass es damals einen Frauennamen gehabt hatte: *Jenny Marx*, alle hatten es nur die *Jenny* genannt. Gleich daneben der Schwanenteich. Allerdings waren die Schwäne schon vor ein paar Jahren verschwunden. Bestimmt waren sie während des Baus der Tiefgarage beleidigt von dannen gezogen.

Jetzt schlenderten Kerstin und Dorothea zum Campus hinüber. Kerstin hatte ihn geliebt. Ihr als Kleinstadtkind war er geradezu weltstädtisch und auch 1980 noch supermodern erschienen. Das Rechenzentrum im Keller war gut bestückt gewesen, das Eiscafé gleich daneben hatte eine enorme Auswahl an Eis, Getränken und Gebäck und überhaupt die leckersten Spritzkuchen der Welt angeboten, obwohl auch der gefüllte Streuselkuchen nicht zu verachten gewesen war. Besonders genossen hatte sie es, im Sommer auf dem begrünten Innenhof auf einer der vielen Bänke zu sitzen.

Das Eiscafé war in den letzten Tagen abgerissen worden, genau wie die Unibibliothek mit ihren Lesesälen, und auch das Pflaster des Innenhofs durchzogen bereits tiefe Risse. Kerstin erzählte Dorothea von einer Vergangenheit, die es schon gar nicht mehr zu geben schien. Konnte Dorothea die Spuren sehen? Ob sie genügend Fantasie hatte, in Kerstins Welt zu folgen?

Auf dem Weg zur Nikolaikirche – die mussten sie einfach ansehen, die kannte jeder Wessi zumindest aus dem Fernsehen – fanden sie ein kleines Antiquariat. Da sie beide Büchernärrinnen waren, genügte ein kurzer Blick und sie waren sich einig. Außerdem froren sie bereits jämmerlich, die Sonne hatte sich längst wieder hinter grauen Wolken versteckt und es tat mehr als gut, ins Warme zu kommen.

Begeistert hoben sie Schatz um Schatz. Dorothea hatten es besonders die DDR-Kinderbücher angetan. Kerstin erinnerte sich, dass Doro von ihrem Opa in Rostock sooft es ging mit Süßigkeiten und Bilderbüchern verwöhnt worden war. Mit einem Mal konnten die beiden Frauen Kindheitserinnerungen teilen. Beide hatten sie das Sandmännchen geliebt, über den frechen Pittiplatsch gelacht und sich die gleichen Bücher immer wieder vorlesen lassen, bis sie sie auswendig kannten.

Dorothea hatte unter einem Stapel alter Kinderbücher eine Ausgabe der *Lustigen Geschichten* hervorgezogen und nun lachten sie beide über die Erzählung von dem Pilz, unter dem so viele Tiere vor dem Regen Schutz suchen. Beide waren sie ganz verliebt in die wunderschönen Bilder, lasen sich abwechselnd vor. Dorothea konnte immer noch ganze Abschnitte auswendig rezitieren. Kerstin war schwer beeindruckt. Sie bezahlte das Buch an der Kasse und schenkte es Doro. Es würde sie an Leipzig erinnern – und an unser erstes gemeinsames Wochenende, fügte Kerstin in Gedanken hinzu, denn sie hoffte, dass es noch mehr davon geben würde.

„Meistens mache ich lieber einen Bogen um solche Geschäfte, aber…“, Kerstin wandte sich Doro zu und spähte in den schmalen Spalt ihres Gesichts, den heruntergezogene Mütze und hochgezogener Schal frei ließen, „… aber ich muss dir schnell noch etwas zeigen. Gleich hier in der Nähe, beim Bildermuseum, ein ganz und gar überwältigender Laden, Astrid würde schrecklich gern dort einziehen. Es gibt lauter wunderschöne Dinge, Sachen, von denen du vorher gar nicht gewusst hast, wie sehr du sie unbedingt brauchst. Und die Besitzerin ist absolut bezaubernd, es gibt immer leckeren Tee“, schloss sie. Es war zum Verrücktwerden heute, entweder war sie steif wie ein Pappkragen oder sie hörte sich an wie die überkandidelte Hauptdarstellerin einer Seifenoper.
Die bronzenen Glockenmänner auf dem *Krochhochhaus* schlugen mit ihren Hämmern an die Glocke, als sich die Ladentür hinter den beiden Frauen schloss. Kerstin führte ihren Gast jetzt durch das Labyrinth der berühmten Leipziger Passagen.

Als sie wieder ins Freie traten, schlug ihnen kalter Wind entgegen. Dorothea hakte sich bei Kerstin ein und wünschte sich eine Pause.

Kerstins Wahl fiel sofort auf das Teehaus. Wenn schon eine Reise in ihre Studentinnenzeit, dann richtig. Das Teehaus war in den Achtzigern sehr angesagt gewesen. Wunderschön restauriert, gemütlich und mit einer zwanzigseitigen Karte für Tees und Mixgetränke. Oft war es so voll gewesen, dass man auf freie Plätze eine ganze Weile warten musste. Kerstin hatte einen guten Teil ihres Stipendiums hier umgesetzt. Teepunsch mit Ananasstückchen aus der Dose war der absolute Höhepunkt für sie gewesen.

Sie öffnete die Tür und ließ Dorothea galant den Vortritt. Zwar war es nicht mehr ganz so stilvoll wie früher, aber immer noch einladend und vor allem war es warm. Nur gab es leider keinen freien Tisch. Zu DDR-Zeiten hätte Kerstin sich natürlich auch zu anderen gesetzt, das war damals völlig normal. Jetzt tat man so etwas nicht mehr und um zu warten, war Kerstin inzwischen viel zu ungeduldig. Sie war es gewohnt, sofort Plätze zu finden. In Leipzig gab es schließlich mittlerweile so viele Kneipen, dass kein Mangel mehr herrschte.

Also kein Teehaus, sondern ein Versuch im *Bachstübchen* nebenan. Das war samt Speisekarte im Achtziger-Jahre-Ostdesign erhalten geblieben. Mittlerweile richtiger Kult. Rotes Kunstleder, Chrom, große Glastische und großformatige Collagen an den Wänden.

In den ersten Jahren nach der Eröffnung hatte Kerstin sich hier oft mit ihrer damaligen Freundin Martina getroffen.

Martina liebte Dorschleber, die damals mit Toast und einem Zitronenachtel serviert wurde. Zwar hatte Kerstin Dorschleber immer widerlich gefunden, aber in ihrer hoffnungslosen Verliebtheit hatte sie stets das Gleiche wie die Angebetete bestellt. Und mit der Zeit hatten sich dann sowohl Geschmack als auch das Gefühl, wie diese graubraune

Masse auf der Zunge schmolz, mit ihrer Liebe zu Martina verbunden. Martina war allerdings schon lange Geschichte und Dorschleber würde Kerstin nie mehr im Leben anrühren. Ob sie wohl immer noch auf der Karte stand?

Dorothea bestellte heißen Kakao, Kerstin Milchkaffee und einer plötzlichen Eingebung folgend zwei Gläser Rotkäppchensekt und *Leipziger Lerchen*, klebrig süße, mit Marzipan gefüllte Gebäckstücke. Sie wollte feiern. Mit Doro fühlte sie sich so wohl, dass sie kühn wurde. Obwohl sie in den letzten zehn Minuten kaum etwas anderes getan hatte, als darüber nachzudenken, ob sie es wagen sollte oder doch lieber nicht, ließ sie es wie zufällig aussehen, als sie ihre Hand auf Doros legte, die scheinbar gedankenverloren mit einem Bierdeckel spielte. Sonst war sie nicht schüchtern, aber die jetzige Situation machte ihr doch zu schaffen. Durfte eine die Geliebte ihrer Liebsten umwerben?

Für Dorothea schien alles unproblematisch zu sein. Sie wirkte unverkrampft, strahlte Kerstin an und prostete ihr zu: „Auf Leipzig und auf die Leipzigerinnen. Ach was, auf dich!"

„Darauf, dass es dir hier so gut gefällt, dass du wiederkommst", stammelte Kerstin etwas zu förmlich. Und dann versanken sie so lange in den Augen der anderen, dass in jedem Drehbuch ein Kuss gefolgt wäre. Allerdings hätte das Drehbuch dann nur einen zierlichen Kaffeehaustisch zwischen ihnen vorgesehen. Und ganz gewiss hätte es nicht just in diesem Moment die Kellnerin auftreten lassen.

„Darf ich Ihnen noch etwas bringen?"

„Nein, keine weiteren Wünsche. Nur die Rechnung. Alles zusammen, bitte", stotterte Kerstin mit einer ihr selbst fremden Stimme. Genau, dachte sie, keine weiteren Wünsche, zumindest nicht an die Kellnerin.

Kerstin und Doro brachen wieder auf in den weiterhin trüben Wintertag. Mit wenigen Schritten erreichten sie den

Marktplatz. Von dem war allerdings nicht viel mehr zu sehen als eine riesige Baugrube. Leipzig bekam die schon seit mehr als hundert Jahren immer wieder geplante und genauso oft wieder verworfene U-Bahn. Kerstin kannte niemanden, der von der U-Bahn-Idee begeistert war. Die ganze Stadt war mittlerweile zerwühlt, kreuz und quer lagen hässliche blaue und rosa Entwässerungsrohre über den Straßen.

Über einen provisorischen Holzsteg erreichten sie den Eingang vom *Alten Rathaus*. Dort war im oberen Stockwerk das Museum für Stadtgeschichte untergebracht. Mit der Wende waren die historischen Ereignisse und ihre Interpretationen durcheinandergewirbelt worden, die Dauerausstellung deshalb eingemottet. Es würde noch dauern, bis die Fakten in einem neuen Muster angeordnet wären. Erst dann würde es wohl eine neue Dauerausstellung geben, deshalb folgte seit etlichen Jahren eine Sonderausstellung auf die andere.

Im Moment gab es *Design und Verpackung in der DDR*, was perfekt in Kerstins Ost-Revival-Programm passte. Kisten mit *Club-Cola*, *Vita-Cola*, *Disco-Cola* und all den vielen anderen Colasorten, deren Namen Kerstin schon fast vergessen hatte. *Aubi*, das Autofahrerbier. *Wilde Sau*, ein Pfefferminz- und Kräuterlikör, damals Mangelware. Der Fruchtwein mit dem wenig appetitlichen, martialischen Namen *Hirschblut* und *Timms Saurer*, der immer und überall reichlich zu erwerbende Klare mit Zitrone, weckten bei Kerstin Erinnerungen. Insbesondere der Saure hatte ihr einmal dermaßen zugesetzt, dass sie sich auch heute noch bei dem bloßen Gedanken daran schüttelte.

Weiter zu den Dauerback- und Süßwaren. Hier überraschten selbst Kerstin die Verpackungen, denn die waren eher aus den fünfziger Jahren. Das Bild der DDR wurde gemeinhin mit Produkten der fünfziger oder sechziger Jahre illustriert. Und selbst ein Speekarton aus den Achtzigern wirkte jetzt nach mehr als zwanzig Jahren natürlich antiquiert, aber würde es einer westlichen Omo-, Dash- oder Persilverpackung desselben Jahrgangs nicht ähnlich ergehen?

„Papiertüten wie aus dem Bioladen!“, begeisterte sich Dorothea.

Gut gekauft – gern gekauft! Mit einem Schmunzeln blieb Kerstin vor einer Vitrine mit Behelfsverpackungen stehen. Wenn es in der Produktion mal gut lief, die vorgesehenen Verpackungsmittel aber nicht zur Stelle waren, wurde behelfsweise in neutrale Tüten oder Kartons verpackt und das Etikett mit dem Zusatz *Behelfsverpackung* versehen. Niemand sollte schließlich denken, dass es keine angemessene Verpackung gäbe, selbst wenn solche Provisorien durchaus langlebig waren.

Chemie bringt Wohlstand, Schönheit, Glück. Das war bereits in Kerstins Kinderjahren überholt gewesen. Sie hatte die in abgeblätterter Ölfarbe an die eine oder andere Autobahnbrücke geschriebenen Losung schon immer seltsam gefunden, schließlich hatte sie nur wenige Kilometer von den Leunawerken entfernt gewohnt und manchmal hatte es so gestunken, dass ihre Oma schnell alle Fenster geschlossen hatte. Wenn die Leuna drei bauen, fliegen wir alle mit in die Luft, war Omas oft wiederholte düstere Prophezeiung gewesen. Allerdings war zum Glück nie ein dritter Werksteil gebaut worden.

Im nächsten Raum stand eine Anbauwand samt Couchgarnitur. Die waren in der DDR nur mit Glück, Geduld oder guten Beziehungen zu haben.

Ist das nicht? Doch, genau, das ist sie, die Dreivariantencouch!

Ein Möbelstück, das das kleine Wohnzimmer von Kerstins Eltern völlig dominiert hatte. Als es neu in die Familie gekommen war, hatte es chic und modern gewirkt, der letzte Schrei. Als Kerstin erwachsen geworden war, hatte die Couch einen neuen Bezug bekommen. Wegwerfen wollte sie keiner, weil sie doch so unglaublich praktisch und unverwüstlich war.

Drei Varianten. Nummer eins: Lehne hochgestellt für den

gemütlichen Kaffeeplausch oder zum Zeitunglesen. Nummer zwei: Lehne flachgelegt für den Mittagsschlaf von ein bis zwei Personen und Nummer drei: ausgeklappt als Schlafplatz für bis zu drei Personen. Das Ausklappen allein war faszinierend: Lehne umlegen, wobei die beiden Metallstützen eingeklappt wurden, komplette Liegefläche an zwei Schlaufen anheben und aufstellen, dritte Fläche an einer Mittelschlaufe abheben, Metallstützen wieder ausklappen.

Kerstin hatte später nie wieder ein derart praktisches und ausgeklügeltes System gesehen. Sie kam ins Erinnern und Erzählen, Dorothea lauschte, stellte tausend Fragen und ließ kein Exponat aus. Sie amüsierte sich köstlich über Namen wie *heliopan*, *Wofacolor*, *Linda Neutral*, *Tempoerbsen* oder *ImNu*. Am besten gefiel ihr aber ein Zeitungsausschnitt neben den Filmverpackungen aus Wolfen: Nina Hagen, der neue Stern am Schlagerhimmel, mit dem Erfolgstitel *Du hast den Farbfilm vergessen* bei Werktätigen des Kombinatsbetriebes zu Gast.

Im Museumsshop stöberten sie noch eine Weile. Dorothea kaufte ein DDR-Kochbuch und für Astrid nahm Kerstin drei Plaste-Eierbecher in Hühnchenform mit.

Als sie die Stufen zum Marktplatz hinunterstiegen, war es bereits dunkel. Dunkel, feucht und kalt. Dorothea hakte sich bei Kerstin ein und sie gingen schnell zur Straßenbahn.

Zeitreisen

Es klingelt zur großen Pause. Vierundzwanzig Kinder verstauen Lesebücher, Schreibhefte und Federmappen im Ranzen. Der Tafeldienst wischt die geübten Verbformen von der Tafel. Der Blumendienst gießt die etwas eingestaubten Blumentöpfe auf den Fensterbrettern. Der Ordnungsdienst entsorgt einen neben dem Papierkorb gelandeten Apfelgriebsch. Und da kommt auch der Milchdienst mit dem Milchkasten. Kerstin hat Kakao bestellt.

Die Flasche muss immer gut geschüttelt werden, weil sonst der gute Kakao unten hängen bleibt. Eigentlich schmeckt es Kerstin ohne Schütteln viel besser, aber das muss so sein. Schütteln gehört sich. Machen alle. Und wenn sie nicht schütteln würde, würden ihr alle sagen, dass sie es doch müsste. Und außerdem würde sie dann ewig ihre Flasche spülen müssen, bis alle Kakaoreste raus wären, da verstehen die Küchenfrauen nämlich keinen Spaß. Also schüttelt Kerstin ein paar Mal halbherzig, stößt dann ihren Strohhalm durch den festen Aludeckel und nimmt einen großen Schluck. Der Rest kann bis zur nächsten Pause im Milchbänkchen warten. An Kerstins Fach dort ist ein Abziehbild mit einem Mecki. Jeder hat sein Bild, damit nichts verwechselt wird.

Mit ihrer Frühstückstüte in der Hand und der derzeit besten Freundin am Arm läuft Kerstin auf den Schulhof hinaus. Da gibt es viel Wiese, kleine Bäume, aber die Hofaufsicht passt auf, dass alle brav im Kreis herumspazieren, im Uhrzeigersinn. Rennen ist nicht erlaubt. Verlassen der Pausenrunde und Stehenbleiben sind ebenfalls untersagt. Schließlich soll keiner angerempelt werden. Und Bewegung ist sehr gesund nach dem Stillsitzen in den Schulstunden. Nur nicht zu viel. Alles soll seine Ordnung haben. Aber zum Glück sind die Lehrer auch mal abgelenkt. Gerade gibt es ganz hinten eine Prügelei. Das kommt daher, dass an der Schule viele Barackenkinder sind. Die leben ganz ärmlich, haben viele Geschwister und noch mehr Cousins und Cousinen, lernen schlecht, bleiben oft sitzen. Eigentlich müsste denen jemand helfen, aber die wollen sich nicht helfen lassen, sagt Mutti. Sogar die Schule schwänzen sie. Und um ganz ehrlich zu sein, hat Kerstin ziemlich Angst vor denen. Weil sie eine gute Schülerin ist, muss sie oft neben so einem sitzen. Und die reden nicht viel, die prügeln.

Jedenfalls ist die Aufsicht jetzt abgelenkt, zumal nun auch noch jemand seinen Müll auf ein Blumenbeet fallen lassen wollte. Das gibt eine längere Standpauke. Kerstin nutzt die Gelegenheit, um mit ihren Freundinnen – zwei davon heißen übrigens ebenfalls Kerstin, weil das gerade so in Mode war – in einer abgelegenen Ecke stehen zu bleiben. So tratscht es sich viel besser. Kerstin öffnet ihre Plastetüte, nimmt die in Butterbrotpapier gewickelten Schnitten heraus und inspiziert sie. Leberkäse ist lecker. Abwechselnd beißt sie in das Brot und in den tagtäglich beigelegten Apfel. Besonders zum Frühjahr hin sind die immer widerlich schrumpelig. Aber Vitamine sind wichtig. Kerstin isst tapfer auf. Wenn sie etwas zurückbringen würde, würde es nur Ärger geben. Regelmäßiges Essen ist wichtig. Und Essen wegwerfen darf man nicht. So etwas machen nur die Barackenkinder. Da steckt doch die Arbeit so vieler fleißiger Menschen drin. Und die Kinder in Vietnam wären so froh, wenn …

Es klingelt und alle traben gemächlich zurück ins Schulgebäude, zu den Werkräumen, in die Turnhalle, in den Schulgarten. Drängeln und Schubsen wird geahndet. Zumindest, wenn es die Aufsicht sieht.

„O nein!"

Der entsetzte Aufschrei erstickt zu einem heiseren Flüstern. Doros weit aufgerissene Augen füllen sich mit Tränen, dicken, traurigen Tränen. Und heißen, zornigen.

Dieser gemeine Mistkerl! So ein Satansbraten, so ein hinterhältiges Biest, so ein … ein … Ihr will gar keine passende Beschimpfung einfallen. Kleine Brüder sind doch wirklich die Pest auf zwei Beinen.

Fassungslos starrt sie auf die jämmerlichen Reste braunen Fells, den abgerissenen Kopf, immer noch fröhlich grinsend aus blanken Knopfaugen. Eine Menge Holzwolle bedeckt den bunten Überwurf ihres Bettes. Ihr armer, armer Teddy! Ihr heiß geliebter Schlappohr. Treuer Begleiter, engster Vertrauter und verschwiegener Mitwisser all ihrer großen und kleinen Geheimnisse. Schluchzend verschließt sie die Augen vor diesem erbärmlichen Anblick. Regelrecht ausgeweidet liegt er vor ihr, den Bauch, die Arme und Beine aufgeschlitzt. Die Füllung herausgerissen, überall verteilt. Sie sinkt vor dem Bett in die Knie, schmiegt sanft ihr heißes verweintes Gesicht an abgeschabten Plüsch und kratzige Holzwolle.

Oh, Doro weiß genau, was diese widerliche Kröte gesucht hat. Schlappohrs Stimme. Das ulkige *Möööp*, ein Ton genau zwischen Brummen und Quäken, den der Bär immer von sich gab, wenn man ihn umgedreht hat. Dahinter ist er schon lange her gewesen, hat immer wissen wollen, vorher das Geräusch wohl kommt. Stets hat Doro ihm ihren Liebling weggenommen, ihm Prügel, Rache, finsterste Vergeltung angedroht, sollte er es je wagen. Und nun hat er es gewagt. Alle Drohungen sind leider vergeblich gewesen.

Warum nur kann dieses kleine Ekelpaket die schmutzigen Finger nicht von ihren Sachen lassen, warum nur muss er alles kaputtmachen, woran Doros Herz hängt?

Sie erinnert sich noch gut an seine letzte große Schandtat. Ein paar Wochen nach Weihnachten ist es gewesen, er sollte Mittagsschlaf halten und stattdessen hat er, noch heute wird ihr ganz schlecht vor lauter Wut, ihr wunderbares Puppenhaus restlos demoliert. Es ist so ein tolles Haus gewesen. Mit zwei Stockwerken und einem Dach zum Abnehmen. Die Zimmer hatten richtige Teppiche und Tapeten an den Wänden. Kleine Gardinen an den Fenstern und Blumentöpfe davor. Und richtiges Licht gab es. In jedem Raum ein Schalter neben der Tür, mit dem es eingeschaltet werden konnte. Die vielen schönen Möbel haben die Großeltern aus Rostock geschickt. Wochen über Wochen müssen die Eltern an diesem wunderbaren Geschenk gearbeitet haben und innerhalb von verhängnisvollen anderthalb Stunden war es vollkommen zerstört.

Mit einer wütenden Bewegung wischt Dorothea sich die

Tränen von den Wangen. In die Finger möchte sie ihn jetzt gern kriegen, ihn schütteln, ihm richtig wehtun. Und dann sein Lieblingsspielzeug nehmen, nein, besser seine drei allerliebsten Spielzeuge, und sie vor seinen Augen zerbrechen. Damit der mal merkt, wie das ist. O ja, das täte gut!

Aber leider, sie weiß genau, dass das nicht möglich ist. Die Macht der Strafe liegt allein in den Händen der Mutter. Dieses Gesetz zu missachten, heißt selbst unter seinen Bann zu fallen, sich ebenfalls den mütterlichen Zorn zuzuziehen. Doro kennt die Regeln und weiß, dass es besser für sie ist, sie einzuhalten. Auch wenn die Versuchung noch so groß ist, sich den blöden Kerl selbst vorzunehmen, heimlich, irgendwo draußen vielleicht. Aber er wird petzen. Da kann sie sicher sein.

Mit einem letzten Blick auf Schlappohrs traurigen zerfetzten Körper verlässt sie deshalb das Kinderzimmer, um die Mutter zu holen, ihr zu zeigen, welche Schandtat Thomas' neustes Werk gewesen ist.

Doch die rechte Befriedigung will sich nicht einstellen, nicht nach dem Verrat und auch nicht später, als das klatschende Geräusch des Kochlöffels immer wieder vom kläglichen Geschrei des Bruders übertönt wird.

8

Kerstin legte ihr Handy beiseite. Dort bei den Nachwuchsmusikern im tiefen Bayern ging es Astrid offensichtlich prächtig. Die Reportage schrieb sich wie von selbst und für die Endbearbeitung würde sie schon nächste Woche zu Kerstin kommen. Zu ausführlichen Berichten hatte Astrid sich heute allerdings nicht hinreißen lassen. Dafür war sie viel zu neugierig gewesen, wie es Doro und Kerstin an ihrem ersten zweisamen Wochenende ergangen war. Am meisten hatte es sie interessiert, ob die beiden miteinander geschlafen hatten. Natürlich wusste sie, dass es in Kerstins Wohnung ohnehin nur einen Futon gab und dass sie Doro kaum auf eine Isomatte ins Arbeitszimmer verbannt haben würde.

Zuerst war es Kerstin mulmig gewesen. Wie sagte eine denn ihrer Liebsten, dass sie letzte Nacht mit deren Geliebter gevögelt hatte? „He, Schatz, ich habe eine Affäre mit deiner Affäre" wäre vermutlich nicht angebracht. Und welche Worte waren überhaupt angemessen? Geliebte, Affäre, Liebste – all dies schien nicht mehr richtig zu passen.

Und wenn sie schon nicht sagen konnte, was Doro für sie bedeutete, dann konnte sie über den Sex erst recht nicht reden. Sie war sicher, dass es mehr als Sex gewesen war. Aber Astrid hatte nach Einzelheiten verlangt. Kerstin hatte versucht, sich um Details herumzumogeln, lieber vage zu bleiben. Aber da war sie bei Astrid natürlich an der falschen Adresse. Die gab sich mit Andeutungen nie zufrieden. Völlig locker, beinahe unverfroren hatte sie immer wieder hartnäckig nachgefragt. Kerstin war bemüht gewesen auszuweichen. Sie war beileibe nicht verklemmt, aber am Telefon lässig übers Vögeln schwatzen? Nein, das war für sie absolut unmöglich! Also hatte sie Astrid eine E-Mail versprochen, mit einem ausführlicheren Bericht. Vielleicht würde es beim Schreiben ja leichter. Lust hatte sie schon, sich genau zu erinnern. Und ihre Erinnerungen mit Astrid teilen? Probieren konnte sie es ja.

Von: Kerstin [mathematikerin@t-online.de]
An: Astrid
Betreff: Wie versprochen

Meine süße, von Neugier geplagte Gespielin!

Hier hast du also meinen Bericht auf deinen Bildschirm:

Es war schön mit Doro. Wir hatten so viele gemeinsame Themen. Wusstest du, dass sie in ihrer Kindheit ganz oft bei ihrem geliebten Opa in Rostock war? Aber das habe ich dir ja alles mehr oder weniger schon am Telefon erzählt. Du brennst darauf, den Rest zu erfahren? Nun gut.

Nachdem wir durchgefroren von unserer Sightseeing-Tour durch die Leipziger Innenstadt zurückgekommen waren, ließ ich uns eine heiße Badewanne ein, mit Wildrosenduft, und setzte Teewasser auf. Allerdings haben wir den Tee erst Stunden später aufgebrüht, weil wir uns nicht einigen konnten, welche denn nun zuerst ihre Zehen auftauen durfte. Kurzerhand sind wir zusammen ins heiße Wasser gestiegen. Erst haben wir nur rumgealbert, aber ich musste Doro die ganze Zeit über ansehen, fand sie wunderschön. Und irgendwann sind wir beide verstummt, weil keiner mehr ein spritziges Wortspiel einfallen wollte, ich bin in ihrem Blick versunken und meine Hand hat ganz von selbst ihren Weg zu ihren Brüsten gefunden.

Oh, schnell die Lösch-Taste. Seit wann tippte sie solche hanebüchenen Entgleisungen in die Tastatur? Es klang grauenhaft. Nie im Leben würde sie diese Mail an Astrid schicken. Sie war eben keine Pornoautorin. Neuer Versuch.

Von: Kerstin [mathematikerin@t-online.de]
An: Astrid
Betreff: Wie versprochen

An meine vor Neugier bebende Astrid,
du willst es also wissen.

Nun: Stadtbummel. Völlig durchgefroren. Brauchten dringend was zum Aufwärmen. Heiße Badewanne geteilt. Erhitzt aufs Bett gefallen. Doro auf mich gezogen. Fünf Tropfen von ihrer Schulter geküsst. Ihre Brüste auf meinen. Ein-zwei-drei Finger in meiner Möse. Weiterzählen unmöglich. Fast sofort explosive Eruption. Zunge auf Klit und was weiß ich, wo sonst noch. Lange Nacht. Ineinander verschlungen eingeschlafen.

O je, so wurde das auch nichts. Zwar erinnerte sich nicht nur ihre Möse allzu gern, aber auf dem Bildschirm las sich das alles absolut scheußlich. Und wozu eigentlich sollte sie Astrid alles so haarklein berichten? Mochte die doch ihre Fantasie bemühen, schließlich kannte sie beide – auch im biblischen Sinne. Sollte sie sich doch nach Herzenslust ausmalen, was Doro und Kerstin miteinander eingefallen sein könnte. Klang schließlich nach einer verdammt einfachen Gleichung: Kombiniere zwei hinreichend bekannte Größen und finde mögliche Schnittmengen oder besser noch kleinstes gemeinsames Vielfaches. Das dürfte selbst für Astrids beschränktes mathematisches Verständnis keine Überforderung darstellen.

Warum eigentlich bestand Astrid so nachdrücklich auf diesem Bericht? Glaubte sie am Ende, auf diese Weise den ihr zustehenden Teil zu bekommen? Und warum ließ sich Kerstin darauf ein, obwohl es sich von Anfang an komisch anfühlte? Hatte sie womöglich doch eine Spur schlechten Gewissens, wollte oder konnte Astrid den Wunsch nicht abschlagen? Das Ganze war wirklich verquer. Astrid war doch in Beziehungsdingen die Souveränste von ihnen allen, sie freute sich mit ihnen ohne die leiseste Gekränktheit, kein Vorwurf, keinerlei Eifersucht. Kerstin fand das anbetungswürdig. Die Reden über Polyamourösität hatte sie bisher immer mit einer Mischung aus Bewunderung und Skepsis angehört, doch Astrid konnte offensichtlich auch leben, was Kerstin lediglich wie eine Utopie erschienen war. Vielleicht funktionierte so was ja tatsächlich?

Und so würde sie jetzt auch mal versuchen, zu dem zu stehen, was sie fühlte, genau wie Astrid. Die bekäme nun zwar die versprochene Mail, aber in einer Form, die auch für Kerstin stimmig sein würde. Sex war und blieb für sie etwas, was sich zwischen den Beteiligten abspielte und gefälligst auch dort bleiben sollte.

Von: Kerstin [mathematikerin@t-online.de]
Gesendet: Sonntag, 19.02.2006 22.43
An: Astrid
Betreff: Wie versprochen

Geliebter Quälgeist!

Ich gebe nach zwei misslungenen Versuchen auf. Es war einfach schön mit Doro. Kann inzwischen gut verstehen, was du an ihr magst. Lass doch einfach deine Fantasie spielen, meine Herzdame, und stell dir vor, du hättest uns beide im Bett und würdest kurz in die Küche gehen, um eine Flasche Wasser zu holen. Und wenn du dann zurückkommst …

Nun, meine Liebe, ich kenne dich und deine ungezähmte Vorstellungskraft. Potenziere das, was du von uns beiden kennst, mit den Unwägbarkeiten des Augenblicks und mal dir den Rest in lebhaften Farben aus! Viel Spaß!

Küsse und mehr von Kerstin – die das kommende Wochenende mit dir kaum erwarten kann.

So, nun konnte die Nachricht gesendet werden. Die ganze Panik war umsonst gewesen. Allen anfänglichen Bedenken entgegen war Astrid hochzufrieden, dass ihre beiden Liebsten sich derart gut verstanden hatten. Kerstin mochte es zwar immer noch kaum glauben, aber Astrid war eben tatsächlich eine ungewöhnliche Frau.

Und morgen Abend würde sie dann Doro anrufen. Ob sie inzwischen schon zu Hause angekommen war?

Zeitreise

Ein kleiner Stern aus goldenem Buntpapier klebt unter dem Blatt mit Dorotheas Schreibübungen. Sie strahlt, fährt immer wieder vorsichtig mit der Fingerspitze die Konturen nach. Da hat sich der lange Nachmittag voller Anstrengungen und Konzentration doch gelohnt. Es war ein großer Bogen gewesen, den Fräulein Siebert, die Klassenlehrerin, gestern als Hausaufgabe ausgeteilt hatte. Lange, gerade Linien, auf denen die großen und kleinen Schwünge ergänzt werden mussten, bis die Reihen voll waren. In den beiden ersten Reihen werden die Schleifen zum Ende hin dummerweise immer kleiner und in der vorletzten hat sie sich verschrieben. Schade. Sonst hätte es statt des kleinen bestimmt einen großen goldnen Stern gegeben.

Verstohlen schielt Doro auf das Blatt ihrer Banknachbarin Beate. Die tut zwar so, als würde sie davon nichts merken, schiebt aber ihren Bogen demonstrativ ein Stückchen weiter in Richtung Dorotheas Tischhälfte und damit den stattlichen, matt glänzenden Stern genau in deren Blickfeld. Dabei schüttelt sie affektiert ihren dichten braunen Pferdeschwanz und ein kleines selbstzufriedenes Lächeln kräuselt ihre Mundwinkel, während sie brav die Hände faltet und, die Augen auf die Lehrerin geheftet, ganz die Aufmerksame spielt.

Scheinheilige, angeberische, blöde Ziege! Doro hasst Beate aus vollem Herzen. Hinterhältig ist die. Eine Petze. Und eine Streberin. Und schummeln tut sie obendrein. Bei jeder Gelegenheit gibt sie Dinge, die sich bei anderen abgeschaut hat, als die eigenen aus. Doro würde ihren Lieblings-Dauerlutscher darauf wetten, dass die perfekten Schleifen und Schwünge auf Beates Hausaufgabe, unter der der begehrte große Stern prangt, nicht etwa Beates Werk sind, sondern das ihrer großen Schwester, die bereits in der Vierten ist und damit schon fast auf dem Gymnasium. Doch leider durchschaut Fräulein Siebert diese miesen Tricks viel zu selten. Überhaupt fallen die Erwachsenen viel zu oft für Dorotheas Geschmack auf die artige Beate rein.

Leise seufzend faltet Dorothea den großen Bogen akkurat auf Kante und bückt sich unter die Schulbank, um ihn in den Ranzen zu schieben. Dabei riskiert sie einen schnellen Blick zwei Bankreihen hinter sich. Da sitzt Karin, ihre allerliebste beste Freundin Karin, neben der sie nicht sitzen darf, weil Fräulein Siebert gesagt hat, dass beste Freundinnen nicht nebeneinander sitzen dürfen. Doro ärgert sich immer noch, dass sie am ersten Schultag vor ein paar Wochen so treuherzig die Wahrheit gesagt hat. Aber wer konnte denn auch ahnen, dass die nette Lehrerin sie so gemein hereinlegen würde? Alle Kinder hat sie der Reihe nach aufgerufen, gefragt, wo sie wohnen, wie viele Geschwister da sind, was der Vati arbeitet. Und wer die beste Freundin oder der besten Freund sei. Dorothea hat sich nichts dabei gedacht, sowieso ist alles schrecklich aufregend gewesen und vor allem hat sie sich doch so auf die Schultüte gefreut, mit der die Mutter nachher vor der Schule auf sie warten wollte. Und so hat sie bei Fräulein Sieberts Frage nur freudestrahlend ihren Arm um Karins Schulter geschlungen, denn an jenem ersten Tag hatten sie selbstverständlich nebeneinander gesessen, und dem freundlichen Fräulein erklärt, dass Karin und natürlich nur Karin ihre allerliebste beste Freundin sei.

Tja, und am nächsten Tag hat es dann eine böse Überraschung gegeben. Fräulein Siebert hat einen Sitzplan gemacht und seitdem sitzt Doro neben der doofen Beate und auch Katrin hat es nicht viel besser getroffen. Ihre Banknachbarin heißt Marianne, ist die Tochter vom Apotheker und eine furchtbar hochnäsige Gans. Die hat andauernd neue Kleider an und redet eigentlich mit niemandem. Außer vielleicht manchmal mit Beate. Weil deren Vater Bürgermeister ist. Zu Karin hat sie gesagt, dass sie ja mit ihr reden würde, Karins Vati sei schließlich Arzt, und Karin dürfe auch mal zu ihr nach Hause kommen, damit sie zusammen spielen könnten. Weil sie nämlich viele tolle Spielsachen habe. Aber dann dürfe Karin nicht mehr mit Doro reden und schon gar nicht ihre beste Freundin sein. Denn Doros Vater sei ja schließlich nur Bauarbeiter und ein eigenes Haus hätten sie auch nicht. Mit solchen Kindern solle sie sich nicht abgeben, habe ihre Mutter gesagt.

Karin hat Marianne aber glücklicherweise nur einen Vogel gezeigt, sich dann bei Doro eingehakt und ist mit ihr davonspaziert. Und seitdem ärgert sie Marianne, wo sie nur kann. Und die blöde Beate auch. Karin ist wirklich die allerliebste beste Freundin, die Doro sich nur wünschen kann. Genau wie jetzt wieder. Als die Lehrerin der Klasse kurz den Rücken zuwendet, um etwas an die Tafel zu schreiben, schneidet Karin eine fürchterliche Grimasse und steckt Beate die Zunge raus. Dorothea muss kichern. Das sieht wirklich gar zu grauslich aus. Doch Fräulein Siebert kann zwar gerade nicht sehen, aber leider sehr gut hören.

„Dorothea, was gibt es da zu lachen? Wenn du nicht aufhörst, den Unterricht zu stören, gibt es eine Strafarbeit. Hast du mich verstanden?"

Doro hat sich furchtbar erschrocken. Sie ist heftig zusammengezuckt und hat sich den Kopf an der Tischplatte gestoßen, als sie eilig unter der Bank auftauchen will. Aua, das tut weh. Mit hochrotem Kopf sitzt sie da und schaut verlegen auf ihre Hände. Die ganze Klasse lacht. Die Lehrerin fordert nachdrücklich Aufmerksamkeit und Ruhe und wendet sich wieder der Tafel zu. Dorothea schafft es kaum, dem zu folgen, was Fräulein Siebert dort vorne erklärt und mit quietschender Kreide an die Tafel malt. So sehr wie heute hat sie noch nie das Läuten herbeigesehnt. Denn dann ist endlich große Pause und danach haben sie Turnen. Das ist ihr Lieblingsfach, denn da ist sie die Beste. Vor allem ist sie viel besser als Beate. Die traut sich gar nichts und fängt auch noch alle naselang an zu heulen. Beim Turnen würde die nicht mal einen winzig kleinen Stern kriegen. Wenn es denn beim Turnen welche gäbe. Dass es sie nicht gibt, findet Doro sehr schade. Mit Sternen wäre die Turnstunde wirklich absolut perfekt.

Jetzt fängt zu allem Überfluss auch noch ihr Magen an zu knurren. Was wohl auf ihrem Schulbrot drauf ist? Hoffentlich nicht wieder diese eklige Streichmettwurst. Doro mag die vielen kleinen Fettklumpen darin nicht, die bleiben immer zwischen den Zähnen hängen. Aber vielleicht ist die ja jetzt endlich mal alle geworden. Und wenn nicht, vielleicht mag Karin ja …

Gott sei Dank, die Pausenklingel!

9

Dorothea zog die Bürotür hinter sich zu und drehte den Schlüssel herum. Dabei wäre ihr fast der dicke Stapel Briefe, den sie unter den Arm geklemmt hatte, ins Rutschen gekommen, doch im letzten Augenblick konnte sie verhindern, dass die Arbeit ihres geschäftigen Nachmittags zu Boden flatterte. Donnerstag, zum Glück war heute schon Donnerstag. Am Wochenende käme Besuch. Astrid und Kerstin, die sie vorhin beim Telefonieren kurzerhand für morgen eingeladen hatte. Außerdem hatte sich der Donnerstag, wie es schien, zum festen Marion-Abend entwickelt. Zum dritten Mal hintereinander trafen sie sich nun, eine solche Regelmäßigkeit hatten sie seit dem formalen Ende ihrer Liebesbeziehung vor etlichen Jahren nicht mehr hinbekommen. Dorothea freute sich nun schon den ganzen Tag auf die liebste aller Exen, die Gespräche mit Marion halfen so wunderbar, das Chaos ihrer Emotionen und das Beziehungsdurcheinander zu entwirren. Marion war eine gescheite und geduldige Zuhörerin und kannte sie wie kaum eine Zweite. Der dumme Streit vor einigen Wochen war zum Glück längst vergessen und Dorothea hatte auch wieder das Gefühl, an Marions Leben teilzuhaben.

Sie fuhr die vertraute Strecke zu Marions Wohnung hinaus. Die lag in Ziegelhausen, einem der malerischen Vororte Heidelbergs, der nur aus Hügeln zu bestehen schien. Das großzügig geschnittene Terrassenhaus, in dem Marion mit Monika samt deren Kindern wohnte, war in einen felsigen Hang hineingebaut. Es bot einen romantischen Blick in ein kleines Tal mit Bach und grasenden Schäfchen. Astrid würde das Panorama gefallen, ach was, mehr als das, sie wäre maßlos entzückt, dachte Dorothea, als sie vor Marions Wohnungstür stand und ungeduldig ein zweites Mal auf die Klingel drückte. Endlich öffnete sich die Tür einen Spalt und eine triefnasse, in ein großes Handtuch gewickelte Marion zog sie hastig herein.

„Komm schnell, bevor ich mir noch den Tod hole. Tut

mir leid, ich hab ein bisschen die Zeit vertrödelt mit Korrigieren. Meine Fachschüler haben eine Klausur geschrieben, die unglaublich schlecht ausgefallen ist. Bestellst du uns schon Pizza – für mich so wie immer und mit extra Champignons –, die Nummer hängt an der Pinnwand in der Essecke. Ich zieh mir nur fix was über, dann … wir uns … in die Küche und … schon kalt gestellt.“

Während dieser Worte hatte sie Dorothea in den Flur gezogen, ihr einen flüchtigen Kuss in den Mundwinkel gedrückt und war, eine Tröpfchenspur auf dem hellen Dielenfußboden hinterlassend, vergnügt weiterschwatzend in ihrem Schlafzimmer verschwunden. Einige ihrer Sätze waren nicht mehr ganz zu verstehen. Dorothea lächelte, das war so typisch für die Freundin. Ihr Mundwerk funktionierte immer, von morgens, bevor sie richtig die Augen aufgemacht hatte, bis zum Abend, wenn sie eigentlich schon fast schlief. Selbst in der Nacht war Dorothea während ihres Zusammenlebens des Öfteren wach geworden, weil Marion sogar im Schlaf noch dringend das ein oder andere hatte loswerden müssen.

Sie erledigte den Anruf beim Pizzaservice und setzte sich an den bunt bemalten Küchentisch. Marion war eine leidenschaftliche Umgestalterin ihrer Wohnung, schneller als andere Menschen beispielsweise ihre Bettwäsche oder die Handtücher wechselten, hatte sie Möbel oder Teile der Wände neu gestrichen, probierte ständig kühne Farb- und Materialeffekte aus.

Marion schlang von hinten die Arme um Doro und drückte sie fest an sich.

„Eben war gar keine Gelegenheit für eine richtige Begrüßung, sorry. Wie gut du riechst! Ich mag dein Parfüm immer noch sehr, weißt du das?“ Sie rieb ihre Nase an Doros Hals und schnupperte genüsslich.

„He, was soll das? Das kitzelt, hör sofort auf damit!“

Doro wand sich aus der Umarmung, stand auf und drehte sich zu Marion um. Die war ein paar Schritte zurückgewichen, lehnte an der Arbeitsplatte und schaute sie an. Lust auf eine kleine Balgerei stand in ihren Augen, ein freches Lächeln hing in den Mundwinkeln.

Mutwillig blitzte sie Doro an: „Ach, komm schon. Spiel nicht die Spröde. Das steht dir gar nicht."

Marion zog Doro in ihre Umarmung zurück, kraulte ihren Nacken. Doro schmiegte sich an sie, genoss das Gefühl. Es war wie Nachhausekommen. Als sie den Blick hob, war alle Spottlust aus Marions Augen gewichen und Verlangen zeichnete sich darin ab. Zwei Fragen standen darin: Willst du? Sollen wir? – so deutlich, dass Doro sie nahezu hören konnte. Konnte das tatsächlich wahr sein? Was zur Hölle taten sie hier? Ganz sicher sollten sie jetzt auf der Stelle aufhören, aufhören mit was auch immer, tief durchatmen, sich beruhigen, eine Tasse Tee trinken. Und trotzdem zögerte sie eine winzige Sekunde lang. Nein, nichts würde aufhören, denn sie wollte Marion. Sicher und vertraut fühlte sich an, was ihr heiß in die Möse schoss. Sie nickte kaum merklich, strich die Haare hinter die Ohren. Nur mit einer kleinen Kopfbewegung dirigierte sie Marion in Richtung Schlafzimmer. Es bedurfte keiner weiteren Worte. Im immer noch vertrauten Ritual begannen sie, sich gegenseitig auszuziehen. Doch ehe mehr geschehen konnte, klingelte es an der Wohnungstür.

„Sch…e!"

Doro zerdrückte einen Fluch zwischen den Zähnen. Bis sie den Pizzaboten bezahlt und die flachen Kartons in die Küche geschafft hatte, war Marion schon fast wieder angezogen.

„Du denkst doch nicht im Ernst, dass du mir so leicht davon kommst, mein Engel?"

Marion schüttelte den Kopf. „Nein, kurze Pause, okay? Ich bin auf mehr als nur eine Art hungrig."

Sie grinste anzüglich und schob Doro in die Küche, wo sie sich über das Essen hermachten und dazu ein Glas von dem kalt gestellten Prosecco tranken.

Wie in Trance fuhr Dorothea am nächsten Morgen zur Arbeit. Schlaf war sehr nebensächlich gewesen in der vergangenen Nacht und der Mangel machte sie benommen. Außerdem tobten Endorphine durch ihren Körper, Erinnerungen blitzten durch den Kopf, durchzogen von schmalen dunklen Streifen vager Befürchtungen. Monika – misstrauisch, menschenscheu, monogam. Diese Frau schien die Mensch gewordene Göttin der Eifersucht zu sein. Nicht auszudenken, würde sie jemals Einzelheiten über die letzte Nacht herausfinden. Und darüber hinaus: War das erotische Chaos in Doros Leben denn noch nicht groß genug? Gab es nicht bereits genug Akteurinnen auf dieser Bühne, nicht genug Beziehungsfäden, die sich kreuzten, so dass sie sich manchmal vorkam wie eine Marionette?

Aber trotzdem: Vertrauter und doch aufregender Sex, dann die langen Gespräche mit zärtlichem Schmusen. Sie hatte ihr dabei alles über den Aufenthalt bei Kerstin in Leipzig erzählt, über den wunderschönen Tag in der Stadt und die noch viel schönere Nacht auf Kerstins Futon. Vor allem Letzteres hatte Marion noch einmal angeregt und so hatte eins zum anderen und zum Nächsten geführt.

Und jetzt war Dorothea schrecklich müde, ein langer öder Arbeitstag lag vor ihr mit zwei schwierigen Meetings und heute Abend … Was war da gestern Nachmittag nur in sie gefahren? Wie um Himmels willen hatte sie bloß auf die Idee kommen können, Astrid und Kerstin zusammen nach Heidelberg einzuladen? Sie hatte oft daran denken müssen, dass die beiden die Woche in Leipzig miteinander verbrachten, und schreckliche Sehnsucht gehabt, nach Kerstin vor allem. Da war ihr der Anruf wie ein genialer Schachzug vorgekommen.

„He, was hältst du davon, wenn du schon am Freitagabend kommst und Kerstin einfach mitbringst?", hatte sie gefragt, die Stimme glatt vor Harmlosigkeit. „Wir wollten uns doch mal wieder zu dritt treffen, bei deinem Geburtstag war ja so wenig Zeit, etwas miteinander zu unternehmen. Wir könnten uns ein schönes Wochenende machen, was meinst du?"

Astrid war nicht schwer zu überreden gewesen und auch Kerstin hatte, allerdings nach einem kleinen Zögern, wie Dorothea der gemurmelten Unterhaltung der beiden zu entnehmen geglaubt hatte, zugestimmt und versprochen, sich sofort um Fahrkarten und die Verbindung zu kümmern. Sie würde dann eine Mail mit ihrer Ankunftszeit schicken, hatte sie ausrichten lassen.

Verdammt, wieder mal kein Parkplatz! So wenig Platz und dann stehen überall auch noch die dämlichen Touristen mit ihren Autos rum. Die sollen doch gefälligst mit dem Bus kommen oder mit der Bahn.

Leise, aber dafür unablässig vor sich hinschimpfend, hatte Dorothea sich schließlich doch noch in eine winzige Minilücke gezwängt, die Tür kaum öffnen können und zum Aussteigen den Bauch sehr einziehen müssen, um sich aus dem Wagen zu quetschen. Mit einem Mal schien die Welt ein feindlicher Ort zu sein, die euphorische Erschöpfung wandelte sich immer mehr zu bleischwerer Müdigkeit.

Kaum saß sie an ihrem Schreibtisch, öffnete sie ihr E-Mail-Programm. Ja, da war die versprochene Nachricht von Kerstin. Liebe zuverlässige Kerstin, Doro lächelte zärtlich. Doch das Lächeln schwand zusehends, während sie die Mail las: 20.52 Uhr!

Wie soll ich nur erklären, warum ich so fertig bin? Kaffee, ich brauche literweise Kaffee!, dachte sie.

Zeitreisen

Autsch! Schnell zieht Dorothea die Hand aus dem Wildrosenbusch. Sie saugt einen kleinen Tropfen Blut von der Spitze ihres Zeigefingers und startet den nächsten Versuch, eine der vielen zartrosa Blüten abzupflücken. Endlich haben ihre

Bemühungen Erfolg und zum Glück wird auch kein weiterer Blutzoll fällig. Doro ist ein wehleidiger Feigling, was kleinere und größere Blessuren angeht, und beim Anblick ihres eigenen Blutes wird ihr regelmäßig schlecht.

Sie schaut noch ein letztes Mal misstrauisch auf ihren malträtierten Finger, dann wirft sie ihren Schulranzen, den sie eben achtlos ins Gras hat fallen lassen, wieder auf den Rücken und rennt los. Es ist schon verflixt spät und wenn sie nicht unpünktlich kommen will – und das will sie ganz gewiss nicht, denn sie hasst es, zu spät zu kommen –, muss sie sich jetzt wirklich beeilen. Zwei Querstraßen weiter macht sie trotzdem noch einmal kurz Halt. Vorsichtig und mit fast andächtiger Zärtlichkeit legt sie die kleine Heckenrose auf dem grau verputzen breiten Pfeiler eines Gartentores ab. Hier wohnt Fräulein Rübsam. *Rübchen*, wie Doro sie insgeheim liebevoll nennt. Sie betet ihre Handarbeitslehrerin an, ist hingerissen von dem grauhaarigen, molligen Fräulein mit der gestärkten Rüschenschürze, die an der Grundschule Handarbeits- und Hauswirtschaftsunterricht gibt und immer so wunderbar nach Zwiebelbraten oder frisch gebackenem Kuchen riecht. Doro liebt sie so sehr, dass sie bereit ist, ihr all die fürchterlichen textilen Grausamkeiten zu verzeihen, die ihre Klassenkameradinnen und sie in den zwei Stunden pro Woche herstellen sollen.

Und Doro gibt sich große Mühe, auch wenn sich Stricknadeln als ihre erbittertsten Feindinnen entpuppt haben und Maschen auf unerklärliche Weise verloren gehen, die ehemals schneeweiße Topflappenbaumwolle in den verschwitzten Fingern zunehmend grauer wird, während die Häkelnadel aus scheinbar eigenem Antrieb unauflösbar harte, kleine Knötchen daraus produziert. Auch dass die Finger heillos zerstochen sind von all den Stopf-, Stick- und Nähnadeln, schmälert Dorotheas Hingabe nicht.

Und so hinterlässt sie mehrmals pro Woche ihre kleinen Liebesgaben neben der Gartenpforte der Lehrerin, die sich gewiss schon gewundert hat über all die Blumen, bunten Schneckenhäuschen und Vogeleier, Glasmurmeln oder glatten, glänzenden Kiesel, die immer wieder auf ihrem Torpfosten liegen.

Doro rennt wie der Wind, der karierte Faltenrock schwingt und fliegt, der Lederranzen hüpft auf dem Rücken. Ihre beiden Zöpfe erleben selten die erste große Pause, egal, wie fest die Mutter sie am Morgen auch geflochten hat. Nur weniges ist Doros Temperament gewachsen, eine ordentliche Frisur und hübsche, adrette Kleidung gehören nicht dazu. Viel zu oft kommt sie mit zerrissenen oder schmutzigen Sachen nach Hause. Doch alle Strafen, aller Ärger nützen nichts, ihre Beine scheinen nicht gemacht für artiges Gehen, wenn sie doch stattdessen rennen, hüpfen, klettern können. Doro weiß, dass ihre Mutter viel lieber ein ordentliches, braves, sauberes kleines Mädchen hätte, aber selbst das Wissen darum, eine ständige Enttäuschung zu sein, bringt weder einen Knopf dazu, an der Bluse zu bleiben, noch verhindert es einen Fleck oder gar einen Riss im Rock. Ein einziges Kleidungsstück gibt es, dem selbst Doros wildeste Unternehmungen nie etwas ausmachen. Ihre über alles geliebte Lederhose, schon abgewetzt und speckig, mit den angeknöpften Hosenträgern und dem Edelweiß auf dem Latz. Aber leider darf sie die Lieblingshose nicht in die Schule anziehen.

„Du bist ein Mädchen und Mädchen tragen Kleider oder Röcke. Und damit basta!“ Mit der Mutter ist darüber nicht zu reden, das weiß Doro genau. Trotzdem findet sie es total doof und außerdem sehr ungerecht. Ihr Kind, das schwört sie sich oft, wird anziehen dürfen, was es will.

Außer Atem erreicht sie den Schulhof. Karin ist schon da und unterhält sich mit Melanie. Melanie ist neu in der Klasse, erst vor Kurzem hergezogen. Aus Bayern. Deshalb spricht sie auch so einen lustigen Dialekt. Die meisten Kinder der Klasse fangen sofort an zu lachen, sobald Melanie etwas sagt. Was gar nicht oft vorkommt. Aber dann wird sie immer ganz rot im Gesicht und verstummt. Dorothea findet Melanie eigentlich nett; wie sie redet, dafür kann sie ja nichts. Und was sie sagt, ist jedenfalls kein dummes Zeug, so wie bei der doofen Beate.

Karin findet das auch. Deshalb haben Doro und Karin beschlossen, öfter mit Melanie zu spielen. Nicht immer natürlich, wenn man nämlich eine allerliebste beste Freundin hat, muss man die allermeisten Dinge natürlich nur mit ihr zusammen tun. Aber manches geht auch ganz prima zu dritt. Wie etwa Gummitwist.

Karin hat das lange, ziemlich ausgeleierte Gummiband schon aus der Schultasche gekramt. Die drei setzen ihr Spiel, das sie gestern in der großen Pause begonnen haben, fort. Doro ist dran, das Gummiband sitzt in den Taillen der beiden anderen. Das ist ganz schön hoch und deshalb schwierig. Man muss schon recht gut hüpfen können, um die schmalen Bänder nicht zu verfehlen bei der komplizierten Abfolge der Sprünge, die die Mädchen sich ausgedacht haben.

„Melly, geh noch ein Stück nach hinten, das Gummi hängt so durch. Da ist es doch für Doro viel zu einfach."

Missmutig versucht Karin das Band zu straffen. Aber es will sich trotz aller Anstrengungen nicht richtig spannen lassen.

„Wir brauchen unbedingt ein neues. Aber ich kann meiner Mutter nicht schon wieder das ganze Hosengummi aus dem Nähkasten klauen."

„I ko scho aans bringa. Bei uns ist allweil no so an Chaos, da fallt's gor net auf, wann wos fehlt." Melanie ist offensichtlich froh, etwas für Karin und Dorothea tun zu können. Und sich nebenbei vielleicht auch unentbehrlich zu machen. Vergnügt grinsen die Freundinnen sich an. Das sind gute Nachrichten, auch wenn es jetzt leider zur ersten Stunde klingelt.

Kerstin liegt in ihrem Klappbett und kann nicht schlafen. Kerstin hat Angst. Die Angst liegt kalt und schwer im Bauch. Wie ein widerliches, glitschiges Monster. Nein, die Angst wächst und quillt, wie der süße Brei in der Geschichte. Sie quillt und quillt und Kerstin fühlt sie schon überall. Jetzt deckt sie Kerstin langsam zu. Dicker, klebriger Grießbrei, der auf dem Herd immer mehr wird. Jetzt bedeckt er schon Kerstins Beine. Nun reicht er bis zum Bauch, sie kann sich kaum noch bewegen. Bald wird er sie ganz ersticken.

Kerstin wird ersticken. Das ist vermutlich ihr letzter Abend. Alle werden um sie trauern. Sie spürt, wie es im Hals kratzt. Das muss ein Stück Nuss sein, die quillt dann im Schlaf auf und ohne es zu merken erstickt Kerstin daran. Dafür müsste sie morgen dann wenigstens nicht zur Schule. Kerstin hat Angst, morgen in die Schule zu gehen. Wie schon seit ein paar Wochen. Seit dem Feueralarm. Das war so fürchterlich, richtig gespenstisch. Mitten in der Stunde hat es geklingelt, drei Mal hintereinander. Alle Klassen mussten sich auf dem Schulhof versammeln und es wurde durchgezählt. Der Hausmeister hatte vor der Schultür in zwei riesigen Kübeln stinkendes, qualmendes Zeug verbrannt, damit alles echt wirkte. Kerstin hatte große Angst. Jetzt hat sie ständig Angst, dass es in der Schule brennen könnte. Sie muss sich seit dem Feueralarm immer verkohlte Kinderleichen vorstellen, so wie in Vietnam.

Vati hat gesagt, ihre Schule wäre ja aus Beton und Beton würde gar nicht brennen. Kerstin glaubt das aber nicht, denn wozu gäbe es sonst einen Probealarm? Wenn es völlig überflüssig wäre, würde doch niemand den Unterricht dafür unterbrechen. Jetzt hat Kerstin Angst vor dem nächsten Feueralarm, sie hat Angst vor ihrer Angst, denn niemand kann schließlich wissen, ob es eine Übung ist oder eine schreckliche Katastrophe.

Dabei hat Kerstin sonst gar keine Angst vor Feuer. Sie mag es, wenn Vati im Garten grillt oder wenn sie die Kerzen am Adventskranz anzünden darf. Und gestern in der Schule hatten sie auf jedem Platz eine Kerze zum Basteln. Das fand sie schön, kein bisschen gefährlich. Nicht einmal an den schrecklichen Feueralarm hat sie dabei denken müssen. Frau Rugalowski hat mit der Klasse Geschenke für die Muttis zum Frauentag gebastelt. Sie ist nämlich im Elternaktiv und bastelt jedes Jahr mit den Kindern für den Frauentag. Normalerweise würde am Mittwoch zum Pioniernachmittag gebastelt. Aber Frau Rugalowski ist gegen Pioniere, weil sie Zeuge Jehovas ist. Kerstin hat keine Ahnung, was das ist, irgendwas mit Kirche, glaubt sie. Jedenfalls darf Frau Rugalowskis Tochter nicht Pionier sein. Kerstin tut das immer leid, nie darf sie mit – nicht zur Weihnachtsfeier, nicht zum Kinderfasching, nicht ins Kino, nicht zum Sportnachmittag. Nicht mal ihren Geburtstag darf sie feiern. Aber wenn Frau Rugalowski mit der Klasse bastelt, kann sie mitmachen, denn dann fällt der Pioniernachmittag am Mittwoch aus und sie treffen sich am Donnerstagnachmittag zum Basteln für den Internationalen Frauentag.

Letztes Jahr hat Frau Rugalowski mit den Kindern aus Pfeifenputzern Blumen gebastelt. Das hat Kerstin keinen Spaß gemacht, immer wieder hat sich etwas in die falsche Richtung gebogen und schon hat alles schief und krumm ausgesehen. Aber dieses Jahr hat sich Frau Rugalowski etwas viel Besseres einfallen lassen: Plasteflaschen werden außen mit heißem Siegellack betupft und zu einer großartigen Vase. Kerstin hat schon drei Flaschen geschafft, jetzt hat sie genug Geschenke für Mutti, Oma und die Nachbarin.

Das mit dem Siegellack hat ihr gut gefallen: Eine von den glänzenden roten Stangen in die Kerzenflamme halten, bis das Ende weich ist. Dann das weich Gewordene an der Flasche abstreifen und so weiter, bis von dem Plaste nichts mehr zu sehen ist. Das geht schnell und macht Spaß.

Danach haben sie noch Glückwunschkarten gebastelt. Da hat Kerstin leider nur eine geschafft, denn die mussten erst in

Schönschrift geschrieben werden. Den Text hat ihre Lehrerin an die Tafel geschrieben. Vorn auf die Karte haben sie Kleckse mit einer roten Kerze gemacht und mit einem schwarzen Stift mussten nur noch Kopf und Beine gezeichnet werden und fertig war ein niedliches Käferchen. Kerstin hat dreiundzwanzig Käferchen über ihre Karte krabbeln lassen.

Was ist das? Das ist doch ein komisches Geräusch. Ob es hier zu Hause auch brennen kann? Und was wird dann aus Kerstin? Hier zu Hause gibt es keinen Feueralarm. Müssen dann alle verbrennen, weil sie ungeübt sind? Ob Kerstins Eltern nichts Verdächtiges gehört haben? Sie sind ja gleich nebenan, aber vielleicht hören sie gar nichts, weil sie den Fernseher laufen haben.

Kerstin spürt, wie die Angst wieder aus dem Töpfchen quillt. Wie Grießbrei. Sie weiß, dass die Feuerwehr Sprungtücher hat, das hat sie in den letzten Sommerferien bei einer Vorführung im Ferienprogramm gesehen. Aber ob sie sich traut, aus ihrem Fenster zu springen?

Kerstin liegt in ihrem Klappbett und kann nicht einschlafen. Kerstin hat Angst vor Feuer, vor Feueralarm, vor der nächsten Schuluntersuchung, vor ihrer Angst; davor, dass jemand ihre Angst bemerkt und davor, dass sie morgen Früh nicht ausgeschlafen ist, weil sie jetzt vor lauter Angst nicht einschlafen kann.

10

Wenn jemand Kerstin auffordern würde, ein für ihr Beziehungsleben typisches Geräusch zu machen, würde sie versuchen, das Zischen der ICE-Türen beim Öffnen und Schließen zu imitieren. Wieder saß sie im Zug, zur Abwechslung mal auf der Fahrt nach Heidelberg. Der Rucksack wie immer in der Ablage, das Laptop auf dem Klapptisch, die Wasserflasche im Netz darunter. Und trotzdem war alles ganz anders als sonst:

Astrid fuhr mit ihr. Es war das erste Mal, dass sie nebeneinander in einem Zug saßen.

Ihre Liebste war gegen ihre Gewohnheit fast pünktlich gewesen. Kerstin hatte nur zehn Minuten warten müssen, bis die grün-blaue Patchworkjacke, der wehende türkisfarbene Schal und der unförmige, bunt bemalte Seesack aufgetaucht waren. Das hätte einfach keine andere sein können. Sie würde Astrid immer auf Anhieb erkennen.

Die Zeit hätte noch bequem für einen Milchkaffee gereicht, aber Astrid hatte unbedingt Bagel und einen Reisekrimi kaufen wollen. Bagel hatte es erst am dritten Backstand gegeben und auch die Auswahl des Krimis hatte gut überlegt sein wollen. Nachdem Astrids Einkäufe getätigt waren, war die Zeit für Kaffee zu knapp.

Im Eilschritt waren beide die Rolltreppen hinauf zum Bahnsteig gestürmt und hatten gerade eben noch in den letzten Wagen klettern können. Kerstin hatte noch nie einen Zug um ein Haar verpasst.

Da saßen sie nun im ICE. Kerstin musste dringend noch die Statistik für die gestern beendete Studie ihres Marktforschungsinstituts fertigmachen. Eine Art Milchshake aus der Tüte sollte im Sommer neu auf dem Markt eingeführt werden, nur mit kalter Milch aufzuschlagen und dann schmeckte es angeblich wahlweise nach Banane, Erdbeere oder Vanille. Sie hatte aus purer Neugier alle Varianten gekostet, aber wenn sie als berufstätige Frau auch genau in die anvisierte Zielgruppe passte, so würde dieses Produkt wohl niemals in ihren Einkaufswagen wandern. Im Grunde war sie nicht kleinlich, was ihre Ernährung betraf. Hauptsache, die Zubereitung ging schnell, war einfach und unaufwändig. Diese Kriterien waren bei dem Tütenshake zwar erfüllt, aber das Zeug hatte künstlich geschmeckt und war auch noch widerlich süß gewesen. Doro würde sich angeekelt schütteln, schon beim Lesen des Textes auf der Packung, da war Kerstin sich absolut sicher.

In den letzten fünf Jahren hatte sie unzählige solcher Studien betreut. Oft war es anstrengend, aber sie liebte ihre Arbeit. Zumindest peripher hatte es ja etwas mit ihrer großen Leidenschaft, der Mathematik, zu tun. Sie war mächtig froh gewesen, als es damals mit der Festanstellung geklappt hatte.

Bis zur Wende war in ihrem Leben alles so glatt gelaufen, der Anfang ihrer Vita makellos wie eine Autobahn ohne Baustellen: Abi, Studium im Wunschfach, Diplom-Mathematikerin, Forschungsstudium und Promotion, beste Aussichten auf eine Unikarriere. Damals war sie sogar noch unschlüssig gewesen, ob sie diesen Weg überhaupt weiterverfolgen sollte. Manchmal erschien er ihr fast zu geradlinig. Aber dieses Problem hatte sich dann von selbst gelöst – ihr Forschungsprojekt wurde abgewickelt, kaum dass die Unterschriften unter dem Einigungsvertrag getrocknet waren. Zu teuer. Wer brauchte schon Grundlagenforschung?

Zuerst hatte Kerstin darin eine Chance gesehen. Sie schrieb sich gleich für einen Computerkurs ein und das Arbeitsamt bewilligte ohne Probleme eine Ausbildung zur Programmiererin und Netzwerkbetreuerin. Damals war das noch recht einfach gewesen und es hatte ihr großen Spaß gemacht weiter zu lernen. Aber als sie fertig war, gab es mehr als genug umgeschulte IT-Leute. Für viele kleine Betriebe hatte sie gearbeitet, immer nur ein paar Wochen, bis die Rechner liefen, die Software abgestimmt war. Ständig hatte sie sich von einem wenig anspruchsvollen Job zum nächsten gehangelt, des Öfteren waren die jungen Unternehmen schon wieder pleite gewesen, ehe Kerstins Honorarrechnung bezahlt worden wäre.

Sie hatte also noch einen Crashkurs in Betriebswirtschaft hinterhergeschoben und vor fünf Jahren endlich hatte sie ihre erste feste Anstellung bejubeln können. Seitdem kam jeden Monat eine ansehnliche Summe auf ihr Konto, Kranken- und Rentenversicherung waren immer bezahlt. Der Preis dafür waren Stress und Überstunden.

Fast sechs Stunden würde die Fahrt nach Heidelberg dauern, am Sonntag genauso lange zurück. Wenn sie heute das Grundkonzept erarbeitete, würde sie auf der Rückfahrt, wenn sie allein war, bequem den größeren Teil der Arbeit bewältigen. Astrid, die gestern ihre Reportage zu Ende gebracht hatte, konnte sich jetzt zurücklehnen und war schon in bester Wochenendlaune. Sie schlug ihren Krimi auf, während Kerstin das Laptop hochfuhr. Allerdings war schon nach wenigen Augenblicken klar, dass es neben Astrid nicht so einfach werden würde, das geplante Arbeitspensum zu bewältigen. Auf jeder zweiten Seite fand sie etwas, das es unbedingt wert war, Kerstin mitgeteilt zu werden:

„Stell dir vor, schon wieder eine Immobilienmaklerin. Als ob jede zweite Lesbe mit Einfamilienhäusern handeln würde! Hör mal, das muss ich dir unbedingt vorlesen …"

Und es folgte eine Passage.

„Kann ich dich mal stören?"

Ehe Kerstin auch nur schaffte, Luft für eine Antwort zu holen, wurde ihr eine hölzern und klischeehaft formulierte Sexszene zu Gehör gebracht. Sie seufzte, so würde sie bis Heidelberg keine vernünftige Zeile auf den Bildschirm bekommen. Und dann seufzte sie noch einmal, denn der beschriebene Sex hatte sie unvermittelt daran erinnert, wie schwer es ihr gefallen war, Astrid von ihrer Nacht mit Doro zu berichten. Seltsamerweise hatten sie sich im Laufe der Woche gar nicht mehr über Doro oder ihren Besuch in Leipzig unterhalten. Erst jetzt fiel Kerstin auf, wie sehr sie dieses Vermeiden bestimmter Themen bei Astrid irritierte. Wenn Astrid über etwas nicht reden wollte, konnte die andere sich auf den Kopf stellen – es war zwecklos. Dabei hätte Kerstin zu gern über Dorothea geredet. Und damit war sie schon wieder bei Doro. Oft waren ihre Gedanken in der letzten Woche um sie gekreist.

Kerstin hatte ihre Studie kurzzeitig vergessen. Astrid war das natürlich sofort aufgefallen, sie klappte ihr Buch zu, beugte sich herüber, hauchte einen Kuss auf die empfindlichste Stelle an Kerstins Hals und erklärte, dass jede mal eine Pause machen müsse. Außerdem hätten sie es doch in Leipzig nicht mehr geschafft, Kaffee zu holen. Kerstin wollte Astrid schon daran erinnern, dass sie wohl ganz locker Kaffee hätten trinken können, wenn sie nur pünktlich gewesen wäre und statt lange nach Bagels zu suchen, ordinäre Brötchen genommen oder die Suche nach Reiselektüre etwas beschleunigt hätte. Aber Astrid schaute sie aufrichtig unschuldig an, hatte den Grund für den verpassten Kaffee offensichtlich längst vergessen. Sie lebte immer im Augenblick; was vorbei war, war vergessen. Wozu einer verpassten Gelegenheit hinterhertrauern, wenn sich längst eine neue auftat?

Kerstin klappte ihr Laptop zu, küsste ihre wunderbare Liebste und beschloss, jede einzelne Minute dieser Zugfahrt auszukosten. Mochte die Studie doch bis Sonntag warten, die Zeit würde schon noch reichen. Montag ist noch weit, dachte Kerstin mit einer für sie fast ungewöhnlich kühnen Lässigkeit.

Zeitreisen

Im Klassenzimmer bleiben den Kindern noch einige Minuten zum Auspacken der Federmappen, Hefte und Bücher. Aber nicht alle sind so beflissen. Ein paar Jungs toben, der Inhalt einer Kakaoflasche ergießt sich über das Matheheft von Ramona, Ramona weint, Angela beschützt sie vor den lachenden Jungen, die Jungen werden wütend und beginnen, auf die Mädchen einzuschlagen. Die wollen reden, klären, sich vertragen, ihren Frieden haben.

Ruhe zieht erst ein, als Frau Tauscher die Tür hinter sich schließt. Die Jungen feixen, ein paar Mädchen wischen letzte Tränen ab. So kann das doch nicht richtig sein, denkt Kerstin. Heute ist sie Melder, Schüler vom Dienst. Es muss etwas geschehen. Alle stehen hinter ihren Stühlen, Kerstin vorn neben der Lehrerin, neben ihrer Lieblingslehrerin. Eigentlich muss sie jetzt sagen „Ich melde: Die Klasse 4a ist bereit zum Unterricht", aber ehrlich ist das ja nicht.

Also sagt sie: „Die Jungs hauen und stören uns. So können wir nicht gut lernen."

Sie glaubt, dass es so richtig ist. Pioniere tun so etwas schließlich nicht. Sie fühlt sich verantwortlich. Und allein können sich die Mädchen nicht wehren. Die Erwachsenen sollen helfen. Frau Tauscher wird ihnen helfen, da ist sie sich ganz sicher. Immer scheint die angebetete Lehrerin alles zu wissen und schön ist sie, besonders ihre leuchtenden Augen. Und vor allem riecht sie so gut, Kerstin bleibt jedes Mal im Schulhaus stehen, um ihrem Duft hinterherzuschnuppern. Letztes Jahr zum Lehrertag hat sie ihr einen Rosenstrauß geschenkt und als Frau Tauscher im Winter zwei Wochen krank war, hat sie ihre Adresse herausgefunden und sie besucht. Ein kleines schmales Büchlein hat sie aus dem Bücherschrank der Eltern gezogen, es in Geschenkpapier gewickelt und als Liebesgabe dargebracht. Den Eltern ist es zum Glück überhaupt nicht aufgefallen.

„Und du?", fragt sie die vor ihr stehende Kerstin. „Findest du es etwa in Ordnung zu petzen? Da sollten wir vielleicht mal deine Mitschüler fragen, was die vom Petzen halten."

Die sonst im Unterricht eher trägen Jungen haben jetzt eine Menge zu sagen, wann gibt es schon mal so eine Gelegenheit, sich ins rechte Licht zu setzen. Und auch das eine oder andere Mädchen hat noch eine Rechnung mit Kerstin offen.

Jetzt kann Christiane sich rächen, dass Kerstin sie gestern beim Völkerball nicht als Erste gewählt hat. Und Manu wäre gern mit Kerstin befreundet, die geht aber immer mit Petra nach Hause. Kirsten ist sauer auf Kerstin, weil Petra doch früher ihre Freundin war. Jetzt ist für alle die Stunde der

Abrechnung gekommen. Eine großartige Gelegenheit. Am Ende der Stunde haben fast alle ihr Scherflein beigetragen, ermuntert von der Lehrerin, die sehr mit sich zufrieden ist. Alle dürften gelernt haben, was denen passiert, die den Kopf zu weit rausstrecken.

In Kerstins Augen stehen längst Tränen. Und was das Allerallerschlimmste ist: nicht ein einziges tröstendes Wort von Frau Tauscher, die sie doch so sehr verehrt. Wie konnte Frau Tauscher ihr nur diese Kränkung antun? Mag sie Kerstin denn überhaupt nicht? Dabei hat sie doch zur letzten Zeugnisausgabe über Kerstins Haarschopf gestrichen. Kerstin denkt abends vorm Einschlafen ganz oft daran, streicht sich dann selbst über den Kopf.

„Das ist ein schönes Zeugnis, mein Mäuschen", hat Frau Tauscher damals gesagt und Kerstin ist sich ganz sicher, dass sie niemandem sonst über den Kopf gestrichen hat.

Aber heute ist der schrecklichste Tag in ihrem Leben. Kerstin zieht geräuschvoll die Nase hoch. Am liebsten will sie nie mehr aus der Toilettenkabine, in die sie sich nach der Stunde geflüchtet hat, herauskommen, den Rest des Tages hier verbringen. Oder am besten gleich sterben. Sie schämt sich so. Sie ist wütend auf die ganze Klasse und auf ihre Lehrerin. Frau Tauscher hat ihre Liebe gar nicht verdient. Es ist der Tag, an dem Kerstins Herz das erste Mal gebrochen wird.

Nichts ist so, wie es sein soll. Dorothea findet es unheimlich, wenn Dinge sich ändern. Neues heißt oft nichts Gutes, deshalb findet sie es viel besser, wenn das Leben bleibt, wie es ist. Doch nun ist alles anders geworden und nichts fühlt sich mehr richtig an. Schon die Fahrt nach Rostock ist verdorben gewesen wie ein Pudding aus saurer Milch. Obwohl der Lieblingsfensterplatz im Mutter-Kind-Abteil nicht besetzt gewesen ist. Obwohl Nervensäge, der kleine Bruder, die ganze Zeit über nichts von ihren Sachen angefasst hat. Und obwohl es statt Hasenbroten als Wegzehrung Leibniz-Butterkekse und Sunkist gegeben hat. Eigentlich liebt Dorothea die dreieckigen kleinen Trinkpäckchen und die seltenen Tage, an denen es sie bisher gab, gehörten immer zu den besseren. Aber heute hat schon ein Blick auf die rot geweinten Augen der Mutter genügt und das süße Orangengetränk hat den bitteren Beigeschmack von Tränen bekommen.

Dass der Großvati tot ist und dass sie ein letztes Mal nach Rostock fahren, um der Omi beim Packen und Umsiedeln zu helfen, Dorothea weiß das. Mehr als ein Vierteljahr ist es jetzt her, als sie eines Morgens ganz früh vom Schluchzen der Mutter wach geworden ist. Auf ihre erschrockene Nachfrage hin hatte der Vater sie auf den Schoß genommen und ihr erklärt, dass Großvati gestorben und jetzt bei den Engeln im Himmel sei. Und dass er von dort oben nun für alle Zeit auf Dorothea aufpassen würde.

Zur Beerdigung sind die Eltern damals allein gefahren. Die Brüder mussten zu Tante Annchen in den Harz. Eigentlich sollte Doro auch mit, aber sie hat gebettelt und durfte schließlich bei Karin bleiben. Das ist auch nicht richtig toll gewesen – schließlich ist Karins Oma ganz schrecklich streng und kocht außerdem so komische Sachen, Paprikasuppe zum Beispiel. Aber fast eine komplette Woche bei der gruseligen Tante Annchen in ihrem muffigen Hexenhaus im Wald, nein, schon bei dem Gedanken ist Doro so schlecht geworden, dass sie sich übergeben hat, und sogar Fieber hat sie bekommen. So gaben die Eltern dann ihren flehentlichen Bitten nach, zumal auch Karins Vater, der Kinderarzt, versprochen hat, nach ihr zu sehen.

Ja, dass der Großvati tot ist, weiß Doro längst. Aber wie es sich anfühlt, das hat sie bisher nicht gewusst. Leer und dunkel ist es in ihr. So leer und dunkel wie die Wohnung, in der überall gepackte Kisten herumstehen, in der schon fast alle

Lampen abgenommen und verstaut sind und in der sie den Großvati in jedem Winkel gesucht hat. Verzweifelt, weinend. Und kalt fühlt es sich an. Nie wieder wird seine Umarmung Doro wärmen. Es ist bitter und kalt und es schmerzt. Ihr Hals, ihre Brust tun weh, ihr Kopf pocht dumpf, die Nase ist verstopft. Sie hockt im Flur auf dem Linoleumboden, die Arme um sich geschlungen. Aus der Küche hört sie die leisen Stimmen von Omi und der Mutter, ab und zu ein vergnügtes Lachen von der Nervensäge. Der hat's gut. Der weiß noch nicht, wie weh der Tod tut.

Sie hebt den Kopf und ihr Blick fällt auf den Fisch. Komisch, dass der noch an seinem Platz an der Wand hängt. Wo doch fast alle anderen Bilder schon weg sind. Der Fisch. Ein hässlicher Hechtkopf mit weit aufgerissenem Maul und vielen spitzen Zähnen, der auf einem lackierten Holzbrett befestigt ist. Früher einmal hat sich Doro sehr vor ihm gefürchtet, hat immer geweint und wollte nicht allein im Flur sein. Aber dann hat der Großvati sie auf den Arm genommen, ist mit ihr zu dem Kopf gegangen.

„Vor dem brauchst du doch keine Angst zu haben, Prinzesschen. Der ist längst tot und kann dir überhaupt nichts mehr tun."

Mit diesen Worten hat er sie ganz fest gedrückt und ihr einen Kuss gegeben. Und dann hat er sie ein wenig gekitzelt und als Doro schon wieder kichern musste, hat er sie ermutigt, den Fisch anzufassen. Vorsichtig hat Doro mit der Fingerspitze an den präparierten Hecht getippt, ganz hart hatte der sich angefühlt und ein bisschen gespenstisch war es trotzdem gewesen.

Der Tod ist für Dorothea bis jetzt immer dasselbe gewesen wie der Fisch auf dem Brett. Doch nun gibt es keinen Großvati mehr, der ihr die Angst und sie in den Arm nimmt. Jetzt weiß sie nicht nur, wie der Tod aussieht, sondern auch, wie schlimme Schmerzen er denen zufügt, die dableiben müssen.

11

Die Haustür fiel ins Schloss und die drei Frauen standen in der Winternacht. Viel hatte Kerstin im Dunkeln nicht sehen können, aber sie war sich sicher, dass es fast kitschig war, postkartenschön, wie aus dem Prospekt des Fremdenverkehrsamtes. Wie mochte diese Spielzeuglandschaft hier im Mai aussehen? Mit blühenden Bäumen und Butterblumenwiesen?

Sie hakte sich links, Doro rechts bei Astrid ein und sie liefen die Straße hinauf, wo sie vorhin für Emma einen Parkplatz gefunden hatten. Die Frontscheibe war leicht mit Reif überzogen, nur so viel, dass die Scheibenwischer es schaffen würden. Doro war froh, endlich wieder von der Qual öffentlicher Verkehrsmittel erlöst zu sein.

Kerstin schlängelte sich auf die Rückbank, Astrid nahm den Beifahrersitz. Sie hatten so viel geredet an diesem Abend, dass alle drei es in den ersten Minuten genossen, ihren Gedanken nachzuhängen. Doro wollte ihnen Marion vorstellen. War wohl eine ihrer Exen und inzwischen beste Freundin, wie so oft bei Lesben. Vermutlich war das mit den beiden schon eine ganze Weile her.

Wie auch immer, Doro wollte unbedingt, dass die Frauen, die ihr am nächsten standen, sich begegneten. Vielleicht war es aber auch anders herum und Marion die treibende Kraft für diese abendliche Verabredung gewesen, weil sie darauf gebrannt hatte, Astrid kennenzulernen. Nun hatte sie sich ein Bild machen können und Kerstin gleich mit dazu bekommen.

Spürte man bei Marion nicht immer noch so etwas wie Eifersucht? Obwohl sie das bestimmt entrüstet von sich weisen würde. Eine unterschwellige Spannung war da. Woher kam sie? Schließlich lebte Marion in einer noch recht frischen Beziehung. Da könnte ihr Doros Beziehungsleben doch egal sein.

Kerstin wusste, dass Marion lange um ihre Monika geworben hatte. Vor einem Jahr war sie noch verheiratet gewesen und hatte auch nie über andere Möglichkeiten nachgedacht, bis Marion aufgetaucht war und sie mit ihrer Hartnäckigkeit am Ende wohl doch beeindruckt hatte. Nun war Marion endlich erhört worden und mit einem Schlag hatte sich eine ganze Menge für sie verändert, denn Monika hatte die quirligen Zwillinge Tim und Tom mitgebracht. Die beiden waren dem Vernehmen nach mit ihren drei Jahren gerade im besten Trotzalter und auch sonst ausgesprochen unternehmungslustig.

Zum Glück waren sie aber heute schon im Bett und außer in der ganzen Wohnung verstreuten Spielsachen nichts von ihnen zu sehen gewesen, sonst wäre die Abendgestaltung mit Sicherheit anders ausgefallen. Weitaus weniger gemütlich, mutmaßte Kerstin. Sie kannte sich mit Kindern nicht besonders gut aus, wusste oft nicht, worüber sie mit ihnen reden sollte. Von ihren ständigen Forderungen nach Aufmerksamkeit fühlte sie sich schnell belästigt.

Sie schämte sich für ihre fehlende Kinderfreundlichkeit, aber so war es nun einmal. Vermutlich war bei ihr dieses mysteriöse Muttergen nicht vorhanden. Der Wunsch nach einem Leben mit Kind war bei ihr bisher nicht aufgekommen.

Sie bogen in Doros Straße ein. Und natürlich gab es wieder mal keinen Parkplatz vor Doros Haus. Da half auch die Anwohnerparkkarte wenig, denn die berechtigte lediglich zum unbegrenzten Parken in der Weststadt, falls es denn freie Plätze gab. Heute war keine einzige Parklücke in der nicht sehr langen Straße zu finden.

Also suchten sie in den Nebenstraßen weiter, alles Einbahnstraßen, das hieß links, links, links, bis sie wieder vor Doros Haus standen. Endlich ein freier Parkplatz – und ein paar Augenblicke später waren sie in Doros gemütlich warmer Wohnung.

Astrid verschwand sofort im Bad. Kerstin ging zum Zähneputzen hinterher. Doro rief noch schnell ihre Mails ab, fand aber offensichtlich nichts Spannendes. Als die beiden anderen ins Schlafzimmer kamen, hatte sie schon ihren Leuchter angezündet. Ein gutes Dutzend dunkelroter Kerzen tauchte alles in ein warmes Licht und ihr Funkeln wurde noch einmal von dem riesigen alten Wandspiegel verdoppelt.

Mit einem Mal war sie wieder da, diese wilde Mischung aus Gefühlen, die Kerstin nicht erklären, nicht benennen konnte. Ein Durcheinander aus Lust, Neugier, Ungewissheit, unbestreitbar auch mit Spuren von Angst vor der eigenen Courage. Es machte sie ganz kribbelig. Tagsüber war das Leben zu dritt das Normalste auf der Welt. Kerstin mochte beide sehr, fühlte sich meist rundum wohl. Aber jetzt betraten sie wieder Neuland. Nur zu gern hätte sie sich vorher auf einer Landkarte über die Klippen und Stolpersteine des bevorstehenden Abenteuers informiert. Aber es war nichts kartographiert. Nicht einmal einen Kompass hatte sie. Wo ging es lang, was taten drei Frauen, wenn sie miteinander, zu dritt eben, ins Bett gingen? Konnte das funktionieren?

Heute würde es nicht bei einem flüchtigen Gutenachtkuss bleiben. Es wäre ihr auch nicht genug. Und offensichtlich war sie mit ihrem Wunsch nach mehr nicht allein, es flirrte und knisterte zwischen ihnen. Heute musste etwas passieren, denn es war schon wieder einmal der letzte Abend – der letzte Abend in Heidelberg, der letzte Abend mit Doro und auch der letzte Abend mit Astrid, die sie erst in drei Wochen wiedersehen würde. Drei Wochen waren eine lange Zeit. Sie wünschte sich Nähe und Zärtlichkeit. Quatsch, sie wollte Sex. Sex mit Astrid und Sex mit Doro. Allerdings war ihr klar, dass das nur klappen konnte, wenn … wenn sie sich auf Sex mit Astrid *und* Doro einlassen könnte. Und obendrein müssten die beiden Sex mit ihr haben wollen. Und miteinander. Und keine dürfte unterwegs der Mut verlassen. Göttin, war das kompliziert!

Astrid hatte es gestern schon ins Gespräch gebracht und anscheinend gar nichts dabei gefunden, als wäre das für sie nichts Neues. Doro und Kerstin hatten sich dabei kurz angesehen. Warum eigentlich nicht?

Allerdings war es gestern schon dermaßen spät gewesen und sie alle drei so geschafft vom Tag, dass sie ein solches Experiment lieber verschoben hatten. Vergessen hatte es aber keine von ihnen. Die Spannung lag jetzt in der Luft wie das Sirren der dicken Überlandleitungen gleich hinter einem Kraftwerk.

Kerstin wollte Astrid und sie wollte Doro und zwar sofort, ohne Wenn und Aber. Alle Wenns und Abers sollten gefälligst bis morgen Abend warten, wenn sie heimfuhr. Dann würde sich Kerstin bereitwillig mit ihnen beschäftigen.

Astrid setzte sich aufs Bett, zog Kerstin zu sich heran und begann zielstrebig, ihre Jeans aufzuknöpfen. Von oben nach unten, alle fünf Knöpfe. Dass das Ganze ziemlich lange dauerte, weil Kerstin ihre neue schwarze Jeans trug, an der alles noch straff saß, spornte Astrid eher an. Kerstin konnte sich nicht entscheiden, ob sie lieber Astrid helfen oder ihre Aufmerksamkeit Doro widmen sollte. Denn die hatte gar nicht weiter auf das Geschehen geachtet und sich blitzschnell ihrer sämtlichen Kleidungsstücke entledigt. Nun stand sie neben dem breiten Bett und ihre Verlegenheit wuchs von Sekunde zu Sekunde. Unsicher verschränkte sie die Arme vor der Brust, als Astrid gerade den Kampf mit der Jeans für sich entschieden hatte. Trotz Mitleids und ausschließlich der eigenen Nervosität geschuldet, konnte Kerstin ein Kichern nicht unterdrücken, was Doro in dieser Situation natürlich nicht half. Zum Glück rettete Astrid. Sie strahlte Doro entzückt an und streckte einladend die Hand nach ihr aus, was Kerstin die Gelegenheit gab, sich wieder zu fangen. Sie rückte ein wenig zur Seite, um Doro Platz zu machen, und nahm sie fest in den Arm, halb begehrend, halb um Entschuldigung bittend.

Aber dann war plötzlich das Eis gebrochen. Kerstin konnte nicht mehr unterscheiden, wessen Hände gerade wo waren. Und es war ihr im Grunde auch egal. Es gab nur noch drei ineinander verschlungene Körper, drei Frauen, die aufgehört hatten, darüber nachzudenken, was sie taten, auch wenn sie sich immer wieder über Anflüge von Verlegenheit hinweglachen mussten. Es fühlte sich großartig an und Kerstin war insgeheim auch ein wenig stolz, dass sie sich auf etwas derart Verwegenes einlassen konnte.

Bis Astrid ganz plötzlich und sehr energisch Kerstin und Doro, die gerade in einem nicht enden wollenden Kuss miteinander verschmolzen waren, von sich schob. Sie habe plötzlich fürchterliche Kopfschmerzen, Migräne, sie könne jetzt nicht weiter.

„Ich brauche dringend etwas zu trinken und bitte einen kalten Waschlappen."

Kerstin sprang auf, um ein Glas Wasser zu holen, Doro brachte den gewünschten kalten Umschlag. Ohne viele Worte hatte Astrid ihnen mitgeteilt, dass sie nicht nur aus dem Spiel aussteigen wolle, sondern dass sie auch die ungeteilte Aufmerksamkeit und Fürsorge der beiden erwartete. Kerstin war ein wenig enttäuscht, schalt sich selbst aber sofort egoistisch. Sollten sie etwa Spaß haben, wenn Astrid litt? Ein anderes Mal würden sie alle auf ihre Kosten kommen. Ganz bestimmt.

Zeitreisen

„KKG heißt doch bestimmt Kleines Kükengekrabbel", hat er gesagt und dabei hämisch gefeixt. Dem hat es natürlich gefallen, dass Kerstin lächerlich gemacht worden ist. Sie hat ihn noch nie leiden können. Nur Mutti wollte immer, dass Kerstin mit ihm befreundet ist, weil sie selbst mit seiner Mutter in der Schule war. Und wenn schon. In der ersten Klasse musste Kerstin sich dann sogar neben ihn setzen, weil Mutti das so wollte. Jedes Jahr wird er Klassenbester. Kerstin kann sich noch so anstrengen, sie ist doch nie so gut wie Jürgen, denn immer hat sie Zweien dabei – mal in Werken, mal in Musik und immer in Sport. Letztes Jahr war es sogar eine Drei in Sport, ihre erste Drei auf einem Zeugnis. Alles nur, weil sie den Schlagball nicht weit genug werfen kann.

Aber dieses Jahr ist es noch schlimmer: Die Mädchen haben jede Woche eine Stunde Nadelarbeit, für die Jungen ist das freiwillig. Natürlich macht kein einziger Junge mit, Jürgen schon gar nicht. Kerstin hasst die Stunden bei Frau Hase, sie kann Kreuzstich nicht ausstehen und eine Bestecktasche aus Stoff mit Monogrammstickerei und Hohlsaum braucht kein Mensch. Erstens gibt's die überall aus Igelit, zwei davon liegen zu Hause im Küchenschrank, und zweitens muss heutzutage doch niemand mehr sein eigenes Besteck mit sich herumtragen. In der Schulküche gibt es massenhaft Besteck, zwar aus Alu und leicht zu verbiegen, aber es tut seinen Dienst. Kerstin wird sich also das nächste Zeugnis mit einer Zwei oder Drei in Nadelarbeit versauen. Ade Eins-Komma-Null-Durchschnitt! Hinter Jürgen ist und bleibt sie die ewige Zweite. Und natürlich wird er dann auch wieder zum Gruppenratsvorsitzenden gewählt. Wenn Kerstin Glück hat, wird sie Stellvertreterin, wenn nicht Wandzeitungsredakteurin oder etwas, was sonst keiner machen will.

„Kleines Kükengekrabbel", zischt Kerstin wütend durch die Zähne und kickt eine rostige Konservendose den Hang hinunter. Immer noch liegt hier eine Menge Unrat rum, obwohl seit Jahren ein Schild mit der Aufschrift *Schutt und Asche abladen verboten!* am Weg steht. Vielleicht denken die Leute, Schutt und Asche verboten, aber ihren Müll können sie allemal hinwerfen. Das Schild ist einfach blöd, denn Asche hat hier kaum jemand, schließlich gibt es ja überall Fernheizung. Und woher sollte der Schutt kommen? Alte Büchsen, Gartenabfälle, faulige Äpfel, ausgediente Autoreifen liegen kreuz und quer neben einem ramponierten Sofa.

Man müsste das Schild verbessern. Das wäre doch was für unsere Bande. Da könnten wir uns mal drum kümmern. *Müll abladen verboten!* Aber vielleicht wollen die Leute es bloß falsch verstehen, dann müsste man sich auf die Lauer legen, nachts natürlich, und sie so erschrecken, dass sie nie wieder auf die Idee kommen, ihren Müll hierher zu bringen. Im Grunde stört Kerstin dieser ganze Müll wenig, sie mag diesen Ort, weil sich tagsüber selten jemand hierher verirrt. Es ist der ideale Treffpunkt für ihre Bande.

Die Bande zu gründen war natürlich ihre Idee, auch der Name. KKG seht nämlich für KinderKampfGruppe. Das klingt ernsthaft, nach Revolution und Abenteuer, findet sie. Mitglied dürfen selbstverständlich nur Mädchen werden. Alles ist streng geheim und Kerstin hat richtige Ausweise gebastelt. Den Ausweis müssen die Mitglieder zu jedem Treffen mitbringen, damit sie reingelassen werden. Aber bisher ist das noch kein Problem, weil sie sich alle kennen und gerade erst zu dritt sind.

Nur wer verlässlich ist, wird aufgenommen, doch nach dem, was heute passiert ist, ist Kerstin sich nicht mehr sicher, ob sie jedem Bandenmitglied vertrauen kann. Wie konnte es überhaupt geschehen, dass Silke ihren Ausweis im Hausaufgabenheft liegen lassen hat? Hätte sie ihn nicht eher zerkauen und runterschlucken müssen, statt ihn in die Hände der Klassenlehrerin geraten zu lassen?

Frau Tauscher war auch wirklich gemein. Wieder mal hat sie sich lustig gemacht, dass Kerstin ja schon immer ein Junge sein wollte. Und dass sie ab sofort ihren Namen in Karsten abändern würde. So ein totaler Quatsch. Das war früher, als Kerstin klein war. Da gab es eine Zeit, wo sie unbedingt ein Junge sein wollte. Wie hat sie sich über ihre erste richtige lange Hose gefreut und darüber, dass es nach der Pockenimpfung keine Baumwollblusen für Mädchen gab und Vati ihr ein kariertes Jungenhemd kaufen musste. Aber inzwischen findet sie Jungen doof. Mädchen sind viel klüger und zuverlässiger allemal.

Wenn Frau Tauscher das Bandengeheimnis wenigstens für sich behalten hätte, aber nein, sie musste vor der Klasse alles breittreten, sogar den Ausweis hochzeigen. Eine Bande wäre nichts Gutes. Und für Mädchen schon gar nicht, die sollten vernünftiger sein. In der Pause danach hat Jürgen sie natürlich aufgezogen: Kleines Kükengekrabbel. Alle Jungs haben sich halb tot gelacht und gesagt, die Mädchen wären albern, die sollten lieber mit Puppen spielen.

Pah, die haben ja keine Ahnung. KinderKampfGruppe, das ist sehr ernst und wichtig. Kerstin will mit ihrer Bande solche Sachen machen wie bei *Timur und sein Trupp.* Diese Geschichte hat sie schon fünf Mal gelesen. Da vollbrachten die Kinder immer gute Taten, immer heimlich, oft war es sogar richtig gefährlich. Zwar waren Timurs Freunde vor allem Jungs, Mädchen waren eher nicht dabei, wenn Kerstin richtig darüber nachdenkt. Aber was spielt das denn für eine Rolle. So mutig wie Timur will Kerstin auch sein.

Es heißt schließlich dauernd, das Pioniere Timurhilfe für alte und kranke Menschen leisten sollen. Nur ist es ziemlich schwer, alte Leute zu finden, die sich helfen lassen wollen. Mutti hat für sie ein altes Ehepaar im Nachbarhaus gefunden. Für die kann Kerstin manchmal einkaufen gehen, die Küche wischen und mit flüssigem Bohnerwachs, der schrecklich an den Händen klebt, nachpolieren. Manchmal bekommt sie ein Zweimarkstück dafür. Timurhelfer nehmen aber eigentlich kein Geld. Kerstin nimmt es trotzdem, denn das ist sowieso keine richtige Timurhilfe. Wenn es richtig wäre, dann müsste sie es heimlich machen, am besten durchs Badfenster einsteigen, eine andere müsste draußen so lange Wache halten. Und bei Gefahr würde ein vorher verabredeter Pfiff ertönen und Kerstin müsste sich irgendwo verstecken. Und eine Parole müsste her. Und nach getaner Arbeit müsste Kerstin einen fünfzackigen Stern mit Kreide an die Wohnungstür malen, genau wie bei Timur.

Und Frau Tauscher hat noch gedroht, Kerstins Mutter alles zu erzählen von der Bande. Wenn die es erfährt, dann fängt sie bestimmt wieder mit ihrem blöden Kleeblatt an. Mutti hat nämlich als Kind mit drei Freundinnen ein Kleeblatt gegründet, das sich regelmäßig zum Kränzchen getroffen hat. Zur Gründungsfeier gab es sogar eine Kaffeetorte, das war was ganz Besonderes nach dem Krieg, als es so wenig zu essen gab und das auch nur auf Marken.

Mutti meint, alle Freundinnen müssten den gleichen Freundschaftsring tragen. Das mit dem Ring hat Kerstin gefallen. Neulich war sie mit Silke und Manuela im Schmuckladen, aber Kinderringe gab es gerade keine. Dafür gab es kleine silberne Kettenanhänger mit einer Blume und einer blauen Plasteperle in der Mitte. Ein roter Stern hätte Kerstins Meinung nach besser gepasst, aber sie hat sich überreden lassen, denn einen Kettenanhänger kann man schließlich noch viel besser als einen Ring als geheimes Erkennungszeichen unter dem Pullover tragen.

Kerstin späht um die Ecke. Jetzt müssten ihre Freundinnen aber schon längst am Treffpunkt sein. Heute wollen sie doch die Ratte füttern, die sie gestern unter dem Sofa entdeckt haben. Sie hat sich bisher nicht blicken lassen, aber Kerstin hofft, dass sie noch kommt, denn sie hat ein Stück Knackwurst, in Butterbrotpapier gewickelt, mitgebracht. Zusammen mit einer Möhre und einem Bonbon steckt es in ihrer Hosentasche, weil sie nicht so genau weiß, was Ratten am liebsten fressen. Gestern hat die Ratte krank und hungrig ausgesehen. Deshalb muss die KKG dem Tier unbedingt helfen. Und den heutigen Vorfall in der Schule besprechen müssen sie auch dringend.

Kino mit Karin gehört auf jeden Fall mit zum Besten in Doros Leben. Für zweieinhalb Stunden eintauchen in die bunte Leinwandtraumwelt ist viele Opfer, ist sogar List und Tücke wert. Dass man sich so verzaubern lassen kann von einem schon etwas schmuddeligen Nonstop-Kino in der Nähe des Bahnhofs! Von neun Uhr morgens bis ein Uhr in der Nacht läuft die ganze Zeit derselbe Film, lediglich unterbrochen durch Werbung, die Wochenschau und einen Vorfilm. Man zahlt seinen Eintritt, setzt sich auf einen Platz seiner Wahl und kann bleiben, solange man will.

Karin und Doro haben einen regelrechten Wir-wollen-ins-Kino-Schlachtplan ausgearbeitet. Der dank der kleinen Änderungen, die sie jedes Mal einbauen, schon einige Male hervorragend funktioniert hat. Bei diesem Plan gehören die Nachmittage nicht länger dem gemeinsamen Herumtreiben im Wald, stattdessen sitzen zwei ausnehmend brave Mädchen in den jeweiligen Kinderzimmern und spielen mit kaum merklich zusammengebissenen Zähnen kindisch alberne Spiele mit den kleinen Geschwistern.

Die arme Karin hat ja gleich zwei jüngere Schwestern, ein fünfjähriges Zwillingspärchen, sozusagen die Pest hoch zwei, da ist Doro mit Nervensäge Thomas noch richtig gut dran. Der ist zwar anstrengend und blöd, lässt sich aber leicht alles Mögliche einreden und vor allem meistens ganz wunderbar einschüchtern. Dagegen sind Greta und Marlene – bei der Namensgebung hat sich zweifellos die Kinoleidenschaft von Karins Mutter durchgesetzt – hinterhältige, boshafte, kleine Biester und vor allem: immer zu zweit und sich gegenseitig grenzenlos ergeben. Zum Glück für Doro und Karin sind sie aber auch regelrecht süchtig nach Glanzbildchen, vor allem nach denen mit Silberglitzer drauf und somit zumindest in Ansätzen erpressbar.

Der Plan: Zu einer vorher verabredeten Zeit fangen die kleinen Biester bei den jeweiligen Müttern an zu quengeln, Thomas nach ein paar finster drohenden Blicken und kleinen Knuffen, die Zwillinge mit einigen neuen Bildern bestochen. Tenor des Gejammers: Die Kinder wollen raus auf den Spielplatz neben der Kirche. Als pflichteifrige große Schwestern stehen Dorothea und Karin daneben, weisen mit Unschuldsmienen auf die großen gesundheitlichen Vorteile des Aufenthalts an der frischen Luft hin und versprechen mit allem Nachdruck, ganz bestimmt gut auf die Kleinen aufzupassen.

Doro handelt der Mutter zusätzlich noch die Erlaubnis ab, mit Thomas bei Karin und den Zwillingen vorbeizugehen. Schließlich spielen die Kinder immer so schön miteinander. Dieser geniale Schachzug dient dazu, die Unterstützung von Karins Mutter zu bekommen. Die ist ja selber so kinobegeistert – man bedenke nur: Greta und Marlene! – und regelmäßig hingerissen von der unglaublichen Gefälligkeit und Hilfsbereitschaft der großen Töchter. Und deshalb leicht davon zu überzeugen, dass sie eine Belohnung verdienen, wenn Doro oder Karin es am dritten oder vierten Nachmittag wie nebenbei schaffen zu erwähnen, wie gern sie doch mal wieder ins Kino gehen würden. So klappt es ganz oft, dass Karins Mutter bei Doros anruft und Doro für den nächsten Samstag zusammen mit Karin ins Kino einlädt.

Diesen Samstag läuft Winnetou. Teil eins. Den hat Doro zwar schon zweimal gesehen, aber das macht nichts. Den könnte sie sich noch hunderte Male ansehen, ohne dass es langweilig würde, da ist sie ganz sicher. Klar, vieles ist gar nicht so toll. Das viele Geschieße zum Beispiel. Und dass ständig so sinnlos in der Gegend herumgeritten wird. Aber all das ist sofort vergessen, wenn SIE auf der Leinwand erscheint. Ntschotschi. Das ist Winnetous Schwester und außerdem die allerschönste Frau, die Dorothea jemals gesehen hat. Ihr wird immer ganz seltsam zumute, wenn Ntschotschi im Film auftaucht. Einerseits fühlt es sich an, als drücke eine starke Faust das Innere ihres Bauches kräftig zusammen, und andererseits ist alles so leicht und flattrig. Richtig warm wird es und ganz flüssig. Genau so ein Gefühl ist es auch, wenn Doro manchmal abends die Bettdecke zusammenrollt und ganz fest zwischen ihre Beine drückt. Und dabei an Ntschotschi denkt. Wie es wäre, mit ihr zusammen in so einem Zelt in der Prärie zu leben, zu jagen und Feuer zu machen und nachts neben ihr zu liegen.

Doro würde ganz bestimmt auch besser auf Ntschotschi aufpassen, als das Winnetou oder Old Shatterhand gelungen ist. Das ist die furchtbarste Szene, die jemals in einem Film gespielt wurde. Auch da ist Doro sicher. Wenn Ntschotschi erschossen wird, glaubt sie, auch ein bisschen sterben zu müssen. Und weinen muss sie. Ganz schrecklich. Karin ist das richtig peinlich. Aber die versteht sowieso nicht, was Doro immer für ein Theater um diese Ntschotschi macht. Karin findet Winnetou viel besser, gerät richtig albern ins Schwärmen. Das wiederum ist Doro ein kleines bisschen peinlich, aber das sagt sie nicht. Denn schließlich ist Karin ihre allerliebste beste Freundin. Und von Ntschotschi träumt sie dann lieber heimlich.

Ja, Kino gehört wirklich zum Besten in Doros Leben. Ob mit Karin oder ohne.

12

Keine nervigen Mitreisenden heute! Keine musikalische Untermalung, keine Kleinkinder, keine übereifrigen Zugbegleiter! Bitte!

Dieses Mal klang es eher nach einer Beschwörung denn nach ihrem üblichen Orakel.

Und offensichtlich hatte das Schicksal ein Einsehen mit ihr gehabt und einen Entlastungszug eingesetzt, von dessen Existenz augenscheinlich die wenigsten Reisenden etwas gewusst hatten. Ach, hätte sie es doch gewagt, eine besonders heikle Orakelfrage zu stellen, eine, an die sie sich sonst nie herantrauen würde!

Zugruckeln war inzwischen ein schon unentbehrlicher Begleitrhythmus geworden, der Kerstin half, ihre Gedanken zu ordnen. Diese Auszeiten taten im Grunde gut, denn in ihrem strukturierten Alltag gab es sonst kaum größere Lücken. Die Zeitfenster waren jetzt so wichtig, weil gerade viel zu viel auf einmal passierte. Neue Gesichter, neue Orte und dann war auch noch ein für Kerstin ganz ungewöhnliches Gefühlschaos ausgebrochen.

Bislang hatte sie eine Menge Energie darauf verwendet, alles perfekt unter Kontrolle zu halten. Aber, ob sie wollte oder nicht, die alten Mechanismen funktionierten nicht mehr. Zur Abwechslung sollte sie sich wohl einfach zurücklehnen und abwarten, wie die Dinge liefen. Denn selbst wenn es ihr gelingen würde, ihre Gefühle für Astrid und Doro ganz säuberlich voneinander zu trennen, wäre da immer noch das, was die beiden miteinander teilten. Als Mathematikerin wusste sie ohne jeden Zweifel: Bewegungen in einem Teil eines Systems geben unweigerlich Impulse auch für den Rest des Systems. Kurzum, wie sich die Beziehung zwischen Astrid und Doro entwickelte, hatte natürlich Auswirkungen auf sie selbst, ohne dass sie auch nur den geringsten Einfluss darauf nehmen konnte. Küchentischkybernetik.

Inzwischen bekam sie eine immer deutlichere Ahnung davon, worauf sie sich eingelassen hatte. Trotzdem wollte sie beide Frauen. Das Wochenende war zwar anstrengend, aber gleichzeitig auch viel zu kurz gewesen. Oder war es so anstrengend gewesen, weil es zu kurz war? Oder wäre es noch anstrengender geworden, wenn es länger gedauert hätte? Sie wäre auf der einen Seite gern noch ein paar Tage geblieben, auf der anderen Seite brauchte sie dringend eine Verschnaufpause, Zeit für sich allein. So war sie froh, nun erst einmal mit keiner reden zu müssen.

Sie rutschte tiefer in die verblichenen, an manchen Stellen blank gescheuerten Polster und gab sich ihren Erinnerungen hin. Heidelberg war ein bildhübsches Städtchen. Etwas verstaubt und an den Rändern vergilbt. Aus der Sicht einer Großstädterin wirkte alles eng und so, als wäre die Zeit stehen geblieben. Die Touristen mochten es aber offensichtlich, denn sie strömten ohne Unterlass in die Stadt am Neckar.

Doro hatte sich ein üppiges Besuchsprogramm ausgedacht. Sogar das Wetter war ihrem Charme erlegen, die Sonne hatte geschienen, der Himmel war strahlend blau und für Ende Februar war es ungewöhnlich warm. In Heidelberg sei das Klima ja überhaupt milder als anderswo in Deutschland, hatte Doro mit einer Spur Selbstzufriedenheit verkündet. Und tatsächlich hatten entlang des berühmten Philosophenweges schon Schneeglöckchen und Krokusse geblüht. Auch ein paar exotisch aussehende Büsche hatten bereits Blüten getragen. Doro kannte sich mit der Flora aus und hatte allerlei Namen genannt, die sowohl Astrid als auch Kerstin auf der Stelle wieder vergessen hatten. Denn auf diesem Gebiet konnte keine von ihnen auch nur im Entferntesten mitreden.

Flora und Klima in Heidelberg waren Kerstin herzlich egal. Nur Witterungsschwankungen in Beziehungen registrierte sie mit der Zuverlässigkeit eines Wetterhäuschens. Im Moment jedoch war nichts zu befürchten, das Klima zwischen ihnen dreien war entgegen all ihrer Befürchtungen ausgesprochen frühlingshaft.

Auf der Hinfahrt hatte Kerstin sich mehrfach gefragt, ob das Wochenende mit Doro in Leipzig nur eine einmalige Episode bleiben würde. Durfte sie Doro denn ganz selbstverständlich küssen, wann immer ihr danach war? Oder war es nur zur Begrüßung gestattet? Durfte sie sie berühren? War sie Doro immer noch wichtig oder spielte jetzt wieder Astrid die erste Geige? Wie ein in Panik geratener Bienenschwarm waren die Gedanken in ihrem Kopf durcheinandergeflattert, je näher der Heidelberger Bahnhof kam.

Beim Wiedersehen war Doro dann dem Anschein nach genauso verlegen und unsicher gewesen. Nach ein paar vorsichtig-befangenen Testballons, die sie abwechselnd gestartet hatten, hatte die Scheu sich zum Glück schnell gelegt.

Astrid hatte sowieso von Anfang an gestrahlt und ohne Punkt und Komma eine Geschichte nach der anderen hervorgesprudelt. Kerstin hatte sie dafür geliebt. Erstaunlicherweise änderte sich dadurch aber nicht das Geringste an der Tatsache, dass sie sich sehr in Doro verliebt hatte. Sie hatte ständig Gelegenheiten gesucht, sie berühren zu können.

Alles war gut gewesen. Wunderschön. Zauberhaft. Perfekt? Wie immer, wenn sich etwas richtig gut anfühlte, hatte sie auch dieses Mal Momente erlebt, in denen sie als Beobachterin neben der Situation zu stehen schien. Akzeptierten die beiden anderen sie überhaupt? Konnte sie denn tatsächlich gemeint sein? Gehörte sie dazu? Oder wurde hier Theater gespielt und alle wussten im Grunde, dass sie nur am Rand stand und anders war? Wie gut sie dieses erbärmliche Gefühl doch kannte! Sie wurde dann wieder zu dem kleinen Mädchen, das sein Glück nicht glauben kann und in einem fort fragt, ob es wirklich mitspielen dürfe. So lange, bis die anderen das nicht mehr aushalten und es tatsächlich fortschicken.

Mit Astrid verband sie seit Monaten eine Beziehung, stabiler und erfüllender als alle bisherigen in ihrem Leben. Und Doro? Von Doro war sie eingeladen worden. Und es war schwer zu übersehen, dass sie genauso verliebt war. Kerstin hatte sich alle Mühe gegeben, sich selbst endlich davon zu überzeugen, dass doch alles wunderbar und in bester Ordnung wäre. Es war ihr zum Glück immer wieder gelungen.

Jetzt im Nachhinein fand sie ihre Zweifel albern, lächerlich. Selbst der Gedanke, dass sie doch die einzige Ostfrau war und die zwei Westfrauen sich per se näher standen, wodurch sie sowieso früher oder später abgemeldet sein würde, konnte sie nicht mehr verunsichern. Schließlich waren sie zusammen, weil alle drei es wollten.

Würde eine nicht immer Gründe finden können, um sich selbst fremd und nicht zugehörig zu fühlen, wenn sie nur lange genug danach suchte? Die einzige Hete unter Lesben. Die einzige Lesbe im Büro. Die einzige Lesbe mit Kind. Die einzige Nicht-Mutter. Die einzige Westfrau. Die einzige Ostfrau.

Frauen wie Astrid allerdings schienen solche Zweifel nicht zu kennen. Für Astrid gab es immer Gewissheit, dass sie dazugehörte. Sie war stets mittendrin, eher drehte sich das Universum um Astrid als umgekehrt. Doro dagegen waren Unsicherheiten auch nicht unbekannt. Wenn sie nur an gestern Abend dachte, wie Doro da so neben dem Bett stand.

Kerstin schämte sich noch einmal für das unpassende Gekicher und schaute in das undurchdringliche Dunkel vor dem Fenster. Lichter glitten heran. Bebra. Irgendwo hier musste früher einmal die Grenze gewesen sein.

Zeitreise

Briefmarken hat Kerstin gesammelt, solange sie denken kann. Oder nicht ganz. Sie kann sich genau an den Abend erinnern, an dem sie noch mal aus dem Bett gestiegen ist und ihren Vater mit seinen Briefmarken am Wohnzimmertisch sitzen sah. Sie durfte noch ein wenig bleiben und zuschauen, wie er die Marken in ein Album sortierte.

Ein paar Tage später hat er ihr dann ein eigenes kleines Album mit ein paar bunten Marken geschenkt. Kerstin hat fix gelernt, wie sie damit umgehen muss. Dass kein Zahn fehlen darf. Wie Marken vom Briefumschlag abgeweicht und dann in Büchern gepresst werden. Mit der Pinzette hantierte sie zuerst noch unbeholfen, war ja damals noch nicht einmal in der Schule. Aber die bunten Bilder und die fremden Länder faszinierten sie.

Immer war sie dabei, wenn im Hausflur getauscht wurde. Auf den Treppenstufen saß dann eine Handvoll Kinder über Schätze gebeugt. Gesammelt und getauscht wurde alles Mögliche: Buntes Silberpapier, Plastereste der in der Kleinstadt ansässigen Trommelfabrik, aus denen sich wundervolle Lesezeichen basteln ließen. Bieretiketten, Bierdeckel. Die Leidenschaft für Schokoladenbilder – sowohl die West-Fußballbilder, als auch die Ost-Variante mit Waldtieren und Vögeln von der Creck-Schokolade – war eher ein Strohfeuer. Vermutlich weil niemand Creck mochte. Auch die Kaugummibilder aus dem Westen oder ersatzweise aus der Tschechoslowakei oder Polen waren zu rar, um das Tauschgeschäft florieren zu lassen.

Gesammelt wurden aber zeitweise begeistert die durchsichtigen Plastescheiben, die in die Kronkorken von Bier- und Brauseflaschen eingelegt waren. Auf diesen Scheiben standen zweistellige Nummern, wozu auch immer. Irgendwer hatte das Gerücht in Umlauf gebracht, dass, wer alle Zahlen komplett hätte, auf dem Postamt ein Kofferradio dafür bekäme. Na, wenn das kein Ansporn zum Sammeln war!

Stammbuchbilder wurden ebenfalls getauscht, die es in ganzen Bögen für ein paar Pfennige zu kaufen gab, immer mit lehrreichen Themen wie Verhalten im Straßenverkehr, Heilpflanzen, Tiere des Waldes. Schon hübsch, aber der Renner waren trotzdem die aus dem Westen mit dümmlich vor sich hingrinsenden pummeligen Babys in der Wiege, zwei Turteltäubchen im Rosenherz oder einem Pudel mit Schleifchen. Wenn Kerstin so eins haben wollte, musste sie schon ein halbes Dutzend Heilpflanzen hergeben. Und wenn die Bildchen dann noch glitzerten, trennten sich die stolzen Besitzerinnen nur selten davon.

Aber das mit den Stammbuchbildern war längst vorbei. Kinderkram. Briefmarken sind etwas viel Ernsthafteres und auch nicht so ein Mädchenzeug. Obendrein viel interessanter als so manches, was Kerstin eigentlich tun sollte. Klavier üben steht auf der Liste der öden Beschäftigungen ganz oben. Es mag Mutti glücklich machen, ihr kleines Mädchen an den Tasten zu sehen, aber Kerstin langweilt sich tödlich. Erst hatte alles aufregend und vielversprechend geklungen: Jede Woche Klavierstunde und dann noch im Pionierhaus. Die riesige Villa am Rande des Stadtparks hatte sie schon ewig in ihren Bann gezogen. In ihrer Vorstellung taten dort viele Kinder miteinander unglaublich spannende Sachen. Die Realität sah für Kerstin allerdings erst einmal ganz anders aus: Die Klavierlehrerin war eine ältere Dame, die lediglich ein Zimmer der Villa für ihren Unterricht nutzte. Andere Kinder sah Kerstin nur, wenn sie zur Übungsstunde kam und die Vorgängerin erleichtert einpackte. Dann musste sie endlose Fingerübungen machen. Ein Jahr hat sie durchgehalten. Dann hat wohl auch ihre ehrgeizige Mutter eingesehen, dass es mit dem musikalischen Talent des Töchterchens nicht weit her ist. Deshalb hat sie eingewilligt, als Kerstin in den Briefmarkenzirkel des Pionierhauses wechseln wollte.

Das ist eine ganz andere Sache. Hier trifft Kerstin endlich andere Kinder. Es wird getauscht und geschwatzt. Zwar ist sie das einzige Mädchen, aber das bemerkt sie kaum, es stört sie wenig. Inzwischen hat sie sich spezialisiert, sammelt Marken mit Autos, Motorrädern, Schiffen und Flugzeugen.

Jede Woche erklärt der Arbeitsgemeinschaftsleiter ein Thema aus der Markenkunde. Herr Beck ist um die fünfzig, steht jeden Tag um vier Uhr auf, um im Braunkohlentagebau als Elektriker zu arbeiten. Jeden Freitagnachmittag zieht er einen Handwagen quer durch die Stadt. In zwei abgeschabten Aktentaschen Kataloge für Marken aus aller Welt. Schließlich will er, dass die Kinder fair tauschen.

Wenn die Marke an einer Stelle dünner ist, man Licht hindurchscheinen sieht, heißt das ein Fenster und macht die Marke wertlos. Marken ohne Zähne heißen geschnitten. Der Tauschwert einer Marke bestimmt sich nach dem jeweiligen Katalog. Kerstin hat Herr Beck ganz besonders in sein großes Herz geschlossen, denn die kommt immer pünktlich, lauscht andächtig und geht mit Feuereifer daran, wenn eine Wandzeitung mit Briefmarken zu gestalten ist. Warum auch nicht. Macht ihr ja Spaß und stolz ist sie auch, wenn etwas von ihr im Schaukasten hängt. Herr Beck schreibt alles gewissenhaft auf. Gerecht soll es zugehen. Wer etwas leistet, bekommt ein Kreuzchen in der Liste. Und wer die meiste Arbeit gemacht hat, bekommt zu Weihnachten ein Geschenk. Meistens ein Briefmarkenalbum. Meistens bekommt Kerstin es. Auf Herrn Beck ist Verlass, er liebt Kinder, auch wenn er sich für Pioniere ganz allgemein wenig interessiert.

Zu Hause steckt Kerstins Vater – als Anreiz zum Weitersammeln gedacht – alle laufenden DDR-Marken für sie in ein Extraalbum. Mit einem Sammlerausweis kriegt er die immer alle komplett inklusive Sperrwert. Postfrisch. Als Kapitalanlage. Die werden bestimmt mal ganz wertvoll. Wenn du erwachsen bist. Und wenn nicht, kann Kerstin sie ja immer noch auf Briefe kleben.

13

„Was für ein Wochenende. Ich bin total geschafft!"

Mit diesen Worten beugte sich Dorothea zu Astrid hinunter, die mit einer Zeitschrift auf dem Sofa lag, und küsste sie.

„Wie geht es deinem Kopf, Liebste? War der Tag nicht zu anstrengend für dich? Ich soll dir noch einen dicken Kuss von Kerstin geben. Der Zug ist pünktlich losgefahren, sie hat gleich einen freien Platz gefunden und sah sehr zufrieden aus. Möchtest du Tee? Was anderes? Ich glaube, es gibt noch Saft und ein wenig Wein."

Astrid richtete sich auf und legte ihre Lektüre zur Seite. Sie klopfte auf das Polster neben sich und sagte: „Komm, jetzt setz dich erst mal her zu mir. Was ist denn mit dir los, Honey? So kenne ich dich gar nicht. Du plapperst ohne Punkt und Komma – man könnte meinen, deine Freundin Marion vor sich zu haben. Irgendwas stimmt doch nicht mit dir."

Zögernd folgte Dorothea der freundlichen Aufforderung. „Ach, ich weiß selbst nicht so genau. Die Zeit, die wir miteinander gehabt haben, war einfach viel zu kurz. Ich finde, wir hätten noch über so vieles reden müssen. Jetzt ist Kerstin wieder weg und ich vermisse sie. Meine Gefühle fahren ständig Achterbahn, nichts ist sicher, nichts ist vertraut, aber das geht mir ja eigentlich schon so, seit ich dich kenne." Sie versuchte ein Lächeln, das allerdings ein wenig kläglich ausfiel.

Astrid zog sie an sich. „Nun mal der Reihe nach. Erzähl mir, was dich so durcheinanderbringt. Du wusstest doch von Anfang an, dass ich meistens Mehrfachbeziehungen habe und dass es zurzeit auch noch Kerstin gibt. Du hast immer gemeint, das sei kein Problem für dich." Astrid grinste verschmitzt. „Und außerdem hatte ich den Eindruck, dass ihr beide euch sehr gut versteht. Bist du nun auf einmal doch eifersüchtig? Findest du, ich habe mich nicht genug um dich gekümmert, dir zu wenig Aufmerksamkeit ge…"

„Ach Blödsinn!" Mit einer heftigen Handbewegung unterbrach Doro sie mitten im Wort. „Hörst du mir denn überhaupt nicht zu? Ich sagte, dass Kerstin mir fehlt, kaum, dass sie abgefahren ist. Wie kann ich da eifersüchtig auf sie sein? Überhaupt, so ein Quatsch, eifersüchtig. Im Gegenteil. Was immer auch das Gegenteil von Eifersucht sein mag." Mit einem kleinen Auflachen fuhr sie fort: „Nein, das ist ganz sicher nicht der Grund, warum ich so aus dem Konzept bin. Es ist eher … es ist alles so viel. So viele Gefühle, so viel Sehnsucht."

Astrid runzelte die Stirn, streckte aber trotzdem die Hand nach ihr aus und nahm sie in die Arme. Doro ließ sich gern in die Umarmung fallen und legte ihren Kopf auf Astrids Schulter.

„Was für eine Sehnsucht meinst du?", fragte Astrid leise. „Sprichst du von gestern Abend? Ist das ein Vorwurf? Dass ich nicht mit dir … mit euch geschlafen habe?"

„Aber nein, Himmel, wo denkst du hin? Nein, natürlich nicht! Das ist völlig absurd. Ich habe doch gesehen, wie schlecht es dir ging. Nein, so was darfst du nicht mal denken!"

Dorothea richtete sich auf, nahm Astrids Hände in ihre und schaute sie eindringlich an. „Bitte glaub mir, mein Herz. Ich würde dir nie so etwas vorhalten und …"

„Aber was ist es denn dann, warum bist du verwirrt, welche Gefühle sind dir zu viel? Rede doch endlich! Du machst mich ganz kribbelig."

Astrid war jetzt sichtlich nervös. Sie warf ihre Lockenmähne nach hinten und Dorothea einen auffordernden Blick zu. Die strich sich die Haare hinter die Ohren und senkte den Kopf. Sie zupfte an einem losen Faden ihrer Bluse, während sie stockend zu sprechen begann.

„Vielleicht kannst du dir ja vorstellen, wie ich mich fühle? Möglicherweise kannst du dich noch daran erinnern, wie es war, als du dich zum ersten Mal in zwei Frauen gleichzeitig … ich meine, als du das erste Mal mit zwei Frauen zur selben Zeit zusammen warst. Oder ist es schon zu lange her bei dir, ist es schon zur Gewohnheit geworden? Aber dieses überwältigende Chaos, dass du dich ständig wie unter Strom fühlst, großartig, allmächtig.

Und dann doch wieder so, als könnte das alles nicht wahr sein, nicht wirklich passieren. Weißt du, wovon ich rede?"

Astrid lächelte, während sie langsam nickte: „Ja, ich denke schon. Mach weiter."

„Na ja, ich glaube, es ist dieses Zu-viel-auf-einmal. Diese unglaubliche Energie, die ich wohl auch ausstrahle, sie bringt mich völlig aus dem Gleichgewicht. In Kerstin habe ich mich … ach, verliebt ist ein großes Wort, dafür kenne ich sie noch viel zu wenig. Aber das Wochenende in Leipzig und auch mit ihr zu schlafen … war … war umwerfend, ja umwerfend ist das richtige Wort, es hat mich vollkommen aus der Bahn geworfen. Und das war bestimmt auch ein Grund dafür, dass ich mit Marion im Bett war."

Astrid erstarrte förmlich und fragte dann mit seltsam flacher Stimme: „Du hast mit Kerstin geschlafen? Und dann mit Marion? Deiner Exliebsten Marion?"

Dorothea hob den Kopf und sah Astrid vollkommen entgeistert an. „Aber ... aber, du weißt doch, dass ich mit Kerstin ... sie wollte dich doch anrufen oder dir schreiben. Ich verstehe nicht ganz. Ist es denn nicht in Ordnung für dich? Ich ..."

„Ach richtig, stimmt, da gab's mal eine Mail, ich hatte es wohl nur gerade vergessen", unterbrach Astrid sie mit versteinerter Miene. „Und das mit Marion, nun, ich bin nur etwas überrascht, das ist so ... so untypisch für dich. Aber nein, das ist kein Problem für mich, natürlich nicht, wieso denn auch?"

Mit einem gekünstelt wirkenden Lachen gab sie Doro einen flüchtigen Kuss auf die Stirn, erhob sich unvermittelt und verschwand im Bad. Doro blieb noch einen Augenblick auf dem Sofa sitzen und schüttelte irritiert den Kopf. Doch dann stand sie entschlossen auf und ging in die Küche.

Für diesen Abend hatte sie sich vorgenommen, italienisch zu kochen. Den Pastateig hatte sie bereits am Nachmittag zubereitet und lange geschlagen. Doro summte leise und unmelodisch vor sich hin, während sie Knoblauch und Zwiebeln schälte, fein würfelte, in Olivenöl andünstete und die frischen, in Stücke geschnittenen Tomaten sowie ein Glas Rotwein und einen Becher Sahne dazu gab. Sie würzte großzügig und stellte den Topf auf große Flamme, um die Soße einkochen zu lassen. Anschließend ließ sie den Nudelteig durch die Maschine gleiten. Während in ihrem großen Pastatopf das Wasser allmählich zu kochen begann, verrührte sie Ricotta-Käse mit gehacktem Basilikum und Gewürzen und formte Teigtaschen, die sie mit der Mischung füllte. Zufrieden nickend griff sie nach der Rotweinflasche und schenkte sich ein wenig davon ein.

„Gibst du mir auch einen Schluck, meine Schöne?"

Astrid war aus dem Bad gekommen und stand offensichtlich seit einer geraumen Zeit in der Küchentür.

„Es ist wunderbar und aufregend, dir beim Kochen zuzusehen, weißt du das? Du bist so ganz eins mit dir und dem, was du tust. Und wie du dich dabei bewegst, das ist unglaublich erotisch."

Dorothea lächelte, und obwohl sie sich beim Kochen äußerst ungerne stören ließ, reckte sie sich zum Küchenschrank und reichte Astrid ein Glas.

„Hier, bedien dich selbst. Ich muss noch die Zutaten für den Salat schneiden. In einer Viertelstunde können wir essen, deckst du bitte schon mal den Tisch? Und stell auch ein paar Kerzen … he, nicht, hör bitte damit auf!"

Fast unwillig schüttelte sie Astrids Hand ab, die sanft ihren Nacken streichelte. Durch die abwehrende Geste eher noch angestachelt, schmiegte sich Astrid an Doros Rücken, öffnete ein paar Knöpfe an deren Bluse und versuchte, kleine Küsse auf Hals und Schultern zu platzieren. Dorothea wand sich aus Astrids Umarmung, drehte sich um und blitzte sie empört an.

„Ich sagte, du sollst das jetzt auf der Stelle sein lassen! Ich habe noch eine Menge zu tun, vieles davon praktisch gleichzeitig, also stör mich bitte nicht weiter. Und überhaupt – wie finde ich das eigentlich? Erst rauschst du mitten im Gespräch ins Bad und mit einem Mal machst du hier auf Signora Casanova."

Astrid lachte, kein bisschen beleidigt durch die doch recht deutliche Abfuhr. „Keine Ahnung, wovon du redest, Liebes. Ich musste lediglich einem dringenden Bedürfnis folgen. Und dass ich meine Hände nur sehr schwer, um nicht zu sagen, eigentlich fast gar nicht, von dir lassen kann, das, mein Engel, weißt du doch schon, seit ich dich das erste Mal gesehen habe."

Mit einem hinreißend charmanten Lächeln nahm sie Dorotheas Hand, hauchte galant einen Kuss darauf und deutete eine untertänige Verbeugung an.

„Nun aber, Mylady, soll Euer Wunsch mir unverzüglich Befehl sein. Ich werde den Tisch decken für unser Mahl, welches so fürstlich Ihr bereitet und es mit dem sanften Schein von Kerzen erleuchten …"

„Verzieh dich aus meiner Küche, du Irre!" Schon wieder vollkommen versöhnt grinste Doro belustigt und schob Astrid aus dem Raum. „Und tu endlich, was ich dir aufgetragen habe, statt nur großartige Reden zu schwingen!"

Damit wandte sie sich wieder dem Herd zu, gab vorsichtig die Nudeltaschen ins sprudelnde Wasser und passierte die Soße durch ein Sieb.

„Puh, bin ich satt. Noch ein Bissen und ich platze." Mit einem wohligen Schnaufer schob Astrid ihren Teller von sich und lehnte sich zurück.

„Igitt, erspare uns bitte ekelhafte Einzelheiten." Dorothea knuffte sie leicht auf den Arm.

Astrid krümmte sich theatralisch vor Schmerz und rieb sich übertrieben die getroffene Stelle. „Immer tut sie das, immerzu werde ich gemaßregelt oder geprügelt, ihr seid meine Zeuginnen!" Anklagend und Zustimmung heischend wandte sie sich bei den letzten Worten an Marion und Monika, die das verliebte Geplänkel der beiden bereits den ganzen Abend geduldig ertrugen und sich tapfer jeden spöttischen Kommentar verkniffen hatten. Bisher waren es sehr vergnügliche und anregende Stunden gewesen, die sie miteinander verbracht hatten. Selbst Monika, die Dorothea gegenüber normalerweise eher misstrauisch war – das besondere Verhältnis von Exen war ihr, die noch nicht so lange Zeit lesbisch lebte, durch und durch suspekt –, hatte sich deutlich entspannt angesichts der mehr als offenkundigen Verliebtheit, die Astrid und Dorothea pausenlos zur Schau stellten.

Für Doro bildete dieser Abend bis jetzt den krönenden Höhepunkt einer absolut gelungenen Woche: Astrid war so bezaubernd gewesen, so charmant, so hinreißend, so liebenswert, hatte sie umworben und umsorgt, einmal sogar für sie gekocht. Vom Bekochtwerden hatte sich Dorothea allerdings keine Wiederholung gewünscht.

Da hatte es ihr erheblich besser gefallen, wenn Astrid sie beim Nachhausekommen gar nicht richtig in die Wohnung hereinließ, ihr noch im Flur die Kleider vom Leib schmeichelte und sie dort auf dem kratzigen Teppichboden verführte.

Auch am heutigen Samstag hatten sie fast die ganze Zeit im Bett zugebracht und sich – liebessatt – erst gegen Abend angezogen für die Verabredung mit Marion und Monika. Und nun saßen sie schon seit geraumer Zeit in einem thailändischen Restaurant an der Alten Brücke und schlemmten sich durch die Speisekarte.

„Ja, das war wirklich gut. Ich weiß gar nicht, ob ich noch Nachtisch schaffe, aber die gebackenen Bananen in Kokossahne klingen sehr verlockend. Teilt eine mit mir?", fragte Marion in die Runde. Von Dorothea und Astrid war keine Antwort zu erwarten. Sie starrten einander in die Augen, als blickten sie geradewegs in einen magischen Spiegel, der ihnen die unglaublichsten Geheimnisse enthüllte. Marion wandte sich mit einem leichten Achselzucken ihrer Liebsten zu: „Magst du Nachtisch? Und was meinst du, wollen wir nachher noch zur Pink Party? Alle zusammen, falls die beiden Dornröschen hier irgendwann mal aus ihrem Zauberschlaf erwachen oder andernfalls eben allein?"

„Klingt beides gut."

Es war nicht schwer, Monika für Unternehmungen zu begeistern. Sie fand alle Szene-Events immer noch sehr neu und aufregend.

„Da kann ich auch gleich Friedhelm aus dem Aids-Beratungsprojekt den versprochenen Sekt ausgeben. Ich hatte ihn in zwei meiner Kurse eingeladen, um mal ein wenig über Safer Sex zu erzählen", sagte Marion.

„Na, ist doch prima, dass du dich so gut auskennst bei dem Thema, stimmt's?", unterbrach Astrid, offensichtlich aus ihrer

Verzauberung erwacht. „Jedenfalls hoffe ich doch sehr, dass du es tust, oder?“

Drei Köpfe fuhren herum, drei Augenpaare richteten sich auf Astrid, drei unterschiedliche Grade an Verwirrung lagen auf drei erstaunten Gesichtern.

„Wie meinst du …“

„Was willst du damit …“

„Könntest du das bitte mal näher …“

Die Fragen kamen gleichzeitig.

„Na ja“, Astrid lächelte mit unschuldsblankem Blick, „ich finde, das ist doch wichtig bei der Art von offenen Beziehungen, wie wir sie hier alle miteinander führen, nicht wahr? Wenn dann nämlich mal dermaßen die Hormone hochkochen wie bei euch beiden da vor Kurzem“, verschwörerisch blinzelte sie Doro und Marion zu, „und ihr dann so mir nichts, dir nichts miteinander im Bett landet, ist es unheimlich beruhigend – jedenfalls für mich –, wenn ich weiß, dass eine es im Blick hat, dass sie sich und uns alle schützen muss. Ich bin da leider nicht immer so ein leuchtendes Vorbild, muss ich gestehen. Aber ich verspreche feierlich, mich in Zukunft zu bessern. Auf alle Fälle, solange ich noch halbwegs klar denken kann …“

Ihr fröhliches Lachen schien zu klirren in der eisigen Stille, die sich mit den letzten Sätzen am Tisch ausgebreitet hatte. In Monikas Gesicht war nichts abzulesen, nur in ihren Augen blitzte unheilvoll Zorn auf.

Marion hätte fast ihren Stuhl umgeworfen, als sie Hals über Kopf aufsprang. „Ich gehe bezahlen und warte draußen beim Auto“, sagte sie in Monikas Richtung, ohne ihr in die Augen sehen zu können. „Und du, Herzchen“, bei diesen Worten stoppte ihr Zeigefinger nur wenige Zentimeter vor Astrids Gesicht, die erschrocken zurückfuhr, „du darfst dich hiermit als eingeladen betrachten, das hast du dir mit diesem Glanzstück eben wahrlich verdient!“

„Astrid, was zum Teufel … Marion, es tut mir … so warte do… renn jetzt nicht weg … Monika, hör mir bitte zu …“ Hilflos probierte Dorothea verschiedene Satzanfänge und legte beschwörend die Hand auf Monikas Arm, als diese aufstand, um Marion zu folgen. Sie schüttelte Dorotheas Berührung ab, wollte wohl noch etwas sagen. Als ihr unvermittelt die Tränen in die Augen schossen, drehte sie sich abrupt um und floh aus dem kleinen Lokal.

Dorothea legte einen Augenblick die Hände vors Gesicht, seufzte dann tief und sah zu Astrid, die abwechselnd arglos erstaunt, gekränkt und ärgerlich aussah.

„Um Himmels willen, was sollte das?“ Auch in Dorotheas Stimme zitterten Tränen. „Was wolltest du damit bloß erreichen? Konntest du denn nicht ein bisschen diskreter sein? Oder war das deine Rache? Bist du im Grunde doch sauer, weil ich mit Marion geschlafen habe?“

„Verdammt, jetzt reicht's!“ Mit einer heftigen Bewegung warf Astrid ihre Serviette auf den Tisch und stieß dabei ein halb volles Bierglas um. „Ich versteh diesen ganzen Aufstand wirklich nicht. Man könnte meinen, ich hätte Hochverrat begannen oder versucht, mit dem Tafelsilber durchzubrennen. Und was heißt überhaupt – Nein, schon gut, lassen Sie nur“, sie wehrte den Kellner ab, der beflissen herbeigeeilt war, um die durchnässte Tischdecke zu wechseln. „Wir wollten sowieso gerade gehen, die Rechnung, bitte.“ Sie wandte sich wieder an Dorothea: „Was heißt hier überhaupt Diskretion? Kann ich denn ahnen, dass ihr auf allem so krampfhaft den Deckel haltet? Mehrfachbeziehungen, mein Engel, funktionieren nicht mit Lügen und Verschweigen, sondern nur mit großer Offen… Was ist denn noch? Wo bleibt die Rechnung?“, fauchte sie den Kellner an, der weiterhin wie festgewachsen neben ihrem Tisch stand.

„Kein Rechnung mehr übrig, alles bezahlt schon von Dame, die gegangen ist“ Er verbeugte sich übertrieben höflich. „Ich hoffe, Sie hatten Zufriedenheit und bald kommen wieder!"

Astrid kramte einige Münzen aus der Hosentasche, legte sie auf den Tisch und schnappte sich ihre Jacke. „Komm", forderte sie Dorothea auf, „lass uns draußen weiterreden."

Ohne sich darum zu kümmern, ob Doro ihr überhaupt folgte, marschierte sie in Richtung Eingangstür. Doch Doro war nicht gleich in der Lage aufzustehen. Wie sie solche Situationen hasste, aus tiefster Seele! Was hatte sich Astrid nur dabei gedacht? Vermutlich gar nichts. So war sie eben: impulsiv, geradeheraus, eher unbedacht hinsichtlich möglicher Konsequenzen. Oder?

Zeitreise

Umziehen ist die schrecklichste Sache der Welt, findet Doro. Sie sitzt im fast leeren Kinderzimmer, nur die Betten stehen noch an ihren Plätzen. Die Stockbetten der Brüder und ihr eigenes schmales. Alles andere ist zerlegt, auseinandergeschraubt, in Kisten verpackt. Die Kisten sind in Mutters großer ordentlicher Handschrift gekennzeichnet: KiZi I, KiZi II und Keller. Nicht mal die Aussicht darauf, endlich ein eigenes Zimmer zu bekommen, lässt Doros Herz beim Gedanken an den morgigen Umzugs ein wenig leichter werden. Die Brüder, der große Bernhard und Nervensäge Thomas, müssen sich weiterhin ein Zimmer teilen, aber Bernhard wird sowieso nicht mehr lange zu Hause bleiben. Noch knapp anderthalb Jahre, dann ist er mit der Schule fertig. Zur Bundeswehr will er dann. Nicht nur, um seinen Wehrdienst abzuleisten, nein, er will sich verpflichten. Für zwölf Jahre. Doro kann das überhaupt nicht verstehen.

Aber sie versteht eigentlich fast nie, was in Bernhard vorgeht. Sie sind sich kein bisschen nahe, er ist wie ein Fremder, wie jemand, den man zum Beispiel auf einer langen Zugfahrt kennenlernt. Mit Thomas ist das anders. Klar, der nervt meistens unheimlich und manchmal könnte Doro ihn umbringen. Aber trotzdem hängt sie auch an ihm, hat ihn eigentlich ganz oft gern. Man kann ihn knuddeln, mit ihm toben und ihn so sehr kitzeln, dass er vor lauter Lachen keine Luft mehr bekommt und sich fast in die Hose macht. Und wenn er Angst hat nachts oder mal wieder eine Tracht Prügel abgekriegt hat, dann kommt er zu Doro, kriecht in ihre Arme und lässt sich trösten. Das ist schön und dann fühlt sie sich groß und stark und erwachsen.

Aber Bernhard? Dorothea kann sich nicht erinnern, dass sie beide jemals über wichtige Dinge miteinander geredet hätten. „Gib mir mal das Salz rüber“ oder „Sag Mutter, dass ich heute Abend später komme“, ja, solche Sätze wechseln sie schon. Aber sonst? Sie hat keine Ahnung, was in seinem Kopf vor sich geht und umgekehrt ist es sicher genauso. Seine Faszination für Uniformen, Soldaten und Waffen wird ihr auf ewig ein Rätsel bleiben. Doro fühlt sich unbehaglich mit allem, was olivgrün oder tarnfarben ist und unwillkürlich fällt ihr Blick auf die hellen Rechtecke, die Bernhards Poster von Militärflugzeugen, Schiffen und Panzern an der Wand neben seinem Bett hinterlassen haben. Die muss sie in Zukunft nun nicht mehr ständig ansehen.

Aber trotzdem, umziehen ist schrecklich. Doro bleibt dabei. Große Angst hat sie. Vor der neuen Stadt, in der sie sich nicht auskennen wird, und vor allem vor der neuen Schule. Bestimmt sind die dort alle schon viel weiter und überhaupt, sie werden ganz andere Bücher haben. Schließlich ziehen sie ja in ein anderes Bundesland. Nordrhein-Westfalen. Das klingt so fremd und Doro ist sicher, dass sie sich dort auch genauso fühlen wird. Für immer. Die Mitschüler in ihrer neuen Klasse werden sie überhaupt nicht leiden können, denn sie ist dick und hässlich.

Und Freundinnen wird sie dort auch nicht finden. Und

schon gar keine beste. So eine wie Karin, ihre allerliebste beste Freundin Karin. Tränen schießen ihr in die Augen und ihr entschlüpft ein leiser Klagelaut. Schnell schlägt sie die Hand vor den Mund, nur nicht wieder den Zorn der Mutter auf sich ziehen. Die hat Augen und Ohren überall und die Nerven sind wegen der Umzugshektik gerade besonders dünn. Sie hat Doro sowieso schon auf dem Kieker, wegen der ganzen Jammerei und dem ständigen Rumgeheule. Das sei kindisch und egoistisch, hat sie geschimpft. Doro solle sich endlich ihrem Alter entsprechend benehmen und nicht ständig wie ein Kleinkind anfangen zu plärren. Ein Beispiel an ihren Brüdern solle sie sich nehmen, die seien einsichtig und vernünftig und freuten sich auf die neue Umgebung. Und darüber, dass der Vater dort eine viel bessere Stelle gefunden habe, davon würden sie doch alle profitieren, Doro am allermeisten. Schließlich habe sie in Zukunft ein eigenes Zimmer. Da könne sie sich glücklich schätzen, sie, die Mutter, habe ihr Lebtag noch kein eigenes Zimmer gehabt. Dankbar solle sie sein, dankbar und fröhlich, das könne man ja nun wirklich von ihr erwarten. Oder sei das etwa zu viel verlangt? Spätestens an dieser Stelle ist es dann immer besser zu verschwinden, unsichtbar zu werden. Doro kann das gut, mäuschenstill mit der Umgebung verschmelzen. Still zu sein ist eigentlich überhaupt immer das Beste. Wer still ist und nicht im Weg, stört nicht.

Und so schluckt Doro auch jetzt lieber stumm die Tränen runter. Auch wenn sie das Gefühl hat, dass es ihr das Herz zerreißen will, wenn sie daran denkt, dass sie Karin morgen das letzte Mal sehen wird. Für lange Zeit jedenfalls. Sie haben zwar schon ausgemacht, dass sie sich in den Ferien besuchen werden. Aber bis dahin ist es ja noch ganz schrecklich lange. Schreiben werden sie sich. Jeden Tag mindestens einen Brief. Das haben sie sich fest versprochen. Mit einem Schwur und einem Handschlag. Mit Spucke drin. Weil das dann für die Ewigkeit gilt.

14

Dorothea bog den Hals der Leselampe, die hinter ihrem Kopf am Bücherregal klemmte, ein wenig zurecht, so dass die Seiten ihres Buches besser im Lichtkegel lagen. Sie kuschelte sich wieder unter die flauschige Wolldecke auf ihrem Sofa, trank einen Schluck aus der Teetasse und begann, das Kapitel von Neuem zu lesen. Doch auch dieses Mal glitten ihre Augen lediglich über die Zeilen, ohne dass etwas vom Inhalt den Weg in ihr Bewusstsein gefunden hätte. Schon nach wenigen Minuten legte sie das Buch beiseite und holte das Telefon von der Ladestation. Sie drückte die Wahlwiederholungstaste.

Verdammt, immer noch besetzt! Das monotone Tüt-tüt-tüt zerrte an ihren Nerven. Mit wem zur Hölle mochte Kerstin da nur seit ... ihr Blick huschte zu der bunten Kuckucksuhr, mit der Astrid sie damals ganz zu Beginn ihrer Beziehung überrascht hatte. Die Überraschung war ihr gelungen. Doro hatte vor Entsetzen kein Wort herausgebracht und trotzdem hing diese Schwarzwälder Geschmacksverirrung seitdem über ihrem Esstisch, tickte fröhlich und unbekümmert die Zeit vor sich hin und nur noch selten erschrak jemand über den so unvermittelt aus dem Häuschen brechenden Vogel.

Mit wem telefonierte Kerstin denn seit mehr als anderthalb Stunden? Das war doch sonst nicht ihre Art. Eigentlich beendete sie Gespräche am Telefon recht schnell. Sie habe es viel lieber, wenn sie ihr Gegenüber beim Reden sehen könne, hatte sie einmal zu Doro gesagt. Nach einem weiteren vergeblichen Versuch warf Doro das Telefon frustriert aufs Sofa und holte sich frischen Tee aus der Küche, außerdem noch zwei der sündhaft süßen Kekse. Die hatte sie eigentlich als Versöhnungsgabe für Marion gebacken, aber sich vorher kurzerhand ein halbes Dutzend zum Selber-Verwöhnen abgezweigt. Zum Glück hatten die restlichen bei Marion ihren Zweck erfüllt.

Sie ließ sich wieder in die Polster fallen, zog die Füße unter sich, griff nach ihrem Buch, doch anstatt es aufzuschlagen, starrte sie nachdenklich auf das schlichte Cover. Gedanken und Gefühle purzelten in ihrem Kopf übereinander, sich auf etwas zu konzentrieren, schien unmöglich, schon gar nicht auf dieses langweilige Sachbuch. Sie musste unbedingt mit jemandem reden, um endlich ein wenig Ordnung in ihr inneres Chaos zu bringen, denn nach wie vor wurde sie von Zweifeln und nagender Unsicherheit umgetrieben. Sie konnte sich nicht erklären, was Astrid an jenem Abend dazu gebracht hatte, die kleine harmonisch-fröhliche Runde mit ihren taktlosen Bemerkungen zu sprengen. Es hatte nicht nur einen schönen Abend gründlich ruiniert und zur Fast-Beendigung der Beziehung von Marion und Monika geführt, sondern auch einen der größten Kräche in der langen gemeinsamen Geschichte von Marion und Doro zur Folge gehabt.

Mit Astrid war über das Geschehene partout nicht zu reden gewesen. Nachdem sie ihre Verärgerung überwunden hatte, schien es, als hätte es die ganze Situation nie gegeben. Dorothea war noch immer fassungslos vor Staunen, wie perfekt Astrid anscheinend Seele und Selbstbewusstsein mit einer Art psychischem Lotuseffekt imprägniert hatte. Vergnügt hatte sie den restlichen Abend über ihre nächsten beruflichen Pläne geplaudert, war dann für ihre Verhältnisse ungewöhnlich früh zu Bett gegangen und hatte offensichtlich wie ein Murmeltier geschlafen.

Dorothea dagegen hatte die halbe Nacht kein Auge zugetan. Die immer wieder gleichen Fragen waren im stetigen Rhythmus von Astrids zufriedenen klingenden kleinen Schnarchern in ihrem Kopf umhergewirbelt. Sah denn das, was Astrid getan hatte, nicht ganz fatal nach Eifersucht aus? Hatte sie vielleicht tatsächlich kühl und berechnend Rache genommen dafür, dass Doro mit Marion geschlafen hatte? Aber jedes Mal, wenn ihre Gedanken an diesem Punkt angelangt waren, gab es eine Stimme in ihr, die sie sogleich energisch zur Ordnung rief. Astrid war doch schließlich die erklärte Expertin für Mehrfachbeziehungen mit langjähriger praktischer Erfahrung und – wie sie selbst nicht müde wurde zu betonen – nicht im Geringsten eifersüchtig. Ihr fehle einfach das entsprechende Gen, Doro hatte diesen sehr nachdrücklich gesagten und oft wiederholten Satz deutlich im Ohr. Mitsamt dem kleinen Lachen, das ihn immer begleitete. Nur, welche Erklärung käme sonst noch infrage?

Hinterhältig ist sie auch nicht, warf dann diejenige der Stimmen in Dorotheas Kopf ein, die die Rolle von Astrids Anwältin übernommen zu haben schien.

Nachdem Doro in jener Nacht mindestens ein Dutzend Runden in diesem Gedankenkarussell gefahren war, hatte sie ihr Bett noch einmal verlassen und sich eine heiße Milch mit Honig gemacht. Sie war zu dem Entschluss gekommen, dass sich dieser Knoten vermutlich nur in einem Gespräch würde entwirren lassen. Sie musste also mit jemandem reden. Natürlich nicht mit irgendjemandem. Mit Kerstin wollte sie sprechen, mit ihr und keiner anderen. In jener Nacht war es für einen Anruf viel zu spät gewesen. Die nächsten Tage hatte sie geglaubt, doch allein und ohne Hilfe mit alldem zurechtkommen zu müssen, aber im Grunde war ihr die ganze Zeit über klar gewesen, dass Kerstins bedachtsame, Anteil nehmende Art genau das war, was sie dringend brauchte.

Und jetzt, wo sie sich endlich durchgerungen hatte, war dieses verflixte Frauenzimmer einfach nicht zu erreichen! Dorothea stapfte durchs Wohnzimmer und zündete die überall verteilten Kerzen an. Zum Schluss bekam noch die kleine Tara-Statue ein frisches Räucherstäbchen – vielleicht half ja ein wenig Zauberei? Dorothea selbst hielt es eigentlich mehr mit der Küchenmagie, aber da die winzige Göttin ein Geschenk von Kerstin – überreicht am vergangenen Freitagabend mit dem ganzen unwiderstehlichen Strahlen ihrer Begeisterung – gewesen war, hoffte sie, dass sich Tara in dieser Situation besonders verantwortlich fühlen würde. Zuversichtlich grub sie das Telefon aus den Falten der Wolldecke und wählte erneut. Immer noch besetzt. Sie ließ das Telefon neben sich zwischen die Kissen fallen.

Sie musste etwas tun, sonst wurde sie noch närrisch. Vielleicht etwas kochen oder backen, vielleicht würde das helfen. Sie trabte in die Küche, klappte Schranktüren auf und zu, prüfte unschlüssig ihren nicht eben unbeträchtlichen Vorrat an Zutaten. Doch selbst dieser Zauber schien heute nicht zu taugen.

Aber halt mal. Energisch schob sie die Dose Kokosmilch, über deren Etikett sie gerade noch meditiert hatte, zurück aufs Regalbrett und eilte an ihren Schreibtisch.

Dort lag ihr Handy und wirkte ein wenig vorwurfsvoll mit einem schon recht eingestaubten Display. Natürlich, dass sie darauf nicht schon längst gekommen war. Handys waren nicht wirklich ihr Kommunikationsmittel, sie konnte sich an die Dinger einfach nicht gewöhnen. Für Notfälle waren sie sicher ganz praktisch. Wenn das hier kein Notfall war! Sie drückte den Einschaltknopf, woraufhin ihr das Gerät nach kurzer Zeit durch einen beleidigt klingenden Piepton zu verstehen gab, dass der Akku nahezu leer sei. Verzweifelt versuchte sie sich daran zu erinnern, wo sie das Ladekabel verstaut haben könnte. Nach etwa zehn Minuten immer hektischer werdender Suche fand sie es schließlich ordentlich aufgerollt in ihrer Unterwäscheschublade.

Sie schloss ihr hungriges Handy an und ließ sich im Schneidersitz vor der einzigen freien Steckdose in ihrem Wohnzimmer nieder. Dass diese Kabel zum Aufladen immer so kurz sein mussten. Sie klickte sich durch das Menü. Wie funktionierte das mit dem SMS-Schreiben noch mal? Es war eine mühselige Angelegenheit und dauerte fast eine Viertelstunde:

Muss dringend mit dir reden. Bei dir ist ständig besetzt! Bitte ruf mich an! Kuss Doro

Sie schickte die SMS ab, platzierte das Handy auf ihrem Oberschenkel und wagte es nicht, den Blick abzuwenden, aus lauter Angst, Kerstins Anruf zu verpassen. Sie war so damit beschäftigt, das Gerät zu hypnotisieren, dass sie erst nach dem fünften oder sechsten Mal das Klingeln ihres Festnetztelefons realisierte. Verdammt, der Fuß war eingeschlafen und sie robbte auf ihre Couch zu. Unter einem der bunten Sofakissen bimmelte es immer noch gedämpft, doch als sie das Telefon endlich ausgegraben hatte, war wieder aufgelegt worden. Sie drückte die Kurzwahltaste mit Kerstins Nummer und als sie tatsächlich, noch bevor das erste Klingeln zu Ende war, endlich ihre Stimme vernahm, traten ihr vor Erleichterung fast die Tränen in die Augen.

„Oh, wie gut, dich zu hören! Ich dachte schon, dass das heute gar nicht mehr klappen würde. Mit wem um alles in der Welt hast du nur so schrecklich lange telefoniert? Ich habe noch nie erlebt, dass bei dir so ewig besetzt war."

„Hallo du, auch schön, dich zu hören. Es tut mir sehr leid, aber ich habe mit meinem Freund Steffen geredet, das heißt eigentlich er mit mir. Er hat schrecklichen Liebeskummer und ich musste mir seine herzerweichende Geschichte mindestens fünfmal von Anfang bis Ende anhören. Während der letzten drei Male habe ich mein gesamtes Geschirr abgewaschen und anschließend für den kommenden Freitag eine Präsentation vorbereitet." In Kerstins ruhiger, dunkler Stimme war ein kleines Schmunzeln zu hören. „Aber nun sag mal, was ist denn eigentlich los bei dir? Ich habe Steffen auf deine SMS hin gleich abgewimmelt und mich sofort bei dir gemeldet, doch dann bist du nicht dran gegangen."

Dorothea schwieg, denn sie war immer noch damit beschäftigt, sich zu sammeln.

„Doro?", fragte Kerstin leise.

Und plötzlich brach es aus Dorothea hervor, die ganze Geschichte ihrer verwirrten Gefühle.

„Ich vermisse dich so sehr. Ich weiß, es klingt albern, weil wir uns ja noch gar nicht lange kennen, aber so ist es nun mal.“ Ihre Stimme zitterte leicht. „Gerade ist es nur schwer auszuhalten, dass du so weit weg bist.“

Noch bevor Kerstin das Geständnis machen konnte, dass es ihr ebenso erging, sprudelte Doro schon weiter. Also beschränkte sich Kerstin auf ein mitfühlendes Brummen von Zeit zu Zeit, das allerdings in ein vergnügt-verständnisvolles Glucksen überging, als Dorothea ihr schilderte, wie und vor allem warum sie mit Marion im Bett gelandet war. Diese Gleichung aus Chaos und Reaktion enthielt für Kerstin keine Unbekannte.

„Lachst du etwa über mich?“, unterbrach Dorothea ihren Monolog.

„Nein, nein“, beeilte sich Kerstin abzuwehren, „glaub mir, ich kann dich nur allzu gut verstehen. Im Moment ist alles so verwirrend, so unberechenbar. Dass du mal was Vertrautes gebraucht hast, finde ich absolut folgerichtig.“

„Folgerichtig … was für ein merkwürdig passendes Wort.“ Auch Dorothea musste nun lächeln. „Hast du etwa auch?“

Wiederum verneinte Kerstin, nein, sie habe nicht, doch vermutlich nur aus Mangel an Chancen und Gelegenheiten.

„Einen solchen Mangel kann ich mir bei dir überhaupt nicht vorstellen, aber deine Reaktion finde ich ausgesprochen erleichternd.“

„Was willst du mir eigentlich sagen?“ Kerstin war irritiert. „Du rufst mich doch nicht völlig aufgelöst an, nur um mir zu erzählen, dass du eine Komm-gib-mir-Halt-in-dieser-wirren-Welt-Nacht mit deiner Ex verbracht hast. Wessen Reaktion auf diese Geschichte war denn nun beunruhigend? Hat etwa Marion Probleme damit? Hat sie vor ihrer Liebsten eine Beichte abgelegt und jetzt hängen Haussegen und Beziehung schief?“

Doro war wieder einmal beeindruckt von Kerstins Scharfsinn, bekam aber bei ihren Fragen ein zunehmend mulmiges

Gefühl im Bauch. Was war sie hier im Begriff zu tun? Konnte sie denn Kerstin von Astrids Verhalten und dessen Konsequenzen berichten? War das nicht Verrat oder Petzen? Ihr Schweigen dauerte immer länger.

„Doro? Was ist los? Ich merke doch, dass dich etwas bedrückt. Komm, rede mit mir."

„Ach, ich weiß auch nicht." Dorothea war sich immer noch nicht sicher. „Ich weiß nicht, ob ich dir das alles erzählen darf oder ob ich … ob ich damit … nicht einen großen Fehler mache."

„Nun, das könnte ich nur entscheiden, wenn ich mehr darüber wüsste." Kerstin klang jetzt ungeduldig. Solch ein zauderndes Um-den-heißen-Brei-Reden konnte sie nicht ausstehen.

„Okay", Dorothea holte tief Luft, „dann nehmen wir doch mal rein hypothetisch an, du hast eine Liebste und die hat etwas gesagt oder getan, was dich sehr irritiert, oder besser noch beunruhigt. Und das, was diese Liebste gesagt oder gemacht hat, hat außerdem eine Menge fataler Folgen. Würdest du nun das, was diese Liebste gesagt hat, deiner anderen Liebsten erzählen? Oder denkst du, das wäre unfaires, hinterhältiges Getratsche und die ganze Geschichte müsste eine Sache zwischen dir und deiner Liebsten bleiben?"

Jetzt war es Kerstin, die eine ganze Weile schwieg. Dorothea hörte sie atmen und ihr fiel beim besten Willen nichts ein, um die Stille zu brechen. Hoffentlich hielt Kerstin sie jetzt nicht für eine Klatschbase, für eine illoyale Verräterin. Nervös nahm sie einen viel zu großen Schluck von ihrem mittlerweile kalt gewordenen Tee und verschluckte sich prompt. Vor lauter Husten bekam sie nicht mit, dass Kerstin zu reden angefangen hatte.

„… sehr quält. Außerdem weiß ich, dass du alles andere …"

„Entschuldige bitte", hustete Dorothea, „ich hab dich

eben nicht verstanden. Könntest du vielleicht noch mal wiederholen, was du gerade gesagt hast?"

„Ich sagte, dass ich mir sicher bin, dass du es dir nicht leicht gemacht hast. Doch ganz offensichtlich ist etwas passiert, was dich sehr quält. Und du bist alles andere als ein Tratschweib. Ich denke, wenn etwas zwischen Astrid und dir passiert ist, was dich so sehr belastet, dann sollten wir darüber reden. Und zwar nicht nur hypothetisch, sondern hier und jetzt und ganz konkret."

Dorothea war grenzenlos erleichtert, räusperte sich noch einige Male und begann dann, Kerstin von dem verhängnisvollen Abendessen beim Thailänder zu erzählen.

Zeitreisen

„Strahler-Küsse schmecken besser, Strahler-Küsse schmecken gut!"

Lauthals kräht Thomas den Slogan der Zahnpasta-Werbung mit, macht Kuss-Geräusche dazu und will sich ausschütten vor Lachen. Dabei hüpft er so wild auf den Polstern der Wohnzimmercouch auf und ab, dass Doro, die im Schneidersitz neben ihm hockt, hin- und hergeworfen wird.

Fernsehen ist schon toll. Das große neue Gerät, das vor Kurzem seinen Platz in der dunklen Einbauwand bezogen hat, ist eine der guten Folgen des Umzugs. Sie spielen Werbung raten, Thomas' derzeit erklärtes Lieblingsspiel. Wer als Erster den Namen des Produkts ruft, für das in dem Werbespot geworben wird, hat gewonnen. Meistens gewinnt Thomas. Hat ein unglaubliches Gedächtnis, Doro ist immer wieder erstaunt. Wie beim Memory, da ist er auch nicht zu schlagen.

„Hamburg-Mannheimer! Das ist Herr Kaiser von der Hamburg-Mannheimer!"

Schon wieder ist Thomas schneller gewesen. Allerdings kann Doro sich heute auch nicht besonders gut konzentrieren. Denn eigentlich dürfte sie hier gar nicht neben Thomas sitzen und fernsehen. Sie hat nämlich Fernsehverbot, weil sie ihre Eltern wegen einer Sendung, die sie so unheimlich gerne sehen wollte, angelogen hat. Es gibt strenge Regeln bezüglich des Fernsehkonsums im Hause Richter. Eine davon besagt: Nach 20.00 Uhr kein Fernsehen mehr für die Kinder. Mit Kinder sind Doro und Thomas gemeint. Bernhard betrifft diese Vorschrift nicht, er darf immer mindestens bis um zehn bei den Eltern im Wohnzimmer bleiben. Wenn er überhaupt mal einen Abend zu Hause ist, meistens trifft er sich sowieso mit Kumpels und schraubt an seinem Mofa. Doro findet das ungerecht. Der Altersunterschied zwischen Thomas und ihr ist doch fast genauso groß wie der zwischen ihr und Bernhard. Viereinhalb Jahre. Und deshalb ist Doro der Meinung, dass es eigentlich nur fair wäre, wenn sie wenigstens bis um neun aufbleiben dürfte. Dann könnte sie all die schönen Sendungen sehen, die um Viertel nach acht, nach der Tagesschau, anfangen. Wie *Was-bin-ich?* zum Beispiel. Und dann könnte sie auch in der Schule besser mitreden. Wenn sich in der großen Pause mal wieder alle über das Abendprogramm unterhalten. Alle, außer Dorothea.

Also hat sie vor drei Wochen, als abends eine Folge von Professor Grzimeks *Ein Platz für Tiere* im Fernsehen lief, ihren Eltern erzählt, die Biologielehrerin habe verlangt, dass ihre Schüler sich diese Sendung ansehen sollten. Die Mutter wollte ihr erst nicht glauben, aber als Doro auch auf wiederholtes Nachfragen hin bei ihrer Behauptung geblieben ist, ist die Mutter furchtbar zornig geworden. Eine unglaubliche Unverschämtheit sei das, dieses Unterlaufen ihrer Regeln und Grundsätze, diese Einmischung in ihre Erziehung. Und dann hat sie wutentbrannt zum Telefonhörer gegriffen und bei Frau Elsner angerufen. Natürlich war die erstaunt und Doros Lügenmärchen ist wie ein Kartenhaus in sich zusammengefallen. Es hat ein schreckliches Donnerwetter gegeben. Aber viel schlimmer als die Schläge fürs Lügen schmerzt das Fernsehverbot. Ein halbes Jahr lang darf Doro nun nicht mehr vor der Flimmerkiste sitzen.

Unruhig rutscht sie auf der Couch hin und her. Wenn sie doch nur genau wüsste, wann die Eltern zurück sein werden. Auf gar keinen Fall darf sie sich hier vor dem Fernseher erwischen lassen. Sonst wird das Verbot wahrscheinlich verlängert, vermutlich, bis sie achtzig ist.

„Tom, jetzt hampel hier doch nicht so rum! Bitte! Und schrei nicht so laut! Ich kann doch sonst gar nicht hören, ob die Eltern heimkommen. Du weißt genau, ich darf überhaupt nicht mit dir gucken. Und gell, Tommi, du verrätst nichts, okay? Dann kriegst du morgen auch meine restlichen Gummibärchen."

Der Kleine nickt und setzt sich endlich ruhig hin. Denn nun ertönt die Titelmelodie seiner Lieblingsserie. *Bezaubernde Jeannie.* Er ist begeistert von dieser Geschichte über einen Flaschengeist, der mal so groß wie eine normale Frau und mal winzig klein ist. Und dann auch noch zaubern kann, alles, was sie sich nur wünscht. Das könnte Tommi auch gern! Auch Dorothea mag diese Sendung. Aber heute fühlt sie sich einfach zu unbehaglich. Angestrengt spitzt sie die Ohren. War das nicht eben die Haustür? Blitzschnell flitzt sie in den Flur, dreht sich in der Wohnzimmertür noch einmal zu Thomas um.

„Thomas, bitte!" Sie legt den Zeigefinger an die Lippen und schaut ihren kleinen Bruder beschwörend an. Der guckt nur flüchtig, nickt und wedelt unwillig mit der Hand, sie soll ihn jetzt nicht länger stören. Leise schlüpft Doro in ihr Zimmer und kann gerade noch die Tür schließen, als sie hört, wie der Wohnungsschlüssel im Schloss gedreht wird.

Gerade noch mal gut gegangen. Sie wirft sich der Länge nach aufs Bett und greift nach dem neuen Hanni-und-Nanni-Band, den sie sich am Nachmittag aus der Schulbibliothek ausgeliehen hat.

Draußen regnet es. Schon den ganzen Tag. Es wird gar nicht richtig hell. Heute früh war das völlig egal, unbedeutend, denn jeden Sonnabendvormittag wird bei Kerstin zu Hause geputzt. Wahrscheinlich wird in allen Familien geputzt. Das Putzen ist eigentlich auch gar nicht das Problem, sondern der Zoff, der regelmäßig dabei ausbricht. Mal vergisst Kerstin irgendeine Kleinigkeit zu tun oder wischt nicht gründlich genug im Wohnzimmer Staub. Oder Mutti findet, dass sie uninteressiert aussehe, als ob sie die Arbeit widerwillig täte. Oder ihr fällt etwas runter und dann ist sie eine blöde Trulla. Vati ergeht es eher noch schlechter, der macht auch nie etwas richtig. Kerstin fühlt sich jedes Mal elend, wenn Mutti Vati anschnauzt. Immer versucht sie dann, ihm beizuspringen und gerät dadurch regelmäßig selbst in die Schusslinie. Es gibt einfach kein Entrinnen. Die einzige Rettung ist es, wenn sie am Freitag nach der Schule in einer affenartigen Geschwindigkeit den ganzen Hausputz allein erledigt, komplett mit Teppichfransen-Kämmen und Bad-Putzen und Staubsaugen und Wischen samt Bohnern. Alles ist besser als samstäglicher Zoff. Aber sie schafft das alles nur, wenn am Freitag die letzten Stunden in der Schule ausfallen, und das ist leider höchst selten.

Der heutige Putz ist nun vorbei, von dem Gewitter ist nur noch ein ungemütliches Grummeln übrig, das Kerstin auf Zehenspitzen schleichen lässt. Bloß kein falsches Wort sagen, nur keine unpassende Miene machen. Vielleicht entspannt sich ja alles wieder. Sonnabendnachmittag ist Familienprogramm, da gelten keinerlei Ausflüchte. Wenn Mutti dann immer noch sauer ist, traut sich im Auto niemand zu reden, das ist ein schier unerträglicher Zustand. Kerstin darf also jetzt nicht den kleinsten Fehler machen. Dass sie sich heute Nachmittag viel lieber mit Freundinnen treffen würde, steht ohnehin nicht zur Diskussion.

Die ganze Familie fährt in den Intershop zum Einkaufen. Die Tochter soll sich freuen, am besten jubilieren und dankbar lächeln. Über die Autobahn ans Hermsdorfer Kreuz, denn dort steht nicht zu befürchten, Bekannte zu treffen. Hoffentlich nicht. Kerstin würde vor Scham im Boden versinken. Mitten in der Stadt am Bahnhof gehen ihre Eltern nie in den Intershop. Mutti sagt, es müssen ja nicht alle sehen, dass sie Westgeld haben, andere hätten sowieso viel mehr. Sie regt sich immer schrecklich auf über die, die so sozialistisch tun und dann nur Westzeug haben.

Von ihrer Großmutter hat Kerstin zwanzig Westmark zur Jugendweihe bekommen. Jetzt kann sie sich was kaufen. Mutti sagt, es würde bestimmt für eine Bluse reichen. Im Intershop ist alles ziemlich billig. Tolle Klamotten gibt es da wirklich. Und es riecht gut, so sauber und frisch. Diesen typischen Intershop-Geruch liebt Kerstin. Von Großmutters paar Scheinen kaufen Mutti und Vati Schokolade und Kaffee, manchmal Seife oder Sprühsahne, Kerstin bekommt öfter mal was Schickes anzuziehen. Klar freut sie sich über was Neues und Katjes-Lakritz isst sie für ihr Leben gern, allerdings hat sie auch immer ein schlechtes Gewissen dabei und würde sich auch über eine Bluse aus der Jugendmode freuen. Vielleicht sogar mehr. Da könnte sie wenigstens jedem erzählen, wo die her ist.

Dass Großmutter ihr zur Jugendweihe Westgeld geschenkt hat, ist irgendwie gemein, hinterhältig. Es ist auf eine besondere Weise demütigend für Kerstin und das auf eine Art, gegen die sie sich nicht wehren kann, ohne undankbar zu sein. Großmutter war von Anfang an gegen die Jugendweihe, sie wollte eine Konfirmation, deshalb war es wohl auch nur ein kleiner Schein – zwanzig Mark. Andere haben zweihundert von ihren Omas bekommen. Mutti sagt, Großmutter ist geizig, die liebt nur sich selbst. Und dann auch noch Westgeld zu schenken. Klar kriegt Kerstin im Intershop was Tolles, aber es ist ihr auch so schrecklich peinlich. Kerstin schämt sich, dass sie so auf das Westzeug abfährt, obwohl sie das gar nicht will. Ihre Großmutter führt ihr mit diesem Geschenk ihre Inkonsequenz vor. Dieses Eingeständnis der Schwäche schmerzt Kerstin und Großmutter weiß das ganz genau.

15

Draußen pladderte der x-te Regenguss an diesem Tag gegen die Fensterscheiben. Von wegen Frühlingswetter.

Dabei hatte es am Morgen so vielversprechend ausgesehen. Bei strahlendem Sonnenschein waren sie zu dritt in den Zoo aufgebrochen, auf Wunsch von Astrid und Doro. Alle Leipzig-Touristen schienen das zu wollen. Und mindestens jede zweite Leipziger Familie mit Kindern unter zehn hatte den Ostersamstag wohl auch für einen Zoobesuch genutzt. An manchen Gehegen hatte man erst geduldig Schlange stehen müssen, ehe man einen Blick auf die mehr oder weniger possierlichen Bewohner erhaschen konnte.

Kerstin war ohnehin keine eifrige Zoogängerin. Meist kam sie nur, um ihren Freund Steffen zu besuchen. Und auch heute hatten sie ihm beim Elefantentraining zuschauen können. Schon faszinierend, wie er mit den riesigen Tieren umging. Kerstin hatte Respekt vor allem, was größer als ein Meerschweinchen war.

Sie hatten Steffen nach dem Training auf dem Weg in die Futterküche abgepasst und für diesen Abend eingeladen. Kerstins beste Freundin Sabine wollte auch kommen. Wie immer hatte Kerstin nicht lange überlegen müssen, womit sie ihre Gäste bewirten wollte. Zu fünft lohnte es sich, das Raclette-Gerät aus dem Schrank zu holen. Einen großen Topf Pellkartoffeln kochen und eine Auswahl an Beigaben – fertig wäre der perfekte Festschmaus.

Obwohl Kerstin ein paar Flaschen mit Ketchup und Fertigsoßen im Kühlschrank deponiert hatte, hatte Doro es sich nicht nehmen lassen wollen, eigene Kreationen zu servieren.

Nach ständigen Wetterwechselbädern von Sonne über

Schneeregen zu Hagel und zurück und dann das Ganze von vorn – genau wie es sich für den April eben gehörte – und nach fast vier Stunden Zoobummel hatten Kerstin und Astrid nur noch nach Hause gewollt. Doro war jedoch unermüdlich gewesen. Sie hatte sich das Bachmuseum vorgenommen und mit einem Stadtplan ausgerüstet direkt vom Zoo dorthin auf den Weg gemacht. Auf dem Rückweg hatte sie dann gleich noch für ihre Dips einkaufen wollen.

Kerstin und Astrid waren schnurstracks zur Straßenbahn gegangen und nach Hause gefahren. Zuerst hatte es wie der Beginn eines unschuldigen Nachmittagsschläfchens ausgesehen, als sie sich nebeneinander unter die dicke Daunendecke gelegt hatten. Aber die Lust aufeinander war viel zu groß gewesen, als dass sie friedlich Seite an Seite eingeschlummert wären. Unversehens waren sie mitten in einem ausgelassenen Spiel, nachdem Kerstin ihre eiskalte Hand ohne Vorwarnung in Astrids Unterhose geschoben hatte. Astrid hatte überrascht aufgekreischt und wild mit den Füßen gestrampelt. Und da hatte Kerstin auch schon auf ihr gelegen und Astrids Kichern war mit einem Schlag in ein lautes schnelles Atmen übergegangen. Ein einziger Blick in ihre Augen hatte Kerstin ausgereicht, um zu wissen, dass sie sie dieses Mal gewähren lassen würde. Kerstin würde sie lieben und Astrid würde sich darauf einlassen. Anders als sonst schien sie nicht so darauf bedacht, die Kontrolle zu behalten, ständig diejenige zu sein, die bestimmte, was wann zu geschehen hatte.

Jetzt saßen sie alle um einen Tisch. Kerstins engste Familie: Doro, Sabine, Steffen und Astrid. Doro musste eigentlich todmüde sein. Sie hatte den ganzen Nachmittag im Bachmuseum verbracht, dann eingekauft und obendrein himmlische Soßen für den Racletteabend gezaubert. Astrid und Kerstin hatte sie Hilfsarbeiten zugeteilt und sie dann, als sie angefangen hatten rumzualbern, der Küche verwiesen.

Die beiden hatten sich nicht sehr gewehrt, das Tischdecken übernommen und waren dann gemeinsam unter der Dusche verschwunden. Kerstin hatte, durch das gegenseitige Einseifen angeheizt, Astrids Bein zwischen ihre Oberschenkel genommen, war daran entlanggeglitten. Nur wenige Augenblicke hatte es gedauert, ehe der Höhepunkt sie davongetragen hatte. Sie war froh, dass das Rauschen des Duschwassers ihre Lust nicht bis zu Doro in die Küche hatte dringen lassen. Die hatte erst in allerletzter Minute geduscht. Als Steffen und Sabine klingelten, stand sie noch mit triefnassen Haaren in T-Shirt und Unterhose vor dem Badezimmerspiegel.

„Gib mir doch bitte mal die Plasteschüssel rüber." Sabine wollte noch etwas von dem Sahnemeerrettich-Dip zu ihrem knusprig ausgebackenen Schinkenspeck.

„Plasteschüssel! Hast du eben tatsächlich Plasteschüssel gesagt?" Astrid prustete Brotkrümel quer über den Tisch. Sabine sah sie irritiert an.

„Ja, habe ich. Und?"

„Ich hab mal gehört, Ostdeutsche könne man daran erkennen, dass sie Plaste sagen."

„Ich kann keinen Grund sehen, warum wir unsere Sprache plötzlich ablegen sollten", mischte Kerstin sich in die Diskussion ein.

„Heutzutage gibt es nur noch einen Duden – nicht wie früher eine Ost- und eine Westausgabe – und da steht Plastik als Normalfall drin, Plaste gilt nur noch als DDR-Besonderheit. Wir haben uns anzupassen." Sabine wusste das alles ziemlich genau. Sie hatte in Leipzig Germanistik studiert, sich besonders für die Vermittlung von Deutsch als Fremdsprache interessiert. Nach dem Studium hatte sie dann mit viel Begeisterung junge Leute aus der ganzen Welt in einem einjährigen Kurs auf ihr Studium in der DDR vorbereitet. Sie hatte noch so viele Ideen gehabt, als die Wende kam und der Uni bald das Geld für solcherart Internationalismus ausging.

Sabine war unglücklich über das Ende ihrer Träume gewesen. Seit einigen Jahren allerdings gab sie nicht weniger engagiert Deutschkurse an der Volkshochschule, mit dem einzigen Unterschied, dass sie sich jetzt als Honorarkraft mehr schlecht als recht durchhangeln musste. Was Sprachentwicklungen betraf, war sie noch auf dem Laufenden.

Astrid hatte ihr inzwischen besagte Plasteschüssel gereicht. Ihrem Gesicht war deutlich anzusehen, dass sie sich auf gar keinen Fall so schnell geschlagen geben würde. Sie fand das Thema köstlich.

„Was gab es denn noch so für DDR-Vokabeln? Erzählt doch mal?"

Astrid schaute von Kerstin zu Sabine und streifte auch Steffen mit einem auffordernden Blick. Letzterer war allerdings damit beschäftigt, hauchdünne Tomatenscheiben akkurat wie Fischschuppen über den Kartoffelscheiben und Salamiwürfeln in seinem Raclettepfännchen zu arrangieren. Diese Tätigkeit schien ihn derart zu okkupieren, dass das begonnene Gespräch ihn anscheinend völlig ungerührt ließ.

Sabine dagegen blieb ebenso gern wie Astrid beim Thema. „Also unsere Mütter und Großmütter trugen Kittelschürzen aus Dederon, bei euch aus Perlon, später hieß das Nylon. War aber das Gleiche."

„Genau. Das war doch das Zeug, aus dem die allgegenwärtigen Einkaufsbeutel waren", erinnerte sich Kerstin.

„Was für Einkaufsbeutel?", hakte Astrid nach.

„Die hatte jeder dabei, falls es doch mal etwas Besonderes zu kaufen gab", warf Steffen ein, der offensichtlich doch nicht so unbeteiligt war. Diese ganze DDR-Nostalgie ging ihm fürchterlich auf die Nerven. Er sehnte sich ganz bestimmt nicht in die alten Zeiten zurück. Jetzt konnte er reisen, wohin er wollte, was er auch ausgiebig nutzte und so manches Wochenende dank Billigfliegerei mit seinem jeweiligen Lover in irgendeiner europäischen Metropole landete.

Immerhin gebärdete er sich nicht als Systemopfer, denn sein Mathematikstudium hatte er damals nur deshalb abbrechen müssen, weil er beim besten Willen auch im dritten Anlauf nicht durch die Prüfungen gekommen war. Selbst Kerstins freundschaftliche Nachhilfe hatte nicht gefruchtet. Steffen war von der Uni als Hilfsarbeiter in den Zoo gegangen, hatte später die Ausbildung nachgeholt und war inzwischen Elefantenpfleger. Er liebte seinen Job und am allermeisten liebte er es, im Rampenlicht zu stehen. Im Medienrummel rund um den Leipziger Zoo, der nach der Wende eingesetzt hatte, blühte er förmlich auf. Spätestens seit der Übertragung der Geburt eines Elefantenbabys war er ein Fernsehstar geworden, bekam Fanpost und wurde von Zoobesuchern erkannt. Mit Steffens Karriere war es nach der Wende deutlich bergauf gegangen.

„Dederonbeutel waren allgegenwärtig. Plastebeutel gab es dagegen nur selten. Weil sie so knapp waren, waren alle scharf auf Plastebeutel aus dem Westen. Die wurden dann stolz spazieren geführt. Aber in die Schule durften wir die nicht mitbringen, weil angeblich Reklame des Klassenfeinds drauf war", erläuterte Steffen weiter.

Sabine kannte sich bestens aus. Sie setzte dozierend gleich noch eins drauf: „Während die Sprache in Westdeutschland stark amerikanisiert wurde, stand sie in Ostdeutschland unter dem Einfluss des Russischen, zumindest in den ersten beiden Jahrzehnten nach dem Krieg. In der DDR baute man deshalb kein einfaches Wochenendhaus, nein, wer es sich leisten konnte, zog eine Datsche hoch."

„Mit geklautem Material", stichelte Steffen.

Sabine ließ sich nicht beirren: „Und wenn ihr als Kinder Astronauten werden wolltet, bei uns hieß es Kosmonauten. Der erste Deutsche im All war deshalb ein Kosmonaut."

„Und jeder zukünftige Kosmonaut hat mal Mayo aus der Tube probiert, nachdem er Alfons Zitterbackes Abenteuer gelesen hatte“, versuchte Kerstin die Diskussion etwas aufzulockern.

Steffen blieb beim Thema: „Ja, im All waren wir plötzlich Deutsche. Sonst ja immer nur DDR-Bürger.“

Kerstin registrierte die unterschwelligen Spannungen am Tisch. Ihr war klar, dass zwar über Wörter und so banale Dinge wie Einkaufsbeutel geredet wurde, es aber im Grunde um viel mehr als das ging.

Astrids Gedanken schienen in eine ähnliche Richtung zu gehen. „Lasst uns doch lieber von was Nahrhaftem reden. Broiler kenne ich schon. Was gab es denn sonst noch so zu essen bei euch?“

„Soljanka habe ich gestern auf einer Speisekarte gelesen. Was ist das eigentlich?“, interessierte sich jetzt auch Doro.

„Soljanka habe ich früher oft gekocht, vor allem für Feten, Riesentöpfe. Eine Suppe aus der russischen oder ukrainischen Küche.“ Sabine leckte sich genüsslich die Lippen und nahm einen großen Schluck von ihrem Rotwein.

„Na, ich weiß nicht, ob das mit der Herkunft der Suppe korrekt ist. Wir hatten mal eine russische Reisegruppe im Zoo zu Gast, die wir bewirten sollten, und haben Soljanka gekocht. Und die haben in den Suppentassen gerührt und gefragt, was das denn sei. Soljanka, wie wir sie kennen, war wohl eher eine DDR-Kreation. Eine Resteverwertung für Gastronomen“, unterbrach sie Steffen.

„Und wie geht Soljanka nun?“ Die stets auf Erweiterungen ihres kulinarischen Repertoires erpichte Doro war weniger an der Herkunft als am Rezept für die Suppe interessiert. Was scherte sie die Verwunderung russischer Reisegruppen. Schließlich würden sich Chinesen in deutschen Chinarestaurants wohl auch über das Speisenangebot wundern. Kerstin hatte schon einen Notizblock und einen Stift vom Regal geangelt und Sabine schrieb auf der Stelle ihr ganz persönliches Soljanka-Rezept für Doro auf. Kein Zweifel, dass die es umgehend ausprobieren, nach eigenem Ermessen perfektionieren und bei nächster Gelegenheit Kerstin damit überraschen würde.

„Manche eurer Wortschöpfungen waren aber schon ziemlich daneben. Wie kann man denn ein Wortungetüm wie Jahresendflügelfigur benutzen, nur um nicht Engel zu sagen?" Astrid hatte dieses Wort in einem Artikel über das Handwerk im Erzgebirge gelesen.

„Ich habe keine Ahnung, warum die Geschichte mit der Jahresendflügelfigur so aufgeblasen worden ist. Vielleicht, weil sie so perfekt ins Bild passt, das man sich im Westen gern vom Osten macht. Glaubst du im Ernst, dass meine Mutter jedes Jahr am ersten Advent gesagt hat, wir sollen jetzt mal die Jahresendflügelfigürchen aus dem Keller holen und ihr bei der Herstellung der Jahresendbackwaren helfen?" Sabine begann sich über Astrids Naivität allmählich zu ärgern.

„Die Jahresendflügelfigur stammt aus einem Kabarettprogramm über Sprachunsitten. Politisches Kabarett war in der DDR nämlich sehr beliebt. Immer wochenlang ausverkauft, oft haben wir nach Karten angestanden". Kerstin hatte in ihrer Studienzeit keine Möglichkeit für einen Besuch in der Pfeffermühle oder bei den Akademixern ungenutzt verstreichen lassen.

„Gab es bei euch tatsächlich Kabarett? Wurde man nicht schon für einen politischen Witz eingesperrt?"

Auf diese Frage bekam Astrid von Sabine nur einen derart deutlichen Blick, dass sie nicht weiter zu fragen wagte. Kerstin musste schmunzeln, es geschah verdammt selten, dass ihre Liebste so schnell zum Schweigen gebracht wurde. In Sabine hatte sie augenscheinlich ihre Meisterin gefunden. Wenn die beiden allein wären, würden wohl schon längst die Fetzen fliegen.

Zum Glück schaltete sich Steffen aber wieder ein. „Nein, Witze waren zum Glück nicht verboten. Kennt ihr den noch:

Was ist dort, wo ein Genosse ist? Ein Weg. Was ist dort, wo zwei Genossen sind? Eine Straße. Was ist dort, wo alle Genossen sind? Der Intershop. Oder: Warum sind die DDR-Bürger immer so atemlos? Weil es seit vierzig Jahren immer nur bergauf geht."

„Apropos bergauf. Bei uns ging es ja angeblich immer und überall nur bergauf und so wurde auch immer irgendwo gebaut. Aber bei euch wurden die Innenstädte modernisiert, wir haben gleich Nägel mit Köpfen gemacht und rekonstruiert", meldete sich Sabine zurück.

„Besser gesagt wurden ganze Straßenzüge weggerissen, um für Plattenbauten Platz zu machen", brummelte Steffen.

Kerstin erinnerte sich genau an die Rekonstruktion ihrer Heimatstadt. „Und die rausgerissenen Kopfsteinpflaster haben wir gegen Devisen in den Westen verkauft. Ich habe es damals nicht verstehen können und nur gedacht, dass die einfach allen Schrott nehmen."

„Bei Schrott fallen mir doch glatt die Weihnachtspakete ein, die wir jedes Jahr aus dem Osten kriegten – Stollen, der spätestens Ostern schimmelte, weil ihn niemand wollte, Nussknacker und Räuchermännchen aus dem Erzgebirge", amüsierte sich Doro.

Kerstin musste ihr recht geben. „Wir haben auch andauernd solche Sachen geschickt. Ich hab mich als Kind schrecklich gewundert, was das wohl für Leute sind, die so komische Sachen wollen. Aber der Kakao aus unseren Westpaketen stand auch jahrelang rum, bis meine Oma sich mal erbarmt hat, einen Kuchen mit Schokoladenglasur zu backen."

„Tja, manchmal bekommt man etwas, was man gar nicht will. Ich befürchte ja, wir kriegen demnächst jede Menge Apostrophe aus dem Osten", flachste Astrid.

„Du meinst die kleinen Dinger zwischen Wort und Endung?" Doro war nicht ganz so bewandert wie die Expertinnen in der Runde und sah Astrid fragend an.

„Exakt. Diese völlig überflüssigen hoch gesetzten Kommata beim Genitiv. Bei euch hier wimmelt es an jeder Ecke nur so vor Ralf's oder Martina's Imbissständen. Warum sagt denen keiner, dass der Genitiv im Deutschen nur durch ein angehängtes s gebildet wird. Demnächst wird es Fitne's für Ladie's heißen. Mir tut so was weh."

Auch Sabine fand diese neue Sprachmarotte ärgerlich und peinlich, konterte aber geschickt mit Auswüchsen des neudeutschen Dinglisch, die ja eher von West aus nach Osten vorstießen.

Steffen dagegen stand Sprachproblemen gleichgültig gegenüber. Das Gespräch begann ihn zu langweilen. „Warum regt ihr euch eigentlich so auf? Was heute modern ist, sagt oder schreibt doch morgen kein Mensch mehr. Erinnert ihr euch noch, wie bei uns alles urst war?"

„Urst?", riefen Doro und Astrid wie aus einem Mund und ein überdimensionales Fragezeichen stand ihnen ins Gesicht geschrieben.

„Jugendsprache Anfang der Achtziger. Hieß ‚sehr' oder ‚toll'. Eine Party war urst, wir hatten urstes Glück …"

„…wenn wir eine Büchse Eberswalder Würstchen im Konsum bekamen", vollendete Steffen Sabines Satz.

Astrid verwendete das neue Wort sofort: „Es war ein urst netter Abend. Ich hatte ursten Spaß und bin jetzt urst müde. Kommt urst bald wieder."

Der Rotwein hatte seine Wirkung auf sie offensichtlich nicht verfehlt und inspiriert, ja regelrecht verknallt in dieses für sie ungewohnte Wort, dachte sie sich immer neue Kombinationen aus.

Zeitreisen

Kerstin liebt ihr eigenes Zimmer. Na gut, die Kleiderschränke der Eltern stehen drin und sie muss immer durchs elterliche

Wohnschlafzimmer, selbst wenn sie aufs Klo muss. Aber trotzdem: Ein Stück Privatheit. Der rosa Flokati ist zwar längst aus der Mode, aber das war mal ein Weihnachtsgeschenk von ihren Eltern. Den kann sie schlecht rauswerfen, selbst wenn die Farbe sich mit den neuen Möbeln beißt, die sie sich damals von ihrem Jugendweihegeld gekauft hat: Zwei weiße Stühle und ein knallroter Tisch ganz aus Plaste, superschick. Und Kissen mit handgewebten Überzügen hat sie sich auch noch dazu leisten können. Die karierte Liege verwandelt sie jeden Abend in ein Bett. Laken drauf, Kissen, Decke. Fertig. Die akribische Prozedur, mit der die Eltern Schicht um Schicht auf ihrer Dreivariantencouch im Nebenzimmer aufbauen, findet sie affig. Helfen muss sie trotzdem manchmal. Kein Fältchen darf sich bilden. Nicht das kleinste. Sie sollte sich nicht beschweren, denn die Eltern haben ihr schließlich ihr Schlafzimmer geopfert. Nur damit Kerstin in Ruhe Hausaufgaben machen und allein in einem Zimmer schlafen kann. Sie hat großzügige Eltern.

Kerstin hat ihr Tagebuch mit ins Bett genommen. Ein kleines, in braunes Kunstleder gebundenes Buch mit Goldprägung und einem Schloss mit winzigem Schlüssel, den sie im linken Schreibtischfach unter dem Briefpapier versteckt. Im Bett schreibt es sich am gemütlichsten. Allerdings ist sie heute noch nicht dazu gekommen, stattdessen hat sie sich festgelesen.

Was für ein Jahr! Früher war ihr Leben doch immer so einfach gewesen. Plötzlich ist gar nichts mehr einfach und dabei weiß sie überhaupt nicht, wann das alles angefangen hat. Wann ihr Leben begonnen hat, derart kompliziert zu sein. Sie seufzt. Ihr ganzes Leben scheint aus einer langen Reihe von Seufzern zu bestehen. *Seufzer über Eisbechern mit Mischobst.* Das wäre die geniale Überschrift für die Aufzeichnungen aus dem letzten Jahr. Alles, einfach alles wäre damit gesagt. Alles Leid und alle Freude ihres Lebens in fünf Worten. Fast so genial wie bei den jungen Poeten jeden Samstag in der *Jungen Welt.* Jetzt blättert sie noch ein paar Seiten zurück.

28. August

Nun ist Silke endlich zurück. Die drei Wochen ohne sie waren endlos. Am liebsten wäre ich natürlich mit ins Ferienlager gefahren, hätte auch gern als Küchenhilfe gearbeitet. Jetzt hat Silke mir eine Menge voraus: selbst verdientes Geld und sie kann in Gespräche ganz nebenbei den Satz einflechten: „In den Sommerferien – da habe ich gearbeitet“. Klingt ziemlich erwachsen, finde ich. Und das alles nur, weil ihre Mutter die richtigen Beziehungen hat und ihr diesen Job besorgt hat. Und dann gibt es da noch etwas: Silke hat mit Uwe getanzt, richtig eng, nach *Sailing.* Die Melodie geht auch mir nicht mehr aus dem Kopf. Ich muss mir andauernd alles Mögliche vorstellen: Wie ihr Kopf ganz langsam auf Uwes Schulter sinkt. Was sie dabei fühlt, wie er riecht. Nach Weichspüler vermutlich sein Hemd. Und dann haben die beiden sich draußen im Dunkeln geküsst! Wie schön, dass sie mir alles erzählt hat, dass sie so viel Vertrauen hat. Schließlich bringt es uns als Freundinnen noch viel näher, wenn wir jetzt dieses Geheimnis teilen.

Kerstin hat sich damals große Mühe gegeben, sich mit Silke zu freuen, wie sich das eben für eine richtige Freundin gehört. Sie wollte doch um Himmels willen nicht so eine neidische und missgünstige Ziege sein.

Sie schlägt eine andere Seite auf:

15. Oktober

Samstagabend. Und ich habe den ganzen Abend mit meinen Eltern hier gehockt. Familienprogramm. Im Fernsehen lief *Ein Kessel Buntes.* Erdnussflips und eine Flasche Wein konnten den Abend auch nicht retten. Jetzt könnte ich mit Silke in der Klubhausdisco sein. Wir würden tanzen und über die anderen lästern. Die ganze Woche habe ich mich auf den Abend mit Silke gefreut. Sie wollte bei mir schlafen und am Sonntag wollten wir in die neue Soft-Eis-Bar am Markt. Aber kaum hat Uwe am Samstagnachmittag bei ihr angerufen, waren alle diese Pläne vergessen.

Ich bin so enttäuscht von ihr. Warum ist ihr unsere Freundschaft nichts mehr wert? Ist ihr dieser Kerl jetzt wichtiger? Dabei erzählt sie mir ständig, dass sie oft gar nicht wissen, worüber sie reden könnten.

Das klingt ja nun schon ziemlich eindeutig nach Frust. Als wäre sie doch eifersüchtig gewesen! War sie einsam damals? Aber sie hatte doch auch viele andere Freundinnen.

9. Dezember

Mit Christiane und Kirsten wollte ich schon immer befreundet sein, seit ich in der Neunten zur Erweiterten Oberschule gewechselt bin. Das heißt am liebsten will ich nur Christiane als Freundin, aber ohne Kirsten geht das nicht, denn die zwei kennen sich schon seit dem Kindergarten. Immerhin verbringen wir jetzt alle Pausen zu dritt und gestern waren wir nach der Schule zusammen Eis essen. Nur an den Wochenenden sind Christiane und Kirsten mit ihren jeweiligen Freunden ein Quartett. Wenn ich dabei sein will, brauche ich einen Freund!

Also hatte sie sich auf die Suche nach einem Freund gemacht. Irgendeinem. Das war dann wider Erwarten auch gar nicht so schwierig gewesen.

5. Februar

Gestern war ich bei Kirsten zum Geburtstag eingeladen. Es war so gemütlich. Und nachher gehe ich mit Michael zu Christiane. Deren Eltern sind weggefahren. Da wollen wir zusammen Spaghetti kochen und für das nächste Wochenende einen Ausflug nach Leipzig zur Kleinmesse planen. Seit ich Michael mitbringen kann, gehöre ich ganz selbstverständlich dazu. Christiane ist toll. Mit ihr kann ich über alles reden. Ich mag sie sehr gern.

Kerstin seufzt schon wieder. Es hätte ewig so weitergehen können. Doch wollte Michael immer mehr mit ihr alleine machen. Sie hatte ihn nur noch loswerden wollen. Der Preis für ihre neue Freiheit war allerdings hoch, denn die Freundschaft zu Christiane und Kirsten war ihr auf der Stelle gekündigt worden.

10. Mai

Unglücklich, niemand versteht mich. Ja, ich habe mit Michael Schluss gemacht. Ich habe ihn offensichtlich nicht richtig geliebt. Eigentlich bin ich froh, dass ich ihn jetzt los bin. Alles könnte so schön sein, aber Kirsten und Christiane sind sauer auf mich. Christiane hat mir schlimme Vorwürfe gemacht. Sie meint, ich hätte doch noch vor einer Woche mit Michael rumgeknutscht. Stimmt schon, aber was hätte ich denn sonst mit ihm anfangen sollen, reden konnten wir ja nix.

Warum nur sprechen meine Freundinnen in der Schule kaum noch mit mir? Und die Radtour am Wochenende machen sie nun zu viert.

So schrecklich der Mai war, im Juni sah alles schon wieder freundlicher aus.

6. Juni

Heute war ich mit Andrea Eis essen. Andrea ist ein Jahr älter, macht nächstes Jahr Abitur. Sie ist so toll und so klug. Ich kenne sie schon von den Mathe-Olympiaden, aber seitdem wir jetzt zusammen in der Mathe-Arbeitsgemeinschaft sind, reden wir viel mehr miteinander. Ich könnte stundenlang mit Andrea reden. Über alles. Wie frage ich sie am besten, ob sie am Wochenende wieder mit mir Eis essen geht? Hoffentlich sagt sie dann zu!

2. August

Seit drei Tagen bin ich im Schulferienlager direkt an der Ostsee. Zum Strand sind es höchstens hundert Meter. Geschlafen wird in Zelten mit je acht Campingliegen. Und Andrea wollte, dass ich auf der Liege neben ihr schlafe! Wir haben die Liegen ganz dicht zusammengeschoben, ohne Zwischenraum, so können wir abends noch ungestört schwatzen. Ich traue mich dann vor dem Einschlafen kaum Luft zu holen. Lieber würde ich ersticken, als laut zu schnaufen. Und immer wieder muss ich schlucken. Schrecklich laut scheint mir das. Was soll Andrea von mir denken!

Heute Nachmittag hatte sie eine Verabredung. Als sie zurückkam, war ihr Rücken zerkratzt vom Schilf und einen Sonnenbrand hatte sie obendrein. Sie lag mit nacktem Oberkörper auf dem Bauch neben mir und alle halbe Stunde habe ich sie mit Panthenolschaum eingerieben. Ihre Haut fühlte sich großartig an – ganz weich und warm, wie Samt – und roch nach Wind und Meer. Und morgen soll ich doch mitkommen in die Eisbar, hat Andrea vor dem Einschlafen gemurmelt, der Pit würde einen Freund mitbringen. Mit Andrea würde ich überall hingehen.

Kerstin seufzt. Ja, mit Andrea würde sie auch jetzt noch überall hingehen, nur ob das auch umgekehrt so wäre, da ist sie sich leider nicht so sicher. Heute nach der Mathe-AG wollte Andrea nicht mal mit ihr Eis essen gehen, sondern gleich zum Bus, und Kerstin hat sich nur ein kleines Softeis zu fünfundfünfzig Pfennigen zum Mitnehmen gekauft.

Blöde Party. Blöder Karneval. Saublöde Karnevalsparty! Doro möchte eigentlich nur weg von hier. Aber das geht leider nicht. Es ist das erste verdammte Mal, dass sie zu einer Party eingeladen worden ist. Allerdings ist es keine von den beliebteren Partys. Natürlich nicht! Und es sind auch keine von den beliebteren Leuten hier. Ihr Gastgeber Günther ist schon im Alltag ziemlich merkwürdig, hat keinen guten Stand in der Klasse. Immer kommt er eine Spur zu dicht an einen ran. Immer ist er ein bisschen zu sehr darum bemüht zu gefallen. Wie albern der jetzt schon wieder rumhüpft. Selbst wenn man bedenkt, dass gerade Karneval ist. Als Haremsdame geht der! Mit wenig mehr bekleidet als Tüll und Schleiern. Bauchfrei. Mit einem großen Glitzerstein im Bauchnabel. Doro überlegt schon die ganze Zeit, womit der wohl festgemacht ist. Mit Uhu? Aber wie kriegt man das denn wieder aus dem Nabel rausgepult? Hoffentlich hat der das Ding nicht mit Kaugummi festgeklebt! Eklig!

Jetzt zwinkert er ihr auch noch affektiert zu. Hilfe! Sie muss lachen und wendet schnell den Kopf zur Seite. Dabei fällt ihr Blick auf ein Mädchen, das lässig an der Balkontür lehnt. Ziemlich unoriginell als Cowboy verkleidet. Aber trotzdem sieht sie besser aus als alle anderen hier im Raum. Doro schließt sich selbst auch mit ein. Sie gefällt sich nicht besonders gut in ihrem Kostüm, eigentlich ist es ja nicht mal ein richtiges. Sie trägt einen schon etwas abgeschabten hellbraunen Cordanzug, den ihr Vater ausrangiert hat, dazu ein weiß-blau kariertes Hemd und eine abgelegte, orange und grün gestreifte Krawatte. Den alten, ebenfalls vom Vater erbettelten Pepitahut muss sie immer wieder in den Nacken schieben, da er ihr ein Stück zu groß ist und ständig über die Augen zu rutschen droht.

Das Cowboy-Mädchen lächelt Doro an, dann, nach einem schnellen Seitenblick auf Günther, verdreht sie die Augen und grinst noch breiter. Doro kann den Blick kaum abwenden, aber da steht Günther schon vor ihr. Er packt sie am Handgelenk und versucht, sie in die Mitte des Zimmers zum Tanzen zu ziehen. Doro befreit sich hastig aus seinem Griff und schüttelt vehement den Kopf. Nein. Nein, sie will das jetzt nicht. Sie tanzt überhaupt nicht gern, findet sich ungeschickt, viel zu steif. Und die Musik, die gerade läuft, ist sowieso das Allerletzte. *Es war einmal ein treuer Husar.* Wie peinlich! Das ist ja fast noch peinlicher als die ganze Tanzerei selbst.

Dass sie den verhassten Tanzkurs schon vor dem Mittelball geschmissen hat, hat sie den Eltern noch gar nicht gebeichtet. Die Mutter findet es so wichtig, dass ein junges Mädchen tanzen kann. Und ein wenig Etikette lernt. Das schadet nie. Doros leise Proteste sind völlig übergangen worden. Aber sie hat sich einfach zu schrecklich gefühlt, dort in der Tanzstunde. Immer zu warten, dass man aufgefordert wird. Und dann die Verlegenheit, wenn man sitzen bleibt. Obwohl sie nicht genau weiß, was sie schlimmer findet. Nicht genommen zu werden oder tanzen zu müssen. Einen dieser stolpernden, pickligen, verschwitzten Jungs so dicht an sich heranlassen zu müssen, seine heißen feuchten Finger zu berühren.

Ein letztes entschiedenes „Nein" an Günther und Doro flüchtet sich aufs Klo. Aufatmend lässt sie sich auf den mit rosafarbenem Frottee überzogenen Toilettendeckel sinken. Wann kann sie diese grauenhafte Fete mit Anstand verlassen? Wie lange muss sie aushalten, um nicht als zickig abgestempelt zu werden und jede weitere Chance auf andere – bessere! – Einladungen zu verspielen? Durch die Badezimmertür erklingt gedämpftes Humbahumbahumbatätärä. Dem Gejohle und Getrampel nach startet die nächste Polonaise. O mein Gott, geht es wohl noch schlimmer? Sie ist hungrig. Eine Menge Cola und ein paar Salzstangen rumoren in ihrem Bauch. Ob es hier vielleicht auch noch etwas Richtiges zu essen geben wird? Pizza wäre toll. Hawaii-Toast. Oder wenigstens Kartoffelsalat mit Würstchen. Obwohl das ja mehr wie Kindergeburtstag wäre. Aber immerhin besser als gar nichts.

Doro steht auf, tritt vor das Waschbecken und starrt in den Spiegel. Sie wünscht sich weit, weit fort, am besten auf eine einsame Insel, wo es nichts gibt außer ein paar Palmen, einer Menge Sand und einem unendlich weiten Horizont. Die Sonne brennt von einem hitzeweißen Himmel und gerade spülen die Wellen eine große hölzerne Truhe an Land. Eine ganze Schatzkiste voll aufregender, spannender, dicker Bücher. Doro lässt ihre Finger zärtlich über goldgeprägte Lederrücken gleiten, als jemand dumpf an die Tür donnert und ein stimmbrüchiger Quiek-Bass sie auffordert, sich gefälligst zu beeilen. Langsam lässt sie ein wenig Wasser über ihre Hände laufen, fährt sich durch die kurzen dunklen Haare. Dann setzt sie seufzend ihr albernes Hütchen wieder auf und verlässt ihre Zuflucht.

16

Endlich wieder daheim. Dorothea stellte ihre Reisetasche, die außer einem Haufen schmutziger Wäsche nichts Nennenswertes enthielt, gleich ins Bad neben die Waschmaschine. Waschen würde sie später. Zurück im Wohnzimmer öffnete sie erst einmal die beiden Fenster. Es roch unbewohnt, dabei war sie gar nicht so lange fort gewesen. Sie stützte sich auf das Fensterbrett und genoss für einen Moment die milde Luft und die letzten Sonnenstrahlen, die das nach Südwesten liegende Zimmer noch für wenige Augenblicke in warmes Licht tauchen würden. Überraschend und mit aller Macht war es jetzt plötzlich Frühling geworden, nachdem die vergangenen Feiertage überwiegend die nasskalten Seiten des Aprils vorgeführt hatten.

Dorothea war immer noch froh darüber, dass sie das Osterwochenende um einen Urlaubstag verlängert hatte. Die Rückfahrt war mit Sicherheit heute weniger stressig, als sie es gestern gewesen wäre Außerdem hatte das strahlend schöne

Wetter einen guten Teil dazu beigetragen, ihre angeschlagene Laune wieder zu heben. Wann war ein Osterfest das letzte Mal so anstrengend gewesen? Feiertage aus ihrer Kindheit fielen ihr ein, bei denen aus der Eiersuche regelmäßig wie unversehens ein Eiertanz geworden war – aus Empfindlichkeiten, falscher Rücksichtnahme und unterschwelligem Gekränktsein.

Sie verzog das Gesicht, das waren unschöne Parallelen. Aber trotzdem würde sie – würden sie – über alles nachdenken und sprechen müssen. Es war sicher ein Fehler gewesen, dass sie nicht gleich am vergangenen Donnerstagabend oder spätestens am Freitag alle drei miteinander Klartext geredet hatten, dass sie nicht über die ganze unselige Geschichte mit Marion, Astrids merkwürdiges Verhalten und auch das lange Telefonat zwischen Kerstin und Dorothea gesprochen hatten. Doch Kerstin hatte ausgesuchte Leckereien eingekauft und alles arrangiert und dekoriert, Doro hatte den dringenden Wunsch nach einem harmonischen Wochenende beim besten Willen nicht übersehen können. Und von Astrid würde der Anstoß zu einem klärenden Gespräch nie im Leben ausgehen. Die weigerte sich mit beeindruckender Konsequenz, das Vorhandensein eines Problems wahrzunehmen, selbst wenn es derart offensichtlich war. So viel war Dorothea inzwischen klar. Und sie selbst war ja auch ziemlich weichgespült gewesen, hatte sich zu sehr darüber gefreut, ihre beiden Liebsten endlich einmal wieder an einem Ort zu haben.

Doch selbstverständlich waren die Spannungen nicht artig unter dem Teppich geblieben. Immer wieder war es in den vergangenen Tagen vorgekommen, dass eine von ihnen den Eindruck hatte, überflüssig zu sein. Dieses ungute Gefühl von zwei zu eins, das hatten sie vorher einfach noch nie gehabt. Den ganzen verregneten Karfreitag über war es immer wieder aufgeblitzt. Und auch wenn es jeweils nur kurze Augenblicke gewesen waren, hatte Dorothea sich nie für längere Zeit vollkommen entspannt und wohl fühlen können.

So auch am Samstagnachmittag, nach dem Zoobesuch. Das Bachmuseum war eine Ausrede gewesen, eine sehr fadenscheinige noch dazu, das hätte jede gewusst, die Doro besser kannte. Klassische Musik ertrug sie nämlich höchstens in homöopathischen Dosen, war dies doch viel zu lange die einzige Musik gewesen, die ihr Vater in seinem Haushalt geduldet hatte. Nun, so gut kannten Kerstin und Astrid sie wohl doch noch nicht. Oder vielleicht war es ihnen auch völlig egal gewesen, denn dass die beiden es unheimlich eilig hatten, miteinander ins Bett zu kommen, hätte nur in blinkender Leuchtschrift noch deutlicher werden können. Dorothea konnte den kleinen Stich der Kränkung immer noch fühlen. Auch wenn sie die zweieinhalb Stunden, die sie dann alleine in der Stadt verbracht hatte, nicht bereute, wäre es doch schön gewesen, wenigstens gebeten worden zu sein.

Närrin, schalt sie sich selbst noch einmal, wie sie es auch am vergangenen Samstag getan hatte. Sie war doch wahrhaftig erwachsen, selbstbestimmt und vor allem alt genug, um sagen zu können, was sie brauchte. Wie albern und letzten Endes nur verhängnisvoll, von anderen zu erwarten, dass sie hellsichtig erahnen, was sie wollen oder wünschen könnte.

Hungrig, mit schmerzenden Füßen vom Marsch durch den Zoo und dem kleinen, aber triumphalen Gefühl, etwas Unerlaubtes zu tun, hatte sie sich in ein Schnellrestaurant in der Nähe des Leipziger Bahnhofs gesetzt. Zuerst hatte sie einen beeindruckenden Bagel mit Frischkäse, Räucherlachs und einem Haufen Grünzeug drauf gegessen und sich anschließend noch eine heiße Schokolade und einen dieser unglaublich süßen und weichen Cookies genehmigt. Fastfood, für das sie vor Publikum sonst nur Hohn und Spott übrig hatte. Aber manchmal konnte es ihr eine Befriedigung verschaffen, die durch nichts anderes auf der Welt erreicht wurde. Sie hatte sich Zeit gelassen mit dem kleinen Fest ganz für sich allein, war dann anschließend zum Bahnhof gelaufen und eine ganze

Weile durch die Einkaufs-Mall geschlendert. Zum Schluss hatte sie noch die Zutaten für die versprochenen Dips eingekauft und dann die Straßenbahn zurück zu Kerstin genommen.

Astrid und Kerstin hatte noch immer ein Rest Leidenschaft in den geröteten Gesichtern gestanden. Kichernd und herumalbernd kamen sie aus dem Schlafzimmer, während Doro ihre Einkäufe auspackte. Als die beiden bettwarm, nach Sex duftend und mit leicht verlegenem Grinsen vor ihr standen, stieg auch in Dorothea eine nahezu unbändige Lust auf. Hätte sie ihr doch nachgegeben, ganz spontan und ohne zu überlegen, vielleicht wären dann der Abend und das Wochenende ganz anders verlaufen. Aber die Zeit war knapp und noch viel für den Racletteabend nötig gewesen. Hätte, könnte, wäre – die fruchtlose Litanei des Vergeblichen.

Dorothea fröstelte und schloss das Fenster. Schlagartig war es kalt geworden. Mit mechanischen Bewegungen stopfte sie ihre Wäsche in die Waschmaschine und kochte sich anschließend eine Kanne Tee. All ihre Gedanken waren bei vergangenem Samstag, der mit dem Zoobesuch so schön begonnen hatte, dann aber für sie zunehmend unangenehmer geworden war und sich am Ende zu einem ausgewachsenen Fiasko entwickelt hatte. Die Erinnerungen waren so stark und so frisch, dass sie das Gefühl hatte, noch immer mittendrin zu stecken.

„Himmel, nun sieh und hör dir bloß mal Astrid an“, kicherte Kerstin. „Wir hätten ihr schon viel eher die Rotweinflasche wegnehmen sollen. Ich glaube, sie hat urst viel getrunken.“

Beim letzten Satz gackerte Astrid schon wieder laut los. „Das war nur deshalb so urst viel, weil es urst lecker gewesen ist und ich finde, du machst gerade eine urst große Sache daraus.“

Sie nahm noch einen tiefen Schluck, schwankte dabei bedenklich und gähnte dann herzhaft.

Kerstin streckte ihr blitzschnell die Zunge raus und wandte sich dann wieder an Doro, die immer noch dabei war, die Reste der Mahlzeit zu verstauen. „Lass doch jetzt das Aufräumen, Süße, morgen ist auch noch einen Tag. Hilft mir lieber, Astrid ins Bett zu bringen. Ich finde sie gerade reichlich schwer zu bändigen."

Doro schob die letzten beiden Schüsselchen in den Kühlschrank. „Aber nur, wenn du mir versprichst, ihr zuallererst den Mund zuzukleben. Denn beim nächsten *urst* werde ich mit Sicherheit anfangen zu schreien. Bei solchen Albernheiten hat sie die Penetranz einer Fünfjährigen, das ist mir nach dem heutigen Abend einfach zu anstrengend."

Ihr zärtliches Lächeln nahm den Worten ihre Schärfe. Sie hauchte erst Kerstin und dann Astrid einen Kuss auf die Lippen und schob die beiden in Richtung Bad. Während von dort immer wieder Gelächter und ab und zu ein Quietschen zu hören waren, zog sie den großen handgewebten Überwurf von Kerstins Futon, schüttelte die Kissen noch einmal auf und holte die drei Bettdecken aus dem Schrank. Da es zu dritt auf dem Bett ziemlich eng, eigentlich viel zu eng, war, hatte Kerstin wenigstens eine eigene Decke für jede besorgt. Zumal Astrid nämlich nicht nur dazu neigte, diagonal bis quer auf der Matratze zu liegen, sondern sich auch im Laufe der Nacht die gesamte Zudecke und den Großteil der verfügbaren Kopfkissen anzueignen.

Sobald das Bad frei war, schlüpfte Dorothea schnell hinein. Während des Zähneputzens versuchte sie, ihre schmerzenden Schultermuskeln zu lockern. Sie war völlig verkrampft von diesem Abend. Alle offenen und unterschwelligen Spannungen schien sie sich buchstäblich auf die Schultern geladen zu haben. Sie entschied sich rasch, noch einmal zu duschen. Heiß – so heiß, wie es nur ging. Vielleicht würde das helfen.

Und es hatte tatsächlich geholfen. Als sie zurück ins Schlafzimmer kam, fühlte sie sich erheblich gelöster. Sie musste lächeln. Astrid lag am linken Bettrand und schnarchte leise. Kerstin hatte sich von ihr weggedreht und war, auf einen Ellbogen gestützt, im Schein der kleinen Nachttischlampe in ihr Buch vertieft. Es dauerte einen Moment, ehe sie Dorothea wahrnahm. Doch dann glitt ein zärtliches Strahlen über ihr Gesicht und sie klopfte einladend auf den freien Platz neben sich. Dorotheas Herz wurde augenblicklich ganz weit vor Liebe, vor Begehren und Sehnsucht nach dieser wunderbaren Frau.

Nach einem kurzen zögernden Blick auf die schlafende Astrid zog sie sich kühn ihr Schlafshirt über den Kopf. Kerstin schien ihre Lektüre bei diesem Anblick auf der Stelle egal zu sein und der entschlossene Ruck, mit dem sie ohne hinzusehen ihr Buch aus dem Bett schubste, ließ den letzten Rest von Dorotheas Unsicherheit schwinden. Sie schlüpfte neben Kerstin, die nun ihrerseits hastig dabei war, sich aus ihrem Schlafanzug zu schälen. Er flog dem Buch hinterher und Dorothea schmiegte sich der Länge nach an Kerstin, begierig, so viel Haut wie nur möglich spüren zu können. Augenblicklich wurde aus ihrem Begehren heftige Erregung, sie war hungrig, gierig, im Gegensatz zu den beiden anderen war sie ja heute zu kurz gekommen. Dieser Meinung war wohl auch Kerstin, denn sie drehte Doro mit Nachdruck auf den Rücken, hielt ihre Handgelenke über dem Kopf mit einer Hand fest und griff mit der anderen ohne weitere Vorwarnung direkt ins Zentrum von Dorotheas Lust. Die reagierte mit einem erregten lauten Stöhnen und vermutlich war es dieses Geräusch, das Astrid aus ihrem Schlummer weckte.

Anfangs bekam Doro gar nicht mit, warum Kerstin ihre Hand plötzlich nicht mehr bewegte, glaubte, die Geliebte würde ihr spielerisch einen allzu schnellen Höhepunkt verweigern wollen. Erst als Kerstin einen leisen protestierenden Schmerzenslaut von sich gab, öffnete sie die Augen und sah, was los war. Zitternd und weiß vor Wut hielt Astrid Kerstins Unterarm mit eisernem Griff umklammert und zischte:

„Was zum Teufel tut ihr denn da?“

Dorothea spürte, wie Kerstin die Finger aus ihrem Schoß zog, und konnte einen enttäuschten kleinen Seufzer nicht unterdrücken, wodurch Astrids Zorn noch weiter hochkochte. Kerstin befreite ihren Arm aus dem Klammergriff, setzte sich auf und versuchte, Astrid zu beruhigen. Doch die ließ keinerlei Beschwichtigungsversuche zu und Kerstin auch gar nicht erst zu Wort kommen.

„Ihr seid so unfair, so gemein, so … so hinterfotzig. Habt wohl nur drauf gelauert, dass ich endlich einschlafe, damit ihr rummachen könnt!“, stieß sie hervor. „Warum habt ihr mich nicht gefragt? Vielleicht hätte ich ja sogar mitmachen wollen! Das wolltet ihr gar nicht, stimmt's? Doch das ist gegen jede Verabredung, gegen alle Regeln. Aber klar, ihr versucht ja immer, mich auszuschließen! Eure ständige scheinheilige Einigkeit und dieses blöde DDR- und Ost-Westgeschwafel andauernd dienen ja auch nur dazu, mich außen vor zu halten. Deine …“, ihr Zeigefinger stach in Doros Richtung, „deine Ostvergangenheit ist doch genauso existent wie meine, nämlich gar nicht! Und überhaupt …“, damit wischte sie jeden möglichen Einwand beiseite, „spart euch jetzt bitte eure Ausflüchte. Es ist verdammt spät, ich bin hundemüde und würde gern einfach nur in Ruhe schlafen, wenn's den Damen recht ist.“

Sie warf sich auf die Seite, rollte sich zusammen und war, konnte man ihren ruhigen, regelmäßigen Atemzügen Glauben schenken, binnen weniger Minuten wieder eingeschlafen.

Dorothea und Kerstin lagen zunächst wie erstarrt, wagten erst nach einer Weile, sich zu bewegen. Und auch dann trauten sie sich nur ein geflüstertes Gute Nacht, bevor Doro das Licht ausmachte und sie beide bis zum Morgengrauen schlaflos nebeneinander lagen.

Irritierenderweise präsentierte sich Astrid am folgenden Morgen wieder als der übliche Sonnenschein. Während sich die anderen zwei mit verquollenen Gesichtern aus dem Bett und ins Bad quälten, war sie fröhlich und falsch vor sich hin singend daran gegangen, Kaffee und Tee zu kochen und den Frühstückstisch fantasievoll festlich zu decken. Die Accessoires dafür hatten vermutlich gut die Hälfte ihres geräumigen Reisesacks gefüllt. Unzählige neonleuchtende Plüschhäschen, deren Farben sich aufs Abscheulichste mit den immensen Mengen dunkelgrünen Ostergrases und den darin putzig arrangierten Pastellküken bissen, schockierten die übermüdeten Augen von Dorothea, die als Erste mit Zähneputzen fertig geworden war. Darüber hinaus hatte Astrid massenhaft hart gekochte bunte Eier versteckt. An den Platz jeder ihrer Liebsten hatte sie ein liebevoll verziertes Päckchen gelegt und wartete nun schon gespannt darauf, dass sie endlich geöffnet wurden.

Nachdem sich auch Kerstin zu ihnen gesetzt hatte, wickelten Dorothea und sie die Geschenke aus. Jede bekam eine winzige Drehorgel, die nach Betätigen der Miniaturkurbel blechern klingende Töne von sich gaben. Bei Kerstin ließ sich mit einiger Mühe *Auferstanden aus Ruinen* erkennen, Dorotheas Kästchen gab eine verzerrte Version von *Wacht auf, Verdammte dieser Erde* zum Besten. Böswillig hätte man sagen können, dass Astrids skurriler Sinn für Humor lediglich von ihrer politischen Naivität übertroffen wurde, aber ein kurzer Blick in ihr strahlendes Gesicht strafte solche Unterstellungen sogleich Lügen.

„Habe ich in Berlin am Alex gefunden. In dem schrägen Souvenirshop unterm Fernsehturm. Ich finde, das sind die perfekten Reminiszenzen an euer beider Vergangenheit, oder?“

Ihr Lächeln war ansteckend, obwohl Kerstin, als Astrid einmal nicht hinsah, zu Doro gewandt heimlich die Augen rollte.

Schon bald nach dem üppigen Osterfrühstück verabschiedete sich Astrid und machte sich auf den Weg zum Bahnhof.

Sie wollte unbedingt zurück nach Oldenburg, daran hatte sie bereits bei der Planung dieser Feiertage keinen Zweifel gelassen. Auf gar keinen Fall konnte sie den Brunch verpassen, den Jutta und Carmen traditionell am Ostermontag für alle Freundinnen in ihrem Bistro veranstalteten.

Doro und Kerstin brachten viel Zeit des restlichen Sonntags und fast den gesamten Montag damit zu, sich den Kopf zu zerbrechen über Astrids nächtlichen Ausfall. Wieder und wieder gingen sie die Situation durch, versuchten zu verstehen. Hatte sie vielleicht recht gehabt? Waren ihre Empörung, ihre Vorwürfe bergründet? Doch das Unbehagen ließ sich nicht abstellen. War es denn am Samstagnachmittag nicht genau das Gleiche gewesen? Da hatte auch keine der beiden anderen Doro gefragt. Oder hätte sie einfach nur selbstverantwortlich ihre Wünsche äußern müssen? So wie Astrid das doch unmissverständlich tat. Andererseits aber hatte deren Verhalten schon wie Eifersucht gewirkt. So sehr sie es auch hin- und herwälzten, es gab einfach keine zufriedenstellende Erklärung.

Doch zum Glück bestanden die beiden Tage nicht nur aus Grübeleien und Aufarbeitungsversuchen. Das so rüde unterbrochene Spiel des Samstagabends fand etliche lustvolle Fortsetzungen, bei denen sie mehr als einmal …

Das Läuten ihres Telefons riss Dorothea aus den angenehmen Gedanken.

„Marion! Wie schön dich zu hören! Ich hatte auch noch vor, dich anzurufen, aber gerade …“

\- - -

„Ja, es war toll. Und anstrengend. Lange Geschichte. Wie geht's bei euch? Redet ihr wieder?“

\- - -

„Das ist doch immerhin ein Anfang, oder? Ich freu mich für dich, ehrlich! Aber sag mal, sollen wir uns nicht …“

\- - -

„Genau, das wollte ich eben auch vorschlagen. Wir treffen uns da in einer Dreiviertelstunde, okay?“

- - -

„Gut, bis dann, Süße, ciao.“

Ja, das war jetzt genau das Richtige. Gemütlich Bier trinken im *Walfisch* und schwatzen. Sie war so froh, dass es mit Marion wieder einigermaßen gut lief nach der Thai-Katastrophe. Wenn sie auch manchmal nerven mochte, sie war einfach ein unverzichtbarer Teil in Dorotheas Leben.

Zeitreise

Erschöpft richtet Dorothea sich auf, wischt mit dem feuchten Handrücken eine Haarsträhne aus dem Gesicht und stemmt dann beide Hände ins schmerzende Kreuz. Diese schrecklichen Krankenhausflure sind wirklich elend lang. Hundemüde ist sie. Dass am Morgen um 4.15 Uhr der Wecker klingelt, daran kann sie sich beim besten Willen nicht gewöhnen. Und das in den Ferien! Mit einem Seufzer bückt sie sich, taucht erneut den grauen Scheuerlappen in das seifige Wasser und nimmt das nächste Stück des abgetretenen Linoleumbodens in Angriff.

Eigentlich ist sie sehr froh über diesen Ferienjob. Fünf Mark in der Stunde, am Ende wird sie so reich sein wie nie zuvor in ihrem Leben. Obwohl sie sich die Zeit mit Marion teilen muss. Dass jetzt im wöchentlichen Wechsel Marion und Doro um halb sechs zur Arbeit erscheinen, ist bisher noch niemandem aufgefallen. Die anderen Frauen ihrer Schicht, meist müde, überarbeitete Hausfrauen mit einem Stall voller Kinder, die wenigsten von ihnen sprechen mehr als nur ein paar Brocken Deutsch, sind viel zu sehr mit ihren eigenen Sorgen und Problemen beschäftigt. Wenn überhaupt je eine gemerkt hat, dass da immer mal ein anderes Mädchen auftaucht, ist es ihr vermutlich vollkommen egal.

Mechanisch putzt sie Stück für Stück vor sich hin. Diesen

Flur bis zum Ende, anschließend noch die im vierten und fünften Stockwerk. Sie schaut auf die Uhr, die über der Glasfront des Schwesternzimmers hängt. Wenn sie ein bisschen Tempo macht, müsste sie bis um elf fertig sein. Trotz der frühen Stunde ist es schon wieder richtig heiß. Ideales Wetter für den Baggersee. Vielleicht kommt Marion auch.

Marion. Doro hält einen kurzen Moment inne mit dem Wischen. Mit Marion, das ist schon irgendwie komisch. Sie geht in die Parallelklasse, hat Französisch als zweite Fremdsprache und nicht Latein wie Doro. Sie haben nur den Sportunterricht zusammen. Eigentlich mag Doro Marion, findet sie insgeheim richtig toll, seit sie beide auf dieser schrecklichen Karnevalsparty bei Günther gewesen sind. Und sie ist sich auch fast sicher, dass Marion sie ebenfalls mag. Aber sie schleichen meistens verlegen umeinander wie fremdelnde Kinder. Ganz besonders schlimm ist es, wenn sie miteinander allein sind. Was allerdings so gut wie nie der Fall ist, eigentlich ist immer die ganze Clique dabei. Die vom Literaturzirkel.

Von dem Augenblick an, in dem Doro erfahren hat, dass es diesen Klub gibt, hat sie eine Menge darangesetzt, um aufgenommen zu werden. Das ist alles andere als einfach gewesen und hätte sich nicht Marion zu ihrer Fürsprecherin gemacht, Doro würde vermutlich heute noch auf eine Einladung warten. Aber dann hat es auf wundersame Weise geklappt und seitdem ist Doro immer bei den Treffen dabei, die jeden Dienstag- und Donnerstagnachmittag stattfinden.

Eine großartige Sache ist er, dieser Literaturzirkel. Alles selbst organisiert und sie treffen sich in einer Dachkammer der Abtei, die mitten in der Stadt auf einem Hügel liegt. Einer der Patres unterrichtet Religion an ihrer Schule und hat ihnen den Raum vermittelt. Er lässt sie nur rein und bringt sie am Ende ihrer Zusammenkunft wieder zur Pforte, ansonsten mischt er sich überhaupt nicht ein. Vor allem nicht in das, was sie lesen. In der letzten Zeit ist es hauptsächlich fantastische Literatur gewesen. Poe, Blackwood, Lovecraft. Vor einigen Wochen hat Klaus, so etwas wie der heimliche Meinungsführer ihres Klubs, dann aus England eine in rotes Leder gebundene Ausgabe von Tolkiens *Lord Of The Rings* mitgebracht. Auf Englisch natürlich. Tapfer haben sie sich ans Lesen gemacht, aber den meisten ist der Text einfach zu schwer. Doro gehört auch dazu. Vor Kurzem ist die erste deutsche Ausgabe erschienen. Drei Bände, in einem quietschgrünen Pappschuber. Kostet allerdings 49,95 DM. Und ist ein wesentlicher Grund für diesen Ferienjob. Dorothea will die Bücher unbedingt haben. Überhaupt ist der Literaturzirkel eine kostspielige Angelegenheit. Aber Geld für Bücher hat sie noch nie gereut.

Schaudernd denkt sie zurück an die Zeit vor dem Umzug. Schrecklich, ganz furchtbar ist es damals gewesen. Es hat nur die Bücherei in der Kreisstadt gegeben. Einmal in der Woche, freitags, wenn ihre Mutter den Wocheneinkauf erledigen musste, hat sie Doro während dieser Zeit in der Bibliothek abgesetzt. Dort hat sie sich dann Bücher ausleihen können. Aber – man stelle sich diese Grausamkeit vor – es gab die Vorschrift, dass für eine Woche nicht mehr als fünf Bücher ausgeliehen werden durften. Fünf Bücher! Die hatte Doro doch spätestens am Sonntagabend ausgelesen. Mit den gestrengen Bibliothekarinnen war nicht zu verhandeln gewesen. Darüber hinaus war es Doro nur erlaubt gewesen, aus der Kinder- und Jugendecke auszuleihen. Immer wieder hat sie versucht, an die Wälzer aus der Erwachsenenabteilung zu kommen. Doch die Gralshüterinnen an der Ausleihtheke waren unerbittlich. Also nur Johanna Spyri, Lise Gast, Enid Blyton für die arme kleine Doro. Hanni und Nanni rauf und runter.

Nun, diese schrecklichen Zeiten sind glücklicherweise vorbei. Und niemand mehr redet Doro rein, bei dem, was sie liest. Und mit wem sie das tut. Die sind wirklich alle schwer in Ordnung, die aus dem Lesezirkel. Vermutlich würde sie auch hingehen, wenn Marion nicht mit dabei wäre. Ach, Marion …

17

Dieses Beziehungsgeflecht entwickelte sich immer stärker zu einer logistischen Herausforderung. Astrid war gestern Mittag nach getaner Recherchearbeit in Bruchsal die kurze Strecke zu Doro nach Heidelberg gefahren. Kerstin war dann am Abend mit dem ICE über Frankfurt aus Leipzig gekommen, nur damit sie alle drei nun gleich nach Sonnenaufgang und dementsprechend noch etwas verknittert und frierend auf dem Heidelberger Bahnhof herumstehen konnten. Aus den Lautsprechern dröhnte Unverständliches. Die Digitalanzeige erklärte: Ihr IC nach München würde mindestens fünfzehn Minuten Verspätung haben.

„Na, das passt doch prima. Dann kann ich mir ja noch schnell meinen Kaffee bei McDonald's holen", freute sich Astrid.

„Ich finde, du solltest lieber hier bleiben. Man kann sich bei der Bahn doch nicht mal mehr auf die Verspätungen verlassen." Doro wirkte gereizt. Kein Wunder, sie haderte bereits jetzt damit, dass sie diesen Kurztrip nicht mit Emma unternehmen konnten. Aber die hatte leider ein neues Gebrechen entwickelt, Probleme mit einem tropfenden Kühler. Weder Astrid noch Kerstin hatten sich getraut, genau nachzufragen. Es klang ernst und eins von Kerstins früheren Autos war an Kühlerinkontinenz gestorben. Es sah ohnehin ganz danach aus, als würde Emma auf Dauer keine Langstrecken mehr bewältigen können.

„Auf Gleis 7 fährt jetzt ein der als verspätet gemeldete IC aus Dortmund zur Weiterfahrt nach München über Stuttgart, Ulm, Augsburg. Bitte Vorsicht bei der Einfahrt des Zuges."

„Siehste! Triumphierend sah Doro Astrid an. „Du wärst nicht mal bis in die Halle gekommen. Vermutlich hätten wir deinetwegen sogar den Zug verpasst."

„Schon okay, Liebes, reg dich wieder ab." Beruhigend legte Kerstin ihre Hand auf Doros Schulter. Sie war eher amüsiert über deren untypische Nörgeleien, aber hatte nicht jede von ihnen ihre ganz eigenen Empfindlichkeiten? An Astrid perlte mal wieder alles ab wie Wassertropfen von einer Igelit-Tischdecke, ihre Laune war strahlend und schien durch nichts getrübt werden zu können.

Der Zug war nur leidlich voll, auf Anhieb fanden sie freie Plätze an einem Tisch. Jetzt konnte die Reise richtig losgehen. Ein Wochenende in München lag vor ihnen. Kerstin kannte die Stadt kaum, war bisher nur zwei Mal in ihrem Leben dort gewesen und hatte nie viel Zeit für Sightseeing gehabt. Aber mehr noch als auf die Stadt war sie auf Doros Freundin gespannt, die in einer Lesben-WG mitten im Zentrum lebte. Doro kannte die Münchnerinnen von den bundesweiten Frauenhaustreffen, es waren vermutlich ebensolche Urgesteine der Bewegung wie sie selbst.

Vom WG-Leben hatte Kerstin nur wenig konkrete Vorstellungen. Offiziell hatte es in der DDR kaum WGs gegeben, Wohnungen wurden schließlich nach staatlichen Vorgaben verteilt. Für sie war eine Wohngemeinschaft so etwas Ähnliches wie eine Kommune und bei diesem Wort schwang in ihrer Fantasie eine ganze Menge ziemlich unreflektierter revolutionärer Romantik mit. Ob die Realität ihren Vorstellungen standhalten würde? Wie könnte es wohl funktionieren, das Zusammenleben von ganz unterschiedlichen Frauen in einer Wohnung? Kerstin konnte es sich nur sehr schwer vorstellen, denn sie brauchte oft die Möglichkeit des Rückzugs in ihre eigenen vier Wände so sehr, dass es ihr bisher jedes Mal vor lauter Angst Bauchkrämpfe verursacht hatte, wenn eine mit ihr hatte zusammenziehen wollen. Andererseits wollte sie nun – Premiere in ihrem Leben – ihre beiden Liebsten nur allzu gern näher bei sich haben und Zug gefahren war sie in den letzten Monaten eigentlich genug für den Rest ihres Lebens. Vielleicht müsste es ja für den Anfang nicht unbedingt gleich eine gemeinsame Wohnung sein.

Auf jeden Fall war Kerstin sehr neugierig auf die Münchner Wohngemeinschaft. Vielleicht machte sie sich ja auch völlig falsche Vorstellungen. Sie holte ihre blaue Trinkflasche aus dem Rucksack.

„Kaltes Leitungswasser zum Frühstück?" Astrid verzog angewidert das Gesicht. „Ich hol mir jetzt lieber einen Kaffee-Latte aus dem Zugbistro, soll ich euch was mitbringen?"

Doro schüttelte vehement den Kopf. Kerstin sah ihr an, dass sie Astrid nur ungern weggehen lassen wollte. Doro konnte unterschwellige Spannungen sehr schlecht aushalten, sie wollte endlich reden. Kerstin dagegen scheute jede Art von Konflikten. Sie würde sich am liebsten vor der anstehenden Auseinandersetzung drücken, dabei schwante ihr jedoch selbst, dass das auf Dauer nicht gut gehen könnte. Falls Astrid bereits ahnen sollte, dass ein ausführlicheres Gespräch anstand, bei dem sie in der einen oder anderen Sache endlich einmal Farbe bekennen musste, versuchte sie offensichtlich, alles zu tun, um es zu verhindern. Gestern schon hatte sie all ihre Verführungskünste eingesetzt und binnen weniger Augenblicke Kerstin und Doro davon überzeugt, dass das Bett der einzige Ort der Wohnung war, der für die Abendgestaltung in Frage kam. Und zum Glück hatte es auch keine solche Katastrophe gegeben wie Ostern. Aber nach der langen anstrengenden Woche waren alle drei sich einig gewesen, es beim Küssen und Streicheln zu belassen.

Astrid sah Doro fragend an, aber als diese weiterhin schwieg, interpretierte sie das Kopfschütteln, dass sie keinen Kaffee mitgebracht haben wollte. Sie blickte zu Kerstin, aber die hielt nur demonstrativ ihre Wasserflasche in die Höhe.

„Okay, dann eben nicht. Ich geh jetzt mal."

Astrid hatte noch nicht ganz den nächsten Wagen erreicht, als es aus den Lautsprechern schallte:

„Werte Reisende! Aufgrund einer Störung in der Elektronik kann das Bordrestaurant heute leider nicht betrieben werden. Die Störung kann bis zum Ende unserer Fahrt bedauerlicherweise nicht behoben werden. Wir danken Ihnen für Ihr Verständnis."

Vor Zorn schnaufend kam Astrid zurück und ließ sich geräuschvoll in den Sitz fallen. „Pah, da gibt's wirklich nichts zu danken, ich habe nämlich rein gar kein Verständnis."

Doro verdrehte ebenfalls theatralisch die Augen und seufzte gespielt mitleidig: „Du arme Arme", wurde dann aber rasch wieder ernst. „Ich glaube, es ist höchste Zeit, dass wir Drei mal ein paar Dinge bereden. Wenn wir so weitermachen wie bisher, dann werden wir uns bald anschweigen müssen, um nicht aus Versehen auf ein Minenfeld zu geraten."

Kerstin blieb vor Schreck fast die Luft weg. Doro redete derart Klartext, dass sie fürchtete, die Situation könnte blitzschnell zu einer heftigen Auseinandersetzung führen. Sie hasste es, sich zu streiten, wollte Astrid lieber ganz vorsichtig beibringen, was sie mit Doro schon in unzähligen Gesprächen vor- und zurückbuchstabiert hatte. Vielleicht waren es ja alles nur Missverständnisse gewesen?

Astrid sah Doro irritiert an: „Minenfeld? Wovon zum Teufel sprichst du, mein Engel? Ich kann dir beim allerbesten Willen nicht folgen."

„Das kann ich dir nicht mal verübeln, denn bisher hast du dich ja geschickt vor allen Beziehungsgesprächen gedrückt und irgendwann haben wir eben aufgegeben und dich lieber verschont. Also haben Kerstin und ich allein miteinander geredet."

Doro hätte keinen ungeschickteren Gesprächseinstieg wählen können. Kerstin hatte sich aus tiefstem Herzen gewünscht, einen Anfang zu finden, der Astrid gelassen und gesprächsbereit machen würde. Aber nun war das Gegenteil eingetreten. Astrid war zutiefst beleidigt und dabei war es noch gar nicht richtig losgegangen.

Sie fuhr in die Höhe: „Ach, habt ihr wieder mal hinter meinem Rücken geredet? Na, das sieht euch ja ähnlich! Warum wundere ich mich eigentlich gar nicht über euren Vertrauensbruch? Ich kann euch sagen, warum: Weil es nicht das erste Mal ist. Ihr könnt nämlich absolut nicht mit einer Mehrfachbeziehung umgehen. Das ist es", fauchte sie giftig.

Kerstin verstand die Welt nicht mehr. Astrid spielte den Ball quasi noch vor dem Anpfiff zurück und dann auch noch mit einem bösen Foul, drehte also wieder den Spieß um und behauptete, Kerstin und Doro wären im Unrecht. Stimmte das vielleicht? Ratlos sah Kerstin zu Doro. Die ließ sich allerdings dieses Mal nicht so leicht verunsichern.

„Wenn du unter Mehrfachbeziehung verstehst, dass nur geredet werden darf, wenn alle dabei sind, und wenn Sex nur erlaubt ist, wenn alle gleichermaßen Lust darauf haben, dann verstehe ich tatsächlich nichts davon. Aber eins will ich dir sagen: Eine solche Beziehung will ich auch gar nicht haben, weil darin so gut wie nie geredet wird und es eine Frage ist, ob es überhaupt jemals Sex gibt."

Kerstin bewunderte Doros Mut. Sie hatte in kurze Sätze verpackt, was sie in ihren endlosen Grübeleien und Gesprächen mit Doro nicht hatte formulieren können.

Astrid war blass geworden. „Du hast es zwar nicht direkt gesagt, aber für mich klingt das, als ob ihr mich am liebsten loswerden wollt. Möchten die Ladys lieber eine traute Zweierkiste? Ist es das, was ihr im Grunde ersehnt?"

Doro und Kerstin beeilten sich gleichermaßen zu verneinen. Jede von ihnen hatte instinktiv Körperkontakt mit Astrid gesucht. Doro griff über den Tisch nach Astrids Hand, Kerstin berührte sie an der Schulter. Mit ihrer freien Hand schob Astrid nervös Kerstins Trinkflasche auf dem Tisch hin und her. Das dabei entstehende Schaben war ein paar Sekunden lang das Einzige, was neben den Fahrgeräuschen zu hören war. Kerstin musste unbedingt auf der Stelle etwas sagen. Sie konnte doch nicht alles Doro überlassen. Wann immer sie zu zweit über die Ungereimtheiten und Probleme gesprochen hatten, war nach einer Weile langsam alles klarer geworden. Wieso war ihr Kopf bloß jetzt, wo es darauf ankam, leer?

„Himmel, Astrid, für mich klingt das, als würdest du dich angegriffen fühlen. Keine will das.“ Doros Stimme hatte einen weichen Tonfall angenommen. Es war zu spüren, dass sie nicht verletzen, sondern mit aller Konsequenz ungeklärte Fragen ordnen und am besten gleich auf der Stelle lösen wollte. Kerstin bewunderte grenzenlos, wie Doro Einfühlungsvermögen mit Lösungsorientierung verbinden konnte. Sie selbst fühlte sich in der Gesellschaft von nüchternen Zahlen und Formeln sicherer.

„Keine will dich ausschließen. Ich liebe dich, schon vergessen? Aber du musst auch bereit sein, ein klein wenig von deinem hohen Ross zu steigen, wenn es zwischen uns funktionieren soll“, fuhr Doro nun doch nicht mehr ganz so sachlich fort. Sie schien selbst in den Sog ihrer Gefühle zu rutschen. Astrid dagegen bestand nur noch aus Emotionen.

„Sag lieber gleich, was dir wann an mir nicht gepasst hat. Darauf läuft es doch hinaus.“

„Nun gut, wie du meinst. Was hast du dir zum Beispiel dabei gedacht, so vor Monika hinauszuposaunen, dass ich mit Marion …“

„Ha, daher weht der Wind! Ihr seid doch tatsächlich kleine Spießerinnen! Erst springt ihr scheinbar ganz cool miteinander in die Kiste, nur wissen darf es danach keine. Wie wäre es denn mit etwas Ehrlichkeit? Karten offen auf den Tisch? Woher sollte ich denn wissen, dass ich mich in Schweigen hüllen muss, nur, weil ihr so verlogen seid?“

Kerstin hatte Mitleid mit Doro. Astrid hatte sich jetzt wirklich deutlich im Ton vergriffen.

„Das kannst du doch jetzt nicht ernst meinen, Astrid“ war jedoch alles, was sie hervorbrachte.

„Und ob ich das ernst meine!“

„So, dann werde ich dir jetzt mal sagen, was du mit deinem Gequatsche angerichtet hast. Um ein Haar wäre Marions und Monikas Beziehung daran zerbrochen und ein paar Tage habe ich ernsthaft befürchtet, Marion würde nie im Leben wieder ein Wort mit mir sprechen. Meine beste Freundin Marion, hast du überhaupt eine Vorstellung davon, was das für mich bedeutet hätte?"

„Das mag ja sein. Aber daran bin doch nicht ich schuld gewesen! Der Grund allen Übels war doch eure eigene Verlogenheit. Ich finde, es war höchste Zeit, dass mal eine Klartext geredet hat."

Kerstin war völlig unsicher, ob sie Doro zur Seite springen oder sich besser raushalten sollte. War das hier eine Sache zwischen Astrid und Doro oder betraf es sie in gleichem Maße? Sie sah fragend von einer zur anderen.

„So, und du glaubst entscheiden zu können, wie Beziehungen richtig zu laufen haben? Meinst du nicht, dass Marion und Monika selbst groß sind und miteinander aushandeln können, nach welchen Spielregeln es geht? Möchtest du etwa, dass eine dir vorscheibt, wie du deine Beziehung zu leben hast? Was würdest du denn mit einer tun, die versucht, dir Vorschriften zu machen? Ich denke nur an Uschi auf deinem Geburtstagsfest. Die hast du schließlich eiskalt vorgeführt, dich über sie lustig gemacht."

Zum Glück klärte sich allmählich der wattedichte Nebel in Kerstins Kopf und es gelang ihr, einen halbwegs vernünftigen Gedanken zu formulieren: „Astrid, jede Beziehung braucht Regeln. In einer Zweierbeziehung wird meist nicht über die Regeln gesprochen, weil alle glauben, sie zur Genüge zu kennen. Was sich allerdings im Nachhinein oft als Irrtum erweist, weil eben jede eigene Regeln im Kopf hat. Wenn es aber schon in den Paarbeziehungen nicht reibungslos funktioniert, alles stillschweigend vorauszusetzen, dann sind wir drei doch erst recht auf Kommunikation angewiesen. Für unsere

Art, Beziehung zu leben, gibt es kaum brauchbare Vorbilder. Wenn wir es zu dritt schaffen wollen, dann müssen wir miteinander reden und Regeln aushandeln, mit denen jede von uns gut leben kann.“ Das hörte sich zwar schrecklich hölzern an, entsprach aber Kerstins ganz eigener Art und traf schließlich auch den Kern der Sache.

„Und an welche Art von Verkehrsregelung hatten die Ladys da gedacht?“, schnaubte Astrid sarkastisch.

Nun kam Kerstin langsam in Fahrt. Die Unsicherheit war fast ganz von ihr abgefallen. Sie hatte es nicht einmal mehr nötig, weiter auf einer abstrakten Metaebene zu bleiben. „Wenn jemand ... ach Quatsch, wenn wir drei miteinander klarkommen wollen, dann muss es erlaubt sein, auch zu zweit über die Dritte zu sprechen. Das ist doch keine Petzerei, wenn Doro mir von ihrem Zoff mit dir erzählt und Rat sucht. Mich berührt eure Auseinandersetzung doch auch. Oder eben umgekehrt, wenn ich mit Doro ...“

„Eben. Oder umgekehrt. Aber ich hab dich nicht angerufen und dir die Ohren vollgeheult, wie ungerecht ich mich von Doro behandelt fühle. Das ist der Unterschied, Süße.“

„Das hast du in der Tat nicht und ich will jetzt gar nicht darüber spekulieren, warum nicht“, ergriff Doro wieder das Wort.

„Dafür hast du Monika gegenüber weitergetratscht, was du von mir und Marion wusstest. Die Einzige, der es zugestanden hätte, mit Monika darüber zu reden, wäre meiner Auffassung nach Marion gewesen. Ich hätte mir das nicht angemaßt. Warum, Astrid, hast du das getan? War das wirklich Wahrheitsfanatismus, wie du jetzt behauptest, oder war es Gedankenlosigkeit oder wolltest du einfach provozieren? Und verzeih und flipp jetzt nicht total aus, aber mir drängt sich eine Frage auf: Bist du etwa eifersüchtig?“

„Jetzt spinnst du aber völlig. Das ist so was von abgedreht. Ich und eifersüchtig. Ha! Geh doch ins Bett, mit wem du willst, Baby. Ich gönne es dir von Herzen und habe auch noch meinen Spaß daran. Habe ich denn auch nur einen Mucks gesagt, als du mit Kerstin was angefangen hast?"

„Nein, im Gegenteil, du wolltest eine detaillierte Beschreibung meiner ersten Nacht mit Doro. Damit habe ich mich schwergetan und ziemlich unter Druck gesetzt gefühlt", platzte Kerstin heraus.

„Eine detaillierte Beschreibung? Na, wenn das nicht auch eine Art und Weise ist, Eifersucht zu äußern, weiß ich ja nicht", gab Doro zu bedenken.

„So jetzt reicht's. Dieses Gespräch wird mir langsam zu dumm. Lasst mich bis München wenigstens noch ein paar Seiten lesen, wenn ich schon keinen Kaffee kriege." Astrid zog demonstrativ ihre Zeitung aus der Tasche und schlug sie auf.

Doro zuckte mit den Schultern und Kerstin antwortete ihr mit der gleichen Geste und machte sich dann auf den Weg zur Toilette. Sie hatte im Eifer gar nicht geschaut, ob das rote Lämpchen brannte, das anzeigte, ob gerade besetzt war. Umso besser. Was sagte das Orakel des Tages? Wenn gleich die erste Kabine frei wäre, würde Astrid schon in der nächsten halben Stunde wieder einlenken. Stände die zweite auf Grün, würde es wohl bis München dauern. Weiter mochte Kerstin beim besten Willen noch nicht denken.

Gleich die erste Tür stand sogar einen Spalt breit offen. Kerstin atmete erleichtert auf. Aus dem altertümlichen Seifenspender raspelte sie sich Späne in die hohle Hand.

Zeitreisen

Kerstin hackt wenig enthusiastisch ein unschuldiges Löwenzahnpflänzchen aus und begräbt es schnell unter der gelockerten Erde. Zwar wird es vermutlich schon nach dem nächsten Regen weiterwachsen, aber bis dahin sieht es erst mal ordentlich aus und so hat Kerstin einmal mehr umgehen können, mit den Händen in der Erde zu wühlen. Sie vermeidet nach Möglichkeit, den Boden anzufassen, weil sie das taube Gefühl von an den Händen trocknender Erde abgrundtief hasst. Schon immer war ihr auch die Mithilfe im elterlichen Schrebergarten ein Gräuel. Die Euphorie über das eigene Beet und die darauf ausgesäten Radieschen waren nur eine kurze Episode in ihrem Leben und schon nach knapp zwei Wochen vorbei gewesen. Damals war sie sechs und die Sache mit den Radieschen hatte sich als wesentlich langwieriger erwiesen, als ihre Geduldsspanne reichte. Garten war das Letzte, aber Unkrautrupfen war ja wohl das Allerletzte.

Kerstin hat keine Ahnung, wer auf die bescheuerte Idee mit dem Stadtpark gekommen ist. Irgendwer in ihrer Schule hat sich wohl eine goldene Nase verdienen wollen und vorgeschlagen, dass jede Klasse die Patenschaft über einen Abschnitt übernehmen soll. Der Beschluss war schnell gefasst, keiner hat zu protestieren gewagt und den Schülern bleibt nun die ebenso ehrenvolle wie lästige Aufgabe, die Beete und Rabatten von Unkraut freizuhalten. Oder besser gesagt, dieselben erst mal unter dem Unkraut freizulegen, so sieht nämlich die traurige Realität zumindest in der Ecke aus, die Kerstins elfter Klasse zugeteilt worden ist. Fette Saudisteln haben sich mit Brennnesseln und Löwenzahn verbündet und die noch winzigen Ziergehölze im Wachstum deutlich übertrumpft.

In den letzten Jahren scheint das allerdings auch niemanden weiter gestört zu haben. Wer verirrt sich schon in diese Ecke des Parks? Andere Bereiche sind weitaus beliebter: Rentner sitzen manchmal am Eingang auf den Bänken mit Blick auf die Stadt. Kurzbeinige und -atmige Dackel und Promenadenmischungen werden gern im etwas hügeligeren Teil spazieren geführt, wenigstens gibt es dort ein paar Bäume. Der hinterste Teil, wo eine Handvoll uralter Grabsteine noch an den ehemaligen Friedhof erinnert, gehört nachts den Paaren, die sonst nicht wissen, wohin.

Hier aber, wo Kerstin zähneknirschend ihre Arbeitsstunden ableistet, in diesem Teil des Parks, steht nur das Denkmal der Opfer für Faschismus und Militarismus. Wen soll hier das Unkraut stören? Außer zur jährlichen Kranzniederlegung am gleichnamigen Feiertag ist diese Ecke sowieso meistens verwaist, ausgestorben wie das Kino am Sonntagnachmittag. Und da die Kranzniederlegungen stets an einem nasskalten Sonntag im Spätherbst stattfinden, bleibt niemand auch nur eine Minute länger als nötig.

Kerstin hackt missmutig den oberirdischen Teil eines weiteren Löwenzahns ab, dabei stieben die Schirmchen in die Luft und segeln langsam wieder zu Boden. Sie kann förmlich die vielen neuen Unkrautpflanzen sehen, die daraus emporsprießen werden. Diese leidige Arbeit wird sie nun bis zum Abitur begleiten. Ein Ende ist nicht abzusehen. In den letzten sechs Wochen hat Kerstin sich vor der ekligen Wühlerei drücken können, hat immer andere Verpflichtungen vorgeschoben, aber heute hat sie kein Schlupfloch mehr finden können.

„Mir tut schon der Rücken weh. Lass uns mal Pause machen!", ruft sie in Petras Richtung.

Von der ist zwischen all dem Gestrüpp nicht mehr viel zu sehen, seit einer Stunde rackert sie sich ab, während Kerstin mehr oder weniger nur darum bemüht ist, den Schein einer Tätigkeit aufrechtzuerhalten. Petra kann sich so richtig reinknien, wenn es etwas zu arbeiten gibt. Sie ist sonst eher still, sagt ihre Meinung nur, wenn man sie direkt anspricht, fällt nie groß auf, aber Arbeit ist für sie Arbeit und muss getan werden, egal, wo. Sie ist vor Kurzem mit ihren Eltern in ein Eigenheim gezogen, nach zwei Jahren Schufterei auf dem Bau. Der tut der Rücken bestimmt noch nicht weh, die ist Zupacken gewöhnt. Nun, wenn sie ganz ehrlich ist, tut Kerstin auch nichts weh, denn so oft hat sie sich noch gar nicht gebückt.

Die beiden Mädchen legen ihre Hacken beiseite und setzen sich auf die Stufen vor dem Denkmal. Wenigstens ist schönes Wetter.

„Was hast du heute in die Liste eingetragen?", erkundigt sich Petra.

In der letzten Stunde hat ihre Klassenlehrerin die jedes Jahr fällige Liste rumgegeben, in die alle Schüler ihre Studienwünsche eintragen sollen, damit eine gezielte Förderung erfolgen kann, wie sie sich ausgedrückt hat. Allen ist ziemlich klar, was mit der Förderung gemeint ist. Es gibt Studienwünsche, die sind gern gesehen, andere weniger. Bei den Jungen ist ohnehin alles sonnenklar: Wer sich verpflichtet, Offizier zu werden, hat das Abitur quasi schon in der Tasche. Als Mädchen bringt es dagegen Pluspunkte, wenn eine naturwissenschaftlich-technische Richtung gewählt wird. Jeder weiß das. Darüber gesprochen wird selten.

„Sag schon, was du geschrieben hast!"

„Medizin." Kerstin ist nicht besonders gesprächig, das Thema behagt ihr ganz und gar nicht.

„Ehrlich? Ich denke, du willst Mathematik studieren?"

„Will ich schon, aber …"

„Das ist nicht dein Ernst! Du willst Mathe studieren, gibst aber Medizin an? Ich habe geschrieben, dass ich Bauingenieur werden will. Wenn ich mich dann im praktischen Jahr für Medizin neu bewerbe, geht das doch niemanden mehr was an."

„Als Mädchen Bauingenieur, toll, da bist du ab sofort wohl der Star, das Aushängeschild der Schule."

„Das hoffe ich und auf ein gutes Abi dazu. Du hast das vielleicht nicht so nötig wie ich, aber wenn du als Studienwunsch Mathe-, Physiklehrerin angeben würdest und dann mit deinen Erfolgen von den Matheolympiaden – dagegen könnte selbst ich als Arbeiterkind kaum mehr anstinken."

„Du wirst lachen, aber ich würde viel lieber das Lehrerstudium machen als Medizin."

„Du? Mit deinem Durchschnitt? Du kriegst lässig den Studienplatz in Medizin!"

„Vermutlich wird mir niemand Steine in den Weg rollen. Aber Medizin ist so ziemlich das Letzte, was ich machen will. Warum glauben eigentlich alle, Medizin wäre das einzige erstrebenswerte Studienfach, wenn man einen Einserdurchschnitt hat? Meine Mutter will unbedingt, dass ich Medizin studiere. Sie selbst ist nicht Ärztin geworden, weil sie für die Familie darauf verzichtet hat. Ich habe sie nicht darum gebeten. Weil sie das ihr ganzes Leben lang bedauert hat, soll ich nun halt Medizin studieren. Es wäre nur zu meinem Besten, wenn ich auf sie höre."

„Und, wirst du dich wirklich nur ihr zuliebe für Medizin bewerben?"

„Ich weiß nicht, vielleicht ja und dann in die Forschung gehen, das könnte ich mir noch vorstellen. Und wenn ich großes Glück habe, dann werde ich ja abgelehnt."

„Hm, sehr wahrscheinlich bei dir."

„Danke für deine Ironie. Auf eine Ablehnung sollte ich mich wirklich nicht verlassen. Aber es ist noch über ein Jahr Zeit. Vielleicht trau ich mich bis dahin, Mathematik in die Studienbewerbung zu schreiben. Lass uns doch einfach aufhören für heute mit der öden Unkrauthackerei. Ich finde, wir haben genug gemacht."

„Aber müssten wir nicht noch eine halbe Stunde weitermachen?"

„Quatsch, weiß doch niemand, wann wir gegangen sind. War halt ein besonders schwieriges Stück, nur deshalb sind wir nicht so weit gekommen."

„Na gut, lass uns aufräumen."

Petra ist die Ordnung in Person. Es ist schon ein kleines Wunder, dass sie sich hat überreden lassen, das restliche Unkraut seinem Schicksal zu überlassen. Sollen die Disteln und Brennnesseln sich doch gegenseitig die Luft abdrücken!

„Himmel noch mal! Ihr könnt doch wohl lesen!"

Unvermittelt dreht Doro sich um.

„Seht ihr, was hier steht? O-ber-stu-fen-raum." Sie betont jede einzelne Silbe. Mehr als ein halbes Dutzend Augenpaare schauen sie erwartungsvoll an. „Ich geh jetzt hier rein". Und mit viel Nachdruck: „Allein! Heute Mittag bin ich nicht zuständig für euch. Und ihr macht, dass ihr wegkommt. Oder es setzt was!"

Drohend reißt sie die Augen auf, fletscht die Zähne, krümmt die Finger zu Klauen. Entzückt quietschend stiebt die Horde Sextaner auseinander und verschwindet endlich um die Ecke des Flurs. Die beharrliche Kinderschar gehört zu Dorotheas Tutoren-Gruppe. Seit Beginn dieses Schuljahres gibt es das von der Schülervertretung initiierte und organisierte Programm, bei dem Freiwillige aus der zwölften und dreizehnten Klasse jeweils ein kleines Trüppchen von Fünftklässlern zugeteilt bekommen haben. In der Regel sind immer drei Oberstufenschüler für fünf bis sieben Neulinge zuständig. Für die hat man dann ein bisschen die Verantwortung, zeigt ihnen alles, hilft bei kleineren Sorgen und Nöten, ist Ansprechpartnerin bei allen möglichen Fragen. Außerdem muss man sie zweimal in der Woche während der Mittagspause beaufsichtigen, sie beschäftigen. Seit dem vergangenen Schuljahr ist das Gymnasium, auf das Doro geht, in eine Ganztagsschule umgewandelt worden. Für die Kleinen dauert die Schule bis 16.00 Uhr, die Oberstufe hat bis 18.00 Uhr Unterricht. In der Mittagspause von 13.00 Uhr bis 14.30 Uhr bleibt eine Menge Zeit, um Dummheiten zu machen und das komplette Schulhaus auf den Kopf zu stellen. Das war im letzten Jahr ein ganz erhebliches Problem und ist der Grund dafür, dass sich die SV den Plan mit der Tutoren-Betreuung ausgedacht hat.

Doro betritt das Zimmer, schließt die Tür und lehnt sich aufatmend dagegen. Der Raucherraum für die Oberstufenklassen ist fast leer. Nur Marion sitzt auf einem der Sofas unter dem Fenster, hat die langen Beine auf einen Hocker gelegt und raucht. Komisch, wo sind die denn bloß alle? Mit einem Schlag fühlt Doro sich unbehaglich, wird ganz verlegen. Steifbeinig marschiert sie zu einem Sessel, möglichst weit von Marion entfernt, lässt sich hineinfallen.

„Im Grunde finde ich das Tutoren-Programm ja wirklich klasse, aber manchmal gehen mir die Zwerge doch gehörig auf die Nerven." Der Satz klingt selbst in ihren eigenen Ohren grauenhaft gestelzt. „Vor allem jetzt, so kurz vor dem Abi, habe ich manchmal ganz andere Dinge im Kopf, als mich um die Kleinen zu kümmern."

„Damit hast du in der Tat recht." Zum Glück hört sich auch Marion ganz und gar nicht wie sie selbst an.

„Meistens sind die ja wirklich niedlich, aber wenn man keinen Schritt mehr tun kann, nirgendwo hingehen kann, ohne dass einem so ein Rattenschwanz von Fünftklässlern an den Fersen hängt ..."

Der Satz vertröpfelt, verlegene Stille senkt sich über die schäbigen Polster, bleibt in der Luft hängen wie der abgestandene Rauch. Ganz kurz bevor die Situation wirklich unerträglich wird, drückt Marion hastig die Zigarette aus, rafft ihre Sachen an sich und hastet zur Tür.

„Ich ... ähm ... ich muss noch ... wir sehen uns ... ähm ... dann später noch."

Damit ist sie verschwunden. Verwirrt und nachdenklich reibt sich Doro die Stirn. Warum zum Teufel ist es nur immer so kompliziert mit Marion? Sie kann sich das einfach nicht erklären. Jedes Mal, wenn sie beide allein aufeinander treffen, werden sie über kurz oder lang unweigerlich stumm wie zwei blöde glotzende Goldfische. Oder ihre Unterhaltungen bekommen ganz schnell etwas unerträglich Belangloses und Albernes. Und es wird nicht besser, trotz der langen Zeit, die sich jetzt schon kennen. Wenn sie es sich recht überlegt, wird es eigentlich sogar immer schlimmer! Dabei wünscht sich Doro nichts sehnlicher, als dass es zwischen ihr und Marion etwas enger würde, vertrauter, nicht so schrecklich verkrampft. Millionen lebenswichtiger Dinge fallen ihr ein, über die sie so gern mit ihr reden würde. All diese vielen hundert Unterhaltungen wirklich zu führen, statt sie sich nur nachmittage-, abende-, nächtelang in ihrem Bett träumend auszumalen, einfach wunderbar wäre das. Aber immer ist es so wie vorhin! Ganz egal, worum es geht, stets endet es kläglich und peinlich und damit, dass eine von ihnen flieht.

Vor ungefähr einem Jahr sah es so aus, als würde alles besser werden, als könnten sie endlich zu der Freundschaft finden, die Doro sich so sehr wünscht. Das war, als sie ihren geheimen Pakt geschlossen haben. An einem kalten dunklen Abend in einer Nische neben der Abteipforte. Es passierte nach einem ihrer Literaturzirkeltreffen, wieder einmal hatte es eine Menge Sticheleien von ihrer Clique gegeben. Denn sowohl Marion als auch Doro hatten keinen festen Freund. Immer noch nicht! Fast alle anderen in ihrer Klassenstufe hatten sich längst pärchenweise sortiert und diejenigen, die niemanden vorweisen konnten, traf oft gnadenloser Spott. Als sich die Gruppe an jenem Abend voneinander trennte, hatte Marion Dorothea unter einem Vorwand zurückgehalten. Und ihr einen unglaublich kühnen Vorschlag unterbreitet: Jede von ihnen sollte ab sofort so tun, als hätte sie einen Freund. Und sie würden allen anderen davon erzählen, Marion hatte sich alles schon ganz genau zurechtgelegt. Ihre beiden imaginären zukünftigen Begleiter wohnten natürlich ein ordentliches Stück entfernt, in Dortmund oder in Essen zum Beispiel. Man hatte sich bei einem Konzert kennengelernt, die beiden waren selbstverständlich auch miteinander befreundet und natürlich machte man ab sofort immer alles nur noch zu viert. Um die Geschichte glaubwürdiger zu machen, wäre es wohl am besten, wenn sie, Doro und Marion, ab und zu etwas zu zweit unternehmen würden, sich zu Hause miteinander treffen oder ins Kino gehen zum Beispiel. Natürlich nicht hier. Sondern in Krefeld oder in Düsseldorf, jedenfalls irgendwo, wo sie niemand sehen würde. Doro hätte schwören mögen, dass Marion bei den letzten Vorschlägen rot geworden ist. Sie war sich eigentlich ganz sicher, aber es war zu dunkel, um es wirklich genau sehen zu können.

Tatsächlich haben sie den Plan dann auch in die Tat umgesetzt. Jedenfalls den Teil mit den erfundenen Freunden. Ins Kino haben sie es nur ein einziges Mal miteinander geschafft. Das war ein Abend, an den sich Doro bis heute nicht erinnern kann, ohne dass es ihr ordentlich ziept und heiß wird im Bauch. Und obwohl sie kaum mehr miteinander geredet haben als üblich, war es auf eine ganz besondere Art schön, aufregend, kribbelig.

Leider hat Marion sie nie ein zweites Mal gefragt. Obwohl Doro es sich sehr gewünscht hätte. Aber ihrerseits zu fragen, hat sie sich auch nicht getraut.

Oh, Scheiße!

Mit einem Satz ist Doro aus dem Sessel und mit dem zweiten aus der Tür. Heute ist doch SV-Sitzung! Wie hat sie das nur vergessen können? Kein Wunder, dass der Oberstufenraum wie ausgestorben ist. Die sitzen alle in dem kleinen Konferenzraum hinter der Mensa. Verdammt! Hoffentlich hat sie nicht schon zu viel verpasst.

18

Kerstin hörte es hinter sich schnaufen und von Zeit zu Zeit ein unwilliges Brummeln. Wie hätte sie das hier denn ahnen können? Laut Karte war das von Anfang bis Ende durchweg ein gepflegter Wanderweg. Ganz gemütlich hatte er ja auch am Ortsausgang begonnen und sie waren entspannt nebeneinander hergeradelt. Später war es schon etwas enger geworden, dann waren die Fahrradreifen immer tiefer im Sand versunken und schließlich gar kein richtiger Weg mehr erkennbar gewesen. Im Reiseführer hatte sie gelesen, dass sich hier irgendwo ganz in der Nähe eines der größten Hügelgräber der Insel befand. Sollte das etwa außer ihr niemand sonst besichtigen wollen?

Astrid war definitiv nicht besonders scharf darauf, diese Perle der Rügener Megalithkultur zu sehen, jedenfalls seit mindestens einer halben Stunde nicht mehr, denn so lange hievten sie nun schon die schweren Leihfahrräder durch unwegsames Gelände. Astrid konnte von einer Minute zur anderen ziemlich ungemütlich werden, wenn etwas nicht nach ihren Plänen lief. Und diese Plackerei war absolut nicht in ihrem Sinn. Schließlich hatte sie doch Urlaub.

„Und überhaupt sehen ja alle diese Hügelgräber gleich aus, eins wie das andere. Ach was, meist sind das nur noch irgendwelche aus der Form geratenen Steinhaufen. Und aller Wahrscheinlichkeit nach sind wir an dem heutigen schlichtweg vorbeigelaufen. Diese Schinderei ist also mehr als überflüssig und wird uns sowieso nirgendwo hinführen. Wir sollten schleunigst umkehren und ein gemütliches Café suchen."

Aha, daher wehte der Wind. Astrid war hungrig. In diesem Zustand war sie auch unter günstigeren Bedingungen grantig. Es würde wohl kaum etwas nützen, wenn Kerstin ihr jetzt anhand der Karte, des Maßstabs und der zurückgelegten Strecke darlegen würde, dass sie noch gar nicht die Höhe des Hügelgrabs erreicht hatten, folglich mitnichten schon zu weit gelaufen waren. Helfen würde jetzt nur eins: schleunigst Astrids Blutzuckerspiegel zu heben. Zum Glück hatte Kerstin vorgesorgt und ein paar Schokoriegel und Plätzchen im Rucksack.

Otellokekse, trockenes Gebäck mit Kakao, hatten den Sprung von der Plan- in die freie Marktwirtschaft gemeistert und zur Belohnung jetzt Kultstatus bekommen. Astrid liebte sie seit gestern. Mit einem Keks in der Hand, im Schatten einer duftenden Wildrosenhecke rastend, verzog sich die Gewitterstimmung, die Astrid eben noch verbreitet hatte, genauso schnell, wie sie heraufgezogen war. Mit einem Schlag war alles wieder in Ordnung für sie. Aber daran hatte sich Kerstin allmählich gewöhnt. Sie brauchte nur an das München-Wochenende zu denken: Der heftige Streit im Zug hatte eine Weile wie das Ende ihrer Beziehung ausgesehen, aber schon auf dem Münchener Bahnhof war, zumindest von Astrids Seite aus, die Welt wieder heil gewesen.

Jetzt schien sie zur Abwechslung einmal eine geduldige Zuhörerin zu sein, was vielleicht daher kam, dass sie nur zu gut wusste, dass ihre Liebste schwer zu bremsen war, wenn sie ihr Steckenpferd ritt. Während Kerstin nämlich von der Besiedlung Rügens in der mittleren Steinzeit plauderte, als wäre sie dabei gewesen, döste Astrid genüsslich in den Tag. Offensichtlich war ihr klar, dass ihre Hobby-Archäologin stundenlang bei ihrem Lieblingsthema verharren konnte und je mehr Zwischenfragen sie stellen würde, umso weiter würde diese ausholen.

Kerstin kannte sich wirklich gut aus, sie gab sich schließlich nirgends mit Halbheiten zufrieden. Astrid konnte neidlos anerkennen, dass sie bereits eine Menge von Kerstins Wissen auf diesem Gebiet profitiert hatte. In den vierzig Jahren ihres bisherigen Lebens hatte sie nicht annähernd so viel über Megalithkulturen erfahren, wie allein bei ihrem ersten gemeinsamen Ausflug vor über einem Jahr in Irland. Nicht zuletzt dadurch war ihre Reportage damals so ein Erfolg geworden. Solange Kerstin nur nicht wieder mit diesem Matriarchatszeug anfing!

Doch die würde sich schwer hüten, das Reizwort auch nur in den Mund zu nehmen, denn nicht zuletzt daran hatte sich ihr Streit gestern Abend entzündet. Ein unseliger, hässlicher Streit, der sie ziemlich erschreckt und weitaus mehr verletzt hatte, als sie sich selbst eingestehen mochte. An solche Gefühlsausbrüche war sie immer noch nicht gewöhnt. Und wie so oft wusste sie auch diesmal nicht, warum es so heftig zwischen ihnen geworden war.

Eigentlich hätte es ein gemütlicher Abend werden können. Nach einer langen Strandwanderung hatten sie sich Räucherfisch und ein paar Flaschen Bier gekauft und auf der Terrasse ihrer Ferienwohnung gegessen. Dann hatte Doro auf Kerstins Handy angerufen und Kerstin hatte ihr von dem schönen Urlaubstag erzählt. Sie waren etwas albern gewesen und hatten viel gelacht und ja, sie hatten wohl eine ganze Weile telefoniert. Kerstin hatte gar nicht zur Uhr gesehen, Astrid dagegen schien die Dauer des Gesprächs genau gestoppt zu haben. Sie ließ Kerstin nach dem Auflegen gar nicht erst Zeit, etwas zu sagen, geschweige denn die Grüße von Doro auszurichten.

„Hast du vielleicht bemerkt, dass ich seit sage und schreibe achtundfünfzig Minuten hier rumsitze wie blöd? Würdest du die Güte haben, von meiner Anwesenheit auch mal Kenntnis zu nehmen? Warum bist du denn nicht gleich mit Doro in den Urlaub gefahren? Ich hatte mich auf unseren gemeinsamen Abend gefreut. Aber wenn sie anruft, scheine ich ja komplett abgemeldet zu sein. Von mir aus hättest du jetzt auch weiterreden können. Tu dir nur keinen Zwang an. Ich kann mich auch gut mit mir selber beschäftigen“, hatte Astrid ohne Punkt und Komma gezetert.

Kerstin war aus allen Wolken gefallen und ziemlich ratlos gewesen. Astrid daran zu erinnern, dass sie selbst am Tag zuvor den halben Nachmittag sehr vergnügt mit Doro verschwatzt hatte, hätte die Situation mit Sicherheit nur verschlimmert. Gestern war gestern. Kerstin war schon deshalb im Hintertreffen, weil sie, statt die Dauer von Astrids Telefonat zu protokollieren, ganz gemütlich in einem Büchlein mit Rügener Sagen geschmökert hatte.

Um des lieben Friedens willen hatte sich Kerstin auf der Stelle entschuldigt, ohne sich allerdings wirklich einer Schuld bewusst gewesen zu sein. Sie hatte ihren Kopf auf Astrids Schulter gelegt, sich an sie geschmiegt und vorgeschlagen, den Rest des Abends alles zu tun, was Astrid sich nur wünschte. Die hatte im Bett fernsehen wollen und Schokolade essen und die Flasche Sanddornlikör öffnen, die sie am Nachmittag gekauft hatten. Kerstin hatte alle ihre Wünsche erfüllt und sich an ihre Liebste im Bett geschmiegt. Trotzdem war zu spüren gewesen, dass sie immer noch nicht gänzlich versöhnt war. Sie hatte missmutig durch die Programme gezappt, an allem etwas auszusetzen, pausenlos genörgelt, und ständig sarkastische Kommentare von sich gegeben.

Schließlich war sie beim MDR hängen geblieben. Ein für die Jahreszeit reichlich ungewöhnlicher Beitrag über die Spekulatiusherstellung hatte ihre Aufmerksamkeit für eine kurze Weile fesseln können. Astrid liebte Spekulatius heiß und innig. Doch danach begann sie gleich wieder zu spotten und mokierte sich über die folgenden Beiträge. Eine Existenzgründerin mit ihrer Hundeschule, den dienstältesten Bürgermeister Deutschlands und ein Volksliederfest in Sachsen.

„Volkslieder haben mir ja gerade noch zu meinem Glück gefehlt. Warum ist der Osten so scheußlich provinziell? Habt ihr hinter der Mauer tatsächlich jeden Abend in einer fröhlichen Liederrunde zusammengesessen?“

Astrid hatte gestichelt wie ein Giftzwerg, sicher wusste sie, dass sie damit ungerecht und unsachlich war. Aber das war ihr in dieser gereizten und streitlustigen Gemütslage völlig egal gewesen. Sie war ohnehin davon überzeugt, dass gelegentliches Streiten Lebendigkeit und Würze in jede Beziehung brachte. Kerstin, die Harmonie als erstrebenswerten Zustand betrachtete, hatte zunächst versucht, die Seitenhiebe zu ignorieren. Astrid hatte es jedoch unverkennbar darauf angelegt, Kerstin zu provozieren.

„Na ehrlich, sag, habt ihr überhaupt richtige Musik hören dürfen da drüben? Westmusik meine ich. So ganz öffentlich?“

Kerstin hatte tief Luft geholt und dann betont sachlich geantwortet. „Für Discos gab es die Vorschrift vierzig Prozent West- und mindestens sechzig Prozent Osttitel zu spielen. Entweder wurde der Ostanteil mit einem Potpourri ziemlich schnell und effektiv abgearbeitet oder die Regel komplett ignoriert."

So einfach sollte es Astrid nicht gelingen, Kerstin auf die Palme zu bringen. Sie hatte sich längst daran gewöhnt, dumme Fragen über die DDR beantworten zu müssen. Ewig die gleichen. Besonders störte sie, dass kaum jemand bei den Antworten zuzuhören schien.

„Sechzig zu vierzig? So genau wollte ich es doch gar nicht wissen."

„Du hast gefragt, jetzt weißt du Bescheid. Eine konkrete Frage verdient eine ebensolche Antwort."

„Hör auf zu dozieren, Süße. Das steht dir nicht. Du bekommst dabei immer so einen verkniffenen Lehrerinnenmund. Und überhaupt, woher soll ich denn wissen, wie das im Osten war?"

Jetzt platzte Kerstin der Kragen. „Vielleicht aus einem Buch, das du hättest lesen können? Stell dir vor, auch bei uns gab es Literatur, auch wenn du Ignorantin noch nie davon gehört haben solltest. Kaum ein Wessi hielt es für nötig, sich Informationen über die DDR oder gar ihre Geschichte zu beschaffen oder wenigstens die Ohren aufzusperren, wenn darüber erzählt wurde. Dass die Ostdeutschen von einem Tag zum anderen gezwungen waren, sich in einer völlig neuen Welt zurechtzufinden, wurde für selbstverständlich gehalten. Hast du überhaupt eine Vorstellung davon, was jeder einzelne im Osten leisten musste, um sich vollkommen neu zu orientieren?"

„Ach was, ihr hattet eben einen ziemlichen Nachholbedarf nach der Wende", hatte Astrid selbstgefällig vor sich hingemurmelt und demonstrativ auf den Bildschirm geschaut.

„Vielleicht hättet ihr den eher, wir haben doch schließlich schon immer in einer Doppelkultur gelebt. Ich jedenfalls hatte immer zwei Sandmännchen und als ich älter war vor acht die Aktuelle Kamera und nach acht die Tagesschau."

„Reg dich ab. Schließlich mache ich doch hier mit dir im Osten Urlaub, oder?"

„Ja, und du findest es regelrecht exotisch, mit mir auf Rügen Ferien zu machen. Bestaunst alles wie eine seltsame, unbekannte, längst ausgestorbene Kultur."

„Und? So ganz unzutreffend ist das ja wohl auch nicht", hatte Astrid gekichert.

Zu diesem Zeitpunkt hatte Kerstin bereits aufgegeben. Der Abend war offensichtlich nicht dazu angetan, konstruktiv miteinander zu reden. Astrid hatte ihr partout nicht zuhören wollen. Resignierend hatte Kerstin sich zurückgelehnt, ihr Buch aufgeschlagen und sich in die Sage vom Herthasee vertieft. An die erinnerte sie sich noch von den Gutenachtgeschichten während der Ostseeurlaube ihrer Kindheit.

Doch so leicht wollte Astrid nicht aufgeben. Sie fühlte sich von Kerstins Rückzug eher angestachelt und wusste genau, wie sie Kerstin erneut und endgültig in Rage bringen konnte.

Nach einem Seitenblick auf ihre Lektüre ging es weiter: „Na, hast du schon wieder Spuren des Rügener Matriarchats aufgestöbert?"

Kerstin war auf der Hut, hatte deutlich am Ton gespürt, dass Astrid nicht einlenken, sondern weiter streiten wollte. Sie hatte nur schwach genickt, um keine weiteren Angriffspunkte zu bieten. Doch genützt hatte es ihr herzlich wenig.

„Dein Matriarchat klingt übrigens verdammt nach Karl Marx und Kommunismus, weißt du das?", provozierte Astrid.

„Es hat sich ja nun nicht alles als falsch herausgestellt, was Marx geschrieben hat. Zu Matriarchaten hat sich übrigens mehr Engels geäußert. Und überhaupt, was ist einzuwenden gegen eine egalitäre Gesellschaft?"

„Pah, egalitär, wenn ich das schon höre. Staatlich geregelte Gleichmacherei. Da bin ich doch viel eher für Anarchismus!"

Kerstin wusste inzwischen, dass Astrids Vorstellungen von Politik größtenteils aus dem Bauch kamen. Anarchismus bedeutete bei ihr, dass sie machen könne, was ihr gerade in den Sinn kam. Darauf einzugehen, war in dieser Situation müßig gewesen, denn Astrid hatte aus bloßer Lust am Streiten gestritten. Ihre Augen hatten geblitzt, ihr Energievorrat unerschöpflich gewirkt. In solchen Momenten wusste Kerstin, dass sie sich hüten sollte, jedes von Astrids Worten auf die Goldwaage zu legen.

Aber trotzdem war das Muster erkennbar gewesen, das Kerstin von nahezu jeder ihrer Unterhaltungen über die DDR kannte und dessen sie inzwischen bis zum Erbrechen überdrüssig war. Sie war stets und ständig in Erklärzwang, musste Fakten referieren, Argumente finden und bei allem Astrids Sprache sprechen, um sich verständlich machen zu können. Astrid bewegte sich in ihrer Gedankenwelt keinen Millimeter weit. Dass sie beide eine unterschiedliche Geschichte hatten, war ihr einfach völlig einerlei.

Über den Bildschirm flimmerte inzwischen die Sendung *nah dran*, kirchlich geprägte Betroffenheitslyrik, in der Tat kein schönes Bild vom Osten.

„Ja ja, diese Ossis, immer am Jammern, spießig, so kleinbürgerlich", hatte Astrid noch nebenbei hingeworfen, während sie mit Nachdruck auf ein anderes Programm schaltete. „Und nun reg dich bloß nicht schon wieder auf. Dich meine ich ja gar nicht damit."

„Wen meinst du denn dann? Wie viele aus dem Osten kennst du überhaupt? Und wie oft warst du schon dort, ehe wir uns kennengelernt haben?"

Astrid hatte nur abgewinkt: „Als ob es darauf ankommen würde."

Damit hatte es Kerstin dann endgültig gereicht und sie war aus der Szene ausgestiegen. Das Thema war ihr viel zu wichtig, als dass sie es zum Spielball in einer so trivialen Zankerei werden lassen konnte. Sie hatte jegliche Kommunikation für den Abend eingestellt, sich zur Seite gedreht, ihre Nachtischlampe ausgeschaltet und so getan, als ob sie schlafen wollte. Astrid hatte auf keinen Fall merken sollen, wie verletzt sie war. Es war auch so schon schwer genug, die Tränen zurückzuhalten.

So viel Mühe hätte sie sich allerdings gar nicht geben müssen, denn Astrid war zu sehr mit sich selbst beschäftigt, als dass sie Kerstins Gekränktsein auch nur bemerkt hätte. Kerstins Rückzug hatte sie nämlich stinksauer gemacht: Dass eine sich ihr entzog, war so ziemlich das Letzte, was sie aushalten konnte. Sie war wutentbrannt aus dem Bett gesprungen, geräuschvoll in die Wohnküche gestapft, hatte die Tür hinter sich zugeknallt. Dort hatte sie fast eine halbe Stunde herumgepoltert, Schranktüren geschlagen, wild mit Töpfen geklappert, offensichtlich die Spülmaschine ausgeräumt. Später war sie unüberhörbar wieder im Schlafzimmer erschienen, hatte sich auf die Matratze fallen lassen und eine ganze Weile theatralisch von einer Seite auf die andere geworfen, ehe sie dann tatsächlich eingeschlafen war. Kerstin hatte noch lange Stunden wach gelegen.

Heute früh war der Spuk wieder verschwunden. Astrid war eben Astrid und vorbei war vorbei. Es war immer so: Während Kerstin noch die Streitpunkte im Kopf hin- und herwälzte, schien Astrid gewöhnlich schon vergessen zu haben, dass es überhaupt eine Auseinandersetzung gegeben hatte. Während Kerstin die halbe Nacht gegrübelt und erst gegen Morgen in einen unruhigen Schlaf gefunden hatte, war Astrid entgegen ihrer Gewohnheit als Erste aufgewacht, ausgeruht und blendender Laune. Kerstin fühlte sich nach den wenigen Stunden Schlaf den Anforderungen des Tages und vor allem Astrids Munterkeit noch nicht gewachsen und stellte sich sicherheitshalber noch schlafend.

Astrid hatte sich aus dem Zimmer geschlichen, ganz leise Kaffee gekocht und Kerstin dann sanft geweckt. Mit ihren

Kaffeebechern in der Hand hatten sie nebeneinander im Bett gesessen und den Urlaubstag geplant. Kerstin durfte die Radstrecke auf der Karte aussuchen, denn Kartenlesen war ohnehin nicht Astrids Lieblingsbeschäftigung. Kerstin dagegen liebte jede Art von Landkarten oder Stadtplänen.

Wie nur hatte ihr dieser eklatante Fehler mit der Route passieren können? Und was noch weitaus wichtiger war: Wie kam sie jetzt mit Anstand aus der Sache heraus? Den ganzen Weg zurückzugehen, stand absolut nicht zur Diskussion. Zumindest darin waren sich beide einig. Wo war die nächste Straße? Kerstin überlegte krampfhaft, welche der heiligen Damen Reisenden auf den richtigen Weg helfen könnte, aber leider wollte ihr beim besten Willen keine passende Göttin einfallen.

Im Zweifelsfall immer geradeaus. Wer oft abbiegt, läuft nur Gefahr im Kreis zu gehen!

Zeitreisen

Ganz in Gedanken merkt Kerstin gar nicht, dass sie die Scheibe Vollkornbrot zwischen den Fingern zerkrümelt, statt sie endlich mit Butter zu bestreichen und mit Käse belegt zu verspeisen. Ihr ist sowieso schlecht. Und dieses Vollkornbrot mag sie nicht. Genauso wenig wie Cornflakes. Steffi kauft beides immer bergeweise ein. Das Kühlfach steht ständig voll Joghurt. Steffi schwört auf gesunde Ernährung. In Wirklichkeit will sie abnehmen. Bisher aber Fehlanzeige, obwohl Kerstin findet, dass Steffi gar nicht zu dick ist.

Steffi ist schon dabei, Zähne zu putzen. Die ist halt ein richtiger Gesundheitsapostel, in manchen Dingen absolut streng. Sicher denkt sie sich ihren Teil über Kerstins letzte Nacht. Würde zu gern wissen wollen, wo die Freundin versumpft ist.

Dieses Dreibettzimmer ist einfach anstrengend. Alle anderen wohnen zu zweit. Nur Luitgard, Steffi und Kerstin müssen sich mit dieser Notlösung zufrieden geben. Ihnen steht kein Internatsplatz zu. Alles nur, weil ihre Eltern weniger als fünfzig Kilometer von Leipzig entfernt wohnen. Da ist es angeblich zumutbar, jeden Tag zu pendeln. Fragt da mal jemand, wie die Verbindungen sind? Erst nach langem Betteln haben sie Plätze bekommen. Eine winzige Kammer mit einem Doppelstockbett und einer Campingliege in der siebten Etage. Endlich fast fünfzig Kilometer weit weg von zu Hause.

Luitgard stellt ihre leere Müslischale zurück auf den Tisch, gießt Kaffee in ihre Tasse und schaut Kerstin vorwurfsvoll an. „Es war schon nach drei, als du gestern gekommen bist. War wohl eine tolle Fete?"

Luitgard ist und bleibt unerträglich. Kerstin hätte sich ja denken können, dass sie ihren Kommentar abgeben würde. Dabei würde sie sich am liebsten ausschweigen, denn bei Tageslicht betrachtet ist ihr alles peinlich. Insbesondere vor ihrer Freundin Steffi. Dabei hat sich Kerstin solche Mühe gegeben, die Klinke ganz leise herunterzudrücken und zu ihrem Bett zu schleichen, hat sich nahezu lautlos in das obere Etagenbett geschwungen und vorsichtshalber gleich in Klamotten geschlafen. Genützt hat es wohl nichts. Luitgards Liege steht nämlich gleich vorn an der Tür und die hat sich in der Nacht, als Kerstin gerade vorbeischleichen wollte, doch tatsächlich kurz aufgesetzt, ihre Nachtischlampe angeknipst und auf ihren riesigen Wecker geschaut. Blöde Ziege! Kerstin hat Luitgard von Anfang an nicht gemocht, niemand mag Luitgard.

Heute Morgen ist Kerstin tatsächlich noch verdammt müde, obwohl sie das natürlich um nichts in der Welt zugeben würde. Die von der Nacht verbliebenen vier Stunden hat sie zur Hälfte auch noch wach gelegen. Nun braucht sie alle verfügbare Energie, um einen halbwegs munteren Eindruck zu machen. Dabei ist ihr glatt entgangen, dass Steffi sie schon eine geraume Zeit fragend ansieht.

„Mars an Venus: Du denkst doch hoffentlich dran, dass

wir heute Abend Karten für die Lose Skiffle Gemeinschaft im Gohliser Schlösschen haben?"

„Nein. Ja. Nein. Geht schon in Ordnung."

Natürlich hat sie das vergessen. Und am liebsten würde sie alle weiteren Abende der Woche in ihrem Bett verbringen. Aber wie oft hat sie sich schon so etwas vorgenommen. Daraus wird nie etwas, immer gibt es eine Fete, einen interessanten Film, ein Konzert, Discokarten. Alles wichtiger als Nachtruhe. Keine Frage, sie wird heute Abend mitgehen. Vielleicht kommt sie ja am Nachmittag nach dem letzten Seminar noch zu etwas Schlaf.

Wie aber soll sie jetzt die zwei Stunden im Rechenkeller aushalten und danach die Stochastik-Vorlesung und das Seminar in politischer Ökonomie? Sie fühlt sich fast so mies wie im Februar, als sie drei Abende hintereinander bei den Faschingsbällen der Mathematiker, der Chemiker und dann noch der Sektion Tierproduktion/Veterinärmedizin war. Hier in Leipzig ist einfach immer was los. Verpassen will sie schließlich auch nichts. Sie ist so hundemüde. Dabei hätte sie doch eigentlich noch zwei Stunden mehr schlafen können. Wenn sie nicht so schrecklich viel hätte grübeln müssen.

Soll sie Steffi erzählen, dass sie gestern Abend bei Jörg im Bett gelandet ist? Und ist es eine Entschuldigung zu sagen, dass sie viel zu viel Rotwein intus hatte? Würde es die Sache nicht noch viel schlimmer machen, wenn Kerstin erzählt, dass nichts weiter passiert ist? Dass sie nicht mit ihm geschlafen hat?

Kerstin wollte Jörg gar nicht gestern Abend. Sie hat nur gewollt, dass er sie wollte. So schrecklich kompliziert ist das alles. Kerstin hat nur gewollt, dass Jörg sie wollte, damit niemand merkt, dass sie eigentlich Sabine will. Es hätte ja auch klappen können mit Jörg. Woher hätte sie denn wissen können, ob nicht plötzlich der Funke springt und sie sich auf der Stelle in ihn verliebt. Dann hätte sie ganz bestimmt Lust bekommen, mit ihm zu schlafen. Oder hätte sie sich dazu überwinden sollen, sie nimmt schließlich die Pille, es wäre also kein großes Ding gewesen. Vielleicht ist das mit dem Verlieben einfacher, wenn man es getan hat.

Sabine hat gestern Abend aber auch wieder so großartig ausgesehen. In Latzhose und Fleischerhemd. Und so witzig hat sie von ihrer Tramptour letzten Sommer nach Ungarn erzählt. Vor Sabine wollte Kerstin unbedingt ganz locker wirken und dann ist sie halt ganz locker mit Jörg in sein Zimmer gegangen. Aber als Sabine nicht mehr dabei war, als Kerstin plötzlich nackt in Jörgs Wohnheimbett lag – wieso hatte der eigentlich das Zweibettzimmer für sich allein? –, hatte das alles keinen Sinn mehr.

Das war doch verrückt. Kerstin hat Jörg also abblitzen lassen. Der ist aus allen Wolken gefallen, hat noch ein paar Mal versucht zu fummeln, aber außer einer halbherzigen Knutscherei ist nichts weiter passiert.

Hat Sabine eigentlich einen Freund?

Leise, sehr leise schließt Doro die Tür ihres WG-Zimmers hinter sich und huscht auf bloßen Füßen ins Bad. Aus dem fleckigen Spiegel über dem Waschbecken leuchten ihr ihre Augen entgegen, strahlen weit heller als die mickrige 25-Watt-Birne an der Decke. Und das nach nur knapp drei Stunden Schlaf. Verliebtsein ist doch einfach wunderbar! Sie schüttet sich ein paar Hände kaltes Wasser ins Gesicht, putzt ihre Zähne. Als sie zum Haarekämmen erneut in den Spiegel schaut, stellt sie fest, dass das beseligte Grinsen in ihren Mundwinkeln wohl festgewachsen ist. Doro findet, dass es da auch genau richtig ist. Sie tappt in die Küche. Sie kann sich beim besten Willen nichts, aber auch gar nichts auf der Welt vorstellen, das es schaffen würde, dieses Lächeln wieder zu vertreiben. Außer natürlich, Marion würde plötzlich verschwinden aus ihrem Leben. Doch das ist zum Glück so unwahrscheinlich, als hätte ausnahmsweise mal niemand die Milch ausgetrunken und den leeren Karton in den Kühlschrank zurückgestellt. Doch auf die Mitglieder ihrer WG ist Verlass. Also kein schnelles Müsli und für Tee fehlt ihr jetzt sowieso die Zeit. Sie muss sich schrecklich beeilen, sonst kommt sie noch zu spät zum Beginn ihres Proseminars über Entwicklungspsychologie. Aber es ist auch immer so furchtbar schwer, sich von Marion zu trennen. Sich loszureißen von ihrem warmen, weichen, nach Schlaf duftenden, wunderschönen Körper.

Marion, ach Marion. Im Takt ihres Namens tritt Doro in die Pedale, schlängelt sich durch den dichten Verkehr der Mainzer Innenstadt bis hinaus zum Unicampus an der Saarstraße, unempfänglich für die bittere Kälte, den scharfen Wind, der ihr die Tränen in die Augen treibt. So richtig kann sie es immer noch nicht glauben. Dieser magische Moment, als sie sich zufällig über den Weg gelaufen sind, in der zweiten Studienwoche. Doro strebte zur Mensa, Marion kam offensichtlich von dort. Wie zwei Statuen hatten sie eine ganze Weile dort gestanden, erstarrt, sie blickten einander an, überhaupt war das Ganze wie ein Zitat aus einer seichten Hollywood-Komödie. Und dann war alles plötzlich ganz leicht gegangen. Stundenlang hatten sie danach auf einem niedrigen Mäuerchen gesessen, hatten geredet. Geredet, geredet ohne Unterlass, gerade so, als hätten sich endlich die Schleusen geöffnet. Wie weggeblasen waren die Scheu, die Verlegenheit, die stumm machende Fremdheit, die sie die Schulzeit über voneinander getrennt hatte. Als wäre es nötig gewesen, die Schule, die enge Stadt am Niederrhein, die ganze Clique und alles andere hinter sich zu lassen. Verblüffend klar und einfach hatte sich mit einem Mal alles ineinander gefügt, hatte endlich einen Sinn ergeben. Und seit zwei Monaten nun ist Feuerwerk, rund um die Uhr. Aufregend, anregend. Vertraut und verwirrend.

Doro kettet ihr Fahrrad an einen Laternenmast vor dem Seminargebäude der Psychologen und hastet die Eingangsstufen hinauf. In Eile und den Kopf voller Marion hat sie den weiten Flur bereits fast zur Hälfte durchquert, als sie plötzlich mitten im Schritt stockt. Etwas stimmt hier ganz und gar nicht. Sie blickt sich um und es fällt ihr schwer zu begreifen, was sie sieht. Überall hocken kleine Grüppchen von Studenten auf dem Boden, die meisten weinen, aneinander gelehnt oder für sich allein, die Arme um sich geschlungen. Kerzen brennen und vereinzelt wird leise gesungen. *Give Peace a Chance* kann sie erkennen und *Strawberry Fields*.

„Was ist denn los?“, wendet sie sich an eine Kommilitonin, die sie flüchtig aus den Vorlesungen kennt.

„John Lennon ist tot. Erschossen, gestern Abend, vor dem Dakota Building, in New York. Es kam heute früh in den Nachrichten.“

Die Stimme der Studentin ist leise, stockend. Dorothea ist wie erstarrt. Sie kann nicht glauben, was sie gehört hat. Wie kann so etwas Schreckliches nur passieren? Ausgerechnet er. Der sich so sehr für den Frieden in der Welt einsetzt. Auch Doro fängt an zu weinen. Immer wieder werden Lieder von Lennon, von den Beatles angestimmt. Stücke, die sie und alle anderen, die hier mit ihr trauern, seit ihrer Kindheit begleitet haben. Musik, zu der getanzt und gefeiert wurde, Musik, die getröstet hat, die zu einem Teil ihres Lebens geworden ist.

Nach und nach entwickeln sich Gespräche, immer wieder müssen sie sich gegenseitig ihre Fassungslosigkeit mitteilen. Und Zorn entsteht, Zorn gegen eine Welt, in der unkonventionelle und unbequeme Vorkämpfer einfach abgeknallt werden können. Man muss etwas tun!

Und dann ist mit einem Mal Marion da. Marion, die trotz aller eigenen Tränen einen Arm zum Trösten hat. Die, gleich als sie es gehört hat, zu Doro geeilt ist. Um mit ihr zusammen zu sein, um Doro zu zeigen, dass sie nicht allein ist. Und die auch sofort Ideen hat, was man machen könnte und diese Ideen zusammen mit Doro weiterentwickelt. Mit der Zeit begeistern sich auch andere für ihre Vorschläge und bald gibt es einen Plan. Als Erstes werden sie eine Filmvorführung veranstalten. *Blutige Erdbeeren* werden sie zeigen, den Film über den Protest gegen den Krieg in Vietnam und mit der Musik von John Lennon. Anschließend werden sie mit einer Demo und anderen Veranstaltungen darauf aufmerksam machen, es herausschreien, dass immer noch überall Krieg ist auf der Welt. Und dass auch der Tod von John Lennon ihre Stimmen nicht zum Schweigen bringen wird.

19

„Ach Astrid, ich bin ja so was von froh, dass du mich überredet hast, dieses Wochenende zu dir nach Oldenburg zu kommen. Wenn ich nur daran denke, wie unerträglich schwül es jetzt vermutlich in Heidelberg ist, bricht mir schon der Schweiß aus", sagte Dorothea und strich sich eine feuchte Haarsträhne hinters Ohr. „Komm, lass uns noch mal ins Wasser gehen."

Sie stand auf, klemmte sich die schmale quietschrosa Luftmatratze unter den Arm und hielt Astrid auffordernd die Hand hin, aber die schüttelte nur den Kopf, zeigte auf ihr Buch und sagte: „Geh du schon mal vor. Ich lese eben das Kapitel zu Ende, dann komme ich nach, okay?"

Doro überquerte den Grasstreifen, der ihren Liegeplatz vom Ufer trennte, und stelzte vorsichtig ins Wasser. Angewidert verzog sie das Gesicht, als sie spürte, wie ihre Füße im weichen Schlamm versanken und schleimiger Moder durch ihre Zehen quoll. Lieber nicht genauer darüber nachdenken, was wohl alles in dieser Pampe Wohnung, Essen und Arbeit finden mochte. Sie hechtete nach vorn, warf den Oberkörper auf die Luftmatratze und strampelte wie wild mit den Beinen. Völlig egal, dass sie vom Ufer aus vermutlich wie eine betrunkene Ente wirken würde, Hauptsache, sie bekäme dieses ekelhafte Zeug so schnell wie möglich von der Haut.

Endlich hatte sie das Gefühl, sauber zu sein, zog sich noch ein Stückchen auf der Matratze nach oben und begann zufrieden, auf den See hinauszupaddeln.

Es war wirklich eine großartige Idee von Astrid gewesen, sie heute Morgen mit diesem Ausflug zu überraschen. Nach einem ausgiebigen Frühstück waren sie die zwei Kilometer auf gemütlich breiten Sandwegen zum See geradelt.

„Wir sind schon mal dort gewesen, erinnerst du dich?“, hatte Astrid auf Dorotheas Frage nach ihrem Ziel gesagt. „Im Januar, glaube ich, es war jedenfalls saukalt.“

Und tatsächlich kam Dorothea der kleine Moorsee bekannt vor, im Winter hatte er allerdings um einiges größer gewirkt. Aber vielleicht lag das nur daran, dass sie damals so erbärmlich gefroren hatte und ihr der Spaziergang rund um den See endlos lang erschienen war. Heute wirkte er winzig, von hohen, dicht belaubten Bäumen beschattet. Das bräunliche, unglaublich weiche Wasser war angenehm warm, einzig das Rein- und Rauskommen war unangenehm. Doch später wäre sicher wieder Astrid ritterlich zur Stelle und würde die Luftmatratze mit Schwung so weit das Ufer hinaufschieben, dass Dorothea ohne Matsch an den Füßen auf das Gras würde gelangen können. Den Spott für so viel Zimperlichkeit wollte sie dafür gern in Kauf nehmen.

Träge bewegte sie von Zeit zu Zeit die Hände, um ein wenig vorwärts zu kommen, genoss die Wärme der Sonne auf ihrem Rücken, döste vor sich hin und bemerkte erst im allerletzten Augenblick, dass Astrid geschmeidig durchs Wasser geglitten kam, um sie von der Luftmatratze zu schubsen. Mit einem Aufschrei klatschte sie in den See, drehte sich blitzschnell herum und tunkte Astrid tief unter Wasser. Als diese wieder auftauchte, begannen sie eine wilde Balgerei. Ihr Lachen, Spritzen und Prusten scheuchte einige brütende Blässhühner auf, die daraufhin in Formation auf sie zu geschwommen kamen und die beiden Störenfriede lauthals beschimpften. Kichernd entschuldigten sie sich, worauf der Damenchor würdevoll kehrtmachte, um sich wieder seinem wichtigen Brutgeschäft zu widmen. Astrid kraulte ein Stück und holte die Matratze zurück. Sie schoben sie quer vor sich, stützten sich mit Armen und Oberkörper ab und paddelten langsam in Richtung Ufer. Astrid hatte die Augen geschlossen, aus ihren Locken perlten Wassertropfen auf Schultern und Oberarme. Doro betrachtete sie hingerissen. Mit überschäumender Zärtlichkeit küsste sie einige der glitzernden Tropfen von sonnenerhitzter Haut, drängte sich näher an die Liebste heran, um so viel wie möglich von ihr zu spüren. Astrid drehte ihr den Kopf zu und begann sie leidenschaftlich zu küssen.

„Sex im Wasser ist anstrengend und keine tolle Idee."

Astrids Worte standen derart im Widerspruch zu ihrem Tun, dass Dorothea erst einige Momente brauchte, um deren Sinn zu begreifen. Erstaunt blickte sie Astrid an, die daraufhin ebenso strahlend wie verführerisch zu lächeln begann und hinzufügte: „Lass uns das doch für später aufheben, mein Herz. Wie du wohl weißt, habe ich ein wunderbar gemütliches Bett zu Hause."

Mit diesen Worten ließ sie sich von der Luftmatratze gleiten und schwamm mit kräftigen Zügen ans Ufer. Sie hatte schon T-Shirt und Shorts an, als Dorotheas große Zehen den ersten Kontakt mit dem schlammigen Grund bekamen, was sie kläglich um Hilfe rufen ließ. Breit grinsend kam Astrid ins Wasser zurückgestapft und zog sie mitsamt der Matratze auf den Grasstreifen. Gönnerhaft verkniff sie sich dabei sogar jeglichen Kommentar.

Astrid ließ sich wieder auf die Decke sinken und schaute Dorothea beiläufig beim Abtrocknen zu. Schnell streifte die ihren feuchten Badeanzug ab und kramte im Rucksack nach Slip und Top. Sie ließ sich Zeit dabei, suchte umständlich auch noch nach der Sonnenmilch und beobachtete Astrid aus den

Augenwinkeln. Doch die hatte sich bereits wieder in ihr Buch vertieft. Unschlüssig wog Doro die Flasche mit dem Sonnenschutzmittel noch einen Augenblick in der Hand, überlegte, ob es sich lohnen könnte, noch einen Versuch mit einem der bekanntesten Tricks zu starten. Sie verwarf die Idee und zog sich an, ganz offensichtlich war Astrid im Augenblick nicht zu verführen. Stattdessen widmete sie sich der umfangreichen Mappe mit den Unterlagen für das Symposium, an dem sie nächste Woche teilnehmen sollte.

Dorothea schreckte auf, als ihr Kinn die Papiere berührte, die sie auf dem Bauch liegend vor sich ausgebreitet hatte. Keine gute Idee, hier in der Sonne einzuschlafen. Sanft berührte Dorothea Astrid, die ebenfalls eingenickt war, an der Schulter.

„Liebes, wach auf! Wir holen uns einen Sonnenbrand oder Schlimmeres. Vielleicht sollten wir besser nach Hause fahren, was meinst du?"

Etwas benommen nickte Astrid, griff nach der Wasserflasche und verzog leicht das Gesicht. Das Wasser war lauwarm. Nach einigen Schlucken reichte sie die Flasche an Dorothea weiter, nickte nun energischer.

„Hör mal, ich weiß ja nicht wie's dir geht, aber ich hab Riesenhunger. Was hältst du davon, wenn wir schnell zum Duschen nach Hause fahren …", sie deutete auf ihre mit graubraunem Uferschlamm verschmierten Beine, „… und dann bei Jutta und Carmen im Bistro vorbeigehen und uns was Leckeres gönnen? Die beiden haben sowieso schon oft nach dir gefragt, wahrscheinlich würden sie sich unheimlich über unseren Besuch freuen."

„O ja", Dorothea war begeistert, „schnell, lass uns packen. Schon verrückt, in dem Moment, als du es gesagt hast, habe ich selbst gemerkt, dass ich fast am Verhungern bin."

Eine knappe Stunde später saßen die zwei im Garten des kleinen Bistros, frisch geduscht und mit noch feuchten Haaren. Vor sich große Teller mit himmlisch luftigen Omelettes, gefüllt mit frischem Champignons, mildem Schafskäse und vielen Kräutern. Genießerisch sog Dorothea den Duft ein.

„Was für eine tolle Idee von dir, Astrid“, sie probierte eine Gabel, brach sich dann ein Stück vom knusprig warmen Baguette ab, bestrich es mit Butter und schob es in den Mund. „Überhaupt ist es ein wundervoller Tag“, sie klang etwas undeutlich, „mir fällt nur wenig ein, wodurch er vielleicht noch schöner werden könnte.“

Mit diesen Worten lehnte sie sich ein Stückchen zu Astrid hinüber und strich ihr eine widerspenstige Locke hinters Ohr.

Doch ihr verführerisches Lächeln wurde von Astrid nur flüchtig erwidert. Suchend sah sie sich um.

„Wo bleibt nur Jutta?“, murmelte sie. „Ich brauche dringend noch was zu trinken.“

Mit diesen Worten schob sie ihren Stuhl zurück, stand auf und war mit wenigen schnellen Schritten im Bistro verschwunden. Ein wenig irritiert sah Dorothea ihr hinterher, schüttelte leicht den Kopf und widmete sich dann wieder mit großem Appetit ihrem Essen. Sie genoss Bissen für Bissen und schaute sich dabei in dem kleinen Garten um. Es gab insgesamt nur drei Tische, zwei davon standen zusammengerückt nahe der Hauswand unter einer Art Pergola, an der üppig blühende weiße Kletterrosen emporrankten. Dort hatte eine Gruppe älterer Ladys Platz genommen, die angeregt schwatzend an ihrem Nachmittagstee nippten und dazu erstaunliche Mengen von Carmens nahezu unwiderstehlichen Erdbeertörtchen verputzten.

Der Tisch, an dem Astrid und Dorothea saßen, stand im Schatten eines großen alten Kirschbaums, an dem die ersten Früchte sich zu röten begannen. Das leuchtend grüne Gras war kurz geschnitten und zahllose Gänseblümchen reckten ihre Blütenköpfe zum Licht. Ein weißer Kiesweg führte zu den Tischen und das ganze Grundstück war eingefasst von einer hüfthohen roten Backsteinmauer, die den Blick freigab auf weitere Gärten, Höfe und Wohnhäuser. Überall auf Balkons und Terrassen saßen sommerlich gekleidete Menschen und genossen das herrliche Wetter.

Dorothea hatte ihr Omelette fast verspeist, als ihr Astrids lange Abwesenheit das erste Mal merkwürdig vorkam. Als nach einigen weiteren Minuten noch immer keine Spur von ihr zu sehen war, beschloss sie, sie zu suchen. Sie schnappte sich Astrids Teller, deren Essen ja mittlerweile völlig kalt geworden war, aber bestimmt würden Jutta und Carmen es noch einmal aufwärmen. Sie betrat das Bistro und ihre Augen brauchten einen Moment, bis sie sich umgewöhnt hatten. Der Gastraum war leer, auch hinter der Theke stand niemand und nirgends war das leiseste Geräusch zu vernehmen. Seltsam, wo steckten die bloß alle? Doro stellte den Teller auf einen Tisch und öffnete die Tür, hinter der ein schmaler Gang in die Küche und zu den Toiletten führte.

Erstaunt riss sie die Augen auf. Tja, Astrid und Jutta hatten sie jetzt wohl gefunden. Allerdings bemerkten die beiden sie nicht, blind für alles um sich herum waren sie in einem leidenschaftlichen Kuss miteinander verschmolzen. Astrids rechte Hand war unter Juttas aus der Hose gerutschtem Hemd verschwunden, Jutta presste beide Hände auf Astrids Hintern, hatte ein Bein um sie geschlungen und drängte ihr Becken gegen Astrids Hüfte.

Leise wollte Dorothea die Tür wieder schließen, als ihr Blick auf den Durchgang zur Küche fiel. Dort stand Carmen, leichenblass im Gesicht. Tränen rollten über ihre Wangen und in ihrem Blick lag so viel Schmerz, dass Dorothea ganz automatisch reagierte. Sie fasste die Unglückliche sachte bei der Schulter, schob sie in die dämmerige Gaststube und dort auf den nächstbesten Stuhl. Mit Nachdruck schloss sie die Tür, holte ein Glas Wasser und eine Handvoll Servietten und zog sich einen Stuhl neben Carmens. Sanft nahm sie die mittlerweile heftig Schluchzende in die Arme, hielt sie fest und gab kleine besänftigende Laute von sich. Carmen hatte sich gerade wieder ein wenig beruhigt und putzte sich die Nase, als sich die Tür öffnete. Astrid kam herein und zog eine widerstrebende, vor Verlegenheit hochrote Jutta hinter sich her. Nach einem langen flehenden Blick auf ihre aufgelöste Liebste schlüpfte Jutta nach draußen in den Garten. In der drückenden Stille des Bistros konnte man deutlich hören, wie das Teekränzchen die Rechnungen beglich, überschwänglich noch einmal die Törtchen lobte und sich dann vergnügt verabschiedete. Nacheinander marschierten die Damen durch die Gaststube und warfen dabei neugierige Blicke auf das seltsam schweigende Frauentrio.

Eine kleine Ewigkeit später räusperte sich Carmen und sagte mit belegter Stimme: „Sei so gut und richte Jutta aus, dass ich nach Hause gegangen bin. Ich habe schreckliche Kopfschmerzen."

Bei diesen Worten hatte sie sich erhoben, berührte Dorothea leicht am Arm und war auch schon verschwunden, ehe diese mehr als ein kurzes „Ja, klar" hatte antworten können. Astrid, die immer noch neben der Theke stand und deren Augenbrauen sich finster zusammengezogen hatten, war keines Blickes gewürdigt worden.

Dorothea strich sich mit gewohnter Geste die Haare hinter die Ohren, bedeutete Astrid mit einer Handbewegung, sich doch zu ihr zu setzen, und holte tief Luft.

„War das jetzt tatsächlich nötig? Ihr kennt euch doch nun schon so lange, Carmen und du. Und selbst ich weiß, wie eifersüchtig sie ist. Musstest du sie denn unbedingt so verletzen? Es hat mir in der Seele leidgetan, als sie …"

„Jetzt steig aber mal lieber ganz schnell von deinem hohen Ross, Ms Obertherapeutin", unterbrach Astrid sie wütend. „Du bist wirklich die Letzte, die mir zu diesem Thema Vorträge halten sollte, findest du nicht? Oder darf ich dich vielleicht daran erinnern, dass Monika, zufällig die Liebste deiner

Gar-nicht-mehr-so-Ex Marion, auch nicht in alle Einzelheiten eurer Nostalgie-Treffen eingeweiht gewesen ist?“

Einen Moment lang fühlte Dorothea Schuld und schlechtes Gewissen in sich aufsteigen, aber dann straffte sie sich und erwiderte: „Das war bestimmt keine tolle Leistung, zugegeben. Aber wenigstens habe ich … haben wir es nicht darauf angelegt, Monika zu verletzen. Im Gegenteil, sie hätte nie etwas davon erfahren, wenn du nicht …“

„Wenn ich nicht was? Ihr die Wahrheit gesagt hätte?“ Astrid tobte. „So funktioniert das nun mal nicht. Offenheit und Ehrlichkeit sind das Wichtigste in Mehrfachbeziehungen, warum willst du das, verdammt noch mal, denn nicht endlich kapieren? Du kannst deine Feigheit doch nicht damit entschuldigen, dass du andere schützen willst.“

„Aber du wirst mit deiner Eifersucht vielleicht besser fertig, wenn du anderen wehtun und sicher sein kannst, dass es ihnen mindestens ebenso schlecht geht wie dir selbst.“ Bei diesen Worten war Dorotheas Stimme leise und nachdenklich geworden, sie betrachtete Astrid aufmerksam und wartete auf deren Reaktion.

Die ließ auch nicht lange auf sich warten. Mit einer heftigen Bewegung fegte sie das Wasserglas vom Tisch. Es zersprang in tausend Scherben, Glassplitter und Tropfen spritzten durch den Raum, während Astrid auf die Tür zustürmte. Kurz vorher drehte sie sich noch einmal um.

„Eifersüchtig! Ausgerechnet ich! Du spinnst doch total!“

Dann war sie verschwunden. Wieder lastete die Stille schwer. Dorothea versuchte, ihre Gedanken zu ordnen. Was um Himmels willen sollte sie denn jetzt nur tun? Sie hatte nicht die leiseste Ahnung, wo Astrid in ihrer Wut wohl hingerannt sein konnte. Und eigentlich war ihr das im Augenblick auch ziemlich egal, sollte sie sich doch erst mal wieder beruhigen. Dass sie so ausrasten konnte! Im Grunde fand Dorothea, dass ein solches Verhalten bestenfalls zu erklären, ganz sicher aber nicht zu entschuldigen wäre. Leider hatte sie ihren Schlüssel zu Astrids Wohnung nicht dabei und auch Emmas Autoschlüssel lag auf der kleinen Kommode im Flur. Zu blöd aber auch! Wer weiß, wie lange es dauern würde, bis Astrids Wut verraucht wäre und man ein halbwegs vernünftiges Gespräch mit ihr führen könnte. Wo sollte Doro nur so lange hin? Dummerweise waren Carmen und Jutta nämlich die Einzigen in Oldenburg, die sie gut genug kannte, um in einer solchen Situation bei ihnen hereinzuschneien. Doch ausgerechnet das war jetzt schlichtweg unmöglich.

Das Geräusch von Schritten auf Kies holte Dorothea aus ihren Grübeleien. Jutta betrat das Bistro, griff nach einer der Servietten auf dem Tisch und wischte sich die Tränen ab. Immer noch zu verlegen, um Dorothea ins Gesicht zu sehen, bückte sie sich, um die Scherben aufzusammeln und murmelte: „Hör mal, es tut mir wirklich leid. Das musst du mir glauben, ich wollte ganz bestimmt nicht …"

Dorothea unterbrach sie mit einer müden Handbewegung. „Komm, lass gut sein. Ich habe im Moment genug eigene Probleme und gehe jetzt lieber, mach's gut."

„Aber so warte doch", Jutta klang flehentlich. „Wo willst du denn hin? Lass uns doch bitte reden, ich bin so schrecklich durcheinander."

„Für deine Schuldgefühle habe ich jetzt gerade keinen Kopf, sorry. Sieh lieber zu, wie du das mit Carmen wieder in Ordnung bringst. Ich kümmere mich um meinen Kram."

Doro hatte keine Lust, sich auch noch Juttas Gejammer anzuhören. Schnell schloss sie die Bistrotür hinter sich, stand noch einen Moment lang unschlüssig auf dem Gehweg und begann dann langsam in Richtung Astrids Wohnung zu gehen.

Sie war erst wenige Schritte gegangen, als ihr Handy den Eingang einer SMS anzeigte. Eine Nachricht von Kerstin.

„Hallo du Schöne, genießt ihr den Tag auch so wie ich?

Sitze mit Sabine im Garten und bin schon ganz dösig vom Nichtstun. Wish you were here! 1000 Küsse. Kerstin.“

Dorothea schossen die Tränen in die Augen. Was gäbe sie jetzt nicht alles für Kerstins beruhigende Gegenwart, ihren klaren, logischen Verstand und für eine liebevolle Umarmung. Und bevor sie näher darüber nachdenken konnte, hatte sie bereits ihre Nummer gewählt und hörte noch vor dem zweiten Klingeln ihre vergnügte Stimme.

„Hi, dass nenn ich aber eine prompte Reaktion. Ich hatte gar nicht so schnell mit einer Antwort von dir gerechnet. Wo seid ihr denn? Was tut ihr?“

Dorothea schluckte ein Schluchzen hinunter. „Ich …“, sie brach ab. „Ich bin gerade …“ Auch der zweite Versuch war nicht viel erfolgreicher.

Kerstin war alarmiert. „Liebste, was ist denn los, um Himmels willen? Bist du krank? Ist was passiert? Wo ist denn Astrid? Gib sie mir doch mal.“

„Das geht gerade nicht, die ist irgendwohin verschwunden.“

Und dann sprudelte Doro die ganze Geschichte hervor. Die seltsame Stimmung den ganzen Tag über, Astrids und Juttas Darbietung vor den Toiletten, den hässlichen Streit bis hin zu Astrids furiosem Abgang.

„Und jetzt sitz ich hier, auf der kleinen Mauer neben dem Bistro, du erinnerst dich? Und weiß beim besten Willen nicht, was ich machen soll. Ach Kerstin, ich wünschte mir so sehr, dass du hier wärst.“

„Augenblick, mein Herz, warte mal ’nen Moment.“

Kerstin legte die Hand über den Hörer und Dorothea vernahm nur noch ein leises Murmeln. Dann war sie wieder da. „Ich denke, in vier, viereinhalb Stunden bin ich spätestens bei dir. So schrecklich viel Verkehr dürfte jetzt nicht sein, hoffe ich. Was wirst du bis dahin tun? Kannst du irgendwohin?“

„Nein … ich weiß nicht … willst du denn wirklich?" Dorothea war überwältigt und durcheinander. „Den ganzen weiten Weg! Das ist doch Wahnsinn!"

„Ist es nicht", widersprach Kerstin. „Ich fahr jetzt direkt los, okay? Du kannst mich jederzeit erreichen. Wir sehen uns bald. Ich küsse dich."

„Ich dich auch." Ungläubig starrte Dorothea auf ihr Handy. So was Verrücktes! Jetzt würde diese Irre, diese wundervolle Frau, hunderte von Kilometern fahren, nur um hier bei ihr zu sein. Und allem Chaos zum Trotz stieg ein warmes Gefühl in ihr auf.

Dorothea spähte aufgeregt die Straße hinunter. Ruhelos marschierte sie den Bürgersteig vor Astrids Wohnung auf und ab. Es war schon zehn Minuten her, seit sich Kerstin das letzte Mal von unterwegs gemeldet hatte.

„Ich bin gleich bei dir", hatte sie versprochen. Schließlich bog ihr schon reichlich mitgenommener weißer Golf um die Ecke, wurde langsamer und fädelte sich in eine Parklücke. Doro rannte auf den Wagen zu und zog Kerstin, kaum dass diese ausgestiegen war, stürmisch in ihre Arme.

„Oh, endlich! Ich bin ja so erleichtert! Wie verrückt von dir … aber ich finde es wunderbar … du bist einfach toll, ich weiß gar nicht … ich freue mich so, dich zu sehen! Es ist alles so … was für ein Chaos …"

Kerstin stoppte das hektische Gestammel mit einem zärtlichen Kuss. „Beruhige dich. Ich bin auch froh, dass ich endlich da bin, die Fahrt zog sich dann doch endlos. Und ich bin schrecklich durstig. Und außerdem müsste ich dringend …"

„Komm", Dorothea hatte sich wieder gesammelt, „wir gehen zu dem Italiener da vorne an der Ecke. Ich könnte auch was zu trinken brauchen. Es gibt nur ein Problem – hast du vielleicht was zu schreiben? Astrid hat nämlich mal wieder ihr Handy nicht dabei, wie üblich. Aber ich würde ihr gern eine

Nachricht an die Klingel stecken."

„Klar, das ist nur fair und das hat sie auf jeden Fall verdient", meinte Kerstin trocken.

Doro grinste ein bisschen verlegen. „Ja, ich weiß, aber …"

„Aber du magst es nun mal nicht, wenn es Streit gibt. Und lange böse sein kannst du schon gar nicht. Genau dafür liebe ich dich ja so sehr."

Kerstin reichte ihr eine herausgerissene Seite ihres Kalenders und einen angeknabberten Bleistiftstummel. Schnell schrieb Dorothea einen kurzen Zettel, dankbar dafür, dass ihre langen Haare dabei ihr Gesicht verbargen.

Wie hatte sie das wohl gemeint? „Dafür liebe ich dich ja so sehr"? War das nur so dahingesagt? Ihr Herz klopfte wie wild, durch tiefe lange Atemzüge versuchte sie es ein wenig zu beruhigen, während sie das kleine Blatt Papier unter Astrids Klingelschild schob. Darüber würde sie später in Ruhe nachdenken. Sie hakte sich bei Kerstin unter und zusammen schlenderten sie zu dem kleinen Ecklokal.

Nachdem sie sich etwas zu trinken bestellt hatten, fragte Kerstin: „Und, erzähl, was hast du den Nachmittag über gemacht? Wie war's im Kino?"

„Keine Ahnung, ich hab so gut wie nichts von dem Film mitbekommen. Die ganze Zeit habe ich über den Zoff mit Astrid gegrübelt und darüber, wie verrückt es ist, dass du so eine riesige Strecke fährst, nur um mir beizustehen."

Kerstin malte nachdenklich kleine Kreise mit dem Finger auf die karierte Tischdecke.

„Ich habe mir auf der Fahrt hierher mindestens ein halbes Dutzend Mal überlegt, wie viel praktischer es doch wäre, wenn wir nicht so weit auseinander wohnen würden. Vielleicht sollten wir mal in aller Ruhe … ich meine, wir alle drei … natürlich erst, wenn …" Verlegen brach sie ab.

Dorothea staunte sie mit großen runden Augen an. Schnell griff Kerstin nach ihrem Glas, das der Kellner gerade vor sie hingestellt hatte, und trank einen großen Schluck.

„Jetzt erzähl aber noch mal ganz genau, was eigentlich los war", sagte sie hastig, bevor Doro sich von ihrer Überraschung erholt hatte und zu diesem kühnen Vorschlag etwas hätte sagen können.

Sie war mitten in ihrer ausführlichen Schilderung, als Kerstin plötzlich unverwandt in Richtung Eingang starrte, während ein Lächeln auf ihrem Gesicht erschien. Dorothea drehte sich um und bemerkte, dass Astrid in der Tür stand. Sie sah schlichtweg umwerfend aus: Das kirschrote lange Seidenhemd bedeckte zwar die Hälfte ihrer Oberschenkel, aber sonst nicht viel mehr. Wäre der Ausschnitt noch zwei Zentimeter tiefer gewesen, hätte man den Bauchnabel sehen können. Dazu trug sie eine schwarze Siebziger-Jahre-Cordhose mit besticktem Schlag. Ihre Locken wurden von einem rotschwarz gemusterten Tuch aus dem Gesicht gehalten. Lange Ohrringe baumelten bis fast auf die Schulter und ihre tiefrot geschminkten Lippen leuchteten.

Einen kurzen Moment lang genoss sie sichtlich die aufmerksame Bewunderung, die ihr zuteil wurde. Dann knipste sie ihr betörendstes Lächeln an und stürmte strahlend auf Dorothea und Kerstin zu.

„Das ist die großartigste Idee seit Langem! Wirklich genial von dir, Doro, Kerstin anzurufen. Warum bin ich nicht darauf gekommen?"

Entgeistert blickten Doro und Kerstin erst einander und dann wieder Astrid an. Was sollte das denn jetzt schon wieder heißen?

„Wo doch heute Ladys' Night im *Alhambra* ist. Ich hab gleich angerufen und drei Karten an der Kasse zurücklegen lassen, als ich deinen Zettel gefunden habe. Wollt ihr euch nicht auch schnell noch umziehen, bevor wir losmüssen?"

Dorothea rang um ihre Fassung. Das konnte doch wohl nicht wahr sein. Sie war von Astrid so einiges an urplötzlichen

Sinneswandeln gewöhnt, aber dies war unfassbar. Und außerdem würde Kerstin sie jetzt womöglich für völlig bescheuert halten.

„Hör mal, Astrid", begann sie, „sollten wir nicht vielleicht erst mal …"

Astrid unterbrach diesen Satz mit einem überschwänglichen Kuss. „Später, Honey, später. Und außerdem verspreche ich hoch und heilig, heute außer euch beiden Schönen keine andere mehr zu küssen, mein selbstloser Beitrag zur Beziehungsklärung."

In Doros und Kerstins Mienen spiegelten sich Resignation, Ungläubigkeit und Belustigung. Doch auch darüber setzte sich Astrid unbekümmert hinweg, warf mit großer Geste einen Fünf-Euro-Schein auf den Tisch und zog ihre beiden Liebsten hinter sich her. Schließlich wartete ein aufregender Abend auf sie.

Kerstin lehnte sich mit dem Rücken gegen die kühle Wand. Ausstrecken tat gut. Die lange Fahrt steckte ihr wohl doch mehr in den Knochen, als sie vorhin gedacht hatte. Astrid und Doro rockten dort drüben auf der Tanzfläche ab. Gerade war etwas mehr Platz und sie nutzten die Gelegenheit. Eine Menge Spaß schienen sie zu haben. Kerstin gönnte es ihnen von ganzem Herzen. Na ja, jedenfalls Doro gönnte sie es, die hatte nach dem Stress vom Nachmittag ein wenig Entspannung bitter nötig.

Astrid tat sowieso, als wäre rein gar nichts vorgefallen. Sie gab die Diva und hatte erst vor Doro, dann vor Kerstin eine theaterreife Verbeugung hingelegt, um sie beide zum Tanzen aufzufordern. Doro hatte eingewilligt, Kerstin dagegen die durchaus charmante Einladung dankend abgelehnt, zumindest soweit das bei der hier herrschenden Lautstärke möglich war: Sie hatte den Kopf geschüttelt, bedauernd die Schultern nach oben gezogen und auf ihre gerade Mal zur Hälfte geleerte Bierflasche gedeutet. Klar war Astrid mit dieser Erklärung zufrieden gewesen. Astrid war mit jeder Art von Erklärung schnell zufriedenzustellen, Hauptsache sie musste sich nicht erklären. Wieso kam Astrid nur immer wieder ungeschoren davon? Da kehrte sie hier die Dancing Queen raus, obwohl eine Entschuldigung und wenigstens der Versuch einer Erklärung doch das Mindeste gewesen wären, was sie Kerstin und vor allem Doro schuldete.

Wütend zupfte Kerstin eine Ecke des Etiketts von ihrer Bierflasche. Tatsächlich, sie war wütend. Richtig zornig. Sie pulte eine breite Rinne in das Etikett, die Reste des durchgeweichten Papiers sammelten sich unter ihrem Daumennagel. Kerstin schob einen weiteren feuchten Papierfetzen zum Flaschenhals und versuchte ihn dann auf den Fußboden zu schnipsen, was sich allerdings als schiere Unmöglichkeit herausstellte. Der Fetzen klebte an ihren Fingen. „Wie'n babbichs Gudsel", würde Doro sagen. Die konnte so wunderbar alle möglichen Dialekte nachmachen, aber im Kurpfälzischen war sie mittlerweile unschlagbar. Wieso war es mit Doro immer so einfach und unkompliziert, aber kaum erschien Astrid auf der Bildfläche, brach regelmäßig die Hölle los. Wieso stellten sie sie nicht wenigstens heute zur Rede? Warum ließen sie sich alles von ihr bieten? Mit einem Ruck schob Kerstin das letzte Drittel des Etiketts zu einer Ziehharmonika zusammen.

Natürlich war Astrid großartig, umwerfend und außergewöhnlich in mehr als einer Hinsicht. Die meiste Zeit empfand Kerstin die Beziehung mit ihr als das Beste, was ihr je passiert war. Vielleicht das Zweitbeste, korrigierte sie sich, denn das Beste war zweifelsohne die Erfahrung einer Dreiecksbeziehung, die sie ohne Astrid in ihren kühnsten Träumen nicht einmal in Erwägung gezogen hätte. Und ganz bestimmt wusste Astrid viel mehr von offenen Beziehungen als Kerstin und Doro zusammen. Aber etwas war hier faul. In Astrids Handeln gab es ständig Brüche. Dinge, die sie sagte, widersprachen oft ihren Taten. Dafür musste es doch Gründe geben. Als Mathematikerin glaubte Kerstin unerschütterlich an das Prinzip von Ursache und Wirkung. Warum nur tat Astrid immer wieder etwas, das andere verletzte, und drückte sich anschließend davor, wenigstens die Verantwortung für Konsequenzen zu übernehmen?

Sie trank den letzten Schluck des inzwischen schal gewordenen Biers, stellte die Flasche neben sich und versuchte, die widerlich klebrigen Hände an ihrer ohnehin verschwitzen Jeans abzuwischen. Sie mochte gar nicht darüber nachdenken, womit Flaschenetiketten heutzutage aufgeklebt wurden. Mit Tiermehl, hatte ihre Oma immer behauptet. Sie rieb ihre Hände noch einmal energisch an den Hosenbeinen ab. Es wurde höchste Zeit, Klartext miteinander zu reden. Aber bis morgen musste es vielleicht noch warten, denn die dröhnenden Lautsprecher zu überschreien, hätte mit Sicherheit wenig Zweck. Wozu war sie eigentlich Hals über Kopf die vielen Kilometer hierher gefahren? Hatte Doro am Ende etwas dick aufgetragen? War das nachmittägliche Drama in Wirklichkeit bloß eine kleine Schmierenkomödie gewesen? Wer den beiden jetzt beim Tanzen zuschaute, konnte durchaus auf diese Idee kommen. Allerdings sah Doro so etwas überhaupt nicht ähnlich, sie erfand doch keine Katastrophen, um Kerstin zu beeindrucken. Eher würde sie um des lieben Friedens willen jedes Problem auf ein Problemchen zurückstutzen. Doro schwieg einfach, hielt lieber den Mund, statt Unbehagen zu artikulieren. Im Grunde konnte Kerstin sie ja verstehen, aber dieses Mal hatte Astrid es nun wirklich zu weit getrieben. Und was tat Doro? Tanzte mit der Lady in Red, als würde es kein Morgen geben.

Heute zumindest würde es keine Aussprache mehr mit Astrid geben, so viel stand fest. Und wie es morgen früh weiterginge, stand in den Sternen. Dabei war es ja wohl an Doro, Astrid zur Rede zu stellen. Was um alles in der Welt tat Kerstin hier? Sollte sie jetzt nicht eigentlich mit einem Becher Rotwein neben Sabine hocken und in die letzten Reste der niederbrennenden Glut in der neu erworbenen Feuerschale starren?

Kerstin versetzte der leeren Bierflasche einen ärgerlichen Tritt, worauf diese beleidigt davonkullerte. Sie bückte sich schnell, hob die Flasche auf und trug sie zur Theke zurück.

Zeitreise

Der Igel sprach: Nur nicht so schnell.
Lass dir erst deine Zähne brechen,
Dann wollen wir uns weiter sprechen!
Und allsogleich macht er sich rund,
Schließt seinen dichten Stachelbund
Und trotzt getrost der ganzen Welt
Bewaffnet, doch als Friedensheld.

Kerstin gehen diese Zeilen von Wilhelm Busch nicht mehr aus dem Kopf. Schließlich hat sie nicht zuletzt damit den zentralen Agitatorenausscheid der Uni gewonnen. Politik hat sie schon immer interessiert und der Argumentewettstreit hat ihr Spaß gemacht. Dass sie am Ende sogar gewonnen hat, war eine Riesenüberraschung für sie. Fast nur männliche Studenten haben teilgenommen. Darüber hat sie sich gewundert, über den Büchergutschein von sage und schreibe hundert Mark mächtig gefreut.

Eigentlich hat sie gestern auch vorgehabt, den Igelspruch auf das Transparent zu pinseln, aber dann ist er viel zu lang gewesen. So eine Losung muss kurz und prägnant sein. Auf gelben Fahnenstoff hat sie nach kleiner Bedenkzeit mit blauer Plakatfarbe gepinselt:

Sonne statt Reagen!

Das ist witzig und sagt alles. Frieden, blauen Himmel und strahlenden Sonnenschein, das will doch jeder in diesem

Land. Sogar ihre Oma ist in ihrem Hochhaus losgezogen und hat Unterschriften gegen den NATO-Doppelbeschluss gesammelt, als Kerstin ihr das mit der Stationierung der Mittelstreckenraketen erklärt hat. Richtig stolz ist sie auf ihre Oma.

Da vorn wird sich ihre Marschkolonne mit der aus den nördlichen Stadtteilen kommenden vereinigen. So viele Menschen ziehen bei diesem Sternmarsch aus der ganzen Stadt zum Völkerschlachtdenkmal. Alle sind auf der Straße, um ihren Friedenswillen zu bekunden. Feuerwerk wird es auch geben. Wenn nur die Amerikaner von der Stationierung absehen würden, dann bräuchten die sowjetischen Truppen auf dem Gebiet der DDR auch keine SS-20-Raketen. Dann müssten wir dafür kein Geld ausgeben, dann könnte jede Woche ein Feuerwerk gezündet werden. Aber so müssen die Menschen in den sozialistischen Staaten noch mehr Anstrengungen unternehmen, noch mehr produzieren, um mit den amerikanischen Raketen gleichzuziehen. Nur so kann der Frieden bewahrt bleiben. *Bewaffnet, doch als Friedensheld.*

Da war gerade wieder jemand mit einem Stoffaufnäher *Schwerter zu Pflugscharen.* Die werden hier nicht gern gesehen. Angeblich sei das Propaganda des Klassenfeinds. So recht glauben kann Kerstin das allerdings nicht. Ist ja auch unlogisch, das richtet sich doch ebenso gegen die westlichen Waffen. Vielleicht stammen die missliebigen Aufnäher, die immer ausgefranst und ziemlich verwaschen aussehen, eher von der BRD-Friedensbewegung. Also von denen, die doch Bündnispartner sein müssten? *Schwerter zu Pflugscharen*, genau, Kerstin mag das Bild. *Frieden schaffen ohne Waffen.* Schön wäre das. Die allerbeste Lösung. Kerstin wird alles tun, was in ihrer Macht steht, um den Frieden zu sichern.

Gleich biegen sie in den Park vor dem Völkerschlachtdenkmal. Überall Fackeln, die sich in dem ausgedehnten Wasserbecken davor spiegeln. Auf der Spitze des Baus brennt bengalisches Feuer. Klassische Musik spielt. Die Feuerwerksmusik, Kerstin erinnert sich vom Musikunterricht.

Kerstin muss Sabine finden. Vielleicht war die Verabredung doch zu ungenau. Wenn sie sich nun verfehlen? Nein, da ist sie ja. Ihr Palästinensertuch sieht gut aus. Kerstin hätte auch gern eins, weiß nur nicht, woher sie es bekommen soll. Manche lassen sie sich von ihren Verwandten im Westen schicken, aber das scheint ihr auch nicht passend. Schließlich ist das doch ein revolutionäres Symbol und dann aus dem Westen?

Nun hat Kerstin sich endlich zu Sabine durchgedrängelt. War gar nicht so einfach, es ist unglaublich voll hier. Sabine strahlt sie an. Also freut sie sich auch auf den gemeinsamen Abend. Sabine wird bei ihr schlafen. Vielleicht passiert heute Nacht endlich mehr als dieser Kuss am letzten Sonntag. Kerstin kann die ganze Woche schon an nichts anderes mehr denken als an diesen Kuss. Weiche Knie hatte sie. Sabine. Kerstin ist total verknallt. Sie setzt sich neben sie ins Gras, so dicht es geht, das fällt hier gar nicht auf. Sie sieht, wie der Fackelschein als lustiges Fünkchen in Sabines Augen tanzt und lauscht versunken der deklamierenden Lautsprecherstimme:

Und allsogleich macht er sich rund,
Schließt seinen dichten Stachelbund
Und trotzt getrost der ganzen Welt
Bewaffnet, doch als Friedensheld.

20

Nein, das durfte jetzt einfach nicht wahr sein! Genug war genug!

Es ging immer noch weiter und kein Ende in Sicht. Hinter jeder Biegung schien der Berggipfel schon zum Greifen nah zu sein, aber dann erwies sich das einmal mehr als Täuschung und der Weg schraubte sich schonungslos weiter nach oben, ging im wahrsten Sinne des Wortes lediglich in die nächste

Runde. Vorhin vom Schiff aus hatten die Hügel zu beiden Seiten noch völlig harmlos gewirkt, sanfte kleine Erhebungen dicht mit Wald bewachsen. Nur die – wie Doro erklärt hatte – in diesem Jahr etwas verspätet blühenden Maronibäume hatten ein paar hellere Tupfen in den dunkelgrünen Pelz gesprenkelt.

Was von unten so malerisch und einladend ausgesehen hatte, erwies sich nun allerdings als reinste Folter. Kerstin bereute längst, dass sie Doros Vorschlag so leichtfertig zugestimmt hatte. Freilich hatten die Häuser hinter den mittelalterlichen Mauern verschanzt dort oben auf dem Berg wunderschön ausgesehen und Astrid würde bestimmt tolle Fotos machen, aber war es das wert? Vielleicht hätten sie doch lieber den perfekten Postkartenblick vom Tal aus in Erinnerung behalten sollen, statt hier auf einem steil ansteigenden Waldweg in den nächsten zehn Minuten mit an Sicherheit grenzender Wahrscheinlichkeit einem Hitzschlag zu erliegen. Vermutlich würden sie erst Wochen später, irgendwann im Herbst womöglich, gefunden werden, denn wer sonst sollte so wahnsinnig sein, bei vierunddreißig Grad auf Bergen herumzuklettern?

Auch Doro und Astrid waren bereits seit geraumer Zeit nicht mehr besonders gesprächig.

„Wenn der Himmel durch die Bäume zu sehen ist, heißt das, dass wir fast oben sind“, brachte Doro schnaufend heraus.

Diese vermutlich als Aufmunterung gedachte Binsenwahrheit klang jedoch höchstens nach einer Beschwörung, weil zwischen den Bäumen mitnichten ein Stück Himmel, sondern immer nur neue Bäume und blickdichtes Gestrüpp zu sehen waren. Oder musste sich gar nicht erst der Himmel auftun, bevor sie erlöst werden würden? Das da vorn sah doch ganz nach dem Anfang einer Treppe aus und wenn eine Treppe anfängt, führt sie in der Regel auch irgendwo hin.

Kerstin gönnte sich einen Schluck aus ihrer Flasche. Zwar hatte Doro ihnen als Entschädigung für die Mühen ein kleines Café in Aussicht gestellt, aber Kerstin ging selten ohne etwas zu trinken los. Wie recht sie damit gehabt hatte, merkten die drei schon kurze Zeit später. Astrid, die als Erste an der Tür des besagten Cafés ankam, las laut vor:

Urlaub. Wir sind im September wieder für Sie da!

Was für eine herbe Enttäuschung. Wenigstens wurde im Burghof an der Kasse Eis am Stiel verkauft. Sie setzten sich nebeneinander auf einen Sims, langsam kehrten die Lebensgeister zurück. Wo sie schon einmal hier oben waren, konnten sie genauso gut auch noch auf den Burgturm klettern. Die siebzig Stufen spielten nun wirklich keine Rolle mehr. Astrid hatte schließlich extra ihre ganze Fotoausrüstung mitgeschleppt und wollte Bilder vom Neckartal machen. Motive gab es ohne Ende: Schiffe aller Größen auf dem sich durchs Tal windenden Fluss, bewaldete Hügel mit Burgen und dahinter wieder neue Hügel mit neuen Burgen. Vier davon hatten sie allein beim Aussteigen vom Schiff gesehen, jetzt standen sie auf dem Turm der fünften und das alles auf höchstens zwei Quadratkilometern.

Astrid hatte bereits das Panorama nach allen Seiten abgelichtet, jetzt ein Schnappschuss von Doro, die unter ihrer Schirmmütze hervor zufrieden in die Sonne blinzelte und gerade einen Klecks Sonnencreme auf ihrer Nase verrieb. Und dann von Kerstin, wie sie dabei war, ihre Wasserflasche in der Seitentasche des Rucksacks zu verstauen. Ein Tag wie aus dem Reiseführer.

Nur heiß, sehr heiß. Eine Abkühlung müsste jetzt her. Hatte die Frau im Kassenhäuschen sie nicht vorhin in den Brunnenstollen schicken wollen? Dort unten würde es bestimmt kühler sein. Kerstin hinterließ ihre Wasserflasche als Pfand an der Kasse und bekam den erforderlichen Schlüssel ausgehändigt. Wenige Minuten später standen sie schon unterhalb der

Burg vor dem Eingang zum Schacht. Sie steckte den Schlüssel ins Schloss und mit einem Quietschen schwang die schwere Gittertür auf. Hintereinander betraten sie den engen, in Fels gehauenen Gang. Tatsächlich, schon wenige Schritte hinter dem Eingang wurde es kühl, fast fröstelte Kerstin. Bald war die Decke derart niedrig, dass Kerstin gebückt laufen musste und am liebsten umgekehrt wäre. Auch Doro schob sich wenig enthusiastisch durch den Stollen. Von den Wänden tropfte es, Klaustrophobiker hätten längst die Flucht ergriffen.

Astrid stiefelte forsch vorneweg. „Och. Das ist alles", hörten sie ihre Stimme ganz dumpf, obwohl nur ein paar Meter entfernt. Bald befanden sie sich auf einer Art Felsvorsprung an der Brunnensohle, begrenzt durch ein eisernes Geländer. Einige Meter weiter unten trieben ein paar Bonbonpapiere träge auf dem Wasser. Es roch etwas brackig.

„Das war's wohl auch schon." Astrid klang ein wenig enttäuscht, hatte wohl Spektakuläreres erwartet. Was mochte sich in ihrer Fantasie abgespielt haben? Kerstin liebte sie nicht zuletzt dafür, dass mit ihr einfach jede Unternehmung zu etwas ganz Besonderem werden konnte. Ihr gingen die Ideen niemals aus und ihre Fröhlichkeit wirkte ansteckend. Im Moment suchte sie nach einer günstigen Position für ihre Kamera und programmierte den Selbstauslöser.

„So, nun posiert mal fürs Album." Astrid zog sie beide in ihre Arme. Klick machte der Auslöser. Und noch mal. Und ehe das fünfte programmierte Klick ertönte, hatte Astrid Doros Bluse zwei Knöpfe weiter geöffnet und begonnen, ihre Hand zwischen den Brüsten nach unten wandern zu lassen. Bevor sie kurz unterbrechen musste, um den Apparat neu einzustellen, küsste sie rasch Kerstins Ohrläppchen.

Und schneller als Kerstins und Doros Augen sich nach den vielen Blitzen wieder an das Halbdunkel des Stollens gewöhnen konnten, sprang sie schon abermals zurück und rief: „Das kriegt die Unterschrift *Heiße Küsse in der kalten Höhle.* Und jetzt zum Thema *Die Weiße Frau und ihre Schwestern*!"

Dann folgten noch Fledermaus-, Expeditions- und Gespensterserien. Lachen schallte durch den Gang und das Echo brach sich vielfach an den Felswänden. Astrids sprühende Energie hatte etwas Magisches. In solchen Momenten schien die Welt um sie herum nicht mehr zu existieren. Kerstins Bauch fühlte sich an wie mit Brausepulver gefüllt und gleich würde sie überschäumen, so glücklich war sie.

Noch etliche Mal klickte es, doch mit der Zeit wurde ihnen tatsächlich empfindlich kühl. Kerstin fiel wieder ein, wo sie sich befanden, und sie wollte schon in Richtung Ausgang zurückgehen, als Astrid sie festhielt.

„Halt, Süße. Lasst uns doch alle noch eine Münze ins Wasser werfen. Ihr wisst schon, damit wir wieder hierher zurückkommen."

Kerstin war momentan zwar nicht sicher, ob sie je wieder in diesen Stollen kriechen wollte. Und Doros leicht gequältes Lächeln ließ darauf schließen, dass sie sich ohne jeden Zweifel nie wieder so tief unter die Erde begeben wollte. Aber noch endlos viele herrliche, schwerelose Tage mit Astrid und Doro, das wollte Kerstin mit absoluter Sicherheit. Also nahm sie das Zehn-Cent-Stück aus Astrids Hand. Sie war nicht sicher, ob ein derart geringer Betrag ausreichen würde, um die Göttinnen milde zu stimmen. Sie warf das Geldstück trotz ihrer Skepsis in die Tiefe und schaute ihm hinterher, bis es mit einem leisen Platschen im Wasser verschwand. Doros Münze landete gleich daneben, zuletzt folgte Astrids. Und nun konnten sie endlich zurück an die Sonne, die Kerstin jetzt überhaupt nicht mehr unerträglich heiß erschien.

Der heutige Tag war fast genauso berauschend wie jener Sonntagvormittag vor zwei Wochen. Astrid hatte alle Register gezogen, ihre beiden Liebsten nach allen Regeln der Kunst verführt und sie alle miteinander in einen erotischen Funkenregen gehüllt. Dem total verkorksten Samstag, als Kerstin

Doros Hilferuf folgend Hals über Kopf nach Oldenburg gefahren war, folgte nicht etwa wie erwartet eine klärende Aussprache, sondern der aufregendste Sex, den sie bisher miteinander geteilt hatten.

Kerstin seufzte in Erinnerung daran. Und auch an Doros verliebtem Strahlen war zu sehen, wie sehr sie von Astrids Zauber gefangen war.

Als ihr Schiff gegen Abend wieder in Heidelberg anlegte, war alle Müdigkeit vergessen. Sie waren sich einig, dass sie den lauen Abend unmöglich drinnen verbringen konnten. Der Sommer hatte in diesem Jahr so spät Einzug gehalten. Jetzt aber war es mit einem Schlag fast schon zu heiß geworden, die Abende aber waren großartig, wie Samt und Seide. Kerstin musste über ihre poetische Anwandlung feixen. Sie neigte zum Kitsch, je länger sie in Heidelberg war. Vielleicht machte sich aber auch Astrids Einfluss bemerkbar.

Da Doros Wohnung – wie so viele in der Weststadt – keinen Balkon hatte, beschlossen sie, den Abend in einem Straßencafé zu verbringen. Allerdings waren auch die im engen Heidelberger Neckartal dünn gesät und Plätze nicht ohne weiteres zu finden. Doros Favorit war momentan der Freisitz neben der Stadtbibliothek im Erdgeschoss eines neuen Bürogebäudes. Das klang zwar wenig anheimelnd, erwies sich aber als perfekte Wahl. Der größte Vorteil war, dass es keine Leinwände oder gigantischen Bildschirme für die Übertragung der Fußballweltmeisterschaft gab. Doro sah sich als Einzige von ihnen hin und wieder ein Spiel an, bevorzugte aber Frauenfußball. Schließlich waren die ja auch schon Weltmeister – oder hieß das dann etwa Weltmeisterin? Doro würde garantiert auf der weiblichen Endung bestehen. Astrid interessierte sich genau wie Kerstin nicht die Bohne für Fußball, sie konnten einen Elfmeter gerade mal vom Freistoß unterscheiden.

Die Terrasse war wie leer gefegt. Und vermutlich würde das auch noch die nächsten fünfunddreißig Minuten so bleiben, denn die zweite Halbzeit im Spiel Deutschland gegen irgendwen hatte gerade erst begonnen. Gutes Timing. Hungrig waren sie jetzt. Astrid und Doro bestellten sich beide eine Lasagne, Kerstin Pizza. Dazu eine große Flasche Wasser, drei Gläser und die Cocktailkarte.

Die war erstaunlich dick. Sechsundneunzig Cocktails, teils Klassiker, teils gewagt klingende Kreationen. Astrid und Kerstin wechselten nur einen kurzen Blick: Natürlich würden sie Mojitos bestellen, so wie am letzten Abend ihres Rügenurlaubs. Das war ein großartiger Abschiedsabend gewesen und mit jeder neuen Runde Mojito waren sie ausgelassener geworden. Selten hatte Kerstin so viel gelacht und vielleicht war sie auch nie so verliebt gewesen in Astrid wie in jener Nacht. Überhaupt waren die Tage auf der Ostseeinsel traumhaft gewesen, von dem einen furchtbaren Abend und der für Kerstin schlaflosen Nacht mal abgesehen. Die verbleibende Zeit des Kurztrips hatte kein Wölkchen das Urlaubsglück getrübt.

Doro studierte geschlagene zehn Minuten die Karte. Erst als der Kellner sich noch einmal widerwillig vom Bildschirm seines Minifernsehers hinter der Theke losgerissen hatte, war sie bereit, ihre Bestellung aufzugeben: „Für mich einen Womanizer, bitte."

Wie bitte? Hatten sie sich etwa verhört? Da wollten Kerstin und Astrid unisono nachhaken.

Astrid fand ihre Sprache schneller wieder. „Hab ich mich gerade verhört oder hast du tatsächlich Womanizer gesagt? Nach einer erklärten Berufsfeministin klingt das aber ganz und gar nicht, mein Schatz."

Sowohl Astrid als auch Kerstin liebten es, Doro von Zeit zu Zeit mit ihrem frauenbewegten Engagement aufzuziehen. Astrid deshalb, weil diese Bewegung ziemlich an ihr vorbeigegangen war, während sie mit Studium, Coming-out und wilden Festen beschäftigt war. Kerstin dagegen kannte die bewegten Zeiten nur vom Hörensagen oder aus Büchern und

Filmen, weil sie zur Blütezeit der Frauenbewegung noch hinter der Mauer gesessen hatte. Sie erinnerte sich lediglich daran, einmal in der *Jungen Welt* etwas über BH-Verbrennungen gelesen zu haben. Die Rubrik hatte entweder *Das Letzte* oder *Dies und Das* geheißen. Außerdem hatte sie in den Siebzigern auch nichts als ein Kopfschütteln für solcherart Aktionismus übrig gehabt. Wozu kauften Frauen erst einen BH und verbrannten ihn anschließend?

Sonst war sie ziemlich komplett von allen Informationen über die westliche Frauenbewegung abgeschnitten gewesen und im Westfernsehen gab es für derart Randständiges ebenfalls keine Sendezeit. Erst nach der Wende hatte Kerstin sich mit einiger Energie daran gemacht, ihre Wissenslücken zu schließen und ein klein wenig neidisch war sie mittlerweile auf Doros frauenbewegte Geschichte. In manchen Punkten zumindest, manches indessen war ihr unverständlich geblieben oder schien übertrieben.

Doro war tatsächlich etwas rot geworden. Sie hatte die Bemerkung wohl ernst genommen. Fast tat sie Kerstin schon wieder leid.

„Na ja, aber … stimmt ja … ich hab mir den blöden Namen schließlich nicht ausgedacht. Ich finde, das klingt einfach lecker. Minze, Zitrone und Ananassaft, Sahne mit Wodka und Curaçao. Das muss doch außerdem ein ganz irres Hellgrün werden."

„Mein Herz, trink, was du magst. Wir waren nur eine Spur überrascht, stimmt's, Kerstin?"

„Nenn ihn doch einfach Lesbianizer, dann bist du aus dem Schneider", schlug Kerstin vor, was schon wieder für allgemeine Erheiterung sorgte. Offensichtlich lag das an der Grundstimmung des heutigen Abends, gelöst und verliebt wie sie waren, hätte so gut wie alles sie zum Kichern bringen können.

Da kamen endlich ihre Cocktails, das Wasser und auch das Essen gleich dazu. Offensichtlich wollte der Kellner nicht unnötig oft den Platz vor dem Bildschirm verlassen. Bestimmt fand er es seltsam, dass Menschen mitten in der zweiten Halbzeit Essen bestellten.

Über Pizza und Lasagne erzählte Astrid von ihrer neuen Artikelserie. Sie sollte eine Dokumentation über Punkmusik in Deutschland schreiben. Ihre Reportage über die Tournee der Nachwuchsband war gut angekommen und jetzt versorgte die Musikzeitschrift sie hin und wieder mit weiteren Aufträgen. Während sie darüber nachsann, inwieweit Punk eine Musikrichtung, eine Lebenshaltung oder gar eine politische Botschaft sei, widmeten alle drei sich dem Essen. Es war fast so gut wie von Doro gemacht, fand Kerstin. Sie zerteilte ihre Pizza und reichte auch den beiden anderen je ein Stück.

Das Fußballspiel musste gerade zu Ende gegangen sein, denn mit einem wilden Hupkonzert donnerten die ersten Autos vorbei. Der Autokorso würde wohl die nächsten Stunden die Begleitmusik ihres Abends sein. Ein kleines Mädchen kam mit seinem Roller den Fußweg entlang. Auf beiden Seiten des Lenkers hingen kleine Deutschlandfähnchen schlaff herab.

„Das sieht fast aus wie früher zum ersten Mai in der DDR. Nur Hammer und Zirkel im Ährenkranz fehlen. Dieser Fahnenkult ist wohl ziemlich das Letzte, wonach ich mich zurücksehne."

„Zum Glück ist es ja bald vorbei." Astrid schlürfte mit dem Strohhalm den Rest ihres Cocktails geräuschvoll aus dem Glas.

„Könnt ihr euch noch an die WM '74 erinnern?", fragte Kerstin. „Da haben wir beim Spiel gegen die BRD ausnahmslos alle vor den Fernsehern gesessen, Mutti, Vati, Onkel, Tante, selbst die Oma. 1:0 gewonnen, meine Güte haben wir gejubelt. Ich habe mich als strahlende Siegerin gefühlt. Damals bin ich davon ausgegangen, dass alle ringsum die Daumen für die DDR gehalten haben. Heute bin ich mir da nicht mehr sicher."

„Das war doch auch nur ein Fußballspiel. Ich bin auch für Kenia oder Dänemark, wer auch immer gerade spielt." Astrid hatte es wieder mal nicht begriffen.

„Es war schon ein bisschen mehr als das, nämlich ein absolutes Politikum. Es kam einem weltanschaulichen Bekenntnis gleich, den Sieg zu feiern oder eben nicht", erklärte Kerstin geduldig und angelte sich dabei das letzte Salatblatt von Doros Teller.

Astrid nickte flüchtig und erging sich dann weiter in ihrer Erörterung über Punkmusik. Kerstin erzählte daraufhin von den Punkern, die Woche für Woche zur Disco in ihrem Studentenwohnheim erschienen waren. Seinerzeit war in Klubrat und Wohnheimleitung viel diskutiert worden. Niemand hatte sie gekannt, keiner gewusst, woher sie gekommen waren. Sollte man die überhaupt reinlassen? Manche unterstellten ihnen gar staatsfeindliche Tendenzen, aber Kerstin hatte die ganze Aufregung nie so recht nachvollziehen können. Wem schadeten diese Leute denn?

„Offensichtlich kann es die Mehrheit nie besonders gut ertragen, wenn einige anders sein wollen, da reicht es manchmal schon, anders auszusehen", sinnierte Astrid.

Doro war, wie so oft, schon einen Schritt weiter. „Dabei legen die Punker als Gruppe es ja regelrecht darauf an, die spießige Mehrheit zu provozieren. Bei vielen Minderheiten sieht das anders aus. Wenn du zum Beispiel eine andere Hautfarbe hast oder blind bist, wirst du immer sichtbar anders sein, auch ohne es zu wollen. Manche Gruppe kann sich abstrampeln, wie sie will, sie wird nicht akzeptiert. Andere könnten sich verstecken mit ihren Besonderheiten, wollen es aber nicht. Als Folge von Diskriminierungen sind ja auch Subkulturen entstanden." Doro hatte sich mit dem Thema bereits oft genug auseinandergesetzt. Anti-Rassismus-Trainings gehörten zu ihrem regelmäßigen Weiterbildungsprogramm, das sie sehr ernst nahm. Auch wenn sie jetzt eine Spur dozierend geworden war, hatte Kerstin ihr aufmerksam zugehört.

„So wie die Lesbenkultur? Oder schwarze Musik?“, fragte sie nach.

„Zum Beispiel, ja. Aber im Moment habe ich eher daran gedacht, dass alles, was aus dem Westen stammt, zur Norm erklärt wurde. Alles, was aus dem Osten kommt, stellt eine Abweichung dar und muss erklärt werden. Das mag jetzt sehr theoretisch klingen, aber denkt doch mal an die Massen von ‚witzigen‘ DDR-Kochbüchern, DDR-Musik-CDs. Es gibt aber weder ein Buch mit dem Titel *So kochte die BRD* noch einen Sampler mit den Lieblingsmelodien der Bundesbürger. Neulich habe ich ein Ost-Quiz im Internet gefunden. Aber hält es denn irgendjemand für nötig, die BRD zu erklären?“

„O nein, nicht schon wieder“, stöhnte Astrid auf. „Geht es denn nicht einmal ohne dieses ewige Ost und West? Das gibt es doch beides nun schon bald zwanzig Jahre nicht mehr, eine ganze Generation ist herangewachsen ohne innerdeutsche Grenze. Nur das ständige Gerede davon hält die Mauer in den Köpfen intakt. Ist es nicht endlich einmal genug?“

Kerstin verspürte im Moment wenig Verlangen nach politisierenden und unharmonischen Gesprächen. Dafür war es einfach ein zu schöner Sommerabend. Sie hielt ihr leeres Cocktailglas in die Höhe. „Wie wäre es erst mal mit einer zweiten Runde?“

Die beiden anderen nickten zustimmend. Während Kerstin und Astrid beim Mojito blieben, bestellte sich Doro dieses Mal – ganz unverfänglich, wie sie wohl hoffte – einen Ocean Star, himmelblau nach quietschgrün.

„Also, ich war noch nicht fertig mit dem Thema.“ Doro hatte mitnichten den Faden verloren, jahrelange Beratungstätigkeit zahlte sich eben aus. Störungen und Unterbrechungen brachten sie nicht so leicht aus dem Konzept. „Wann es denn endlich einmal genug ist, willst du wissen, Astrid? Das ist ziemlich einfach: Genug ist es dann, wenn du aus dem

Stegreif genau so viele Ost-Rockgruppen nennen kannst wie Kerstin West-Gruppen.“

„Das ist aber ungerecht. Da gab es doch gar nicht so viele wie bei uns.“

„Astrid! Das ist jetzt nicht dein Ernst!“ Doros dunkle Augen blitzten wütend.

„He, Süße, reg dich nicht auf. Ich wollte doch gar nichts weiter sagen, als dass die DDR mit siebzehn Millionen nur knapp ein Drittel unserer Einwohnerzahl hatte. Da gab es naturgemäß weniger Rockgruppen, absolut gesehen, meine ich.“

Astrid hatte durchaus die eine oder andere Hausaufgabe erledigt, seit sie mit Kerstin und Doro zusammen war.

„Außerdem hast du Glück, Astrid, denn ich habe mich noch nie so sonderlich für Rockmusik interessiert und würde bei den Westgruppen eh nicht weit kommen“, lenkte Kerstin ein.

„Wir könnten das Ganze ja auch mit Zahnpastasorten oder Automarken spielen“, schlug Astrid vor.

„Klar doch, unsere Automarken kannst du bestimmt komplett aufsagen, wir hatten ja eine recht überschaubare Zahl“, grinste Kerstin.

„Das mit den Musikgruppen war doch nur als Beispiel gedacht. War mir so auf die Schnelle eingefallen. Aber ihr habt schon verstanden, worauf ich hinaus wollte, auch wenn ihr hier rumalbert.“ Doro war das Gespräch offenbar sehr wichtig. Kerstin konnte sich schwer entscheiden. Es war ihr peinlich, dass es immer wieder um die DDR-Geschichte ging und dass sie dadurch stets im Mittelpunkt stand. Astrid war das alles ganz offensichtlich nur lästig. Auf der anderen Seite bewunderte Kerstin Doro für ihren Durchblick. Sie konnte stundenlang mit Doro reden über gesellschaftliche Entwicklungen, über deutsch-deutsche Geschichte, über Politik. Bei weitem nicht immer waren sie einer Meinung, aber sie hörten sich gegenseitig zu und es kam regelmäßig vor, dass eine von ihnen durch Argumente der anderen zum Nachdenken gebracht wurde.

Mit Astrid waren Gespräche, die um Gemeinsames und Unterschiedliches in ihrer Vergangenheit kreisten, nicht möglich. Entweder wich sie aus oder sie fügte sich widerstrebend. Dabei artete das Gespräch in einen Streit aus und der Abend war verdorben. Und zu allem Übel fühlte Kerstin sich dann schuldig.

So gern sie Doros Gedankengang jetzt auch weiter verfolgt hätte, bemühte sie sich deshalb im Moment lieber, Astrid bei Laune zu halten. „So, und die nächste Runde Cocktails geht auf mich. Was darf es sein?"

Astrid zeigte wortlos auf ihr schon wieder halb leeres Mojitoglas, Doro wollte jetzt einen Rosa Panther, offensichtlich legte sie es heute darauf an, die Farbpalette komplett zu machen.

Und zu allem Unglück war sie mit ihrer Mission auch noch nicht am Ende. Für diesen Abend schien sie einen höheren Auftrag zu haben.

Überhaupt, wenn sie über etwas nachdachte und es mitteilen wollte, ließ sie sich den roten Faden nur schwer aus der Hand nehmen. Ganz im Gegenteil. Sie hatte die kurze Atempause genutzt, um ihre Gedanken zu sortieren und quasi druckreif auszuformulieren.

„Die Westkultur ist so eine Art Mainstream, denke ich, und der Osten bildet dazu eine Subkultur. Wie jede Subkultur wird auch die Ostalgie vermarktet. Das ist aber alles andere als eine Aufwertung. Die DDR wird ausgestellt im Kuriositätenkabinett wie ein Hund mit drei Köpfen. Alles weder neu noch originell. Das Vermarkten funktioniert schließlich genauso mit der Kunst der Aborigines oder dem Wissen der amerikanischen Ureinwohner. Die Einzigen, die davon profitieren, sind die Vermarkter."

Kerstin war wider Willen beeindruckt. „Das leuchtet mir

schon ein. Aber es ist wohl alles noch viel komplizierter. Zum einen haben wir im Osten doch in Wirklichkeit immer mit beiden Kulturen gelebt. Ich glaube, dass ihr im Westen viel weniger von uns mitgekriegt habt."

Darauf nickte selbst Astrid. Offensichtlich fühlte sie sich entlastet.

Doro drängte Kerstin weiterzusprechen: „Zum einen, hast du gesagt. Was war das andere, was du sagen wolltest?"

„Auf der anderen Seite gab es ja auch in der DDR nicht nur eine Kultur, obwohl das nach außen gern so dargestellt wurde – sowohl von Ost- als auch von Westseite. Neben dem Ost-Mainstream existierten viele Subkulturen."

„Die Parteimeinung? War das deiner Meinung nach der Mainstream im Osten?", erkundigte sich Doro.

„Offiziell war es wohl die sozialistische Weltanschauung, die von der Kinderkrippe bis zum Altersheim gepredigt wurde. Aber womöglich war das ganze Predigen viel weniger erfolgreich, als allgemein angenommen. Wenn ich mir überlege, wie mutig ich mir vorgekommen bin, als ich in der achten Klasse einmal allein in der FDJ-Bluse durch die Stadt gelaufen bin. Wie eine Heldin habe ich mich damals gefühlt. Wenn das normal gewesen wäre, würde ich mich garantiert nicht mehr daran erinnern. Von der Masse wurde so ein freiwilliges, öffentliches Bekenntnis nämlich nicht gern gesehen. Schon gar nicht wohlwollend betrachtet. Der Durchschnitt war eher am Nichtauffallen interessiert. Beim Staat nicht anecken und auch nicht zu viel Engagement zeigen. So würde ich vielleicht am ehesten den DDR-Mainstream beschreiben."

„Und jetzt?", hakte Doro nach.

Das Gespräch lief nun nur zwischen ihr und Kerstin. Sie spielten sich die Bälle zu und hatten noch gar nicht gemerkt, dass Astrid langsam anfing zu schmollen.

„Früher wollten bei uns alle Deutsche sein. Dann fiel die Mauer und nun möchten viele Ex-DDR-Bürger doch als etwas Besonderes gesehen werden. Es wird das Recht auf eine eigene Geschichte eingefordert. Und paradoxerweise pflegen heute gerade diejenigen die nostalgischsten Erinnerungen an die DDR, die vor der Wende kein gutes Haar am Staat gelassen haben."

Astrid sah nicht aus, als ob sie die laue Sommernacht genießen würde. Die Wendung, die das Gespräch genommen hatte, ging ihr deutlich gegen den Strich und sie musste ihrem Herzen Luft machen. „Mir wird langsam kühl. Dafür sind die Cocktails schal, werden von Stunde zu Stunde schlechter. Die glauben wohl, wir merken das nicht mehr."

„Was ist denn mit dir los, mein Herz? Du klingst so unfroh", wandte Doro sich ihr zu.

„Was los ist? Wir sind endlich mal wieder alle drei zusammen. Haben wir an einem Samstagabend tatsächlich nichts Besseres zu tun, als solche Gespräche zu führen? Für mich ist es längst völlig egal, ob eine aus Ost oder West kommt. Ich frage gar nicht erst danach."

„Aber Astrid, das ist es doch gerade, Ost und West verlieren ihre Macht erst, wenn man hinschaut, nicht, wenn man beschließt wegzuschauen." Doro legte ihre Hand auf Astrids.

„Ich versteh dich ja, Astrid. Ich hatte auch die ganze Zeit über gedacht, es sei unwichtig. Abgehakt. Jetzt mit euch rede ich plötzlich ständig darüber, denke über Sachen nach, die mir Schnee von gestern zu sein schienen. Vieles wird mir erst klar, wenn ich versuche, es euch beiden zu erklären", sagte Kerstin.

„Geht mir auch so." Doro nickte heftig.

Astrid kaute auf ihrem Strohhalm. „Na ja, vielleicht habt ihr recht. Ich will aber nicht immer und immer wieder davon reden müssen. Außerdem bin ich wirklich ziemlich müde nach dieser Bergtour. Und überhaupt, Doro, warum bist du immer so furchtbar klug und weißt ständig über alles Bescheid? Wieso habe eigentlich immer ich den Schwarzen Peter?"

„Also …“, setzte Doro zu einer Antwort an.

Astrid unterbrach sie aber schon nach dem ersten Wort: „Jetzt erklär mir aber um Himmels willen nicht auch noch, dass ich nicht Schwarzer Peter sagen darf!“

„Hm, Herzchen, es könnte daran liegen, dass ich ein paar Anti-Rassismus-Trainings mehr absolviert habe als du“, kicherte Doro nun doch etwas beschwipst, was nach ihren kunterbunten Cocktailvarianten auch nicht verwunderlich war.

Zeitreise

Dorothea starrt in die tintige Schwärze hinter den schmutzigen Busscheiben. Ihr Gehirn registriert kaum, was ihre Augen sehen. Immer wieder hallt das Echo der gleichen Worte durch ihren Kopf.

Doro, ich denke es ist besser, wenn wir uns trennen. Besser. Wenn. Wir. Uns. Trennen. Doro versteht nicht, wovon Marion da geredet hat. Doch nicht etwa von ihnen beiden. Das kann gar nicht sein! Marion und sie, sie würden sich nie trennen. Nie! Im Leben nicht! Und dennoch, wenn Marion nicht über sie gesprochen hat, warum schmerzt dann ihr Herz so fürchterlich? Noch vor einer halben Stunde hat sie gedacht, nichts auf der Welt könne ihr so weh tun wie ihre Füße. Noch vor einer halben Stunde hat sie gelacht und gescherzt und ist humpelnd in diesen Bus eingestiegen. Noch vor einer halben Stunde ist sie sich sicher gewesen, dass dieser einer der besten Tage ihres Lebens ist.

Schon heute Morgen, als sie angekommen sind auf dieser riesigen Wiese im Nirgendwo des Hunsrücks, ist das Gefühl unbeschreiblich gewesen. Ihr Bus war nur einer von unzählig vielen und immer noch sind neue angekommen. Es ist die erste große Demonstration in der Geschichte der kleinen rheinland-pfälzischen Gemeinde Hasselbach gewesen, wo für über 180 Millionen DM eine alte Raketenstellung zur Stationierung von Cruise Missiles ausgebaut werden soll. Bei strahlendem Sonnenschein lief man über Spesenroth nach Hasselbach und vorbei an der riesigen Baustelle für die Raketensilos, stets entlang des Gitterzaunes, hinter dem man immer wieder mehr schlecht als recht getarnte Soldaten ausmachen konnte. Viele der mitlaufenden Kinder hingen wie die Äffchen in den Maschen und krähten vor Vergnügen, wenn sie wieder so eine gefleckte und hinter die Büsche gekauerte Figur erspäht hatten.

Es ist ein unglaublich buntes, friedliches Bild gewesen: buddhistische Mönche in gelben Gewändern neben Nonnen und Soldaten in Uniform, Eltern mit Kindern auf dem Rücken, bärtige Studenten mit selbst gestrickten Pullovern, Frauen in farbenfrohen, langen, wehenden Kleidern, Politiker fast aller Parteien in Schlips und Kragen, Menschen über Menschen, Junge und Alte und Mittelalte. Transparente in allen Größen und Farben, die Fahnen der Grünen, der Jusos, der Gewerkschaften, der Kommunisten, der Christen und vieler anderer wehten über dem gewaltigen Zug. Und überall leuchteten die weißen Friedenstauben auf blauem Grund. Riesiger Jubel auf dem Marktplatz von Bell, wo der Heilige August Dahl, der Pfarrer des Ortes, die Hauptkundgebung moderiert und verkündet hat, dass hier gerade 180.000 Menschen gewaltfrei und fröhlich gegen die Stationierung von Atomraketen demonstrieren. Die Polizei hat sich weitgehend zurückgehalten, hat sich zum Glück fast ausschließlich um die Verkehrsregelung gekümmert. Alle Ordnerdienste sind von einigen Motorradclubs der *Kuhlen Wampe*, eines Zusammenschlusses linker Motorradvereine, übernommen worden. Doro kennt etliche Mitglieder der Mainzer Kuhlen Wampe schon von verschiedenen anderen Demos und Antifa-Einsätzen. Besonders eine von ihnen, Carola, hat es ihr sehr angetan. Sie sieht einfach unglaublich toll aus in ihrer schwarzen Lederkombi mit den bunten Patches auf den Oberarmen und der weißblauen Friedenskutte. Und wie sie so souverän auf ihrer schweren Maschine sitzt. Doro kann kaum die Augen von ihr lassen. Beim Abschlusskonzert, bei dem unter anderem Hannes Wader und Udo Lindenberg, Letzterer zusammen mit der russischen Sängerin Alla Pugatschowa, aufgetreten sind, hat sie dann allerdings wieder ganz dicht bei Marion gestanden, an sie gelehnt, hat immer wieder ihren warmen Atem im Nacken spüren können. Den ganzen Rückweg zum Parkplatz sind sie Hand in Hand gelaufen, haben mit den anderen gesungen. *Aufstehn!* und *Was wollen wir trinken?* von den bots. Immer und immer wieder, bis sie fast heiser geworden sind.

Doch kaum ist der schon recht betagte Bus losgedröhnt, hat sich Marion mit ernstem Gesicht und diesem verhängnisvollen Satz an Doro gewandt. Und seitdem sitzt Doro nun da, wie betäubt, starrt aus dem Fenster und versucht, hinter den Sinn in Marions Worten zu kommen. Erst langsam und wie aus weiter Ferne nimmt sie wahr, dass Marion die ganze Zeit auf sie einredet. Doch lediglich Bruchstücke des Gesagten finden Eingang in ihr Bewusstsein. Marion wiederholt geduldig und gebetsmühlenartig immer wieder ihre Sätze.

„Du weißt selbst, wenn du ehrlich bist, dass es schon eine Weile nicht mehr besonders gut läuft zwischen uns. Es ist so viel Alltägliches, so viel Routine und so wenig Kribbeln. Ich glaube, dass wir beide uns insgeheim nach etwas anderem sehnen. Nach einer anderen vielleicht auch. Ich habe beschlossen, dass ich für ein Jahr nach England gehen werde. Das kann nur von Vorteil sein für mich bei meinem Englischstudium und überhaupt, ich finde England schon lange toll. Und deshalb denke ich, dass es besser ist, wenn wir uns trennen. Wer weiß, in einem Jahr kann viel passieren. Doro, ich werde nie aufhören dich zu lieben. In meinem ganzen Leben nicht, da kannst du sicher sein. Und ich werde wiederkommen, versprochen. Dann werden wir sehen, was ist und was sein kann. Aber gerade im Moment, wenn du ganz ehrlich darüber nachdenkst, musst du zugeben, dass wir uns ziemlich weit voneinander entfernt haben.“

Und dann geht die Litanei wieder von vorne los. Langsam dringt mehr und mehr von dem, was Marion sagt, in Doros Bewusstsein. Und Schmerz und Angst fallen über sie herein mit spitzen Zähnen und scharfen Krallen. Müde lässt sie den Kopf gegen die Rückenlehne sinken und schließt die Augen. Hoffentlich ist dieser furchtbare Tag bald vorüber!

21

Astrid starrte wie hypnotisiert auf die in ihrer Teetasse kreisende Flüssigkeit. Kerstin kam es vor, als ob sie nun schon seit Ewigkeiten darin herumrührte und sich beharrlich weigerte, auch nur einen Laut von sich zu geben. Der gewöhnlich so wortreichen Astrid hatte es offensichtlich die Sprache verschlagen. Kerstin konnte sich beim besten Willen keinen Reim darauf machen.

Sie waren gerade erst vom Stadtbummel nach Hause gekommen und hatten Wasser für den Tee aufgesetzt, als es an der Tür klingelte. Weil Astrid in der Küche hantierte, hatte Kerstin die Tür geöffnet und war etwas überrascht, als sie dort Hella stehen sah. Das Verhältnis zwischen Astrid und ihrer großen Schwester war nicht so eng, dass ein Überraschungsbesuch am Samstagnachmittag Normalität gewesen wäre, zumal Hella ja nicht gleich um die Ecke, sondern immerhin eine halbe Stunde Autofahrt entfernt in Bremen wohnte.

Dass etwas nicht stimmte, war Kerstin allerdings erst aufgegangen, als Astrid bei Hellas Anblick alle Farbe aus dem Gesicht gewichen war. Kerstin hatte ihr den Teekessel wortlos aus der Hand genommen, die bunt getupfte Keramikkanne mit heißem Wasser gefüllt und eine dritte Teetasse für Hella auf den Tisch gestellt. Nur allzu gern hätte sie Astrid, die sie noch nie zuvor so hilflos, so verloren gesehen hatte, mehr als nur das abgenommen, aber sie hatte nicht die leiseste Ahnung, worum es hier ging.

Das Einzige, was offensichtlich schien, war, dass es um Astrids Mutter gehen musste. Hella hatte eine Weile versucht, auf Astrid einzureden. Sie wollte mit Astrid gemeinsam zum Grab der Mutter fahren, die nun schon seit achtzehn Jahren tot war. Was daran konnte derart bedrohlich sein?

Kerstin wusste, dass die Mutter damals während Astrids Studienzeit gestorben war. Weil das schon so lange zurücklag, hatte sie sich kaum Gedanken darüber gemacht, dass dieses Thema in Astrids Erzählungen so wenig – eigentlich gar keinen – Raum einnahm. Durch Hellas Auftauchen begann sie zu ahnen, dass ihre Liebste an einer gewaltigen Last schleppte, die sie bisher mit viel Energie selbst vor ihr verborgen gehalten hatte. Worum es wirklich ging, konnte sie sich allerdings immer noch nicht zusammenreimen.

Nachdem Hella geschlagene zwanzig Minuten erfolglos versucht hatte, mit ihrer Schwester zu reden, war sie resigniert aufgestanden und gegangen. An der Küchentür hatte sie sich noch einmal umgedreht.

„Melde dich, falls du es dir noch anders überlegst. Dann könnten wir am Mittwoch zum Friedhof fahren und hinterher noch was essen gehen."

Mit diesen Worten hatte sie den Reißverschluss der Jacke, die sie die ganze Zeit über nicht abgelegt hatte, zugezogen. Nach dem leisen Klicken der sich schließenden Wohnungstür war es in der Küche dermaßen still gewesen, dass Hellas Schritte vernehmbar im Treppenhaus gehallt hatten, das Zuschlagen der Haustür und das Starten ihres Autos überlaut zu hören waren.

Astrid sah so jämmerlich aus, dass Kerstin aufstand und sie von hinten umschlang. Zuerst machte sie sich ganz steif, ließ dann aber langsam den Kopf gegen Kerstins Schulter sinken und begann hemmungslos zu schluchzen. Kerstin angelte ihren Stuhl herüber, setzte sich ganz dicht neben sie und zog sie in ihre Arme. Sie ließ ihr Zeit und hielt sie ganz fest. Wenn sie reden wollte, würde Kerstin zuhören. Wenn sie nur gehalten werden wollte, würde sie für sie da sein.

Es dauerte lange, bis Astrids Tränen langsam versiegten und sie sich etwas beruhigte. Immerhin brachte sie zwischen den Schluchzern jetzt schon halbe Sätze heraus.

„Ich hatte schon gewartet … natürlich … nächste Woche ihr Todestag … ich kann nicht …"

Kerstin konnte beim besten Willen nicht begreifen, warum es Astrid eine solche Beklemmung verursachte, mit ihrer Schwester das Grab der Mutter zu besuchen. Ihr schwante, dass es eine Geschichte gab, an die sich Astrid um nichts auf der Welt erinnern wollte. Aber vielleicht war der Preis für das Verdrängen viel zu hoch gewesen und jetzt, an diesem Nachmittag, hatte die Vergangenheit Astrid eingeholt.

„Ich habe sie nicht mehr besucht damals. Und dann war es zu spät. Hella ist immer für sie da gewesen, ich nie."

„Hella war bei deiner Mutter, als sie gestorben ist? Und du machst dir Vorwürfe, dass du nicht rechtzeitig gekommen bist?"

„Wenn es doch nur so einfach wäre. Hella hat unsere Mutter zu sich genommen, als sie pflegebedürftig geworden ist. Es ging damals alles sehr schnell, nachdem sie krank wurde. Eigentlich war sie ja noch gar nicht alt. Hella war sofort zur Stelle, als sie gebraucht wurde. Sie hat alles geregelt und Mama in ihre Wohnung geholt und bis zum Schluss gepflegt."

„Dann war eure Mutter doch sehr gut versorgt und nicht allein. Warum quälst du dich trotzdem so sehr?"

„Natürlich war sie gut versorgt. Hella war ja von klein auf die Spezialistin im Pflegen und Bemuttern. Sie hat schon als Kind abends Tee für Mama gekocht, ihr die Füße massiert, wenn die vom langen Stehen wieder geschwollen waren. Hella wusste stets, wie sie sich unentbehrlich machen konnte."

In Astrids Worten schwang jetzt Bitterkeit mit. Kerstin erinnerte sich an die wenigen Bruchstücke, die sie über Astrids

Kindheit erfahren hatte. Manches hatte Astrid sehr genau erzählt, aber es ergab sich einfach kein vollständiges Bild. Sie konnte sich zwar das Gutshaus, in dem Astrid aufgewachsen war – in der Familie hieß es nur das Schlösschen – lebhaft vorstellen, nicht aber, wie es dem kleinen Mädchen darin ergangen war.

Das Haus war das Erbteil ihrer Mutter gewesen. Aber vielleicht hatte es auch nur niemand sonst haben wollen. Eindrucksvoll mit dem eleganten Treppenhaus, dem Saal mit Stuckdecke und den vielen Zimmern. Genauer hinsehen durfte man allerdings nicht, denn überall bröckelte der Putz. Besonders im Winter war es feucht und muffig und ohne Wärmflasche konnte Astrid nie einschlafen. Hella hatte nicht ein einziges Mal vergessen, die Wärmflasche für die kleine Schwester rechtzeitig unter das Federbett zu stecken.

Der Unterhalt für dieses Anwesen verschlang Unmengen an Geld. Viel mehr, als eine alleinstehende Mutter mit zwei Kindern sich leisten konnte. Und so waren immer nur die allernötigsten Reparaturen erledigt worden. Mit den Jahren hatte sich die Patina langsam zerbröselnder Vornehmheit über das ganze Anwesen gelegt. Ein riesiger Garten hinter einer hohen Mauer war zugewuchert mit Brennnesseln, Brombeeren und Goldrute, ein verwunschenes Märchenparadies für Astrid. War sie dort einsam gewesen?

Die Mutter hatte immer wieder fantastische Umbau- und Renovierungspläne entwickelt, aber nie war etwas davon realisiert worden. Sie war im Grunde mit ihrem Beruf völlig ausgelastet. In Astrids Kindheit war sie oft tagelang weg gewesen, hatte irgendwo Kirchendecken bemalt oder war an Restaurierungsarbeiten beteiligt. Sie hatte ihren Beruf über alles geliebt, die ganze Welt um sich her vergessen können. Wenn sie allein waren, hatte Hella sich um die acht Jahre jüngere Schwester gekümmert und war die Große und Vernünftige. Mit ihr hatte die Mutter stets alles besprochen.

Astrid schluchzte. „Wenn ich es doch nur geahnt hätte ... wenn ich doch an diesem einen Abend in die S-Bahn gestiegen wäre. Wenn ich doch damals nur nach Bremen gefahren wäre, dann ...“ Sie konnte nicht weitersprechen.

„Hatte Hella dir nicht rechtzeitig Bescheid geben können?“

„Doch, sie hat mich angerufen. Aber ich habe gedacht, sie würde nur wieder übertreiben. Hella war ja immer so übervorsichtig. Und an dem Abend war doch das Frauenfest. Ich hatte mich so sehr darauf gefreut. Bestimmt wäre ich am nächsten Nachmittag zu meiner Mutter gefahren. Ich konnte doch nicht wissen, dass es dieses Mal wirklich ernst war.“

Astrid hatte damals in Oldenburg studiert und das Leben in vollen Zügen genossen. Kurz nach ihrem Coming-out hatte sie keine Fete ausgelassen, die Nacht oft genug zum Tag gemacht. Manchmal war sie mit Freundinnen nur für einen Abend nach Hamburg zum Tanzen gefahren.

„Ich war doch so verknallt in Silvia. Sie war schon im zehnten Semester und hatte mir das Zimmer in der WG am Kanal vermittelt. Ich war auf der Stelle hin und weg von ihr. Es hat nicht lange gedauert, bis wir ein Paar wurden. Meine erste Frauenbeziehung. Silvia kannte so spannende Leute und nahm mich überall mit hin. Alles war neu und aufregend. Und gerade da musste unsere Mutter krank werden. Aber Hella hat sich ja gekümmert. Ich bin, ehrlich gesagt, ziemlich selten nach Bremen gefahren.“

„Aber Bremen ist doch ganz in der Nähe. Warum bist du so selten hingefahren? Hattest du da kein schlechtes Gewissen?“, hakte Kerstin nach, die aus Erfahrung wusste, wovon sie sprach.

„Hatte ich schon. Aber es war ein Teufelskreis. Je seltener ich fuhr, umso schwerer fiel es mir, wieder dort aufzukreuzen. Und dann fuhr ich eben noch seltener. Und wenn ich dort war, fühlte ich mich schlecht und irgendwie auch überflüssig.“

„Du hast also deine Mutter nach Hellas Anruf nicht mehr

lebend gesehen. Und wie ging es dir dann bei der Beerdigung?"

„Ich bin nicht da gewesen. Ich dachte, ich habe kein Recht dazu, weil ich mich doch vorher auch nicht gekümmert hatte. Und ehe du fragst: Ich bin auch danach noch nie auf dem Friedhof gewesen. Je länger ich gewartet habe, desto unmöglicher erschien es mir. Hella hat mich immer wieder überreden wollen, aber ich konnte es ihr nie erklären. Seit siebzehn Jahren versucht sie es, kommt kurz vor dem Sterbetag hierher. Nur damit ich es nicht vergesse. Als ob mir das gelingen würde."

„Hast du mit irgendjemand schon mal darüber geredet?"

„Nein, habe ich nicht. Es schien mir alles so kindisch und banal. Wer hätte mich schon verstehen sollen?"

Kerstin streichelte Astrids Hand, ihr war klar, wie einsam sie mit ihrem Kummer war. Ihr selbst war vieles an den Gefühlen, die Astrid umtrieben, durchaus geläufig. Um Nähe und Aufmerksamkeit buhlen zu müssen, war ihr fremd, denn sie war im Elternhaus eher durch ein Übermaß davon erdrückt worden, aber wie sich Schuld anfühlte, das wusste sie nur allzu gut. Den Abnabelungsprozess hatten ihr ihre Eltern nicht gerade leicht gemacht und etwas gelöster ging es erst zu, seitdem ihre Mutter eine neue Bestimmung gefunden hatte. Seit der Wende hatte sie sich dem ehrenamtlichen Besuchsdienst eines Pflegeheims angeschlossen, schien darin völlig aufzugehen. Und nachdem Kerstin oft genug das Neinsagen geübt hatte, hatten ihre Eltern sie resigniert ziehen lassen. Das Verhältnis war seitdem deutlich entspannter und sie fuhr in größeren Abständen für eine Stippvisite in die elterliche Kleinstadt, ohne dass es sie noch sonderlich belastete.

Astrid hob den Blick und sah Kerstin endlich an. „Was soll ich nur machen? Es ist doch schon ewig her, aber trotzdem holt es mich immer wieder ein."

Kerstin legte ihren Arm noch fester um sie. „Ich weiß. Das Vergangene lässt sich eben nicht so einfach abschütteln, wie uns das lieb wäre. Es wird leichter, wenn du darüber redest. Ein Anfang ist gemacht. Ich koche jetzt einen Kakao und wir legen uns ins Bett. Morgen kannst du dann weiter überlegen."

„Vielleicht hast du recht und ich sollte doch mal versuchen, mit Hella zu reden ..."

„Das ist bestimmt eine gute Idee."

Astrid setzte den Wasserkessel für eine Wärmflasche auf, Kerstin holte den Milchkarton und die Sprühsahne aus dem Kühlschrank. Als sie zum Herd zurückkam, drückte Astrid sie stürmisch an sich.

„Ich liebe dich!"

„Ich dich auch."

Zeitreise

Das war ja wieder mal klar. Natürlich. Fahrstuhl abgeschaltet. Wahrscheinlich macht der Bereitschaftsdienst über die Feiertage frei. Genau das hat Kerstin heute noch gefehlt. Siebte Etage mit vollem Gepäck. Missmutig schultert sie den schweren Rucksack und zieht ihre große Reisetasche zur Treppe. Ihr bestes Stück. Niemand sonst hat so eine – schwarzes Kunstleder, gigantische Ausmaße und vier kleine Räder an der Unterseite. Einfach praktisch und was Besonderes. Überall hin reist sie mit Kerstin, hat schon eine Menge gesehen und erlebt.

Also los. Vielleicht hilft ein bisschen Bewegung, den ganzen Druck, der sich über die zurückliegenden Weihnachtstage aufgebaut hat, abzulassen.

Erste Etage. Es riecht nach Wohnheim: Eine Mischung aus Bohnerwachs, altem Essen und Schweißfüßen. Aber es duftet gut in Kerstins Nase, wie zu Hause eben. Ihr Zuhause. Nach Unabhängigkeit riecht es und nach eigenem Leben.

Zweite Etage. Die Träger ihrer Kraxe sind zwar breit und gepolstert, aber trotzdem schneiden sie in die Schultern. Mutti hat ihr wieder Berge von Essen mitgegeben: Ein halbes

Brot, Wurst, drei Gläser Gurken, die übrig gebliebenen Klöße, einen Soßenrest, Äpfel, Nüsse, einen Stollen, eine Dose selbst gebackener Kekse. Eigentlich zu viel, aber Kerstin hat sich gehütet abzulehnen. Mutti war schon so enttäuscht, dass ihre Tochter bereits am zweiten Feiertag wieder zurück nach Leipzig wollte.

Dritte Etage. Wie hat Kerstin das früher nur aushalten können? Achtzehn Jahre hat sie mit ihren Eltern in der Zweiraumwohnung gelebt. Jetzt hat sie das Gefühl zu ersticken, wenn sie nur ein paar Stunden dort ist. Alles ist so eng, keine Sekunde kann sie für sich sein, nicht die kleinste Kleinigkeit unbeobachtet tun.

Vierte Etage. Letzte Nacht war ein einziger Alptraum. Sie hat kaum geschlafen. Im hinteren Zimmer wie eingesperrt, weil sie die im Wohnzimmer schlafenden Eltern nicht wecken wollte. Und prompt musste sie unentwegt aufs Klo.

Fünfte Etage. Langsam geht ihr die Luft aus. Eine Tasche voller Weihnachtsgeschenke und Bücher und Klamotten. Sogar eine Flasche Sekt für Silvester haben sie ihr mitgegeben. Ihre Eltern würden vermutlich alles für ihre einzige Tochter tun. Alles, außer sie loszulassen und ein eigenes Leben leben zu lassen. Die kleinen Freiheiten, die sie so sehr genoss, waren immer Ergebnisse von zähem Verhandeln, Taktieren oder gar Notlügen. Um wieder hier in ihrem eigenen Reich sein zu können, musste Kerstin Gewandhauskarten für diesen Abend erfinden. Morgen soll dann angeblich eine auswärtige Freundin für ein paar Tage zu Besuch kommen.

Sechste Etage. Irgendwann muss mit der Lügerei Schluss sein. Kerstin mag nicht mehr. Sie schwört sich, künftig nicht mehr um des lieben Friedens willen zu lügen. In Zukunft wird sie klipp und klar sagen, was Sache ist. Klare Worte. Klare Grenzen.

Siebte Etage. Nein, das darf jetzt nicht wahr sein! Jemand hat die Fahrstuhltür nicht geschlossen. Nur deshalb geht er nicht. Kerstin schiebt die Tür mit Schwung zu, die Kabine rumpelt ins Erdgeschoss. Sie rollt geräuschvoll ihre Tasche über den langen Flur bis zu ihrer Zimmertür. Steckt den Schlüssel ins Schloss, eine Drehung, Klinke drücken und endlich ist sie wieder zu Hause.

22

Vor Astrids Wohnung streifte Dorothea die Stiefel ab. Trotz der dicken Wollsocken hatte sie eisige Füße. Emmas Heizung war anscheinend von dem widerlich winterlichen Schneeregensudelwetter schlichtweg überfordert gewesen. Tatsächlich waren Bewölkung und Niederschlag immer stärker geworden, je weiter sie sich auf den voll gestopften Autobahnen in Richtung Norden vorgekämpft hatte. Zum Glück hatte sie es jedoch nicht eilig gehabt, konnte die endlosen Blechlawinen mit Gelassenheit betrachten. Sie hatte am Morgen gemütlich ausgeschlafen und war gegen halb elf aufgebrochen.

Versonnen lächelte sie vor sich hin, als sie die Tür aufschloss. Vor ein paar Monaten noch hätte sie vor einem Wochenende mit Astrid kein Auge zugekriegt. Da war sie immer die halbe Nacht durchgefahren, nur um früh am Morgen dann noch für eine Weile zur Liebsten ins Bett schlüpfen zu können. Nun, das war natürlich toll gewesen, aber auf die Dauer schaffte sie so was einfach nicht. Der anhaltende Schlafmangel hatte sich irgendwann deutlich bemerkbar gemacht und seinen Tribut gefordert. Mittlerweile war es ihr viel lieber, gut ausgeschlafen in Oldenburg anzukommen. Ein Unheil versprechendes Warnzeichen nachlassender Leidenschaft? Nein, nein, konnte sie sich selbst ganz schnell beruhigen. Kaum dachte sie bloß an Astrid, machte sich das so vertraute und dennoch aufregende Ziehen in Herz und Möse bemerkbar.

Auf der heutigen Fahrt war sogar noch ein kurzer Abstecher nach Bramsche nötig gewesen, denn der Einkauf für das

Abendessen hatte in ihrer arbeitsreichen vergangenen Woche einfach keinen Platz mehr gehabt. Als sie auf der Autobahn den Hinweis auf die Ausfahrt gesehen hatte, waren ihr plötzlich die vielen Mittagessen-Stopps eingefallen, die früher auf Familienreisen in Bramsche eingelegt worden waren. Wann immer die väterliche Verwandtschaft im Alten Land besucht wurde, hatten sie dort in einem dunklen verräucherten Lokal Halt gemacht. *Balkan-Grill*, sie erinnerte sich mit Schaudern, ihre Eltern und ihre Brüder hatten das Essen geliebt. Ihr selbst war regelmäßig schon beim bloßen Anblick der gewaltigen Menge trockenen Fleisches der Appetit vergangen. Sie hatte sich damals stets an den matschigen Tomatenreis mit den undefinierbaren Gemüsestückchen darin gehalten und trotzdem war ihr für den Rest der Fahrt ein bisschen schlecht gewesen.

Aus einer plötzlichen Laune heraus hatte sie heute beschlossen, diesem Schreckensort ihrer Kindheit noch eine Chance zu geben, und es hatte sich gelohnt. Sie balancierte eine unförmige Plastiktasche in die Küche. Sie hasste diese Dinger. Normalerweise ging sie mit ihrem Korb einkaufen, aber unterwegs war ihr leider keine andere Wahl geblieben.

Dorothea klemmte die Einkäufe zwischen Stuhl und Küchentisch fest und begann auszupacken: Hähnchenschlegel, ein Netz Bio-Kartoffeln, eine Dose Aprikosen, drei Becher Sahne, eine Schale Rapunzelsalat baute sie vor sich auf dem Tisch auf. Dann holte sie den schweren gusseisernen Schmortopf aus dem Regal. Der war mal wieder mit einer feinen Staubschicht bedeckt. Sie lächelte, denn tatsächlich war es genauso gekommen, wie sie gedacht hatte. Auch wenn sich Astrid riesig über dieses Geburtstagsgeschenk gefreut hatte, gekocht hatte sie darin kein einziges Mal, jedenfalls soweit Doro wusste. Wenigstens kam der Wundertopf dann und wann zum Einsatz, wenn sie selbst in Oldenburg war. Sie bekochte Astrid gern und es machte ihr immer wieder Spaß zu sehen, wie sehr sie es genoss, verwöhnt zu werden.

Schade, dass Kerstin dieses Wochenende nicht würde kommen können, denn leider musste sie ihrer Freundin Sabine beim Umzug helfen. Dorothea vermisste Kerstin immer mehr. Oft musste sie sich entscheiden, ob sie Astrid oder Kerstin sehen wollte, und es klappte für ihren Geschmack viel zu selten, dass sich alle drei an einem Ort trafen. Wie gut wäre es doch, wenn sie dichter beieinander wohnen würden, gleich um die Ecke, in Laufnähe am besten. Doro hatte ihre Lieben gern um sich und natürlich würde auch der Schmortopf, den sie gerade in den Backofen schob, reichen, um alle satt und froh zu machen.

Ihr Timing war nahezu perfekt, denn genau in diesem Moment hörte sie, wie sich ein Schlüssel in der Tür drehte. Sie eilte in den Flur und riss Astrid stürmisch in ihre Arme.

Astrid schmiegte sich an Dorothea, die in gespieltem Entsetzen zurückwich, als Astrids regennasse Haare ihren Hals streiften.

„Igitt, wie ein nasser Hund! Du solltest sofort in die Badewanne steigen."

Astrid nickte nur müde mit dem Kopf. Sie sah überhaupt schrecklich aus. Noch nie hatte Doro bei ihrer quirligen Liebsten solche Augenringe gesehen. Und darüber hinaus war sie aschfahl im Gesicht. Hatte sie sich etwa diesen scheußlichen Grippevirus eingefangen, der zurzeit grassierte?

Astrid hatte immer noch kein Wort gesprochen. Das war so untypisch für sie, dass Dorothea kurzerhand das Kommando übernahm.

„Zieh dich aus, mein Herz. Ich lass dir erst mal Badewasser ein, damit du wieder auftaust."

Astrid warf die nasse Jacke auf den Schuhschrank, schleuderte ihre durchweichten Schuhe in die Ecke hinter der Küchentür und verschwand umgehend im Schlafzimmer. Doro ging ins Bad. Sie ließ Wasser einlaufen, so heiß wie sie es gerade noch ertragen konnte. Das würde Astrid bestimmt gut tun.

Und was für ein glücklicher Zufall, dass sie bei ihrem Zwischenstopp in Bramsche den tollen kleinen Laden entdeckt und für Astrid eine dieser großen, unverschämt gut duftenden Sprudel-Badekugeln gekauft hatte.

Astrid kam ins Bad, schon splitternackt, ein umwerfender Anblick, von dem Doro sich nur schwer losreißen konnte.

„Geh hinein, meine Schöne, aber sei vorsichtig, vielleicht ist es noch ein bisschen heiß."

„Ich hab das Gefühl, dass es gar nicht heiß genug sein kann", murmelte Astrid.

Na endlich sagte sie ein paar Worte. Doch ihre Stimme klang derart flach, dass Doro sich nun sicher war, dass etwas nicht stimmte. Das musste ja eine ausgewachsene Grippe sein. Vielleicht sollte sie für Astrid eine heiße Zitrone machen oder doch lieber einen schönen süßen Kakao mit Sahnehäubchen? Astrid hatte doch immer diese widerliche Sprühsahne im Kühlschrank, die Doro normalerweise nicht ausstehen konnte.

Nachdem sie noch schnell Milch aufgesetzt hatte, holte Doro die Badekugel und reichte sie der schon in der Wanne sitzenden Astrid. Die ließ die Kugel ins Wasser plumpsen und beide sahen sie zu, wie augenblicklich dicke Blasen aufstiegen und die ganze Wanne minutenlang zum Blubbern brachten. Ein betörender Duft nach Kokos und Vanille breitete sich aus. Obendrein hatte die nette Verkäuferin Dorothea versprochen, dass sich im Kern der Badekugel ein kleines Überraschungsgeschenk befinden würde. Das musste jetzt jeden Moment zum Vorschein kommen. Sie war sicher, dass spätestens dann wieder das strahlende Lächeln auf Astrids Gesicht erscheinen musste.

Sollte ihr die ganze Geschichte mit Mutter und Schwester viel mehr zusetzen, als sie bisher hatte zugeben wollen? Oder war noch etwas anderes passiert, wovon Doro bislang nichts wusste?

Die Kugel hatte sich inzwischen vollständig aufgelöst und zwischen zwei Schauminseln tauchte ein winziges Entchen auf. Eine Miniaturausgabe der Quietschentchen in Astrids beeindruckender Sammlung, das allerdings den Eindruck machte, als sei es zum Quietschen noch viel zu klein. Astrid fischte das Gummitierchen aus dem Wasser und für eine Sekunde huschte tatsächlich der Anflug eines Lächelns über ihr Gesicht. Ein rosarotes Entchen mit lila Schnabel und ebensolchem Krönchen. Astrid verliebte sich natürlich auf den ersten Blick in das Geschenk und streckte ihre Hand nach Doro aus.

„Du bist süß. Ich bin so froh, dass du da bist. Willst du nicht zu mir in die Wanne kommen?"

„Das wird ein bisschen eng, glaube ich. Deine Badewanne ist nun mal leider nicht so dekadent riesig wie Kerstins."

„Aber bleib wenigstens hier. Erzähl mir was." Astrids Stimme klang noch immer hilflos, klein und traurig. Dorothea war jetzt wirklich ernsthaft beunruhigt.

„Was soll ich dir denn erzählen? Etwas Verdorbenes, etwas Romantisch-Kitschiges oder was von meiner letzten Woche?", bemühte sie sich dennoch um einen leichten Ton.

„Ganz egal, aber bleib hier. Lass mich nicht allein. Bitte."

„Mein Herz, natürlich bleib ich hier, wenn es dir so wichtig ist." Doro ließ sich auf der runden Badematte nieder. „Könnte es sein, dass du mir irgendwas erzählen möchtest? Was setzt dir so fürchterlich zu? Hat es etwas damit zu tun, dass du dich am Mittwoch mit Hella getroffen hast?"

Einen Moment schien es, als ob Astrid diesem Thema wie gewohnt ausweichen wollte. Ihr Gesicht verschloss sich und schweigend balancierte sie das Entchen auf ihrem Handteller. Mit einem Mal änderte sich ihr Ausdruck aber erneut und plötzlich sah sie wieder aus wie ein unglückliches kleines Mädchen.

Und dann begann sie tatsächlich zu erzählen von dem Treffen mit ihrer großen Schwester und wie es ihr ganzes

Weltbild mit einem Schlag erschüttert hatte. Nichts war für sie seither noch sicher. Alles, aber auch absolut alles war in Frage gestellt worden. Die vergangenen achtzehn Jahre hatte Astrid in dem Glauben gelebt, ihre Mutter wäre an Krebs gestorben. Achtzehn lange Jahre hatte sie sich schuldig gefühlt, weil sie sich damals nicht mehr um die Todkranke gekümmert hatte.

Doch schon viel länger, nämlich solange sie sich erinnern konnte, hatte sie sich einsam gefühlt, immer ausgeschlossen aus der innigen Verbindung zwischen der Mutter und der großen Schwester Hella. Nie hatte sie so recht verstehen können, warum sie selbst es nicht schaffte dazuzugehören.

Sie wurde von beiden umsorgt und verwöhnt, jedenfalls soweit es Zeit und finanzielle Lage zuließen. Sie wurde nie gescholten oder kritisiert; was sie tat, erhielt stets Lob. Alle wichtigen Dinge besprach ihre Mutter immer nur mit Hella. Daran hatte sich, selbst als Astrid schon längst erwachsen geworden war, nie etwas geändert. Nur Hella wusste Bescheid, war jederzeit in alles eingeweiht. Hella regelte alles und kümmerte sich hingebungsvoll. Lange war Astrid davon überzeugt gewesen, dass sie sich noch mehr anstrengen müsste, um so gut wie Hella zu sein. Doch bei acht Jahren Altersunterschied hatte sie nicht die kleinste Chance und irgendwann ihre Rolle in dieser Struktur akzeptiert. Sie hatte die unübersehbaren Vorteile für sich zu nutzen verstanden und nur noch manchmal geschmollt, wenn sie sich allzu sehr übergangen gefühlt hatte. Für sie war damit alles in Ordnung gewesen, meistens jedenfalls – bis zum Tod ihrer Mutter.

Seitdem aber peinigten sie Scham und Selbstvorwürfe, die sich manchmal nicht komplett verdrängen ließen, so perfekt Astrid dies im Grunde auch beherrschte.

Nach dem Tod der Mutter hatte sich das Gefühl des Versagens wie ein Knoten in Astrids Bauch festgesetzt und war gewachsen. Den Kontakt zu Hella hatte sie stark eingeschränkt. Jahrelang sahen sie sich immer nur zu Geburtstagen, später nicht einmal mehr das regelmäßig. Erst zu Astrids Vierzigstem war Hella dann doch wieder gekommen und ihre Trommelperformance hatte alle begeistert.

Na, fast alle. Dorothea verzog ein wenig das Gesicht und konnte sich noch gut an ihre Flucht mit Kerstin erinnern. Draußen vor dem Bistro – das war wohl der Anfang ihrer Beziehung gewesen.

Zärtlich strich sie über Astrids Schultern. Offensichtlich hatte die gerade ein wenig den Faden verloren. Sie stockte und drehte den Kopf der rosafarbenen Ente derart heftig zwischen Daumen und Zeigefinger, dass Doro befürchtete, sie könnte ihn jeden Augenblick abreißen. Sie hatte das Gefühl, dass nichts, was Astrid ihr bisher erzählt hatte, etwas wirklich Neues gewesen war.

Offenbar aber war für Astrid diese Klarheit, mit der sie über ihre Vergangenheit sprach, noch vollkommen ungewohnt. Sie war unübertroffen die Weltmeisterin im Verdrängen und Schönreden. Doch was jetzt kam, war auch für Dorothea nur schwer zu verkraften.

Die Mutter war nicht an Krebs – Knochenkrebs hatte es geheißen – gestorben, so hatte Astrid am Mittwoch erfahren. Sie war schwer alkoholkrank gewesen. Nur mit Hellas Hilfe hatte sie das über lange Jahre vor Astrid verheimlichen können. Hella war komplizenhafte Versorgerin, die klassische Co-Abhängige. Dann aber hatten die gravierenden körperlichen Schäden und die Folgen eines Sturzes die Mutter ganz plötzlich, von einem Tag auf den anderen, pflegebedürftig werden lassen. Hella war deshalb sofort zur Mutter gezogen. Um Astrid zu schützen, erzählten die beiden ihr die Krebsgeschichte, die sie natürlich glaubte.

Aus welchem Grund aber war die Mutter alkoholabhängig geworden? Astrid hatte bei ihrem Gespräch mit Hella noch einmal sehr deutlich gemerkt, wie fremd ihr ihre eigene Mutter gewesen war. Sie konnte sich natürlich an vieles gut erinnern.

So wusste sie zum Beispiel, dass sie die Mutter manchmal mit Hella zusammen bei der Arbeit besucht hatte. Oder sie sah sie in ihrer Erinnerung vor sich, im blauen Kittel mit unzähligen Farbflecken, wie sie mehr schlecht als recht etwas an ihrem „Schlösschen“ flickte, einen verstopften Abfluss reinigte oder eine durchgebrannte Sicherung ersetzte. Patent und tüchtig war sie gewesen. Tüchtig hatten auch ihre Töchter sein sollen. Ihren Mann stehen.

Darin hatte Astrid einmal sogar ihre große Schwester übertrumpft, denn in ihren Zwanzigern hatte sie die Butch raushängen lassen. Allerdings war es vermutlich nicht ganz das gewesen, was ihre Mutter gemeint hatte.

Um ihre eigene Geschichte, ihre Kindheit und Jugend, hatte sie stets ein großes Geheimnis gemacht. Sooft Astrid auch gebettelt hatte, sie möge ihr doch davon erzählen, wie früher alles gewesen war, hatte sie ausweichend geantwortet. Sie könne sich nicht mehr erinnern, das sei alles schon so lange her. Hella hatte Geschichten für die kleine Astrid erfunden, wie es einst im Schlösschen zugegangen war, und mit der Zeit hatte Astrid diese Erzählungen für die Wahrheit gehalten.

Hatte die Mutter sich denn niemals verliebt? War da nie jemand gewesen in ihrem Leben? Irgendwen musste es doch gegeben haben. Was war mit Astrids Vater? Sie kannte zumindest Bilder von ihm, eine flüchtige Bekanntschaft ihrer Mutter, so hatte sie behauptet. Sie hätte nicht einmal seine Adresse gehabt, als sie gemerkt hatte, dass sie mit Astrid schwanger war. Astrid hatte diese Information gereicht. Sie war zufrieden gewesen und hatte keinen Vater vermisst.

Bei Hella hatten die Dinge anders gelegen. Über Hellas Vater wurde überhaupt nie gesprochen. Es schien, als hätte es ihn gar nicht gegeben. Warum hatte Hella niemals nach ihm gefragt?

Nur ein einziges Mal hatte Astrid es getan, daran konnte sie sich erinnern. Das auf ihre Frage folgende Schweigen war derart eisig gewesen, dass das Kind damals geglaubt hatte, etwas ganz Schreckliches getan zu haben. Sie hatte diese Frage nie wieder gestellt. Und Hella? Hella kannte entweder das Geheimnis oder es hatte sie nicht interessiert.

Die wenigen Dinge, von denen sie geglaubt hatte, sie sicher zu wissen, hatten sich nun als Halbwahrheiten oder gar komplette Lügen herausgestellt. Und all das hatte sie erst vor ein paar Tagen erfahren.

Weder die Mutter, noch Hella waren im Schlösschen aufgewachsen, wie Astrid es aus den Geschichten der Schwester zu wissen meinte. Alles war anders gewesen, Hella war endlich mit der Wahrheit herausgerückt. Sie hatte der Mutter schon als Kind versprechen müssen, nie mehr über ihren Vater und alles, woran sie sich aus ihrer frühen Kindheit erinnerte, zu reden. Die Mutter hatte die ersten fünf Jahre in Hellas Leben ausradieren wollen und das Kind zu ewiger Verschwiegenheit verpflichtet. Zu schmerzlich waren die Erinnerungen für sie. Sie hatte ein komplett neues Leben beginnen und die Vergangenheit für immer hinter sich lassen wollen.

Hellas und Astrids Mutter war in Wurzen, einer Kleinstadt vor den Toren Leipzigs, aufgewachsen. Hella war 1957 im Osten geboren worden. Und einen Vater gab es auch. Hellas Eltern waren verheiratet, hatten gleich nach der Hochzeit eine Wohnung mit Bad und sogar einem Kinderzimmer beziehen können. Warum das bei der notorischen Wohnungsknappheit und den ellenlangen Wartelisten so einfach gewesen war, hatte die Mutter allerdings erst Jahre später erfahren: Ihr eigener Mann war ein IM gewesen, trug Informationen zur Stasi.

Astrid unterbrach sich. „Wenn ich dir das alles hier so erzähle, klingt es für mich selbst wie eine Fantasie, die mit mir gar nichts zu tun hat. Und ich weiß nicht mal hundertprozentig, ob alle Einzelheiten auch tatsächlich stimmen. Meine Mutter hat Hella ihre wirkliche Geschichte erst nach so langer Zeit erzählt, dass sie vermutlich selbst schon einiges vergessen hatte oder vielleicht auch teilweise von der eigenen Erinnerung getäuscht wurde. Hella hat mir jetzt nach vielen Jahren erzählt, was sie damals, als sie selbst verrückt vor Sorge um unsere Mutter war, verstanden hat. Vielleicht hat auch sie manches verdreht und außerdem stand ich völlig neben mir, als ich das alles erfahren habe. So musst du die Details mit Vorsicht genießen. Die sind auch gar nicht so wichtig, finde ich."

Dorothea gab ein zustimmendes Murmeln von sich und nickte Astrid aufmunternd zu. Die fuhr fort. Ihre Mutter war in einem streng religiösen Elternhaus aufgewachsen, hatte sich immer in kirchlichen Kreisen bewegt. Ihr Berufswunsch war Restauratorin, am liebsten hätte sie Kunst studiert, aber dafür hatte sie keinen Studienplatz bekommen. Ihr fehle der parteiliche Klassenstandpunkt, hatte in den Zeugnissen gestanden. Vor lauter Enttäuschung hatte sie dann gar keine Ausbildung gemacht, sondern als Gemeindehelferin gearbeitet, früh geheiratet und bereits mit zwanzig ein Kind bekommen. Sie hatte sich wohl mit der Situation arrangiert, denn nein, sie war beileibe keine Staatsfeindin gewesen. Sie hatte sich nie politisch oder gar oppositionell betätigt, aber als sie erfahren hatte, dass ihr eigener Mann heimlich alles, was er über Familie, Kollegen und Freunde erfuhr, brühwarm seinem Kontaktmann berichtete, tobte sie vor Empörung. In einem Land, wo man nicht einmal den allernächsten Menschen vertrauen konnte, hatte sie nicht mehr leben wollen.

Sie hatte noch in derselben Nacht einen Koffer gepackt und war im Morgengrauen zusammen mit der kleinen Hella aufgebrochen. Mit dem Frühzug waren sie nach Berlin gefahren, wo sie zunächst bei einer Freundin untergekommen waren.

In der ersten Zeit war sie völlig handlungsunfähig gewesen, hatte nur im Bett gelegen und geheult. Hella konnte sich noch gut an die dunkle, fremde Wohnung in einem Berliner Hinterhaus erinnern und daran, wie sie tagelang vor dem Bett der verzweifelten Mutter gesessen, deren Hand gestreichelt und sich gefürchtet hatte. Vieles andere allerdings wusste sie nur, weil die Mutter ihr in den letzten Lebenswochen immer wieder davon erzählt hatte.

Nach dem Jahrzehnte dauernden Schweigen war es damals gleichsam aus ihr herausgebrochen, sie hatte unbedingt reden müssen. Doch von Hella hatte sie sich erneut das Versprechen geben lassen, Astrid zu schonen, ihr die Wahrheit nicht zu erzählen, um ihr damit die Illusion der heilen Welt auch weiterhin zu erhalten. Die Mutter hatte geglaubt, Astrid schützen zu müssen. Welche Bürde sie mit dem Schweigegelübde ihrer älteren Tochter auferlegte und wie sie dadurch eine echte Beziehung zwischen den Schwestern unmöglich machte, hatte sie nicht gesehen.

„Mir wird langsam kalt. Vielleicht sollte ich dir den Rest im Bett erzählen.“ Astrid wurde von einem heftigen Niesen geschüttelt.

„Unbedingt und ... o verdammt!“ Dorothea schlug sich vor die Stirn. „Ich hab doch Milch für Kakao aufgesetzt!“

Sie öffnete die Badezimmertür und auf der Stelle kroch eine Qualmwolke durch den Türspalt. Es stank entsetzlich nach verbrannter Milch. Sie hustete und versuchte, die Luft anzuhalten. Dass ausgerechnet ihr so ein Fauxpas passieren musste. Und ausgerechnet jetzt. Sie rannte in die Küche, riss in einer Bewegung den Topf vom Herd und das Fenster auf. Dann ließ sie Wasser und Spülmittel in den verkrusteten Topf laufen, obwohl sie nicht daran glaubte, dass er noch zu retten wäre. Aber wenigstens würde er so nicht mehr diesen bestialischen Gestank verbreiten.

„Nichts Schlimmes passiert“, rief sie Astrid zu. „Ich beseitige das Chaos und komme dann mit dem frischen Kakao zu dir.“

Aus dem Bad waren zustimmendes Brummeln und Plätschern zu hören. Dorothea schloss die Küchentür, nahm einen neuen Topf aus dem Regal, goss Milch hinein und rührte in einer Tasse Kakaopulver mit Zucker und Milch schaumig. Dieses Mal blieb sie vorsichtshalber neben dem Topf stehen, um erneutes Unheil zu vermeiden, obwohl ihr bekannt war, dass bewachte Milchtöpfe niemals kochen.

Vielleicht kam diese Atempause jetzt auch genau richtig. Astrid konnte in der Zwischenzeit aus der Wanne steigen, sich abtrocknen und ins Bett kriechen. Da es sonst ja gar nicht ihre Art war, von unangenehmen Dingen zu reden oder ihren eigenen Gefühlen auf den Grund zu gehen, musste sie von der ersten Runde schon ziemlich erschöpft sein. Dabei war sich Dorothea sicher, dass sie noch lange nicht alles gehört hatte. Ganz zu schweigen davon, dass sie schon alles verstanden hätte. Arme Astrid, wie elend musste die sich erst fühlen. Ihre gesamte Welt war in den letzten Tagen völlig aus den Fugen geraten. Aus diesem Grund hatte sie wohl nicht angerufen, nur einige knappe SMS-Nachrichten geschickt.

Endlich begann sich die Oberfläche der Milch zu wölben. Dorothea rührte noch einmal die Kakao-Zuckermischung auf, um sie dann unmittelbar vor dem Hochkochen in die Milch zu quirlen. Jetzt noch eine Tasse Sprühsahne und eine halbe Tafel Bitterschokolade dazu, gründlich durchrühren und noch einmal kurz mit dem Schneebesen aufschlagen, fertig. Doro füllte das heiße Getränk in zwei große Becher, die sie von Astrids Regal nahm. Dabei fiel ihr Blick auf die Leuchtturmtasse, Kerstins Lieblingstasse. Wie gut wäre es, wäre sie jetzt hier. Schmerzlich sehnte sich Dorothea nach ihr. Was mochte sie wohl gerade tun? Ob sie schon ins Bett gegangen war und sich ausschlief vor den Strapazen des morgigen Umzugs? Oder feierte sie mit Sabine Abschied von der alten Wohnung, mit der sie viele gemeinsame Erinnerungen verbanden?

Astrid konnte Sabine auf den Tod nicht ausstehen. Manchmal konnte die allerdings auch wirklich eine Nervensäge sein, fühlte sich offensichtlich permanent als Wendeopfer und musste ihrer Frustration ununterbrochen Luft machen. Dorothea erinnerte sich noch gut an das Raclette-Essen zu Ostern in Leipzig. Da hatten sich Astrid und Sabine mächtig in die Wolle gekriegt. Denn Astrid vertrat das andere Extrem und schien sich nicht vorstellen können, dass nicht alle – im Osten wie im Westen – die Wende aus tiefstem Herzen bejubelt hatten.

Doch jetzt wurde Dorothea schlagartig klar, warum Astrid so ungeduldig und grantig auf alle Gespräche über die DDR-Vergangenheit reagiert hatte. Sie begann zu verstehen, woher Astrids krampfhaftes Verleugnen der Vergangenheit rühren mochte. In Astrids Familie war prinzipiell nicht über Vergangenes geredet worden, schon danach zu fragen, schien bedrohlich. Und die DDR war in der Welt ihrer Kindheit schlichtweg nicht existent gewesen.

Doro stellte die Kakaotassen auf ein Tablett. Den Rest der Schokolade daneben. Sie nahm die Sprühsahne und setzte noch ein dickes Häubchen auf jede Tasse. Als sie die Sahne zurück in den Kühlschrank stellen wollte, fiel ihr Blick auf die Whiskeyflasche, die mit einigen anderen angestaubten Spirituosen ihr Dasein auf dem Regal fristete. War das etwa noch die von Astrids vierzigstem Geburtstag? Egal, ein Schuss Whiskey in den Kakao konnte jetzt sicher nicht schaden.

Gar nicht so einfach, das Tablett auf einer Hand zu balancieren, mit der anderen vorsichtig die Küchentür zu öffnen und sie dann mit einem kräftigen Fußtritt wieder zuzuschlagen. Aber diese Mühe war ohnehin vergeblich. Während in der Küche durch das offene Fenster der Geruch nach angebrannter Milch fast vollständig verflogen war, hatte er sich gleichmäßig auf den Rest der Wohnung verteilt. Dorothea seufzte. Normalerweise passierte ihr so etwas nicht. Aber heute war ja auch nichts normal, heute herrschte emotionaler Ausnahmezustand.

Astrid lag bereits im Bett, hatte die Decke bis zur Nasenspitze gezogen. Vorher hatte sie allerdings noch ein paar Kerzen angezündet. Diese Leidenschaft teilte sie mit Dorothea und Kerstin. Im Laufe der letzten Monate hatten sie Unmengen von Kerzen abgebrannt.

Doro platzierte das Tablett auf dem Fußboden vor dem Bett. Sie drückte Astrid, die sich inzwischen aufgerichtet hatte, eine Tasse in die Hand, legte die Schokolade in Greifweite und kletterte ins Bett, was mit ihrer vollen Kakaotasse recht schwierig war.

Astrid stöhnte beim ersten Schluck wohlig auf: „Hm, ist das gut, himmlisch, du bist göttinlich – oder wie heißt eigentlich das Adjektiv von Göttin?"

„Ich hoffe, dass es dir gut tut. Und ja, ich weiß, dass ich fast perfekt bin." Doro drückte einen Kuss in Astrids Nacken. „Magst du noch weitererzählen oder war das fürs Erste genug?"

„Ich glaube, ich muss dir jetzt auch noch den Rest erzählen, sonst krieg ich ihn nicht aus dem Kopf. Oder habe ihn morgen schon wieder ganz weit weggeschoben. In meiner Vergangenheit ist dermaßen viel verschwiegen worden. Ich bin so daran gewöhnt, dass ein Teil von mir glaubt, Dinge würden aufhören zu existieren, wenn man nur nicht von ihnen redet."

„Aber war die ganze Offenbarung denn nicht auch eine ungeheure Entlastung für dich?"

„Vielleicht ja. Aber im Moment ist es nur verwirrend. Ich habe das Gefühl, nicht zu wissen, worauf ich mich überhaupt noch verlassen kann."

„Warum hat sich Hella eigentlich ausgerechnet jetzt entschieden, dir reinen Wein einzuschenken?", fragte Doro weiter.

„In der ersten Zeit nach dem Tod unserer Mutter fühlte sie sich an ihr Versprechen zu schweigen gebunden. Später, als ich mich so hartnäckig geweigert habe, mit ihr zum Friedhof zu fahren, hat sie zuerst geglaubt, ich stände unter Schock und sie könnte mir nicht noch mehr zumuten. Ja, und dann ist unsere Beziehung immer distanzierter geworden. Da hat sie wohl gedacht, mich interessiert das alles gar nicht und es wäre besser, die schlafenden Hunde ruhen zu lassen. Aber bei ihrem letzten Besuch ist ihr klargeworden, dass ich mich quäle, dass ich die ganze Sache nicht im Geringsten hinter mir gelassen habe."

„Nun, solange die vielen Unwahrheiten zwischen euch standen, konntet ihr auch gar nicht zueinander finden."

„Genau dasselbe hat Hella auch zu mir gesagt. Sie hat sich entschieden, dass es wichtiger ist, den Kontakt zwischen uns nicht völlig abreißen zu lassen, als das Versprechen gegenüber unserer toten Mutter zu halten. Sicher hätte die auch nicht gewollt, dass wir beide uns völlig entfremden. Deshalb hat Hella mir diese Woche alles erzählt."

Astrid nahm noch einen großen Schluck von ihrem Kakao.

Die damals knapp sechsjährige Hella saß also in Berlin tage-, vielleicht auch wochenlang am Bett der kranken, verzweifelten Mutter. Für Essen und alles Weitere sorgte glücklicherweise die Freundin und nach einer Weile konnte die Mutter auch wieder aufstehen. Jetzt kam abends oft Besuch. Hella musste dann aber immer ins Bett und durfte nicht zuhören, was geredet wurde.

Eines Nachts stand die Mutter neben der Campingliege, auf der Hella schlief. Sie rüttelte das Mädchen wach und gab ihr einen Becher zu trinken. Offensichtlich Saft mit einem starken Beruhigungsmittel, denn es schmeckte süß und bitter zugleich. Dann half sie ihr beim Anziehen und trug sie durch das dunkle Treppenhaus nach unten. Vor dem Haus stand ein Auto. An mehr konnte Hella sich nicht erinnern. Das Medikament musste rasch gewirkt haben. Aus der Erzählung wusste Hella, dass sie im Kofferraum unter Decken versteckt wurde, während die Mutter mit falschen Papieren auf der Rückbank saß. Der Teil ihrer Familie, der im Westen lebte, hatte dieses Fluchtauto organisiert.

Das ganze Unterfangen war abenteuerlich und riskant gewesen, aber Hellas Mutter hatte mit allen Mitteln in den Westen gewollt. Eine offizielle Ausreise wäre ihr zusammen mit ihrer Tochter niemals genehmigt worden. Außerdem hatte sie sich nicht stark genug gefühlt, die dazu nötigen erniedrigenden Prozeduren über sich ergehen zu lassen. Den Kontakt zu ihrer Berliner Freundin hatte sie nach der geglückten Flucht auf der Stelle abgebrochen, vermutlich hatte die auch so genug Ärger.

Im Westen angekommen, dauerte es eine Weile, ehe die junge Frau mit ihrer Tochter zur Familie nach Hamburg reisen konnte. Dort durften sie bei einem Onkel einige Tage wohnen, ehe der Verwandtschaftsrat beschloss, Hellas Mutter solle das „Schlösschen" – alter Familienbesitz in einem Dorf nahe Bremen – überschrieben werden. In welch katastrophalem Zustand dieses altehrwürdige Gemäuer war, verriet ihr damals niemand.

Für Hella war nach dem Umzug alles neu und fremd, aber schon im Herbst kam sie zur Schule. Sie war abgelenkt und vergaß bald alles, was vorher in ihrem Leben geschehen war. Na ja, ganz vergessen hatte sie es nicht. Manchmal träumte sie vom Kindergarten oder von ihrem Vater, aber sprechen durfte sie darüber mit keiner Menschenseele. Die anderen Kinder würden sie auslachen und niemand würde ihr glauben, hatte die Mutter gesagt. Und was Hella am meisten erschreckt hatte, war, dass die Mutter dann ins Gefängnis kommen würde. Schließlich war ihr doch nur die Mutter geblieben. So hielt sie den Mund und die kleine Schwester, die geboren wurde, als sie in der zweiten Klasse war, trug ihren Teil dazu bei, dass Hella beschäftigt war und vergaß.

Einsamkeit und enttäuschte Erwartungen wurden vermutlich zwei der Auslöser für den Alkoholismus der Mutter. Ein Leben lang hatte sie sich wie in einem Hamsterrad gedreht. Mit dem Kunststudium hatte es auch im Westen nie mehr geklappt. Es war pures Glück gewesen, dass sie als Gehilfin bei einem Kirchenmaler untergekommen war. Sie blieb immer in der dritten Reihe, aber es grenzte schon an ein Wunder, dass sie diesen Job überhaupt gefunden hatte. Er hatte jedoch nur einen Teil der Leere füllen können, die sich nach der Flucht in den Westen in ihrem Leben breitgemacht hatte. Hellas Vater war ihre große Liebe gewesen. Trotz allem. Wie hatte sie nur diesem System erlauben können, ihr Leben zu ruinieren?

Der Job und die Kinder hatten sie gleichermaßen aufrecht gehalten wie unter gewaltigen Druck gesetzt. Sie hatte von früh bis spät geschuftet, um die beiden durchzubringen. Hella war schon zeitig eine große Hilfe gewesen, Astrid von Anfang an ein Sonnenschein. Aber als Astrid dann auch noch aus dem Haus gegangen war, die Arbeitsaufträge immer dünner gesät waren und sie schließlich das halb verfallene Schlösschen aus finanziellen Gründen aufgeben und in eine kleine Wohnung in Bremen ziehen musste, hatte sie keinen Sinn mehr darin gesehen, sich gegen die Sucht zu wehren. Ein Sturz, nach dem sie mehr als zwölf Stunden hilflos in der Wohnung gelegen hatte, ehe Hella sie fand, war dann der Anfang eines schnellen Endes gewesen.

Astrid stellte geräuschvoll die leere Kakaotasse auf das Tischchen und brach sich ein Stück Schokolade ab. Siebzig Prozent Kakao, dunkel und stark, das war es, was sie jetzt brauchte.

„Genug für heute. Schluss. Du bist doch nicht Hunderte von Kilometern gefahren, nur um meine verkorkste Familiengeschichte anzuhören."

Sie gab Dorothea einen Kuss und schmiegte sich in ihren Arm. Doro war aufs Neue verblüfft, wie rasant diese unglaubliche Frau – vorerst – ihre schweren Gedanken abschütteln konnte, war sich aber sicher, dass es mehr als eine Fortsetzung des heutigen Gesprächs geben würde. Viel war in Astrid in Bewegung gekommen. Einiges, über das sie würde nachdenken müssen und das ihr Leben nachhaltig beeinflussen würde. Vielleicht kämen sich die beiden Schwestern dadurch auch wieder näher. Ganz sicher aber würde Astrid ab sofort für manche Fragen in der Welt mehr Aufgeschlossenheit zeigen müssen.

Doch für diesen Abend blieb Astrid sich treu. Mit verschmitztem Grinsen und einem lüsternen, kleinen Schnaufen rollte sie sich auf Doro und ließ damit auch nicht den leisesten Zweifel an ihren weiteren Absichten aufkommen.

Zeitreisen

Wer um alles in der Welt kann jetzt etwas von ihr wollen? Kerstin schaut auf den Wecker. Es ist 5.30 Uhr. Selbst wenn sie noch vor Mitternacht, mit den Hühnern sozusagen, ins Bett gegangen wäre, würde sie diese unchristliche Weckzeit so schnell keinem potenziellen Besucher verzeihen. Es schellt schon wieder. Wer auch immer da draußen steht, hat sich Kerstins Unmut längst zugezogen und mit seiner Ungeduld die Dinge nur noch schlimmer gemacht. Sie wirft sich einen Bademantel über, fischt ihre Hausschuhe aus dem Spalt zwischen Schrank und Matratze und schleppt sich verschlafen zur Wohnungstür. Noch ehe sie diese erreicht hat, ertönt der unangenehme, viel zu laute Klingelton zum dritten Mal.

Entnervt reißt sie die Tür auf und will ihrer Entrüstung auf der Stelle Luft machen. Ein ungestörter Morgenschlaf ist ihr heilig, noch dazu, wenn sie wie gestern bis tief in die Nacht an der Endfassung für eine Veröffentlichung gebastelt hat.

Vor der Tür steht Steffen. Schon seit gemeinsamen Studientagen weiß sie, dass der alles andere als ein Frühaufsteher ist. Eher ist er noch gar nicht im Bett gewesen, so wie er aussieht. Kerstin kommt gar nicht erst zu Wort.

„Du hast nicht im Ernst das alles verschlafen?“

„Was habe ich verschlafen?“, gähnt Kerstin.

„Seit heut Nacht sind die Grenzen auf! Stell dir vor!" Steffen ist völlig außer sich und drängt sich an ihr vorbei in die Küche.

„In Ungarn?" Kerstin folgte ihm widerstrebend.

„Nein, Himmel, in Berlin und wahrscheinlich überall. Auf dem Bahnhof ist der Teufel los, alle wollen nach Berlin. Die Züge sind hoffnungslos überfüllt."

„Noch mal. So schnell bin ich mitten in der Nacht nicht."

„Offensichtlich kann die Welt stehen bleiben, ohne dass Frau Doktor es überhaupt mitkriegt."

„Du weißt doch, dass ich keinen Fernseher besitze und in den letzten Wochen außer meinem Forschungsprojekt nicht allzu viel gesehen habe."

„Stimmt, nicht mal für deine Freunde hast du mehr Zeit. Hast du davon gehört, dass es sogenannte Montagsdemos auf dem Ring gegeben hat?"

„Hör auf, dich über mich lustig zu machen. Ich war zwar sehr beschäftigt, aber nicht taub und blind. Ich habe mich die ganze Zeit immer gefragt, warum ich so passiv bin, wie gelähmt. Ich sollte doch wissen, wohin, auf welche Seite ich gehöre. Aber ich weiß es einfach beim besten Willen nicht. Irgendetwas stimmt nicht mehr, irgendetwas sollte sich ändern, das wäre gut, natürlich. Aber auf der anderen Seite habe ich das Gefühl, das gerade etwas kaputtgeht, etwas, was ich nicht verlieren will."

„Also freust du dich über die offenen Grenzen oder nicht?"

„Ach, ich weiß überhaupt nicht mehr, was ich denken soll. Ich freue mich, dass ich letzte Nacht meinen Artikel fertig geschrieben habe. Ich denke, er ist gut. Jetzt bin ich einfach nur müde."

„Aber stell dir vor, wir könnten am Wochenende durch Westberlin bummeln. Du musst doch auch mal wieder freimachen. Seit Monaten gibt es für dich nur noch mathematische Probleme."

„Vielleicht habe ich mich tatsächlich hinter meiner Arbeit versteckt. Sie scheint das Einzige, worauf ich mich noch verlassen kann, während ringsum nichts mehr sicher ist. Aber was soll's, schalt das Radio ein, lass die Welt in meine bescheidene Behausung. Ich koch uns Kaffee."

Sie füllt die kleine Glaskanne mit Wasser, gießt es in den Tank der Maschine und löffelt reichlich Kaffee in den Filter. Wie es aussieht, werden die drei Stunden Schlaf wohl erst einmal reichen müssen.

Doro bückt sich erneut, um zwei Hände Schnee aufzuheben, knetet hastig, zielt sorgfältig. Mit einem vergnügten, schadenfrohen Lachen quittiert sie den empörten Aufschrei, der ihr zeigt, wie gut sie diesmal getroffen hat. Carola stößt wilde Rachedrohungen aus und gleich darauf prasselt ein Hagel aus nassen Schneebällen auf Doro nieder. Es ist vollkommen verrückt, was sie hier treiben. Sie werden triefend nass wie zwei gebadete Mäuse im AZ ankommen. Im Autonomen Zentrum, hinterm Römerkreis auf dem Gelände der alten Glockengießerei gelegen, findet heute Abend eine große FrauenLesben-Silvesterparty statt. Sie werden sich den Tod holen. Aber Doro ist das egal. Diesem herrlich pappigen Schnee kann sie einfach nicht widerstehen.

Es ist ein verdammt gutes vergangenes Jahr gewesen. Enorm viel ist passiert: Der Studienabschluss und gleich darauf der feste Job in der Beratungsstelle des Heidelberger Frauenhauses, der Umzug aus der Studentinnen-Chaos-WG in die tolle Dachwohnung hoch über der Weststadt, das Coming-out gegenüber ihren Eltern, dass sie endlich hinter sich gebracht hat. Aber das Beste ist natürlich, dass Caro, ihre geliebte, angebetete Carola, vor dreieinhalb Monaten endlich zu ihr gezogen ist. Einen langen Weg haben sie mit ihrer Beziehung schon hinter sich gebracht. Damals, nach der

Trennung, hat Doro weit mehr als das Jahr, das Marion in England verbrachte, gebraucht, um sich aus der Liebesbeziehung zu lösen. Obwohl lösen mit Sicherheit das falsche Wort ist. Marion ist nach wie vor einer der wichtigsten Fixpunkte in ihrem Leben und daran wird sich hoffentlich auch nichts mehr ändern. Caro zieht Dorothea immer wieder damit auf. Und ohne Marion wäre vermutlich auch niemals ein Paar aus ihnen geworden. Caro hat nahezu umgehend nach Marions Abreise begonnen, um Doro zu werben. Ein langes Jahr tat sie das vergeblich. Und hätte Marion nach ihrer Rückkehr ihre Ex nicht so nachdrücklich in Caros Arme geschoben, die Göttin allein weiß, ob jemals etwas aus den beiden geworden wäre. Doch seit fast drei Jahren sind sie nun zusammen, aber das Abenteuer Wohnung-Teilen macht Doro immer noch ganz schwindlig vor Glück.

Einfach alles ist gut. Ihre Arbeit macht eine Menge Spaß. Etwas bewirken zu können, ist ungemein befriedigend. Und es ist so eine spannende Zeit, überall gründen sich tolle Projekte. Sie würde bei vielem so gerne mitmachen, hat selbst tausend Ideen. Wie Aufbruchsstimmung fühlt es sich an, wie damals, in der Anfangszeit der Friedensbewegung. Allerdings hat sie jetzt noch mehr das Gefühl, endlich am richtigen Fleck zu sein. Die Auseinandersetzung mit feministischen Theorien, Thesen und Forderungen beflügelt sie, die Zusammenarbeit mit Frauen hat eine Qualität und Tiefe, die sie in der machogeprägten Antikriegs-, Anti-AKW-, Antifa- und Ökobewegung oft schmerzlich vermisst hat. Auch Carola hat mit ihr zusammen den Pfad aus der männerdominierten linken Szene in die feministische Frauenbewegung beschritten. Aber nach wie vor fährt sie leidenschaftlich gerne Motorrad und nur deshalb ist sie aus der Kuhlen Wampe nicht ausgetreten. Im Sommer wollen sie mit dem Motorrad nach Griechenland, Doro freut sich jetzt schon. Und dann wird im Herbst auch noch Marion nach Heidelberg ziehen. Ob jetzt der beruflichen Chancen wegen, wie Marion beteuert, oder wegen Silke, der charismatischen Inhaberin des Frauenbuchladens, wie Doro vermutet, oder wegen der Nähe zu Doro, wie Caro spöttisch behauptet, Doro ist es herzlich egal. Hauptsache, Marion kommt hierher und bleibt, wie Carola, in ihrer Nähe. Dann, so hat sie das Gefühl, dann kann ihr rein gar nichts mehr passieren.

Mittlerweile haben die beiden ihre schneefeuchte Balgerei beendet und sind eng umschlungen beim AZ angekommen. Musik dröhnt aus dem Inneren der reichlich heruntergekommenen Halle, vor dem Eingang hat sich eine lange Schlange wartender Frauen gebildet. Doro und Caro werden mit lautem Hallo, vielen Umarmungen und Küssen begrüßt, stellen sich dazu. Es ist eine angeregte Diskussion im Gange. Es geht um die DDR und die gerade geöffneten Grenzen. Doro horcht auf. Eine ihr unbekannte Lesbe mit riesiger Doppelaxt um den Hals macht sich laut und wortgewaltig stark für die armen unterdrückten und geknechteten Geiseln des vergangenen Unrechtsstaates.

„Die waren doch eingesperrt, wie Gefangene hinter dieser schrecklichen Mauer. Durften nirgendwohin, hatten nur eine Partei, die sie wählen mussten. Und wer widersprochen hat, wurde ins Zuchthaus gesteckt. Es gab nur eine Zeitung und nur einen Fernsehsender, wer heimlich Westfernsehen geschaut hat, kam ebenfalls ins Gefängnis. Und zu kaufen gab es auch nichts. Kennt doch jede die Bilder mit den leeren Regalen. Ich weiß noch, wie wir früher immer Päckchen nach drüben …“

„Augenblick mal.“ In Doro erheben sich gleichzeitig links-marxistische Vergangenheit und Erinnerungen an ihre Kinderzeit in Rostock, sie muss sich einfach einmischen. „Ich glaube, das Bild, was du hier zeichnest, ist zum einen sehr schwarz-weiß und zum anderen doch auch schon reichlich antiquiert. Ich habe bei meinen Besuchen in der DDR, und selbst die sind schon lange her, niemals hungernde Menschen gesehen. Und meine Großeltern haben ständig Westfernsehen geschaut, sehr zu meinem Leidwesen, aber nie hat auch nur ein Hahn danach gekräht. Ich fand nämlich das Sandmännchen, Pittiplatsch und Meister Nadelöhr viel schöner. Ich weiß auch gar nicht, ob wirklich alle Menschen in der DDR so glücklich sind über diese neue Entwicklung."

Die Doppelaxt-Lady ist empört. „Du kannst doch nicht im Ernst wollen, dass Menschen ihrer Freiheit beraubt werden, dass auf sie geschossen wird, nur weil sie ihr Land verlassen wollen!

Nein, nein, das will Doro ganz sicher nicht. Nachdenklich schüttelt sie den Kopf, beteiligt sich nicht länger an der Diskussion, die jetzt ohne sie lautstark weitergeführt wird. Aber was will sie denn eigentlich? Der Zusammenbruch der DDR, der Fall der Mauer, diese ganze Geschichte hat sie bisher seltsam unberührt gelassen. Es scheint ihr alles sehr weit weg, hat wenig mit ihr zu tun. Doch trotzdem ist sie davon überzeugt, dass die gesamte DDR ohne viel Federlesens vom reichen Bruder im Westen aufgekauft werden wird. Das wird unglaublich teuer. Und ihr alt-linkes Gewissen zuckt zusammen bei dem Gedanken an ein neues Großdeutschland, an Allmachts- und Unbesiegbarkeitsfantasien eines triumphierenden kapitalistischen Systems. Und schließlich: Was wird bleiben dürfen von dem, was gut war an der DDR?

Die Schlange ist weit vorgerückt, Carola zieht Dorothea hinter sich her, hinein in die dampfige Enge der alten Fabrikhalle. Um sie herum toben ausgelassene Frauen. Die beiden werfen ihre nassen Mäntel ab und stürmen zu den Klängen von Gloria Gaynors *I am what I am* laut johlend auf die überfüllte Tanzfläche. Jetzt ist nicht die Zeit für die DDR und ihr Schicksal, nein wirklich, darüber wird sie morgen nachdenken.

23

Kerstin hatte es schon länger vermutet: Doro musste eine Hexe sein! Es bestand kein Zweifel daran, dass sie zaubern konnte. Wie aus einem Häufchen ganz profaner Zutaten ein solch fantastisches Essen werden konnte, würde ihr auf ewig ein Rätsel bleiben. Das konnte nur Magie sein, Küchenmagie, nicht umsonst ließ sie sich ja auch nicht gern auf die Finger schauen beim Kochen.

Dabei war Doro erst am Morgen in Oldenburg eingetroffen, hatte sich die halbe Nacht hinter Emmas Steuer auf der Autobahn um die Ohren geschlagen, obwohl sie das doch nicht mehr wollte. Während Kerstin den obligatorischen Weihnachtsbesuch bei ihren Eltern kurz und für alle Beteiligten schmerzlos gehalten hatte und nach Kartoffelsalat und Würstchen an Heiligabend und der alljährlichen Gans am ersten Feiertag zu Astrid gefahren war, hatte Doro ihren Familienbesuch bis gestern Abend ausgedehnt.

Kerstin und Astrid hatten die letzten Tage hauptsächlich im Bett verbracht, viel gelesen, manchmal ferngesehen, Essen wie in alten Zeiten vom Asia-Imbiss geholt. Vielleicht war es zwischen ihnen nicht mehr ganz so stürmisch wie zu Beginn ihrer Beziehung, aber dafür waren sie sich mittlerweile sehr vertraut. Es hatte keinen einzigen Missklang gegeben und nicht nur einmal war die Leidenschaft hell aufgelodert. Rund um die Uhr tagein und tagaus nur Feuerwerk würde wohl ohnehin keine aushalten, aber Kerstin war sicher, dass Astrid immer ein paar Feuerwerkskörper auf Vorrat halten würde. Wenn sie nur an gestern Nachmittag dachte, bekam sie vor Wonne eine Gänsehaut und alle Härchen in ihrem Nacken richteten sich auf. Sie beugte sich vor, küsste Astrids Hals und seufzte leise.

Satt und froh, endlich wieder beisammen zu sein, lungerten sie auf Astrids Bett. Doro in Kerstins Arm, Astrid lehnte an Doros aufgestellten Knien und hielt die Fernbedienung in der Hand. Sie zappte wahllos von einem Programm zum anderen. Keine von ihnen schien sich jedoch für eine der Sendungen auch nur im Entferntesten zu interessieren. Sogar die Weihnachtsgeschenke standen immer noch unausgepackt neben dem Bett. Über der Szene lag ein friedvoller Zauber und jede der drei Frauen spürte ihn. Die Ruhe umhüllte sie wie ein fein gewebter Kokon, den eine einzige unvorsichtige Bewegung zerreißen könnte. Es war, als hielte die Zeit den Atem an. Raunächte, Zeit zwischen den Jahren. Alles schien möglich zu sein. Doro war tief in ihre inneren Bilder versunken und auch Astrid hielt sich offensichtlich nur an der Fernbedienung fest, umklammerte sie wie die letzte Verbindung zur alltäglichen Welt. Diese Gedanken behielt Kerstin allerdings lieber für sich, die zwei würden sie vermutlich aufziehen wegen ihrer Spiri-Ader, obschon sie sich sicher war, dass sie im Grunde alle ähnlich fühlten.

„Astrid, mach doch um Himmels Willen mal die Kiste aus und leg die Fernbedienung beiseite. Ich wette, keine von uns hat auch nur die leiseste Ahnung, was da in den letzten zehn Minuten über den Bildschirm geflackert ist. Und weißt du warum? Weil es nämlich keine sehen wollte. Und du am allerwenigsten, habe ich recht?“

Doro war von ihrer Gedankenreise in die Runde auf dem Bett zurückgekehrt. „Was? Nein. Ja. Stimmt. Eigentlich gucke ich auch nicht hin.“

Astrid schaltete ab und legte die Fernbedienung auf den Bücherstapel neben dem Bett.

„Nach so viel Familiengedöns zu Weihnachten bin ich jetzt unendlich froh, hier bei euch zu sein.“ Doro goss sich aus der Rotweinflasche nach.

„Was heißt schon Familie? Ich glaube, im Grunde seid ihr doch meine Familie“, warf Kerstin ein.

„Stimmt. Ich finde es zwar entlastend, dass ich jetzt endlich offen mit meiner Schwester reden konnte, aber ohne eure

Rückendeckung hätte ich das nie geschafft. Und so richtig zu Hause fühle ich mich nur mit euch beiden", sagte Astrid.

Kerstin und Doro zogen sie in ihre Arme. Sie wussten, wie schwer ihr die letzten Wochen gefallen waren. Endlich hatte sie sich erlaubt, um ihre Mutter zu trauern. Sie stand erst ganz am Anfang, aber sie hatte es geschafft, Hella davon zu erzählen, wie es ihr damals ergangen war. Die beiden hatten begonnen, miteinander über früher zu reden. Das war schon viel, aber Astrid hatte wohl noch einen langen Weg vor sich und sie würde dabei auf die Unterstützung ihrer Liebsten zählen können.

„Ja, zu Hause, genau darüber wollte ich mit euch reden", fuhr Doro fort. „Ich träume nämlich ehrlich gesagt schon ewig von einem großen alten Haus, das ich mit Freundinnen bewohne. Ein Haus, viele Zimmer, prasselndes Herdfeuer, ein großer Garten, vielleicht ein Hund …"

„Das klingt aber doch eher nach einem detaillierten Plan als nach einem Traum, Süße." Kerstin musste schmunzeln. Was bei ihr bisher nur ein vages Gefühl gewesen war, schien bei Doro schon Türen und Fenster zu haben. Den Wunsch allerdings, der hinter diesem Traum stand, teilte sie mit ihr. „Schön fände ich das auch, den Alltag mit euch zu erleben. Ehrlich gesagt habe ich es längst über, immer allein zu wohnen, zwischendurch irgendwo zu essen und viel zu oft einsam aufzuwachen."

Auf dieses Bekenntnis hin strahlte Doro Kerstin an. Nur Astrid schwieg noch. Kerstin und Doro sahen erwartungsvoll zu ihr.

Aber ihr Schweigen hatte nur daran gelegen, dass sie in Gedanken bereits ein ganzes Stück vorausgaloppiert war. Galoppiert im wahrsten Sinne des Wortes. „Und Platz drum herum. Ich wollte schon immer Pferde. Stellt euch vor, wie wir abends über Stoppelfelder reiten."

Kerstins und Doros Blicke trafen sich: Astrid trabte also schon über Stoppelfelder. Die Umbauphase hatte sie mit einem eleganten Satz übersprungen. Einfach beneidenswert, diese Frau. Während sie beide noch nicht einmal begonnen hatten, über so praktische Dinge wie Wohnort, Arbeitsplatzwechsel oder Beziehungsdynamiken nachzudenken, ritt Astrid bereits dem Sonnenuntergang entgegen. So unterschiedlich ihre Art zu träumen auch war, eines war klar geworden: Sie wollten miteinander leben.

„Wisst ihr eigentlich, wie viele Kilometer ich im vergangenen Jahr mit der Bahn gefahren bin? Nein? Es sind exakt neuntausenddreihundertelf! Gestern habe ich meinen Bahnmeilen-Stand abgerufen. Das gibt zwar satte Bonuspunkte, aber die Prämien sind ziemlich öde. Ich brauche keine Stirnlampe und in der VIP-Lounge will ich meine Freizeit auch nicht unbedingt verbringen. Vielleicht ist das ja ein Zeichen, in der nächsten Zeit die Lebensumstände so zu verändern, dass ich nicht mehr so viel Bahn fahren muss."

„Genau. Ich hole jetzt die Feuerwerksraketen aus dem Auto. Da kann ich gleich nachschauen, wie viele Kilometer Emma auf dem Buckel hat. Der alten Dame dürfte es auch gut tun, langsam etwas kürzer zu treten."

„Halt! Ich muss euch noch etwas gestehen." Kerstin und Doro hielten mitten in der Bewegung inne und blickten Astrid fragend an. Was hatte sie auf dem Herzen? Nach den Turbulenzen der vergangenen Wochen war sie immer noch ein wenig angeschlagen.

„Ich hab Angst. Ich kann nichts dagegen tun, ich bin da etwas furchtsam." Fast flüsterte die gewöhnlich so forsche Astrid.

Doro bekam schon wieder ihren therapeutischen Blick, doch ehe sie etwas sagen konnte, platzte Kerstin ungläubig heraus: „Du? Du und furchtsam? Weswegen überhaupt? Etwa wegen des Silvesterfeuerwerks?"

Astrid nickte.

Zeitreise

Geräuschvoll schiebt Kerstin die Schublade des Schreibtischs zu. Ab sofort ist es nicht mehr ihr Schreibtisch. Aber was heißt hier überhaupt ihrer. Sie hat ihn ja sowieso mit Kai teilen müssen, denn es gibt viel mehr wissenschaftliche Mitarbeiter als Schreibtische in der Sektion Mathematik. Das ist im Prinzip nie ein großes Problem gewesen, denn alle arbeiten lieber zu Hause, in der Bibliothek oder im Rechenkeller.

Für Kerstin ist die Zeit an der Uni nun wohl endgültig vorbei, die so vielversprechend begonnene Mathematikerinnen-Karriere ist zu einem vorschnellen Ende gekommen. Ihr Forschungsstudium hat sie erfolgreich mit einer Promotion abgeschlossen, danach einen Vertrag als wissenschaftliche Mitarbeiterin unterschrieben. Klar, der ist auf zwei Jahre befristet gewesen, aber niemand hat daran gezweifelt, dass er verlängert werden würde. Im Gegenteil, Kerstins Doktorvater hat längst mit ihr das Habilthema eingegrenzt. Alles ist bisher so glatt gelaufen, Bilderbuchkarriere. Und jetzt, nur ein Jahr nach der Wiedervereinigung, braucht sie niemand mehr. Die Universität müsse verschlankt werden, heißt es.

Kerstin wühlt sich durch den Stapel Unterlagen, den sie aus dem Schreibtisch gezogen hat. Das meiste ist nur noch Altpapier: Ihr FDGB-Ausweis, eine frühe Version des ersten Kapitels ihrer Diss, alte Zeitungen. Den Vortrag, den sie letzten Monat im Forschungskollektiv gehalten hat, und ein paar Fachzeitschriften schiebt sie in ihre Mappe. Vielleicht sind diese Unterlagen ja irgendwann noch einmal zu etwas gut. Obwohl sie sich das im Moment kaum vorstellen kann. Wer weiß schon, was jetzt kommt, wie es jetzt für sie weitergeht. Kerstin verlässt ihre Alma Mater verunsichert, traurig, enttäuscht, gemischt mit einer Spur Erleichterung und etwas Neugier. In den letzten Jahren hat sie manches Mal darüber nachgesonnen, dass ihr Leben eigentlich viel zu glatt, in zu geordneten Bahnen verläuft. Abitur. Studium. Promotion.

Habil. Professur. Rente. Musste da nicht noch mehr passieren? Auf der anderen Seite liebt sie ihr Fach, kann sich in jedes mathematische Problem so verbeißen, dass sie alles um sich herum vergisst. Deshalb hat sie sich für eine wissenschaftliche Laufbahn entschieden. Wie hätte sie noch vor einem Jahr ahnen können, dass nun ihre eigene Entscheidung gar nichts mehr zählt? Warum wurde ausgerechnet Kais und nicht ihr Vertrag verlängert? Kerstin kann es beim besten Willen nicht begreifen. Kai hat fast zwei Jahre über die Zeit an seiner Diss gebastelt, nie etwas zum Termin abgeliefert, durch keinerlei interessante Ergebnisse auf sich aufmerksam gemacht. Immer hat er fadenscheinige Ausreden, auf Kai ist nie Verlass. Kerstin fühlt sich gekränkt, dass man ausgerechnet ihn ihr vorgezogen hat. Er hat es offensichtlich ziemlich geschickt verstanden, sich zum Systemopfer zu stilisieren. Pah, wenn der ein Oppositioneller war, dann höchstens durch perfektionierte Faulheit. Hat nie mehr als nötig getan und genau das soll ihn jetzt zu einer Unikarriere prädestinieren? Kerstin ist gerade deshalb draußen, weil sie sich engagiert hat, weil sie mit dem ganzen Herzen Wissenschaftlerin war. Diese Erkenntnis tut weh.

Sie packt die Blechdose mit ihrem geliebten Jasmintee ein, den wird sie künftig zu Hause trinken. Mit Milch und Honig. Morgen geht sie ins Arbeitsamt, ins ehemalige Stasigebäude. Bisher hat sie immer einen Bogen darum gemacht, gehofft, dieses Gebäude nie von innen kennenlernen zu müssen. Ob die ihr wohl jetzt interessante Angebote unterbreiten werden? Ihre Kerze nimmt sie auch noch mit. Besonders dekorativ ist sie zwar nicht, aber Erinnerungswert hat sie. Geschenk von Martina an Kerstins Promotionstag. Martina hat so ausgefallene Ideen. Wer sonst kauft fünf Kilogramm Wachs in einem wenig attraktiven Braunton in Form des Universitätshochhauses, des Leipziger Weisheitszahns? Nur ein einziges Mal hat Kerstin versucht, die Kerze anzuzünden, aber der Docht sitzt schief und nach kurzer Zeit war eine tiefe Rinne durch all die Stockwerke des Hochhauses gebrannt und braunes Wachs auf den Tisch gesuppt. Auf einen zweiten Versuch hat sie es nicht ankommen lassen.

Kerstin schultert ihre Tasche, klemmt die Collegemappe unter den anderen Arm und verlässt den Raum. Nur nicht pathetisch werden. Nein, heute wird sie auch nicht auf den Fahrstuhl warten, der sowieso an ihrer Etage vorbeifahren wird. Wie konnte jemand nur ein solches Hochhaus mit viel zu wenigen Aufzügen bauen? Sie geht durch die schwere Eisentür ins Treppenhaus und lässt sie laut krachend ins Schloss fallen. Was für ein Abgang! Keiner hat Notiz davon genommen. Stockwerk für Stockwerk steigt sie hinab, Stufe für Stufe in eine verdammt ungewisse Zukunft. *Heute ist der erste Tag vom Rest meines Lebens.*

Es geht wohl doch nicht ganz ohne Pathos.

24

„Ich bin wohl mal wieder nicht zu Hause. Aber sprecht bitte, bitte auf mein Band, sonst sterbe ich vor Neugier."

Mist, Doros Anrufbeantworter war so ziemlich der Letzte, mit dem Kerstin jetzt sprechen wollte. Sie legte reflexartig wieder auf. Aber es blieb ihr gar nichts anderes übrig, sie musste mit der Maschine reden, denn in einer Stunde war sie mit Sabine zum Schwimmen und für die Sauna verabredet. Wenn sie dann noch irgendwo auf ein Bier hängen bleiben würden, wäre es für den Anruf bei Doro vielleicht zu spät. Schlief die nämlich erst einmal, würde sie das Klingeln glatt überhören. Ihr Handy war natürlich ausgeschaltet. Vermutlich hatte Doro es seit Tagen nicht aufgeladen, das sah ihr ähnlich.

Kerstin musste sie unbedingt heute noch erreichen – aus rein logistischen Gründen und weil sie die Neuigkeit um nichts in der Welt noch länger für sich behalten konnte. Schon in den letzten Tagen war es ihr schwer genug gefallen, sich am Telefon nicht zu verraten. Aber sie hatte erst abwarten wollen, ob aus der Sache überhaupt etwas werden würde. Als sie neulich abends beim Surfen auf die interessante Stellenausschreibung eines großen Softwareunternehmens ganz in der Nähe von Heidelberg gestoßen war, hatte sie nicht lange nachgedacht. Elektronische Bewerbungen waren ausdrücklich erwünscht und so hatte sie stehenden Fußes die Unterlagen fertig gemacht und losgeschickt.

Erst hinterher war ihr zu Bewusstsein gekommen, was sie da gerade getan hatte, und sie war ein wenig vor der eigenen Courage erschrocken. Ein Jobwechsel würde so viele Veränderungen mit sich bringen. Und war sie überhaupt schon bereit, in Doros Nähe zu ziehen? Und was würde Astrid dazu sagen? Würde die auch nach Heidelberg kommen wollen?

Zwar hatten sie sich für das neue Jahr gewünscht dichter zusammenzurücken und sogar davon geträumt, ein altes Haus auszubauen. Aber bisher war das alles nicht konkret, sie hatten sich ja nicht einmal auf einen Ort festgelegt. Nun hatte Kerstin eine Entwicklung in Gang gesetzt, die sie mit Sicherheit alle drei betreffen würde. Es musste an den Silvesterraketen liegen. Bevor eine einen Wunsch ins Universum schickt, sollte sie sich eben sehr genau überlegen, was sie sich wünscht. War ihre Beziehung überhaupt alltagstauglich? Da kamen sie wieder – die hässlichen Zweifel, die Wenns und Abers. Wie hatte sie nur aus dem Bauch heraus einen derart wichtigen Schritt tun können?

Sollten sie tatsächlich alle drei nach Heidelberg ziehen? Kerstin mochte eigentlich die Gegend um Oldenburg mehr als die Spielzeuglandschaft am Neckar. Sie liebte die Nähe des Meeres. Und auf der anderen Seite hing sie an Leipzig. Ein Umzug von der pulsierenden Großstadt in die leicht verschlafene Provinz würde ihr bestimmt schwerfallen. Und was würden Sabine und Steffen sagen? Würde Doro sie überhaupt ständig in ihrer Nähe haben wollen? Und was, wenn Astrid sich übergangen fühlte?

Tausend Zweifel tobten durch Kerstins Gedanken. Aber eine von ihnen musste wohl den Anfang machen. Wollten sie darauf warten, bis alle drei an einem Ort ihren jeweiligen Traumjob bekämen, würde es nie etwas werden. Und dann fehlte ja immer noch ihr zu äußerst günstigen Konditionen angebotenes Traumhaus. Nun hatte sich eine unerwartete Gelegenheit aufgetan und Kerstin hatte eine Entwicklung in Gang gesetzt. Punkt. Außerdem machte sie sich wie üblich viel zu viele Gedanken, es war ja noch gar nichts entschieden. Womöglich platzte der ganze Plan schon übermorgen wie eine Seifenblase.

Übermorgen. Zumindest wäre sie dann bei Doro, jedenfalls wenn sie es endlich schaffte, ihr Bescheid zu geben. Sie nahm einen zweiten Anlauf, drückte die Wahlwiederholung und lauschte noch einmal Doros Stimme. Nach dem Piepton holte sie tief Luft.

„Hallo Süße. Ich bin's. Ja. Also … also wir sehen uns schon übermorgen. Ich habe nämlich ein … ein Vorstellungsgespräch in Walldorf. Vorhin kam die Einladung. Ja, ich wäre dann so gegen Abend bei dir. Hab nachgesehen. Es fährt ein Bus von dort direkt in die Heidelberger Weststadt. Hm. Na ja …"

Das zweite Piep unterbrach ihr Gestammel. Angemessen war diese nüchterne Botschaft, die Doro heute Abend bei ihrer Rückkehr von der Arbeit vorfinden würde, nicht. Sie beschloss, eine weitere Nachricht zu hinterlassen.

„Hallo Doro. Das bin immer noch ich. Oder schon wieder, wie du willst …" Was sollte dieser Unsinn? Sie sollte schleunigst zur Sache kommen. „Doro, ich liebe dich. Und ich wünsche mir, dass es mit dem Job klappt. Ich hab es satt, dich so selten zu sehen. Ich hoffe, du freust dich auch, wenn ich in deine Nähe ziehen würde."

Da war der Piepton schon wieder. Aber dieses Mal hatte

Kerstin das Gefühl, das Entscheidende gesagt zu haben, auch wenn sie nicht sonderlich redegewandt gewesen war. Wenn sie erst lange an ihren Sätzen zu feilen begonnen hätte, wäre sie womöglich zu feige gewesen. Es stimmte, alles, was sie Doro auf Band gesprochen hatte, war bis zum letzten i-Tüpfelchen wahr.

Neun Schwimmzüge und schon war Kerstin wieder am Rand angekommen. Das hier war bestenfalls ein tiefes Planschbecken. Seit Herbst ging sie wieder regelmäßig mit Sabine schwimmen. Damit ließen sie eine alte Tradition ihrer Freundschaft aufleben, die leider vor etlichen Jahren still und heimlich eingeschlafen war. Damals, vor Urzeiten in den Achtzigern, hatten sie damit angefangen, weil Kerstin wegen eines Knieproblems das Joggen hatte aufgeben müssen und ihre Freundin es allein einfach nicht schaffte, etwas Sport zu treiben. Sabine hatte es mit Tennis versucht, aber das wundervolle komplette Tennisoutfit war neben dem sündhaft teuren Schläger nach kurzer Zeit im Keller verstaubt. Sie hatte einen Skianzug und Abfahrtsski gekauft, war aber nur einmal ins Gebirge gefahren. Mit dem Fahrrad hatte sie täglich zur Arbeit radeln wollen, aber natürlich war die Straßenbahn dann viel bequemer gewesen.

Also waren sie jeden Donnerstagabend in die Schönefelder Schwimmhalle gegangen. Eine Stunde zu einer Mark, billig, aber nicht allzu viel Luxus. Ein großer Umkleideraum mit ein paar Kabinen. Alle Sachen kamen auf einen Metallbügel, der dann am Schalter abgegeben wurde. Vierzig Minuten schwimmen, dann duschen. Unter dem Deckenföhn die Haare leidlich wieder in Form bringen, denn damals herrschte noch Badekappenpflicht. Die Marke mit der Garderobennummer vom Träger des Badeanzugs fädeln, Klamotten holen, eincremen, anziehen. Hinterher waren sie stets noch in der kleinen Kneipe nebenan essen gegangen.

Lange war das her. Die Achtziger schienen Kerstin mindestens hundert Jahre her zu sein. Nur manchmal erinnerte sie sich an Kleinigkeiten so lebhaft, als wäre es erst gestern gewesen. So wie an die Schwimmhalle, die genauso aussah wie jede andere überall in der DDR. Aus dem Gedächtnis würde sie den Grundriss aufzeichnen können. Die Gerüche nach gechlortem Wasser und dem Gummi der Badekappen hatte sie in der Nase, den Kommandoton der Garderobenfrauen noch im Ohr.

Im letzten Herbst, als sie ihre Tradition wieder aufleben lassen wollten, hatten sie allerdings feststellen müssen, dass die Schönefelder Schwimmhalle im Moment wegen Umbaus geschlossen war. Also mussten sie nach Paunsdorf in die Sachsentherme fahren. Das war wesentlich kostspieliger, aber dafür wurde auch so einiges geboten: Wasserfälle, Riesenrutsche, Saunalandschaft, Cocktailbar, Wellenbad. Nur mit dem Bahnenschwimmen war es schwieriger geworden und sie gaben sich, dem Trend der Zeit folgend, inzwischen zunehmend der Wellness-Bewegung hin. In der Regel liefen ihre abendlichen Besuche darauf hinaus, dass sie sofort in die Saunalandschaft abtauchten. Dort war es viel leiser als im restlichen Bad, denn glücklicherweise waren Kinder nur unter Aufsicht von Erwachsenen zugelassen. Gewöhnlich saßen Kerstin und Sabine lange im Whirlpool, dann noch länger im römischen Dampfbad. Wenn Sabine danach noch in die Bio-Sauna ging, schwamm Kerstin im Außenbecken. Fünf Züge hin und fünf zurück.

Für heute war es genug. Sie tauchte unter der Plastikabtrennung hindurch nach drinnen und schwamm zum Rand. Wenn sie es in drei Zügen bis zur Leiter schaffen würde, dann würde es mit dem neuen Job klappen. Sie holte tief Luft und schwamm los. Eins, zwei, drei Züge und jetzt die Luft nur lange genug anhalten, bis sie die Beckenwand an ihren Fingerspitzen fühlte.

Sie wollte diesen Job. Sie wollte ihn sehr, denn ohne die Sicherheit einer festen Arbeitsstelle würde sie wohl nie den Mut haben, die Zelte in Leipzig abzubrechen. Und Doro hing derart an ihrer Beratungsstelle, dass Kerstin sich überhaupt nicht vorstellen konnte, dass sie zu ihr nach Leipzig ziehen würde. Jetzt war der Beckenrand erreicht. Frau musste es nur genug wollen und einen langen Atem haben. Das Orakel war bei dem bevorstehenden Bewerbungsgespräch also auf ihrer Seite.

Mit Schwung kletterte sie die Sprossen hinauf. Als sie Sabine im Whirlpool entdeckte, machte sie sich schnurstracks dorthin auf den Weg. Wie sie wohl auf die Umzugspläne reagieren würde? Ein klein bisschen unbehaglich war Kerstin, ihrer besten Freundin davon zu erzählen. Sie ließ sich neben Sabine ins sprudelnde Wasser gleiten. Den ganzen Abend schien der richtige Moment noch nicht da gewesen zu sein, irgendetwas hatte sie immer wieder davon abgehalten. Es fiel ihr auch jetzt nicht leicht, die passenden Worte zu finden. Waren sie nicht schon so lange befreundet, hatten so viele Höhen und Tiefen geteilt, dass auch eine räumliche Trennung ihrer Freundschaft nichts anhaben würde? Sie würden ja in Kontakt bleiben. Es gab schließlich Telefon und mit dem Zug dauerte es nicht mal sechs Stunden von Leipzig nach Heidelberg. Als Freundin müsste sich Sabine doch für sie freuen, oder?

„Hast du deinen Bewegungsdrang gestillt?“ Sabine schmolz vor lauter Entspannung schon fast dahin, keine, die sie im Moment sah, würde glauben, wie kompromisslos sie manchmal sein konnte. Entspannung hin oder her, Kerstin musste jetzt loslegen, sonst würde auch diese Gelegenheit ungenutzt verstreichen. Vielleicht gab es gar keine perfekte Wortwahl für die Gesprächseröffnung.

„Du, ich hab mich für einen Job beworben.“

„Du willst weg von deinem Marktforschungsinstitut? Seit wann denn das?“

„Na ja, es ist ein Software-Unternehmen."

„Bist du fit dafür?"

„Ja, ich denke schon. Es geht um Softwaregestaltung für die Marktforschung."

„Hast du Chancen?"

„Keine Ahnung. Jedenfalls bin ich zum Gespräch eingeladen. Nächste Woche fahre ich hin."

„Du fährst hin? Wo um alles in der Welt hast du dich denn beworben?" Sabine wurde mit einem Mal aufmerksam.

„In Walldorf bei Heidelberg."

„Du willst in Wirklichkeit zu Doro ziehen und hast dort gezielt einen Job gesucht, gib's schon zu." Sabines Augen verengten sich zu schmalen Schlitzen.

„Nein, eigentlich bin ich ganz zufällig auf die Anzeige gestoßen und weil sie so perfekt auf mich passte …"

„Nein, weil es so dicht bei Doro ist, hast du gedacht." Sabines Stimme war eisig geworden, ihre Entspannung hochgradiger Anspannung gewichen. Alles Winden und Drumherumreden hatte offensichtlich keinen Zweck. Kerstin musste Farbe bekennen, Sabine konnte sie beim besten Willen nichts vormachen.

„Also ja, ich möchte tatsächlich gern mit Doro zusammen wohnen. Und eigentlich auch mit Astrid."

„Du bist wohl völlig übergeschnappt, von allen guten Geistern verlassen. Bisher konntest du dir nicht mal vorstellen, auch nur mit einem Menschen dein geheiligtes Zuhause zu teilen. Ich erinnere mich noch lebhaft an den Zirkus, den du veranstaltet hast, als ich mit dir eine gemeinsame Wohnung suchen wollte."

Es stimmte, vor Jahren, relativ bald nach der Wende, hatte Sabine vorgeschlagen, sie sollten sich zusammen nach einer Wohnung umsehen. Kerstin hatte sich zu diesem Zeitpunkt gerade mühsam aus einer Beziehung gelöst und war heilfroh, ihren Freiraum wiederzuhaben. Leider hatte sie nicht das

Kreuz gehabt, Sabine eine klare Abfuhr zu erteilen. Sie hatte halbherzig mit ihr nach einer Wohnung gesucht und an jeder etwas auszusetzen gehabt: Zu klein, zu groß, schlecht geschnitten, zu teuer, zu weit vom Zentrum, zu laut, zu dunkel, schlecht in Schuss. Sabine hatte sie geduldig, aber entschlossen von einer Besichtigung zur nächsten gezerrt, bis ihr endlich die Vergeblichkeit ihrer Bemühungen klar geworden war.

Damals war es zu einem heftigen Streit gekommen und es hatte eine ganze Weile gedauert, ehe es Kerstin gelang, Sabine davon zu überzeugen, dass es ganz und gar nicht darum ging, dass sie nicht mit ihr zusammen leben wollte. Sie wollte lediglich ihre eigene Wohnung für sich allein behalten.

Und es stimmte. Bis vor ein paar Wochen hatte sie sich nicht vorstellen können, je mit anderen Tisch, Bett und womöglich auch noch das Badezimmer zu teilen. Allein die Vorstellung hatte ihr die Luft abgeschnürt. Nein, sie hatte nie zu den Lesben gehört, die zum zweiten Date bereits mit dem Möbelwagen kamen. Aber mit Doro konnte es vielleicht wirklich gehen. Kerstin verstand sich selbst nicht, wie sollte sie dann diesen jähen Sinneswandel ihrer Freundin plausibel machen?

„Nun warte doch erst mal ab. Es ist gar nicht gesagt, dass ich den Job bekomme“, beschwichtigte sie.

„Ach was, wenn du es dir einmal in den Kopf gesetzt hast, ziehst du es auch durch. Wenn du diesen Job nicht kriegst, wirst du weitersuchen.“

Die ermutigende Antwort ihres Orakels behielt Kerstin jetzt lieber für sich. Zwar hielt Sabine die Orakelei normalerweise für absoluten Humbug und gab keinen Pfifferling auf die Antworten, aber dass die Prophezeiung für das Bewerbungsgespräch so positiv ausgefallen war, würde sie im Moment nicht gern hören.

„Du würdest mich vermissen, darum geht es doch im Grunde, stimmt's?“ Kerstin konnte den barschen Ton der Freundin beim besten Willen nicht anders deuten.

„Als würde es hier um mich gehen. Du bekommst vermutlich ganz schnell kalte Füße, wenn es dir in der Beziehung zu eng wird, ich kenne dich schließlich nicht erst seit gestern."

„Und wenn es dieses Mal anders ist? Irgendwann ist immer das erste Mal."

Schweigen breitete sich aus. Erst nach einer Weile setzte Sabine wieder an. „Überhaupt, seit wann willst du in den Westen? Hast du dir das auch gut überlegt?"

„Meinst du nicht, dass ich mich dort gründlich umgeschaut habe in den letzten zwei Jahren?", fragte Kerstin zurück.

„Du hast bisher nichts als das Sonntagsgesicht gesehen. Was tust du, wenn du mit den arroganten Kollegen nicht klarkommst? Die sind dort alle so von sich überzeugt, werden auf dich herabsehen. Du bist drüben nichts als die blöde Ossi."

„Und seit wann fällst du auf alle dummen Vorurteile rein? Nun erzähl mir nur noch was von menschlicher Kälte und keine Solidarität. Wo hast du denn die ganzen Klischees her?"

„Von wegen Klischees. Aber mach du nur deine eigenen Erfahrungen. Du wirst schon sehen. Das ist eine völlig andere Kultur dort drüben." Sabine war nicht zu überzeugen.

„Und du glaubst nicht, dass ich mittlerweile ganz gut einschätzen kann, worauf ich mich einlasse?" Ob es für Kerstin wirklich ein Problem werden würde, im Westen Fuß zu fassen? Aber vor Sabine wollte sie nicht klein beigeben. „Und ist diese vermeintlich so andere Kultur nicht außerdem schon längst über den Grenzstreifen geschwappt? Sieh dich doch nur einmal um! Hier ist ohnehin nichts beim Alten geblieben. Wir im Osten haben uns schließlich wohl oder übel anpassen müssen. Warum denkst du, dass ausgerechnet im Zwischenmenschlichen alles wie früher geblieben ist?"

Sabine schwieg trotzig. Sie wirkte aufgebracht, enttäuscht vielleicht auch. Offensichtlich empfand sie es nach wie vor als Verrat, zog jemand vom Osten in den Westen. Wenn aber ausgerechnet Kerstin von Leipzig nach Heidelberg ging, war das für Sabine ein Treuebruch in ihrer jahrelangen Freundschaft, die selbst die stürmischen Wendejahre unbeschadet überstanden hatte. Damals waren so viele persönliche Beziehungen von einem Tag zum anderen zerbrochen.

Möglicherweise war das nicht mal der einzige Grund für Sabines heftige Reaktion. Vielleicht hatte auch Astrid mit ihrer Stichelei, Sabine sei seit Langem in Kerstin verliebt, gar nicht so unrecht.

Wenn Sabine nachher mit ihr noch ein Bier trinken ging, dann würde alles gut. Bestimmt!

Zeitreise

„Doro", Marions Stimme ist sanft, „Doro, mein Herz, komm, du musst jetzt endlich mal etwas essen."

Sie beugt sich hinunter und streicht Dorothea zärtlich das Haar aus der Stirn, dann streckt sie ihr auffordernd die Hand entgegen. Doch Doro schüttelt nur stumm den Kopf. Essen ist jetzt wirklich das Letzte, woran sie denken kann. Schlafen will sie, nur schlafen, nicht mehr weinen müssen. Sie wendet das Gesicht ab, dreht sich zur Wand. Wieder schüttelt ein Schluchzen ihren Körper, dass es Marion schier das Herz zerreißt. Hilflos steht sie noch einen Moment neben dem Bett, dann dreht sie sich um und geht zurück in die Küche. Was soll sie nur tun? Achselzuckend schaltet sie die Herdplatte unter der Spaghettisauce aus, legt einen Topfdeckel auf die Nudeln. Spaghetti Bolognese ist so ziemlich das Einzige, was sie kochen kann. Und natürlich gelingen ihr auch die lange nicht so gut wie Doro, die sich in den letzten Jahren zu einer wahren Meisterköchin entwickelt hat. Doch vermutlich ist es auch vollkommen egal, wie gut etwas gekocht ist, Doro würde es sowieso nicht essen. Schwer lässt sich Marion auf einen der Küchenstühle fallen, zieht das Telefon, das seinen Platz auf der Anrichte hat, zu sich heran. Drinnen, im Schlafzimmer, hört Doro gedämpft, wie Marion mit ihrer Liebsten Silke telefoniert. Wie sie berichtet, dass Doro immer noch so verzweifelt sei. Dass sie nicht aus dem Bett aufstehe, nicht rede, nicht esse.

Ja, verdammt noch mal, was denken die sich denn! Dass es in Ordnung ist, eine Woche oder allerhöchstens zwei traurig zu sein, weinen zu dürfen. Aber dann soll es gefälligst auch genug sein, dann muss man sich zusammenreißen, das Leben geht ja schließlich weiter. Welches Leben eigentlich? Carolas vielleicht? Nein, ganz sicher nicht. Denn Caro ist tot. Caro ist tot. Noch immer bohrt sich ihr dieser Satz, bohren sich ihr diese Worte wie Giftpfeile in den Kopf, ins Herz, in die Seele. Noch immer hat sie das Gefühl, das kann gar nicht sein, so grausam darf das Schicksal nicht mit ihr umgehen, mit ihr nicht und nicht mit irgendeinem anderen Menschen auf der Welt. Noch immer weiß sie, dass es trotzdem wahr ist. Und dass es unbarmherzigerweise noch wahrer werden wird – denn den Weg in ihre Träume hat Caros Tod bisher nicht gefunden. In den wenigen erschöpften Minuten des Schlafes kann sie noch glücklich sein und die kurze Zeit nach dem Aufwachen, bis die Wahrheit sie mit aller brutalen Gewalt in die Realität zerrt. Schlafen möchte sie. Schlafen und träumen, am besten für die nächsten Wochen, Monate. So lange, bis der Schmerz nicht mehr ganz so grell, so scharfkantig, so mörderisch ist.

Das leise Murmeln aus der Küche geht ihr auf die Nerven. Warum verschwindet Marion nicht endlich, warum können sie nicht alle in Ruhe lassen? Wenn ständige Unruhe in ihrer Wohnung ist, sie andauernd unter Beobachtung steht, dann kann der Schlaf ja auch nicht kommen. Deshalb dreht sich unaufhörlich und unerbittlich das Mühlrad ihrer Gedanken. Caros durch den Unfall zerfetzter Körper, den sie nie sehen durfte, dessen Verletzungen sie sich aber in den blutigsten Farben ausmalt. Ihr lächerlicher Streit, der dazu geführt hat, dass Carola an jenem Sonntagnachmittag allein mit dem Motorrad losgefahren ist. Doro fühlt sich hoffnungslos schuldig, ist sich vollkommen sicher, der Zusammenprall mit dem rücksichtslosen Autofahrer wäre nie passiert, wäre sie nur dabei gewesen. Und andere haben ganz offensichtlich ebenfalls keine Zweifel an Doros Verantwortung. Denn warum sonst hätten Carolas Eltern ihr so strikt die Teilnahme an der Beerdigung verwehren sollen? Natürlich, es sind ausgesprochen homophobe, fanatische Ignoranten, keine von Caros lesbischen Freundinnen oder schwulen Freunden haben dabei sein dürfen, aber Doro ist unerschütterlich davon überzeugt, dass der wahre Grund darin liegt, dass sie ihr die Schuld an allem geben. Ihr und dem Motorradclub. Denn auch von der Kuhlen Wampe hat niemand kommen dürfen, zur Trauerfeier nicht und nicht zur Beisetzung.

Doro ist noch nicht an Carolas Grab gewesen. Seit dem Abend, an dem eine sehr distanzierte Polizistin ihr die grauenhafte Nachricht von dem Unfall überbracht hat, hat sie die Wohnung nicht mehr verlassen. Marion, Silke und einige andere Freundinnen haben die Grabstelle auf dem Bergfriedhof gesucht und gefunden, haben Blumen gebracht. Doro schafft es nicht dorthin. Es wäre wieder ein Stückchen Wahrheit mehr, die ihre Träume tötet. Davor hat sie Angst. Und vor Caros Eltern.

Marions Stimme in der Küche klingt jetzt anders. Offensichtlich telefoniert sie nicht mehr mit Silke, sondern mit jemand anderem. Es hört sich energischer an, geschäftiger. Sie verabschiedet sich mit einem freundlichen: „Also dann bis gleich!“

Doro hört, wie sie den Stuhl zurückschiebt, aufsteht, sich am Herd zu schaffen macht. Dann steht sie an Doros Bett und legt ihr entschlossen die Hand auf den Rücken.

„Doro, bitte sieh mich an und hör mir zu. Wir machen jetzt einen Deal. Ich sehe, dass du vollkommen fertig bist, weiß, wie gern du schlafen möchtest und nicht kannst. Deshalb habe ich gerade mit Claudia gesprochen, sie wird gleich hier sein und spritzt dir noch einmal etwas von dem Zeug, was sie dir auch gegeben hat, als … nachdem du … na ja, gleich nachdem du von Caros …“ Sie verstummt kurz, gibt sich dann aber einen Ruck. „Also, was du bekommen hast, nachdem du von Caros Tod erfahren hast. Und so außer dir warst, dass keine von uns dich mehr erreichen konnte. Aber ich habe ihr dafür versprechen müssen, dass du etwas essen wirst. Und dass du dich dafür mit mir an den Küchentisch setzten wirst. Also, was meinst du?“

Einen Moment ist Doro versucht, einfach wieder die Augen zu schließen, einfach so zu tun, als wäre sie nicht gemeint, als ginge sie das alles nichts mehr an. Doch nach einigen langen Augenblicken richtet sie sich auf, kann endlich Marions Hand nehmen, die erleichtert aufatmet. Doro folgt ihr in die Küche wie ein Kind.

Schritt für Schritt.

25

Dorothea schnaufte den letzten Treppenabsatz hinauf. Die Griffe der Einkaufsbeutel schnitten tief in ihre Finger und die Träger des Rucksacks in ihre Schultern. Nie wieder will ich eine Wohnung so weit oben, dachte sie.

Erleichtert seufzend stellte sie schließlich die schweren Taschen vor ihrer Wohnung ab, kramte in den Tiefen ihres Mantels nach dem Schlüssel und öffnete die Tür, die bei Regen immer leicht klemmte, mit einem energischen Stoß. Sie brachte die Einkäufe in die Küche, hängte ihre nasse Jacke auf einen Stuhl vor die Heizung und ging dann ins Bad, wo sie ihre feuchten Haare mit einem Handtuch trocken rubbelte. Vergnügt grinste sie ihrem Spiegelbild zu. Nicht einmal das ekelhaft nasskalte Sauwetter schaffte es heute, ihr die Laune zu verderben. Ein schneller Blick auf den großen Badezimmerwecker – unentbehrlichstes Utensil ihrer morgendlich-verschlafenen Hektik – zeigte, dass sie sehr gut im Zeitplan lag. Erst in beruhigenden dreieinhalb Stunden würde sie Kerstin in Walldorf abholen. Die knappe gemeinsame Zeit mit einer unnötigen Busfahrt zu verschwenden, wäre dumm, hatte sie ihr heute Morgen zusammen mit einem Toitoitoi für das Gespräch per SMS mitgeteilt.

Kerstins Vorstellungsgespräch. Doro dachte mit einem Flattern im Magen an diesen so wichtigen Termin. Wäre das großartig, wenn es heute klappen würde mit dem Job. Dann könnten ihre an Silvester geschmiedeten Pläne schon bald konkrete Gestalt annehmen. Sie war vorgestern ebenso erfreut wie überrascht gewesen von Kerstins Nachricht auf ihrem Anrufbeantworter. Nie im Leben hätte sie es für möglich gehalten, dass Kerstin, ausgerechnet die zurückhaltende, nachdenkliche, besonnene Kerstin, Träume derart schnell in die Wirklichkeit würde umsetzen wollen. Aber die ausgeschriebene Stelle schien so perfekt auf sie zu passen, vielleicht war es tatsächlich ein Wink der Göttin.

Fröhlich vor sich hin summend machte sich Dorothea daran, das mitgebrachte Gemüse zu putzen und kleinzuschneiden.

„Deine Gemüselasagne, die eignet sich nämlich genauso gut zum Feiern wie zum Trösten“, hatte Kerstin sich gewünscht.

Dorothea war mit der Wahl sehr einverstanden gewesen, denn das Gericht ließ sich gut vorbereiten. Sie ließ die Gemüsewürfel kurz und knackig garen und bereitete dann aus der Brühe sowie reichlich Butter und süßer Sahne eine üppige Bechamélsoße zu. Sie schwitzte Knoblauch und Zwiebeln an, gab eine Dose geschälter Tomaten hinzu, ließ alles ein wenig einkochen und war gerade dabei, die fruchtige Soße abzuschmecken, als das laute unangenehme Schnarren ihrer Wohnungsklingel sie erschrocken zusammenfahren ließ. Dieses grauenhafte Geräusch würde sie mit Sicherheit auch nicht vermissen.

Während sie den Türöffner betätigte und darauf wartete, wer da wohl so unverhofft ins Haus schneite, dachte sie darüber nach, dass sie sich gerade zum zweiten Mal innerhalb einer halben Stunde ein Stückchen von ihrer Wohnung verabschiedet hatte. Sie wunderte sich über sich selbst. Lange Zeit hätte sie es sich nicht vorstellen können, ihr geliebtes kuscheliges Nest hoch über den Dächern der Heidelberger Weststadt jemals aufzugeben. Doch ihre Vorstellungen vom perfekten Wohnen hatten ganz offensichtlich eine neue Richtung genommen. Hauptsache, sie musste nicht aus Heidelberg weg. Ihre Arbeit aufgeben? Undenkbar! Oder gar Marion verlassen? Nie im Leben!

Wie aufs Stichwort kam die jetzt mit großen Schritten die Treppen hinaufgestürmt. Heftig nach Atem ringend nahm sie Doro kurz in den Arm, drückte sich dann an ihr vorbei durch den Flur, schleuderte ihre Schuhe von den Füßen und ließ sich schwer auf einen Küchenstuhl fallen.

„Oh ... so weit oben ... ich muss erst mal ... keine Luft mehr ... was zu trinken, bitte!“

Dorothea füllte ein Glas mit Wasser, reichte es der Freundin mit einem Lächeln und einem Kuss auf die Wange. „Ich liebe es, die Frauen so schwer atmend vor mir stehen zu sehen. Ich kann mir dann immer einreden, es wäre Leidenschaft.“

Marion lachte und stellte das leere Glas auf den Tisch. „Als hättest du so was nötig, ausgerechnet du. Leidenschaft ist doch bestimmt nicht das, was gerade fehlt in deinem Leben.“

Seit Astrids mutwilligen Indiskretionen hatten die beiden kein Sex-Revival ihrer Liebesbeziehung mehr versucht. Die ganze unglückliche Geschichte im vergangenen Sommer hätte fast zur endgültigen Trennung von Marion und Monika geführt. Erst nach wochenlangen Szenen, immer wieder aufflammenden heftigen Streiten und tränenreichen Versöhnungen hatten sie es geschafft. Marion hatte heilige Eide geschworen, Monikas Gefühle mehr zu achten. Im Gegenzug hatte Monika versprochen, gegen ihre Eifersucht anzukämpfen.

Dorothea gegenüber war sie allerdings immer noch mehr als misstrauisch und das würde sich vermutlich auch nie ganz legen. Die beiden gingen sich aus dem Weg. Monika wäre sicher überglücklich gewesen, hätte Dorothea ihre Zelte in Heidelberg abgebrochen und stattdessen in Leipzig, Oldenburg oder, besser noch, irgendwo weit jenseits des Nordpols aufgeschlagen.

„Nein, da hast du recht. Was mir wirklich fehlt, was ich vermisse, sind ganz gewöhnliche Tage, Durchschnitt, geteilte Zeit, ohne dass ständiges Feuerwerk nötig wäre. Ein bisschen faden Alltag, den stelle ich mir Moment herrlich vor."

„Wie, du hast schon genug vom aufregenden Dreiecks-Dasein? Willst keinen Spaß mehr im Leben, sehnst dich nach Heim, Herd und Plüschpantoffeln?", frotzelte Marion.

Dorothea winkte ab und fragte: „Was machst du eigentlich hier? Wir waren doch nicht verabredet, oder?"

Sie wandte sich wieder dem Herd und ihrer Soße zu. Gedankenverloren werkelte sie vor sich hin, hörte nur mit halbem Ohr zu, was Marion von Monika, Zahnarzttermin und einer Stunde Zeit erzählte.

„Ich glaube, die Liebe dauert länger mit der Zeit." Mit dem erhobenen Kochlöffel in der Hand drehte sich Doro abrupt zu Marion um.

„Was?" Marion sah sie verständnislos an.

„Ich sagte, die Liebe braucht eben einfach mehr Zeit."

„Ja, aber nur weil etwas länger dauert, muss es doch nicht weniger Spaß machen." Marion war immer noch irritiert.

„Nein, du verstehst mich falsch", widersprach Doro, „erinnere dich an die Zeit am Anfang. Wie es war, wenn ihr, Monika und du, euch getroffen, miteinander telefoniert habt oder du auch nur an sie gedacht hast. Im Bruchteil von Sekunden durchfuhr es dich wie ein Blitzschlag, Sehnsüchte, Begehren erfüllten dich bis in die Haarspitzen."

„O ja, ich weiß noch!" Marion grinste breit.

„Nun, mit der Zeit dauert es einfach länger. Das würde doch kein Nervenkostüm der Welt aushalten, für immer so strapaziert zu werden. Es dauert länger, bis die Liebe in jeder einzelnen Zelle ankommt, geht tiefer, breitet sich langsam aus. Wärmt, schützt, macht behaglich, zufrieden und kreativ."

„Aber aus einer gemütlichen Decke schlagen nun mal keine Funken", wandte Marion ein.

„Vielleicht nicht, aber auf Glut kannst du die raffinierteren Gerichte kochen. Mit Strohfeuer lassen sich nur Würstchen grillen."

„Du bist ja heute so philosophisch drauf. Ist alles in Ordnung mit dir? Nervös wegen Kerstins Vorstellungsgespräch?"

Marion sah der Freundin forschend ins Gesicht, stand auf und machte ein paar Schritte auf sie zu. Doro warf den Kochlöffel beiseite und sich in ihre Arme. Wie gut Marion sie doch immer verstand!

„Ich könnte es nicht ertragen, dich nicht mehr in meiner Nähe zu haben", murmelte sie an Marions Hals.

Unvermittelt schossen Marion die Tränen in die Augen, was sie verlegen mit einem ruppigen Spruch zu verbergen suchte. „Jetzt werd hier mal nicht so kitschig und kümmer dich lieber um deine Töpfe, ich glaub, da brennt gerade was an."

Einige Stunden später saßen Dorothea und Kerstin in der behaglich warmen Küche. Kerstin berichtete gerade zum dritten Mal ausführlich, mit jeder noch so unbedeutenden Einzelheit, von ihrem Gespräch mit der Personalchefin des großen Softwareunternehmens. Unterbrochen wurde diese Schilderung allerdings immer wieder von ausgelassenen Kicheranfällen, denn die köstliche Lasagne ließ sich heute nicht elegant verzehren. Doro hatte sich bei dem geriebenen Emmentaler offensichtlich ordentlich vergriffen, was dem Geschmack keinesfalls abträglich war. Allerdings zogen sich beim Essen lange und schwer zu bändigende Käsefäden, die für nachhaltige Heiterkeitsausbrüche sorgten.

Überhaupt waren die beiden völlig euphorisch. Auch wenn Kerstin noch keine endgültige Zusage für den Job bekommen hatte, sprach doch bereits jetzt alles dafür, dass sie die Stelle zum ersten April würde antreten können.

Immer wieder seien während des Gesprächs Andeutungen in diese Richtung gefallen, versicherte sie Doro erneut mit glücklichem Lächeln. Auch die abschließenden Bemerkungen des ebenfalls anwesenden Betriebsratsvertreters und die Art und Weise, wie man sich zum Schluss von ihr verabschiedet hätte, ließen in ihren Augen kaum einen Zweifel zu. Das Gespräch hatte ja auch erheblich länger gedauert als vermutlich vorgesehen gewesen war. Das schloss Kerstin unter anderem aus der Tatsache, dass die Personalchefin leicht erschrocken gewirkt hatte, als eine Mitarbeiterin hereingekommen war, um sie an einen anderen Termin zu erinnern.

Doro konnte nicht umhin, ihr zumindest in diesem Punkt uneingeschränkt zuzustimmen. Ihr selbst war die Zeit, die sie auf dem trostlosen, verregneten Parkplatz wartend zugebracht hatte, schier endlos vorgekommen. Natürlich, vor lauter Aufregung war sie auch noch viel zu früh da gewesen. Ihre Füße waren zu Eisklötzen erstarrt gewesen und immer wieder hatte sie über den frostigen Dauerregen geflucht, der es ihr unmöglich machte, Emma für mehr als ein, zwei kurze Runden ums Auto herum zu verlassen.

Endlich hatte sie Kerstin mit den vertrauten langen Schritten auf sich zukommen sehen. Sie hatte die Autotür aufgerissen und war der Liebsten entgegengestürmt. Schon von Weitem war deutlich zu sehen gewesen, dass das Gespräch wohl sehr gut gelaufen war, denn Kerstins Leuchten ließ den grauen Winternachmittag mit einem Mal viel heller und wärmer werden. Im Auto hatten sie sich erst einmal ausgiebig geküsst und dann hatte Kerstin angefangen zu erzählen und seitdem nicht mehr damit aufgehört.

„Du wirst sehen, dass ich recht behalte. Ich habe einfach ein hundert Prozent sicheres Gefühl bei dieser Geschichte. Und ich glaube nicht, dass es nur daran liegt ... ich meine, ich kann mir nicht vorstellen, dass diese Sicherheit nur daher rührt, dass ... dass ich es mir so sehr wünsche." Bei den letzten Worten hatte ihre Stimme etwas von der strahlenden Gewissheit verloren. Unsicherer fuhr sie fort: „Wie ist es eigentlich mit dir? Wir haben ja noch gar nicht näher darüber gesprochen, über unsere Silvester-Pläne, du weißt schon, das Zusammenziehen und so. Ich meine, vielleicht willst du ja auch überhaupt nicht ..."

Sie brach ab und griff, viel zu verlegen um Doro ins Gesicht zu sehen, nach der Rotweinflasche, die zwischen ihnen stand. Unnötigerweise goss sie noch etwas Wein in ihr kaum berührtes Glas. Ungestüm sprang Doro auf, zog sie so heftig in ihre Arme, dass der Rotwein über den Tisch spritzte, und versuchte, sie gleichzeitig zu küssen und ihr zu versichern, dass sie glücklich – wirklich überglücklich! – über Kerstins Entschluss sei. Diese Virtuosität hatte einen weiteren Heiterkeitsausbruch zur Folge. Kerstin sammelte sich als Erste und machte sich daran, Doro zu küssen.

Nach einer Weile schafften sie es, sich voneinander zu lösen. Sie bestreuten die Rotweinflecken mit Salz und räumten die Küche auf, wobei Kerstin erneut begann, Details über ihren zukünftigen Arbeitgeber hervorzusprudeln, die sie Doro unbedingt noch mitteilen musste.

„Stell dir vor, auf der Website kann man sogar Bilder von der Abteilung sehen, in der ich dann arbeiten werde. Hast du Lust, soll ich dir mal zeigen ..."

Doro war schon auf dem Weg zu ihrem Schreibtisch, um den Computer einzuschalten. Während sie Kerstins Erläuterungen zu den Darstellungen auf dem Bildschirm folgte, blickte sie die Liebste verstohlen von der Seite an. Das hier war perfekt, Kerstin war perfekt, es war ein perfekter Moment ihres Lebens. Und die Aussichten für die Zukunft waren – schlichtweg überwältigend! Das Einzige, was jetzt noch fehlte, war Astrid. Astrid – und ein Haus. Über Kerstin hinweg griff sie nach der Maus.

„Sorry, mein Herz, darf ich mal kurz? Ich habe nämlich auch schon …“ Ihr Grinsen changierte zwischen verschämt und triumphierend, Kerstin schmolz auf der Stelle dahin. „… schon mal ein bisschen, na ja, gesucht eben.“

Schnell klickte sie sich durch die Seite eines bekannten Heidelberger Immobilienmaklers und zeigte dann stolz auf den Monitor. „Schau mal, ist das nicht toll! Ein richtiges kleines Schmuckstück von einem Haus. Mit Garten. Und mit jeder Menge Platz. Außerdem liegt es auch noch ideal, in Nussloch, wir hätten es beide gleich weit zur Arbeit. Und eine Scheune hat es auch, Astrid will doch Pferde …“

Kerstin wirkte überrumpelt, doch bevor sie sich zu einer Antwort aufraffen konnte, rettete sie das Klingeln des Telefons. Doro ging dran.

„Astrid! Das ist Gedankenübertragung. Gerade haben wir von dir gesprochen … Natürlich nur Gutes, du Diva“, kicherte sie, „ja, warte mal, ich stelle dich laut.“

Und schon tönte Astrids fröhliche Stimme durchs Zimmer.

„Hi Kerstin, mein Engel, wie geht's dir? Wie war das Gespräch? Weißt du schon was?“

Kerstin nahm den Hörer und begann wieder mit ihrer Erzählung. Doro wandte sich erneut dem Computer zu und hörte nur noch mit halbem Ohr hin. Nur ab und zu drang Astrids Stimme zu ihr, sie klang sehr vergnügt und froh über die sich abzeichnenden Entwicklungen, bedauerte es aber aufrichtig, jetzt nicht bei ihnen in Heidelberg sein zu können.

Noch einmal vertiefte sich Dorothea in die Details. Als sie auf eine bislang unbemerkt gebliebene Seite mit Bildern von der Rückseite des Hauses stieß, entfuhr ihr ein entzücktes Quietschen.

„Da ist ja auch noch eine Veranda! Fantastisch! Da passt ein großer Tisch hin, mit vielen Stühlen. Und man könnte sogar eine Sommerküche einrichten, es ist wirklich unglaublich."

Kerstin unterbrach ihren Bericht für Astrid und sagte trocken: „Sie hat schon ein Haus für uns, es gibt sogar Platz für deine Pferdezucht."

Astrid brach in ihr typisches, ansteckend lautes Gelächter aus. „Dorothea", rief sie aus dem Lautsprecher, „Doro, du bist echt unmöglich! Warum denn nicht gleich ein Schloss? Frag doch mal nach, soweit ich gehört habe, ist in dem Heidelberger noch was frei."

Doro war empört. Sie nahm Kerstin den Hörer aus der Hand und fragte entrüstet: „Warum machst du dich denn über mich lustig? Es war doch schließlich deine Idee, mit den Pferden und so. Ich hab doch nur …"

„Entschuldige, Liebes", unterbrach Astrid sie, „ich wollte dich nicht kränken. Ganz sicher nicht. Aber denkst du denn nicht vielleicht, dass ein ganzes Haus eigentlich ein bisschen viel ist, gleich am Anfang? Ich kann doch noch gar nicht genau sagen, ob und wann ich endgültig nach Heidelberg ziehen werde. Aber natürlich will ich mit euch zusammen sein, das weißt du doch, oder?" Doro murmelte etwas Zustimmendes und Astrid fuhr fort: „Es gibt jedoch noch etliches, was ich auf die Reihe bringen muss. Und für einiges davon brauche ich unter anderem Hellas Hilfe. Ich bin froh, dass wir uns wieder näher gekommen sind und ich weiß, dass ich diese Nähe auch brauche. Vermutlich für eine ganze Weile noch. Warum sucht ihr nicht erst mal eine große gemütliche Wohnung? Vier Zimmer vielleicht? Eins für jede von uns und dann noch eins für Besuch. Und mit einer geräumigen Küche, in der du uns ständig kulinarisch verführen wirst, mein Herz."

Doro suchte Kerstins Blick. Das war mal wieder typisch Astrid. Hatte längst Entscheidungen getroffen, es aber vorgezogen, diese für sich zu behalten. Nun teilte sie sie wie nebenbei aus der sicheren Distanz des Telefons mit. Aber auch auf Kerstins Gesicht zeichnete sich eine gewisse Erleichterung ab. Doro wurde rasch klar, dass es dieses Mal sie selbst war, die sich ein wenig vergaloppiert hatte. Neuer Job, neue Stadt und dann auch noch Veranda mit Sommerküche waren wohl auch Kerstin zu viel auf einmal. Alles braucht seine Zeit. Auch eine gute Suppe kocht sich nicht auf die Schnelle. Doros Küchenweisheiten halfen ihr in nahezu allen Lebenslagen. Sie versprach Astrid, sich sofort nach etwas Geeignetem umzusehen, und verabschiedete sich dann zärtlich von ihr. Auch Kerstin wünschte der fernen Liebsten noch eine gute Nacht und beendete das Gespräch mit geflüsterten Liebkosungen.

Dann wandte sie sich Doro zu, grinste spitzbübisch und sagte, während sie sie fest in die Arme zog: „Was müsste ich wohl tun, damit sich dein Recherche-Eifer auf morgen verschieben lässt?"

Doro sah ihr tief in die Augen und antwortete lächelnd: „Du wärst nicht die Frau, die ich kenne und liebe, wenn dir da nicht das ein oder andere einfallen würde."

Zeitreisen

Puh, das geht in die Beine, ist eine ziemliche Schinderei. Dabei sollte es doch eine gemütliche Wochenenderholungsradtour werden. Möglicherweise liegt das aber auch nur an Kerstins Uralt-Diamant-Rad. Sabine hat natürlich ein blitzendes Rad mit Zwölfgangschaltung, mit dem sie Kerstin lässig abhängt. Nun geht es bei diesem holprigen Kopfsteinpflaster auch noch bergan. Die alte Eisenbahnbrücke macht einen Katzenbuckel über den sich kreuzenden Schienen. Rechts liegen

Kleingartenanlagen mit ihren Gartenlauben. Noch ein paar Meter durchschütteln lassen, dann hat die Straße wieder Asphaltbelag.

Schon besser, jetzt holt sie Sabine im Handumdrehen ein, wäre doch gelacht. Rechts eine kleine Siedlung mit Plattenbauten. WBS-70-Platten. Martina, die für Kerstin Unerreichbare, war damals dort eingezogen, bald nach ihrer Hochzeit. Und Kerstin hat ihnen doch tatsächlich noch beim Renovieren geholfen. Damals wollte sie lieber ein paar Stunden mit der Angebeteten allein tapezieren als gar nichts. Im Endeffekt hat sie sich nur länger als nötig mit ihrem Liebeskummer, ihrer Sehnsucht gequält. Wo Martina jetzt wohl stecken mag? Ob sie immer noch verheiratet ist?

Jetzt schmilzt Sabines Vorsprung wie Butter in der Sonne. Die Kaufhalle Schönefeld, ein Stück geradeaus und dann nach links. Gleich wieder Gartenanlagen bis zum Park. Eigentlich ideal zum Radeln. Warum biegt Sabine ab?

Frauenkulturzentrum. Richtig, war Kerstin fast schon wieder entfallen, dass das hier ist. Vielleicht gibt es heute eine Veranstaltung? Konzert oder Disco? Sabine weiß immer, wann wo was los ist. Dieses etwas marode wirkende Haus, das wohl bessere Zeiten als Tanzlokal und danach als Klubhaus gesehen hat, ist seit zwei oder drei Jahren fest in Frauenhand. Kerstin hat nicht mitbekommen, wann es wiedereröffnet wurde. Erst war sie mit ihrem Forschungsprojekt so sehr beschäftigt, dass sie um ein Haar die Wende verschlafen hätte, und danach war es ziemlich schwer, sich in der völlig veränderten Realität zurechtzufinden.

Aber zum Glück gibt es ja Sabine, die es immer schafft, auf der Höhe der Zeit zu bleiben.

Sie steht mittlerweile am Schaukasten und studiert interessiert das Programm.

„Hast du schon was für den heutigen Abend gefunden? Ich hätte richtig Lust mal wieder auszugehen“, sagt Kerstin.

„Das hat sich offensichtlich erledigt. Die Freude war kurz. Hier ist seit letzter Woche geschlossen. Lies doch selbst. Die Heizungsanlage war so veraltet und defekt, dass der Verein die Reparaturkosten nicht tragen konnte. Wovon auch. Und Fördermittel gab's wohl auch keine."

„Die Aufbruchsstimmung, in der so viel möglich schien, hat nicht lange gedauert. Und zu allem Übel habe ich sie offensichtlich auch noch verpasst. Ob es da eine zweite Chance geben wird?"

„In was für einer Seelenlage bist du denn?"

„Ich weiß nicht, um mich herum verändert sich einfach alles und zwar mit einer solch rasanten Geschwindigkeit, dass ich ganz atemlos bin. Manches Mal habe ich Angst, nicht mehr hinterher zu kommen. Seit ich von der Uni weg bin, hatte ich keinen wirklich vernünftigen Job. Immer nur irgendwelchen Kleinkram, dann wieder Arbeitsamt, Umschulung. Am Anfang habe ich alles für eine Riesenmöglichkeit gehalten, aber dann sah alles plötzlich gar nicht mehr so rosig aus. Jetzt bin ich selbstständig. Das klingt zwar großartig, aber oft genug werden die Rechnungen nicht bezahlt, fast nie pünktlich zumindest. Rentenversicherung zahle ich schon eine Weile nicht mehr, die Krankenkasse verlangt ihr Geld regelmäßig mit einer gewissen Vehemenz, mein Vermieter ist auch nicht gerade nachsichtig. Wenn ich in die Zeitung sehe, scheinen alle ringsherum Karriere zu machen, nur ich dreh mich im Kreis. Andere gründen Parteien, Vereine, Initiativen und ich kriege es erst richtig mit, wenn alles schon wieder den Bach runtergegangen ist. Was ist nur los mit mir? Früher war ich doch immer mittendrin."

„Jetzt hör aber mal auf und mach nicht auf große Oper. Wer weiß, wie es bei mir weitergeht. Über den Sinn des Lebens können wir viel besser im Biergarten philosophieren."

„Also mal im Ernst, Süße, dein Liebesleben ist im Augenblick eine absolute Katastrophe."

Doro kann zwar nicht jedes Wort verstehen, denn Marion steht gerade im Bad und wäscht sich die Hände. Aber sie glaubt ihren Ohren nicht zu trauen.

„Hältst du mal wieder Selbstgespräche vor dem Spiegel? Oder redest du tatsächlich von mir? Darf ich dich vielleicht mal daran erinnern, wie es bei dir selbst so aussieht in der letzten Zeit? Ach was sag ich, in den letzten Jahren, trifft es wohl wesentlich besser."

Doro will sich ausschütten vor Lachen. Marion, die inzwischen wieder in die Küche gekommen ist, funkelt sie an, die Arme angriffslustig in die Seiten gestemmt.

„Ja, selbstverständlich rede ich von dir! Sieh dich doch mal an, Samstagabend und du hockst zu Hause. Wenn das nicht traurig ist! Und überhaupt, auch sonst ist ja nicht gerade viel los bei dir."

Doro gackert noch immer ausgelassen. Sie zählt an ihren Fingern ab, grinst Marion dabei triumphierend an: „Lass mal sehen, Silke – fast fünf Jahre, wow, die meiste Zeit davon allerdings in Trennung, kurz davor oder kurz danach. Ines – sieben, vielleicht sogar acht Monate, von denen ihr euch vermutlich ganze zwei nicht permanent gestritten habt. Barbara – immerhin fast ein Jahr, bis ihr euch zum dritten und letzten Mal getrennt habt. Habe ich eine vergessen? Nein, ich glaube nicht. Nenn du mein Liebesleben ruhig eine Katastrophe, ich nenne deins – übersichtlich!"

Nun muss auch Marion lächeln. „Okay, wenn man es so betrachtet, hast du vermutlich recht. Dann sind wir eben beide traurige Figuren, einverstanden? Allerdings finde ich jetzt wirklich ernsthaft, dass es für dich endlich mal wieder eine richtige Beziehung geben sollte. Da ist doch nichts gewesen seit Carolas Tod, ab und zu vielleicht ein One-Night-Stand und dann von Zeit zu Zeit mal …"

Sie bricht ab und wird rot. Doro springt auf und nimmt die Freundin in den Arm.

„Ach, mein Herz, wo soll ich denn eine finden, die ich genauso lieben kann wie dich?“ Mit diesen Worten gibt sie Marion einen zärtlichen Kuss und schaut ihr anschließend prüfend ins Gesicht. „Du machst dir wirklich Sorgen um mich, nicht wahr? Aber das ist überhaupt nicht nötig. Ich finde mein Leben so, wie es gerade ist, eigentlich nicht schlecht. Ich habe eine Menge Freundinnen, die hab ich wirklich, da kannst du sagen, was du willst.“

Marion nickt.

„Meine Arbeit macht mir immer noch eine Menge Spaß, trotz allen Frustes“, fährt Doro fort. „Ich habe tollen Sex, nicht zuletzt mit dir ...“, sie grinst Marion verschmitzt an, „aber ja, mit einem hast du wohl recht. Ich könnte mal wieder was fürs Herz gebrauchen.“

Bei diesen Worten brechen beide in fröhliches Gelächter aus.

„Komm“, Doro zieht Marion am Arm mit sich, „jetzt legen wir uns mit Kissen in mein Küchenfenster und gucken Leute. Heut ist doch Schlossbeleuchtung. Und ich hab noch diesen wunderbaren Rotwein aus dem Bioladen, der ist wie Samt, schmeckt ein bisschen nach Kastanien und dunkler Schokolade. Unglaublich lecker.“

„Samt, Schokolade und Kastanien“, äfft Marion sie liebevoll nach. „Doro, du bist ohne Worte. Aber es klingt wirklich nach einer guten Idee. Tun wir also alles, um dem Klischee der verschmähten Jungfern gerecht zu werden, und ertränken unsere Einsamkeit in teurem Rotwein.“

Und so lehnen die zwei dann auch kurze Zeit später, gemütlich auf zwei dicke Kissen gestützt, auf dem Fensterbrett und schauen auf die belebte Rohrbacher Straße hinunter, auf der immer mehr Menschen, mit allerlei Picknickgerätschaften bepackt, in Richtung Neckar streben. Neben sich haben sie ein kleines Tischchen, auf dem nicht nur der Rotwein, sondern auch ein großer Teller mit einer duftenden Quiche steht. Brokkoli-Ricotta, mit gerösteten Nüssen und vielen Kräutern bestreut. Die habe sie gestern Abend gebacken, hat Doro Marion gestanden. „Lonely Friday Night, du weißt schon", hat sie lachend gesagt.

Sie lassen es sich schmecken und kommentieren zunehmend alberner, je weiter die Flasche sich leert, die Pilgerzüge Richtung Schlossbeleuchtung. All diese armen Menschen, die sich die nächsten Stunden dicht gedrängt am Neuenheimer Neckarufer, der Theodor-Heuss-Brücke oder auf dem Philosophenweg die Beine werden in den Bauch stehen müssen, nur um dann am Ende vermutlich doch wenig von dem Spektakel mitzukommen. Ein einziges Mal ist Doro bisher bei diesem Schauspiel dabei gewesen, ein Mal und nie wieder! Drangvolle Enge und jede Menge unangenehmer, betrunkener Leute. Das braucht sie wirklich nicht. Obwohl es schon ein eindrucksvolles Bild abgibt, das muss sie zugeben. Ein grandioses Feuerwerk und dann das Schloss und die Alte Brücke, in leuchtende Kaskaden bengalischen Feuers gehüllt. Marion meint, das sei ein genialer Schachzug der Heidelberger Tourismusunternehmen.

„Das ganze Spektakel, vor allem das bengalische Feuer, soll daran erinnern, wie das Schloss während des pfälzischen Erbfolgekriegs zerstört und niedergebrannt worden ist. 1693 war das, glaub ich."

Marion prustet los. „Doro, du schaffst es tatsächlich immer aufs Neue, mich zu verblüffen! Woher, zum Teufel, hast du denn das nun schon wieder?"

„Tja, wie du weißt, bin ich ein Quell unnötigen Wissens." Vergnügt greift Doro zu ihrem Weinglas.

26

„Sag mal, Honey, was sind denn das noch für Kisten hier auf dem Flur?“, rief Kerstin in die Küche, wo Doro hingebungsvoll damit beschäftigt war, Gewürzgläschen, Pfeffermühlen und diverse Küchenutensilien, für die Kerstin beim besten Willen keinen Namen und teilweise nicht einmal einen genauen Verwendungszweck kannte, zu ordnen.

Jede von ihnen hatte ihr eigenes System. Sie selbst hatte als Erstes ihre Bücherkartons ausgepackt. Bei zweiundzwanzig Bananenkisten hatte diese Beschäftigung den Großteil des Wochenendes eingenommen. Astrid war gerade erst dabei, ihr Zimmer zu streichen. Sie hatte es auch nicht ganz so eilig mit dem Einrichten, denn zumindest vorerst wollte sie ihre Wohnung in Oldenburg noch nicht aufgeben.

Doro steckte im Moment ihren gesamten Ehrgeiz in die Kücheneinrichtung. Gestern war der neue Herd geliefert und angeschlossen worden. Jetzt musste er eine Stunde eingebrannt werden, was sie gleich nebenher erledigte. Den bestialischen Gestank und die Hitze in der ohnehin fast sommerlich warmen Küche ertrug sie heldinnenhaft, denn schließlich wollte sie heute Abend in ihrer neuen Küche kochen.

Doros Herz hatte in jenem Augenblick angefangen, für diese Wohnung zu schlagen, als sie die riesige Wohnküche gesehen hatte. Hier war Platz für reichlich Abstell- und Arbeitsflächen, für all ihre Gerätschaften, Töpfe, Pfannen und Vorräte. Außerdem würde die Küche bestimmt schnell zum zentralen Ort der Wohnung werden. Vermutlich würde der Küchentisch Zeuge vieler künftiger Diskussionen, Geplänkel und fröhlicher Runden. Er würde ihre Freuden, Träume, Kümmernisse und Probleme kennenlernen. Auch ernsthafte Auseinandersetzungen, Tränen und heftig auf seine Platte geschlagene Fäuste würden ihm kaum erspart bleiben. Es war eine der Küchen, in der sich bei Festen für gewöhnlich nach und nach alle Gäste versammelten.

Doro war derart vertieft in ihre Beschäftigung, dass Kerstin ihre Frage wiederholen musste: „Mein Engel, was für Kisten stehen hier noch auf dem Flur rum?"

Doro sah auf. „Ach, das sind halt so Kisten mit Kram."

„Kisten mit Kram? Was heißt das? Müll?"

„Nein, nein", Doro klang leicht alarmiert, „alte Fotos und Erinnerungsstücke. Und meine alten Kinderbücher. Und Briefe. Und so was eben."

„Sieben Kisten?"

Kerstins Gesicht war ein einziges Fragezeichen, ein großes, neonfarbenes, rhythmisch blinkendes Fragezeichen.

„So was sammelt sich eben an. Ich bringe sie nachher auf den Dachboden."

„Und was wird deiner Meinung nach weiter mit ihnen geschehen, wenn sie ein paar Jahre auf unserem Dachboden vor sich hingestaubt haben, Honey?"

„Wenn wir mal alt sind, dann schauen wir uns die Dinge vielleicht gern hin und wieder an und erinnern uns." Doro war schon klar, dass sie albern klang und Kerstin ihr das kaum durchgehen lassen würde.

„Wenn wir alt sind? Glaubst du im Ernst, dass wir dann Tag für Tag hier am Küchentisch sitzen und in den staubigen Kisten wühlen werden? Kannst du dir wirklich und wahrhaftig vorstellen, dass es irgendwann einmal eine Zeit geben wird, wo uns nichts Besseres mehr miteinander einfällt?"

Nun musste auch Doro lachen. Kichernd fielen sich beide in die Arme. Angelockt von ihrem Gegacker kam eine über und über mit hellblauer Farbe besprenkelte Astrid in die Küche.

„Was gibt es denn so Lustiges?"

„Ach Astrid, stell dir vor, wenn wir alt sind, müssen wir alle Tage hier am Küchentisch sitzen und Doros alte Schulhefte anschauen. Und ihre Urlaubsfotos von 1975."

„Göttin bewahre! Nicht, bevor die Letzte von uns ihren fünfundneunzigsten Geburtstag gefeiert hat, hoffe ich."

Doro wischte sich die Lachtränen ab. „Ist ja wirklich kein so beglückendes Bild von unserem Lebensabend. Und in der Tat schwer vorstellbar, dass mir mit euch beiden jemals so langweilig wird."

Das Kistenthema wurde damit vorläufig vertagt. Vermutlich war das letzte Wort zu diesem Kapitel des gemeinsamen Wohnens noch nicht gesprochen. Aber im Moment drängte es Kerstin, etwas anderes zu bereden.

„Wo ich euch gerade so schön beisammen habe, kommt doch mal mit."

Sie führte Astrid und Doro in das Zimmer am Ende des Korridors. Dieser letzte Raum, der noch mit all den Sachen vollgestellt war, die bisher nirgendwo untergekommen waren, sollte ein Platz zum Entspannen, Fernsehen, Musikhören und bei Bedarf Gästezimmer werden. Über die Bestimmung des Zimmers waren sich alle drei längst einig. Kerstin war den anderen in der Planung aber schon zwei Schritte voraus und dafür gab es einen triftigen Grund.

„Die Stehlampe kann doch wunderbar hier bleiben. Und der Couchtisch auch. Die Musikanlage in die Ecke neben das Fenster. Und der Fernseher dort drüben. Und hier …" Kerstin machte eine theatralische Pause. „Hier könnte doch eine Couch stehen. Eine Klappcouch. Die ist einfach praktisch."

„Wovon sprichst du? Was meinst du? Klappcouch?"

Astrid konnte ihr nicht folgen, aber Doro erinnerte sich noch gut an den Wintertag in Leipzig, der jetzt schon über ein Jahr zurücklag. Also brachte sie Licht ins Dunkel.

„Tja, Astrid, die DDR-Möbel waren schon ziemlich praktisch, schließlich waren sie für nicht gerade geräumige Neubauwohnungen konzipiert", klärte sie die Unwissende auf und ging in Erwartung eines spielerischen Knuffs von Kerstin in Deckung. Kerstin wusste verdammt genau, was sie wollte:

Eine Klappcouch. Eine Dreivariantencouch.

„Eine Dreivariantencouch war das Herzstück der Zweiraumwohnung meiner Eltern. Drei Varianten! Hör zu. Nummer eins: Lehne hochgestellt für den gemütlichen Kaffeeplausch oder zum Zeitunglesen. Nummer zwei: Lehne flachgelegt für den Mittagsschlaf von ein bis zwei Personen und Nummer drei: ausgeklappt als Schlafplatz für bis zu drei Personen. Sagt ehrlich, dieses Möbelstück scheint doch genau für unseren Haushalt erdacht worden zu sein!"

Kerstins Begeisterung war den anderen natürlich nicht verborgen geblieben. Astrid war zudem von der Funktionalität der Klappcouch angetan. Doro schmunzelte.

„Mein Schatz, wenn es dich glücklich macht, würde ich deine Dreivariantencouch umgehend in dieses Zimmer stellen und, wenn es sein muss, eine komplette Siebziger-Jahre-Einrichtung dazu."

„Oh, das mit der Siebziger-Jahre-Einrichtung sollten wir noch mal ausdiskutieren. Mit braun und oliv gemusterten Tapeten kann ich mich nur anfreunden, wenn ich einen rosa Flokati als Trostpflaster bekomme."

Astrid verzog das Gesicht, als ob sie von Zahnschmerzen geplagt wäre.

„Wir wollen deinem Glück selbstverständlich nicht im Weg stehen. Aber woher nehmen wir deine Dreivariantencouch? Ich fürchte, die haben sie inzwischen aus der Produktion genommen."

Kerstin grinste durchtrieben. Falls Doro jetzt nur zugestimmt hatte, weil sie es für unmöglich hielt, dass Kerstin dieses Möbelstück jemals auftreiben würde, dann hatte sie sich gründlich verrechnet. Vorhin, sofort nach der Installation ihres Computers, hatte sie bei Ebay reingeschaut. Und siehe da, es gab sie noch.

„Ich hätte durchaus Chancen, sie heute Abend sehr günstig zu ersteigern. Nur zwei Gebote bisher und Selbstabholung im Rhein-Neckar-Dreieck. Das muss doch ein Zeichen sein, meint ihr nicht? Wenn ich sie für unter fünfzig Euro kriege, dann werden wir miteinander glücklich."

Im Moment stand der Bietpreis bei zwei Euro, anderenfalls wäre Kerstin beim Orakeln garantiert vorsichtiger gewesen.

PF 1621, D – 72006 Tübingen
Telefon: 0049 (0) 7071 66551
Fax: 0049 (0) 7071 63539
www.konkursbuch.com
E-Mail: office@konkursbuch.com
Gestaltung: Verlag & Freundinnen
Lektorat: Regina Nössler

ISBN: 978-3-88769-764-8